Met hart en ziel

boekerij.nl

Katarina Widholm

Met hart en ziel

Stockholm, 1937. Betty kan niet wachten om haar geluk te beproeven in de grote stad als dienstmeisje van dokter Molander

Vertaald uit het Zweeds door Daniëlle Stensen

BOEKERIJ

De vertaling van het gedicht van Heinrich Heine op pagina 137 en 138, is afkomstig uit tijdschrift *De Tweede Ronde*, Jaargang 3 (1982), en werd vertaald door Marko Fondse en Peter Verstegen.

ISBN 978-90-225-9964-8
ISBN 978-94-023-2222-4 (e-book)
ISBN 978-90-528-6659-8 (audio)
NUR 302

Oorspronkelijke titel: *Räkna hjärtslag*
Vertaling: Daniëlle Stensen
Omslagontwerp: Bürosüd
Omslagbeeld: © Alamy
Zetwerk: Mat-Zet bv, Huizen

Voor mijn vriendin Eva
Die al sinds onze kindertijd enthousiast en onvermoeibaar
alles leest wat ik schrijf.

1

28 september 1937

'Neemt u plaats! Sluit de deuren!'

Op het perron stak haar moeder haar hand omhoog ten afscheid, het leek bijna alsof ze ook haar ogen afveegde. Haar haar was heel dun en kleurloos onder de hoed die ze al zolang Betty zich kon herinneren had. Het viel Betty nu pas op hoe klein en slank haar moeder was. De trein gleed langzaam weg en zowel haar moeder in haar bruine jas als het station van Hudiksvall verdween uit zicht.

Betty ging op haar plek zitten. Ze was verkleumd en haar handen waren nog koud van de kilte op het perron, maar op aanraden van tante Helmi knoopte ze haar mantel open en zette ze haar hoed af. Haar vlechten waren vochtig van de regen en ze streek ze haastig naar achteren, zodat ze niet te zien waren. Zodra ze kon, zou ze ze afknippen en bij een echte kapper haar haar laten onduleren. Zodra ze haar eerste salaris kreeg. Ze kreeg kriebels in haar buik als ze aan haar salaris dacht. Haar eigen, zelfverdiende geld.

Tante Helmi had tegen Betty's moeder gezegd dat Betty geluk had dat ze een baan had gekregen bij dokter Molander aan de Jungfrugatan in Stockholm. 'Het meisje kan geen betere werkgever hebben!'

En tante Helmi kon het weten, die had haar hele volwassen leven in Stockholm gewoond en gewerkt. Eerst als dienstmeisje, na een tijd als kantoorbediende en toen twintig jaar als assistente van een boekhouder aan de Rådmansgatan.

'Ga maar bij het raam zitten, dan kun je naar buiten kijken.' Tante Helmi stond kreunend op en wisselde van plaats met Betty, terwijl ze haar mantel losknoopte die over haar ampele boezem spande. Haar hoed met de elegante vogelveer hield ze op, ze pakte Betty's versleten mantel aan en hing die onder haar eigen mantel aan het haakje onder het bagagerek. Er zat slechts één andere passagier in de coupé, een chique heer bij de deur, die leek te slapen.

Betty ging weer zitten. Ze ging voor de eerste keer van haar leven met de trein. Ze had tante Helmi al heel vaak van de trein gehaald en haar zien wegrijden, en even zo vaak had ze gewenst dat zij degene was die op reis mocht. En nu was ze op weg naar de hoofdstad, Stockholm.

Haar moeder had liever gehad dat ze thuis in Hudiksvall een werkplek zocht, of als ze toch uit huis moest, was Sundsvall of eventueel Gävle toch ver genoeg geweest?

Maar Betty droomde van Stockholm. Dat deed ze al sinds ze een klein meisje was en tante Helmi met Kerstmis thuiskwam met lekkernijen die ze nog nooit had gezien en kleren die van de mooiste stoffen waren gemaakt. En alle ansichtkaarten die ze stuurde, met foto's van het Stockholmse water en de statige gebouwen. En nu ging zij, Betty Lind uit Åvik in Hudiksvall, daar wonen.

'Vergeet niet te antwoorden – ja, mevrouw, nee, mevrouw – wanneer je aangesproken wordt. En zeg alleen iets als je iets gevraagd wordt!'

Betty knikte. Dit hadden ze al heel vaak doorgenomen. Haar moeder en haar broertjes hadden op de klepbank in de keuken gezeten terwijl tante Helmi haar overhoorde over sauzen, zilverwerk en het opdienen van eten.

Betty voelde zich zelfverzekerd. Ze had al een jaar lang thuis voor haar broertjes en het hele huishouden gezorgd. En ze had het ontbijt en avondeten bereid, terwijl haar moeder de hele dag in de zagerij werkte. Ze had de was gedaan, de bedden opgemaakt en de kleine flat aan de Bagargatan schoongemaakt. Ze had de knieën van Edvins broeken versteld als hij tegen een boom was gerend en zich had geschaafd, en ze had de schrammen van de kleine Pelle schoongemaakt als hij omver was gelopen op school. Bovendien was ze twee jaar lang huishoudelijke hulp geweest van de oude mevrouw Skoglund in het prachtige huis aan de Storgatan, waar ze drie keer per week schoonmaakte, boodschappen deed en kookte. Mevrouw Skoglund had nooit geklaagd, ze had Betty juist altijd geprezen. En haar moeder zei altijd dat ze vaardig en nauwgezet was, en dat ze uitstekend kon koken. Een baan als dienstmeisje in Stockholm zou ze toch aan moeten kunnen.

'Als je vrij hebt, kun je bij mij op bezoek komen. Gelukkig woon ik heel dichtbij, dus ik kan je alles leren wat je weten moet. Mevrouw is een beetje een portret, maar de dokter heeft een hart van goud. Nu, begin je al honger te krijgen, Betty?'

Betty glimlachte. Ze had dat al zo vaak over de dokter en zijn vrouw gehoord dat ze hen voor zich meende te zien. Naast de dokter en zijn vrouw zou er nog een volwassen zoon zijn, die blijkbaar studeerde en nu en dan thuis logeerde. Ze hoopte dat ze allemaal aardig zouden zijn.

'Volgens Emma, die het dienstje nu vervult, is de dienstbodekamer heel mooi en gezellig, met ramen die uitkijken op de binnenplaats, waar een grote eik groeit. Je zult het er vast naar je zin hebben, Betty.'

Betty glimlachte weer half in zichzelf. Een eik voor het raam. Alleen in haar leesboek op school had ze ooit een eik gezien. Even kreeg ze een knoop in haar maag van de zorgen. Hoe zou ze in hemelsnaam een heel huishouden in Stockholm draaiend moeten houden? Ze was immers pas zeventien. En hoe erg zou ze naar haar broertjes verlangen, en hen missen? En haar vriendin Anna van de Köpmangatan? Al sinds de lagere school, ja, eerder zelfs, waren ze hartsvriendinnen. Maar Anna ging in Forsa werken als dienstmeisje en zijzelf ging naar Stockholm.

Betty leunde met haar hoofd tegen de ruit en sloot haar ogen. Zodra ze was aangekomen, zou ze een brief schrijven aan haar moeder en aan Anna, om te vertellen hoe alles eruitzag en welke fantastische dingen ze allemaal had meegemaakt. Haar moeder zou waarschijnlijk antwoorden zodra ze er tijd voor had, maar Betty twijfelde een beetje of Anna zou terugschrijven. Die had zoveel andere dingen aan haar hoofd dan lezen en schrijven. Niemand was zo handig met naald en draad als Anna, niemand wist zoveel van het huishouden als zij. Maar ze had niet veel op met lezen of boeken. Niet zoals Betty. Betty hield van boeken en ging vaak naar de bibliotheek. Ze opende haar ogen en keek uit het raam.

'Wil je een boterham? Ik zal wat koffie inschenken voordat hij koud wordt.'

Zonder op antwoord te wachten schonk tante Helmi een kop koffie in en gaf die aan haar. Ze kreeg ook een in papier verpakte boterham in de hand gedrukt. Betty moest de boterham op haar knie laten balanceren en hoopte vurig dat het pakketje geen vlekken op haar jurk zou maken.

'Wilt u een kop koffie en een boterham?' Tante Helmi bood de man bij de deur, die intussen wakker was geworden en een boek aan het lezen was, een in papier verpakte boterham aan.

'Dank u voor het aanbod. Ik wil graag een kop koffie.'

De man had donkere, scherpe gelaatstrekken, dikke wimpers en een gitzwarte, elegante snor. Hij keek tante Helmi met vriendelijke bruine ogen aan toen hij het kopje in ontvangst nam. Met een brede glimlach sloeg hij de aangeboden boterham af.

'Maar het is zelfgebakken brood met pekelvlees – uit Enånger!' probeerde tante.

De man glimlachte alleen maar en schudde zijn hoofd. 'In Gävle stapt er een collega in en we hebben een tafel in de restauratiewagen gereserveerd voor de lunch. Ik wil mijn eetlust niet bederven...'

'Waarom neemt u niet een klein stukje? Het meisje heeft de boterhammen gemaakt. Ze wil vast weten of ze geschikt zijn voor mensen van goede komaf. Ze heeft een dienstje gekregen bij een net gezin in Stockholm.'

Tante Helmi scheurde een stukje van de boterham af en gaf het aan de man.

Betty schaamde zich. Tante moest niet zo aandringen – zo bijzonder waren haar boterhammen niet.

De man zag haar beschaamde blik en nam het vriendelijk aan. 'Nou, een klein stukje dan. Om te proeven.'

Tante Helmi en de man voerden een gesprek bij de koffie, terwijl Betty langzaam op haar boterham kauwde. Ze was moe omdat ze vroeg was opgestaan en het lunchpakket had gemaakt. Pelle had haar voor de voeten gelopen en wilde proeven. Haar moeder had hem gezegd dat hij genoegen moest nemen met een boterham met suiker, dat het pekelvlees voor onderweg was. Toen haar moeder even buiten was, had Betty hem toch een stukje toegestopt, dat hij in één keer had doorgeslikt. Toen had hij zich met een bezorgde uitdrukking op zijn gezicht aan haar voeten op de grond laten zakken.

'O Betty, wat is het toch verdrietig dat je ons verlaat.'

Ze moest hem gewoon even in haar armen nemen, door zijn lichte haar woelen en hem wiegen als een baby. Ze zou zijn warme knuistjes en blauwe ogen missen. Zelfs de chagrijnige Edvin, die zelden sprak wanneer het niet nodig was, had gezegd dat hij zijn grote zus zou missen. Ze hadden haar met een heel serieuze blik uitgezwaaid.

'Wat een exquise boterham! Daar mag de juffrouw trots op zijn. Zit er ook mosterd op?'

De man glimlachte naar Betty en ze knikte met een verlegen glimlachje.

Tante Helmi ging enthousiast verder: 'Ze heeft aanleg voor koken. Ze is echt bekwaam. Ze gaat naar Stockholm, naar het chique Östermalm zelfs, waar ze als dienstmeisje gaat werken.'

'Met zo'n lief en vaardig meisje uit Hälsingland in de familie wordt het vast een succes.'

'Kent meneer dokter Molander misschien?' Tante Helmi nam zelf een grote hap van de boterham en veegde daarna de kruimels van haar boezem.

De heer glimlachte en verontschuldigde zich dat hij niet zoveel mensen uit Stockholm kende, in Uppsala kende hij meer mensen. 'Maar ik weet zeker dat de familie tevreden zal zijn; het is niet makkelijk om goede bedienden te vinden.'

Hij glimlachte weer naar Betty en ze glimlachte aarzelend terug. Zou ze het durven vragen?

'Weet meneer misschien of het mogelijk is om boeken te lenen bij een bibliotheek in Stockholm?'

Hij dronk het laatste restje koffie op en gaf zijn kopje terug aan tante Helmi. Toen draaide hij zich naar Betty en glimlachte nog breder. 'Een bibliotheek? Is mejuffrouw geïnteresseerd in boeken?'

Betty knikte verlegen naar de man.

Hij leunde achterover, sloeg zijn ene in een elegant kostuum gestoken been over het andere en knikte nadenkend. 'Warempel, mejuffrouw leest dus. Mag ik vragen wat mejuffrouw... Excuseer, ik heb uw naam niet goed gehoord.'

Betty's wangen werden knalrood en ze keek verlegen naar beneden, terwijl tante Helmi hen allebei snel voorstelde.

De man boog licht zonder op te staan en bleef naar Betty glimlachen. 'Ik ben Martin Fischer, universitair docent – het is me een genoegen. Vertel me nu eens, mejuffrouw Lind, welke literatuur u zoal hebt gelezen.'

Hij was dus docent. Zo'n verfijnde heer vond haar ongetwijfeld bespottelijk met haar lectuur. Ze beet op haar onderlip en vroeg zich af wat ze moest antwoorden. Zelfs Betty besefte dat er een verschil was tussen het ene en het andere boek. Alles wat ze het afgelopen jaar gelezen had, zou de fijnbesnaarde heer waarschijnlijk niet kennen of zelfs maar literatuur noemen. Tegelijkertijd was ze geamuseerd dat hij haar mejuffrouw noemde.

Tante Helmi keek haar hulpeloos aan, dit was onbekend terrein voor haar, ze las nooit. Alleen de krant.

Betty bevochtigde haar lippen en glimlachte kort naar tante Helmi voordat ze antwoordde: 'O, een beetje van alles. Ik ben dol op Selma Lagerlöf en Vilhelm Moberg. Daarna heb ik Ivar Lo, Moa Martinson en Elin Wägner gelezen, en een buitenlandse misdaadschrijfster die Dorothy Sayers heet en…' Ze zweeg plotseling toen ze de brede glimlach van de man zag. Die interpreteerde ze als dat hij haar uitlachte, dus hield ze haar mond en draaide zich blozend naar het raam. 'Excuseer, dat interesseert u natuurlijk niet.'

Hij stond ineens op, nam tot grote schrik van de vrouwen Betty's hand in de zijne en plofte naast haar neer. In zijn kielzog volgde de bijzondere geur van een dure scheerlotion, waar ze een tikje duizelig van werd. Hij glimlachte en kneep heel hard in haar hand. 'Niet stoppen, ik wil meer horen. Dus mejuffrouw is een boekenwurm? Een echte boekenliefhebber? Wat buitengewoon interessant en bijzonder. Ik geef zelf les in literatuur in Uppsala en ik vind het geweldig als ik bij een jong iemand enthousiasme voor literatuur bespeur. Misschien moet mejuffrouw zelf vroeg of laat gaan studeren?'

Tante Helmi trok een zuinig mondje en legde haar hand beschermend op Betty's knie. 'Studeren? Bewaar ons. Ze is naar de lagere school geweest en moet nu werken. We kunnen ons niets anders veroorloven.'

De docent keek met een benepen blik naar tante Helmi en Betty besefte dat hij in verlegenheid was gebracht. Hij stond rustig op en deed zijn mond open om iets te zeggen, maar op dat moment remde de trein af voor Söderhamn en moest hij weer gaan zitten. Betty vond het dwaas van zichzelf dat ze over het onderwerp was begonnen en sloeg haar blik neer. De coupé stroomde vol met andere passagiers en het gesprek met de chique heer kwam niet meer op gang. Tante Helmi haalde haar breiwerk tevoorschijn en Betty viel met haar hoofd tegen het raam in slaap.

De trein zou iets voor twee uur 's middags aankomen in Uppsala. Daar hadden ze tien minuten de tijd om over te stappen op de trein naar Stockholm. Betty wist dat tante Helmi opzag tegen de overstap.

Je moest je vaak door een menigte heen wurmen om uit te stappen, op het station was het rumoerig en het was niet zeker dat je op het traject naar Stockholm gemakkelijk een zitplaats kon vinden. Al twintig minuten voor Uppsala stond tante op, ze trok haar mantel aan en sleepte hun bagage het gangpad op. Betty stapte over de knieen van de andere passagiers heen en sommige mensen mompelden dat ze er allemaal in Uppsala uit moesten en dat je dus niet hoefde voor te dringen. Tante Helmi snoof en riep luid in het gangpad: 'Er is een verschil tussen uitstappen en overstappen! Men heeft tegenwoordig geen manieren meer!'

Betty sloeg haar blik neer, ze schaamde zich voor haar tante, maar probeerde zo vriendelijk mogelijk naar de andere passagiers te glimlachen. Net toen ze de coupé wilde verlaten, voelde ze een warme hand op haar arm.

'Wacht!'

Betty trok haar arm weg en keek ongerust naar haar tante, die al voor de deur van het rijtuig stond. De ogen van de docent stonden nu warm en vriendelijk, zonder de licht spottende blik die ze eerder had gezien. 'Ik wil graag dat mejuffrouw Lind dit boek aanneemt en het leest. En dat ze me dan misschien vertelt welke gedachten dit boek opwekt. Vergeet niet dat mejuffrouw altijd contact mag opnemen.'

Betty herkende de titel, *De beul*, niet, maar het boek zag er nieuw en verleidelijk uit. Ze glimlachte zo vriendelijk mogelijk en maakte dankbaar een knicks.

'En ga naar de Stadsbibliotheek aan de Sveavägen. Die is prachtig! Het is een tempel voor boekenliefhebbers.' Hij keek haar met oprechte genegenheid en enthousiasme aan, dus glimlachte ze terug voordat de coupédeur achter haar dichtging.

Ze bleef in de geur van scheerlotion staan en wist het boek in de valies te proppen die ze in haar hand had.

2

Het centraal station van Stockholm was enorm. Groter dan de kerk thuis, groter dan alles wat Betty ooit had gezien. En al die mensen die met grote tassen voorbijstormden! Kruiers met bontgekleurde petten trokken karren met nog meer bagage en krantenjongens riepen het nieuws om. Het rook er naar versgebakken brood, naar auto's en de lucht was vochtig. Betty was draaierig door de drukte en alle beweging om zich heen, wat er niet beter op werd toen ze het station uit liepen en er een rij taxi's op klanten stond te wachten.

'Ik hoop dat je fit en gezond bent, want we moeten een aardig eindje lopen voordat we er zijn.'

Betty knikte alleen maar, pakte de valiezen die ze vasthad steviger beet en liep achter tante Helmi aan door de straten. Ze kwamen een elegante dame tegen in een prachtige koffiebruine mantel met een bontkraag. De dame had prachtig geonduleerd haar, en op haar lichtgekleurde krullen troonde een geweldig stijlvolle, roestbruine hoed met een voile. Over haar arm hing een elegante krokodillenleren handtas die eruitzag als een buidel.

Betty stopte haastig haar vlechten onder haar hoed en verborg de stoffen handtas die ze van haar grootmoeder had gekregen. Stel je voor dat ze ooit zo'n hoed en tas zou kunnen dragen. En die krullen…

Ze kwamen langs allerlei bijzondere winkels met grote etalages, een groot warenhuis en een mooi park, en ze hadden het allebei een beetje koud toen ze de Jungfrugatan bereikten. Betty had onderweg vanaf het station al zoveel opvallende en mooie dingen gezien dat ze daar vele brieven naar huis mee kon vullen.

Het trappenhuis was groot en blonk als goud. Er was ook een knarsende lift vol tierelantijnen, maar tante Helmi wees naar de dienstingang. Dat trappenhuis had geen lift, was niet goudkleurig en had geen tierelantijnen.

Ze hadden net op de bel gedrukt of de deur werd al geopend door een oudere dame met krijtwit haar, die naar tante lachte, waarbij veel tandvlees zichtbaar werd.

'Ik verwachtte jullie al. Kom binnen, kom binnen.' Emma schudde hun de hand en Betty maakte een mooie reverence. Ze namen plaats aan een grote keukentafel en kregen boterhammen met lekker beleg en koffie. Het zou goed kunnen dat de boterhammen van de vorige dag waren, maar ze waren belegd met zachte, heerlijke leverpastei en met blauwe schimmelkaas, die Betty nog nooit had geproefd. Ze waren bovendien nog versierd met bouillongelei, peren en augurk. Hoe zou zij ooit zulke lekkere boterhammen kunnen maken, met zulk duur beleg?

'Denk je dat je het naar je zin zult hebben hier in Stockholm?'

Betty glimlachte verlegen en knikte.

Tante Helmi smakte luid toen ze een hap van haar boterham nam en zei grinnikend tegen Emma: 'Ze denkt dat ze tijd zal hebben om boeken te lezen en zich een kapper zal kunnen veroorloven. Ze beseft niet hoeveel werk haar wacht en hoe weinig ze verdient.'

Betty bloosde weer. Ze besefte ten volle dat ze hard zou moeten werken, maar ze kreeg toch wel een middag vrij?

Toen ze klaar waren, ruimde Emma de tafel af, en Betty zag dat de keuken vrij modern maar een beetje somber was.

'Ik zal je de dienstbodekamer laten zien. Ik heb hem zo netjes mogelijk gemaakt.'

Betty pakte haar valiezen en volgde de oude vrouw naar een kamer naast de keuken. Het was een kleine maar verrassend lichte kamer, ook al keek hij uit op de binnenplaats. Je kon de lucht zien en een grote eik die alle inkijk belemmerde. Het rook muf in het kamertje, en naar iets anders ondefinieerbaars wat Betty 'lichaam van een oud mens' zou noemen. Maar er stonden een tafeltje met lampet, een stoel, een smal bed tegen de muur en een ladekast met een radiotoestel erop. Betty's hart maakte een sprongetje toen ze het zag. Een eigen radiotoestel! 'Werkt die?'

Emma's gebochelde lichaam huiverde en ze knikte met een grimas. 'Tja, volgens mij wel. Ik heb het nooit geprobeerd. Bah, ik hou niet van die ondingen. Maar de dokter en mevrouw hebben afgelopen najaar een nieuwe gekocht en deze hebben ze toen aan mij gegeven. Je moet zelf je bed opmaken. En handdoeken heb ik daar neergelegd. Mevrouw zoekt regelmatig uit wat verkleurd en een beetje kapot is, en dan mag ik het gebruiken. Er is een watercloset in het huis en een gewone plee in de tuin. Zet je tassen maar neer, dan zal ik je nog wat dingen laten zien voordat ik vertrek. Mevrouw komt zo thuis en dan moet je haar gedag gaan zeggen. Misschien wil je je even wassen?'

Betty knikte, zette haar tassen netjes aan het voeteneind van het bed en wilde net wat water bij het fornuis gaan halen toen de bel van de keukendeur ging. Voordat Emma bij de deur was, ging hij al open en kwam er een jonge jongen binnen met een enorme mand in zijn armen, die met luide stem riep: 'De boodschappen van Nordiska Kompaniet! Mevrouw heeft ze besteld en ik kom ze bezorgen.'

'Birger, kom binnen en begroet dit meisje eens. Dit is Betty, die hier komt werken omdat ik wegga. Ze is net met de trein uit Hudiksvall aangekomen.' Emma nam de jongen bij de arm en duwde hem naar Betty toe.

De jongen leek van haar eigen leeftijd te zijn, of misschien iets ouder. Hij had bruine ogen en licht, krullend haar op een manier die Betty nog nooit eerder had gezien. Hij lachte vriendelijk, nam zijn pet af en stak zijn hand uit. Ze lachte terug en schudde hem de hand.

'Birger is de loopjongen en komt hier vaak met boodschappen. Hij is een slungelige lummel, die kort gehouden moet worden.' Emma lachte en gaf hem een mep met een krant die op tafel lag. De brede glimlach en vriendelijke toon deden vermoeden dat ze eigenlijk iets heel anders bedoelde.

'En Emma is een lieverd die altijd een lekker hapje heeft voor een arme, hongerige drommel. Dag dag, dames, tot de volgende keer.' Hij griste een van de kleine, chique boterhammen weg en stopte die in zijn mond, zette zijn pet weer op en knipoogde naar Betty voordat hij verdween.

Toen werd er vanuit de flat gebeld.

'Mevrouw is thuis, en ze wil Betty ontmoeten. Ga je haar maar even kammen, daarna gaan we naar binnen.'

Betty trok de deken op tot aan haar neus. Na de warme keuken voelde het koud aan in het kamertje. Eigenlijk moest ze gaan slapen, maar haar hoofd tolde van alle indrukken. Eerst de reis en daarna Stockholm met al zijn bedwelmende pracht en praal, en dan nog de woning en mevrouw.

Ze had zoveel over de vrouw van de dokter gehoord dat ze zich een angstaanjagende oude dame had voorgesteld. In plaats daarvan was ze een enigszins ongeïnteresseerde vrouw van middelbare leeftijd met donker haar, hangende oogleden en de gewoonte om voortdurend haar lippen te likken.

'Het ontbijt moet om zeven uur klaarstaan, dan eet de dokter voordat hij naar de praktijk gaat. De dokter wil pap, eieren en koffie geserveerd krijgen in de salon. Ik wil mijn thee en roggebeschuit om halfnegen op een dienblad in de slaapkamer. Nadat ik ben opgestaan, maak je het bed op en lucht je de slaapkamer en de salon, en dan bereid je in de keuken het eten voor de dag voor. De rest bespreken we morgen. De lijst ligt in de salon. Heb je nog vragen? Niet? Mooi. Je krijgt een fatsoenlijk loon en je hebt om de woensdagmiddag vrij en zo mogelijk enkele zondagmiddagen. Er hangen uniformen in de kast in de keuken, zowel voor dagelijks gebruik als voor het serveren. Als ze niet passen, moet je ze zelf vermaken. Zo!'

Betty had niet eens tijd om 'Ja, mevrouw' te zeggen voordat het voorbij was. Het was puur geluk dat ze Emma nog kon vragen waar de verschillende kamers in huis zich bevonden, zodat ze wist waar de slaapkamer was en waar de salon lag.

Haar hart bonkte een beetje toen ze erover nadacht hoe ze het voor elkaar moest krijgen om het ontbijt naar behoren te maken en dat ze vanaf morgen geacht werd om in haar eentje een heel huishouden te bestieren.

Ze had het uniform gepast en het was te breed en veel te lang, maar met behulp van wat spelden zou ze er toch nog redelijk toonbaar uitzien totdat ze het kon vermaken.

Betty dacht aan iedereen thuis. Aan haar broertjes die elkaar in de klepbank verdrongen om te kunnen slapen. O nee, Edvin had nu waarschijnlijk haar bed in het slaapkamertje gekregen. Dus dan lag alleen Pelle nog in de klepbank. Haar moeder zat waarschijnlijk in het laatste avondlicht bij het raam kleding te verstellen en kookte. Nu Betty niet meer thuis woonde en dus niet kon helpen, moest ze natuurlijk meer doen. Heel eventjes sprongen de tranen haar in de ogen. Wat was ze ver van huis. Ze was nu volwassen en hoorde zichzelf te kunnen redden. Emma zou morgenmiddag langskomen om haar nog wat dingen in de keuken te laten zien. Maar meteen daarna zou ze naar haar zus in Härnösand vertrekken.

Voordat Betty in slaap viel, herinnerde ze zich ineens het boek dat ze van de chique heer in de trein had gekregen. Ze kon niet anders dan opstaan en het uit haar tas pakken. Het was een prachtig, in leer gebonden boek met de titel en de naam van de auteur in goud gedrukt. Hoewel ze nog nooit van het boek had gehoord, kende ze de auteur, Pär Lagerkvist, wel van naam. Ze sloeg de eerste bladzijde open en er viel een visitekaartje uit met de woorden MARTIN FISCHER, UNIVERSITAIR DOCENT, in bordeauxrode reliëfletters. Daaronder stonden een adres en telefoonnummer in Uppsala. Ze streek zachtjes over het kaartje en glimlachte in zichzelf, waarna ze het weer in het boek stopte. Vanavond had ze geen energie meer om te lezen, maar er kwamen vast andere avonden. Glimlachend legde ze het boek op de stoel naast het bed en gaapte uitgebreid. Het was bijna elf uur, morgen moest ze vroeg op.

Op dat moment hoorde ze een deur hard dichtslaan, een mannenstem en hondengeblaf in de keuken. Betty sprong razendsnel uit bed, greep haastig de deken en wikkelde die als een sjaal om zich heen. Ze opende de deur naar de keuken en stond daar op blote voeten, met haar haren los over haar schouders, in de nachtjapon die ze van haar moeder had gekregen. In de keuken brandde het elektrische licht en Betty had alleen tijd om een beweging op te merken voordat ze bijna omver werd gelopen door een grote hond die op haar afstormde. Ze gilde en zocht op het laatste moment steun tegen de muur, terwijl de hond enthousiast kwispelde en haar handen en wangen likte.

'Jäger! Nee! Af, domme hond! Nee, zeg ik!' Achter de hond verscheen een man met grijzend bruin haar en vriendelijke blauwe ogen. De hond staakte zijn gespring en ging liggen, met zijn staart zwiepend tegen het vloerkleed.

'Lieve hemel, we hebben je vast schrik aangejaagd, lieve kind. Ik was helemaal vergeten dat je vandaag zou komen. Emma hoort nauwelijks iets, dus zij wordt meestal niet wakker van ons. Ben je bang voor honden?'

Betty glimlachte en ging op de grond bij de hond zitten, die vrolijk haar handen likte toen ze hem aaide. 'Helemaal niet, mijn oom had thuis een hond, die ik vaak uitliet. Een jachthond die een beetje op deze lijkt. O, wat ben je leuk. Ja, echt.'

De man knielde ook bij de hond neer en glimlachte naar haar. 'Jäger is bedoeld voor de hazenjacht, alleen heb ik maar zelden tijd om te jagen. Nu gaat hij met me mee naar de praktijk en is hij de reden dat ik overdag nog eens wat daglicht zie. Honden begrijpen dat je soms naar buiten moet. Heette je nou Betty?'

Betty bloosde toen ze zich realiseerde dat ze als een kind in haar nachtjapon op de grond zat met een hond in haar armen. Ze knikte, stond snel tegelijk met de dokter op en maakte een knicks, met de deken voor driekwart over haar schouders getrokken.

De dokter stak zijn hand uit ter begroeting. De handdruk was warm, droog en vriendelijk. 'Sliep je al? Het spijt me. Jäger en ik hebben zo'n vreselijke honger dat we ons afvragen of er misschien iets in de provisiekast ligt wat we kunnen krijgen voordat we naar bed gaan?' Zonder op antwoord te wachten opende hij de deur van de provisiekast en haalde er een schaal met koude aardappelen en biefstuk uit. Hij pakte een pilsje uit het donker, opende het en dronk rechtstreeks uit het flesje.

De hond ging vol verwachting aan zijn voeten zitten.

Betty ontwaakte uit haar verdoving en liep naar de provisiekast. 'Wilt u ook wat brood? Ik zag dat dat er was. En misschien boter en kaas? Ik zal het gaan snijden.' Ze gooide haastig haar deken van zich af en legde het brood op de snijplank. Ze herinnerde zich dat ze gezien had waar Emma snijmessen en bestek bewaarde, en in de provisiekast vond ze boter en kaas, die ze voor de dokter op tafel zette.

Hij at met veel smaak van de koude biefstuk en aardappelen, waarbij hij stukjes op de grond liet vallen voor de hond die ze zonder te kauwen opschrokte. 'Ahh, wat is dit heerlijk. Ik heb vanavond niet gegeten, want ik moest helemaal in Danderyd visite rijden.'

Ze ruimde de tafel af en hij keek geamuseerd naar haar en zei: 'Ga nu maar naar bed, lieve kind. Het spijt me dat ik je wakker heb gemaakt, maar het was leuk om gezelschap te hebben. En volgens mij ben ik nog nooit bediend door een Lucia.'

Ze glimlachte naar hem met een vragende blik. 'Een Lucia?'

'Ja, heb je niet gezien dat de krant hier in Stockholm elk jaar een mooi jong meisje tot Lucia benoemt? Die mag rondrijden in een slee om licht en vreugde te verspreiden?'

Betty schudde beschaamd haar hoofd. Nee, dat had ze niet gezien. Er was zoveel wat ze niet wist over het leven in Stockholm.

Jäger richtte zijn aandacht weer op haar en keek haar met een vragende blik aan toen ze het eten terugzette in de provisiekast. Heimelijk pakte ze een stukje gedroogde spekzwoerd en stopte het in de warme bek van de hond.

'Aha! Ik zag wel wat je daar deed. Nu heb je een bondgenoot voor het leven.' De dokter maakte schertsend een afkeurend gebaar met zijn wijsvinger en pakte zijn overjas van zijn stoel. 'Goedenacht, Betty. Ik zou graag morgenochtend hier in de keuken ontbijten. Is dat tegen zevenen klaar, denk je?'

Betty deed haar mond open om te zeggen dat mevrouw had gezegd dat ze het in de salon moest opdienen, maar toen besefte ze dat het veel gemakkelijker was als hij in de keuken at. 'Natuurlijk. Goedenacht, dokter.'

Ze liet de afwas staan tot morgenochtend en kroop weer in bed. Het was al middernacht, over minder dan zes uur moest ze opstaan.

3

Betty worstelde met de haarspelden om haar stomme, licht pluizige haar in een knot te houden. Ze had besloten haar haar in een knot te dragen tot ze naar de kapper kon. Het probleem was alleen dat ze niet genoeg spelden had en dat ze zo moe was. Ze had die eerste nacht aan de Jungfrugatan niet veel geslapen, maar ze hoopte dat het niet te veel zou opvallen hoe vermoeid ze was. Na wat laatste gepruts bleef haar haar netjes achter in haar nek zitten. Zo moest het maar. Onder het witte dienstmeisjeskapje zag het er nog redelijk volwassen uit, het was in ieder geval beter dan die ellendige vlechten.

Het was al laat en ze had het fornuis nog niet aangemaakt om pap en koffie te maken. Gelukkig was het houtfornuis gemakkelijk aan te steken. Het gasfornuis durfde ze nog niet te gebruiken, ook al had Emma gezegd dat het een zegen was. Om precies zeven uur ging de deur open en kwam de dokter binnen met Jäger naast zich, net toen ze de steelpan met pap van het fornuis tilde. Zijn haar was met water gekamd en hij bracht de geur van scheerlotion en zeep met zich mee. Onder zijn arm had hij een opgerolde krant.

'Goedemorgen, Betty. Heb je goed geslapen?'

Ze maakte een knicks, knikte en lachte zo vriendelijk mogelijk terwijl ze de pap aan de dokter opdiende. Ze hoopte dat roggemeelpap goed genoeg was, ze had niets anders gevonden in de provisiekast.

'Ik neem vossenbessen bij de pap en wat zout voor het ei...' Hij keek om zich heen en ze werd bleek toen ze zich realiseerde dat ze vergeten was het ei te koken.

'Het spijt me, dat ben ik vergeten! Ik ga direct...' IJverig liep ze naar de provisiekast en zocht de eieren. Het was moeilijk zoeken in een provisiekast die je niet kende. Betty prentte zich in dat ze de voorraad moest opnemen, als ze het huishouden goed wilde bestieren. Ze vond in elk geval een mandje met veel bruine eieren erin. Ze nam er een uit en zette snel het steelpannetje op het fornuis. Ze slikte moeizaam, om niet in huilen uit te barsten. Hoe kon ze haar eerste opdracht vergeten?

De dokter kriebelde de hond en keek haar glimlachend aan. 'Zo erg is het toch niet? Ik kan ondertussen wat koffie nemen. En ik wil mijn ei graag zachtgekookt.'

Hij sloeg de krant open en begon te lezen nadat ze koffie voor hem had ingeschonken.

Ze vroeg zich af hoe ze in hemelsnaam de tijd voor het ei moest bijhouden. Thuis aan de Bagargatan zei haar moeder altijd dat je daar gevoel voor moest hebben. Hoelang moest het ei koken om zachtgekookt te zijn, zoals de dokter wilde? Ze ging naar de provisiekast en sloot haar ogen. Dan kon ze haar hartslag tellen, want haar hart sloeg ongeveer één keer per seconde. Ze wist dat er zestig seconden in een minuut zaten en dat voor een zachtgekookt ei ongeveer vier minuten nodig waren. Nu kookte het water, en ze telde stilletjes voor zichzelf in de duisternis terwijl ze naar de droge etenswaren op de plank keek. Binnenkort moest ze meel kopen, zag ze, en koffie en misschien ook...

'Betty? Waar ben je gebleven?'

Het ei was nog niet klaar, maar als de dokter riep, moest ze natuurlijk komen. 'Hier! Ik tel mijn hartslag.'

Hij keek glimlachend op van de krant. 'Wat doe je, zei je?'

Ze schaamde zich een beetje, liep snel naar het fornuis, pakte de steelpan van het vuur en legde het ei in koud water. 'Tsja, ik wist niet precies hoelang het ei... Ik denk altijd dat een hartslag een seconde is. En zo is het makkelijker om de tijd bij te houden, dus ik...' Verward zocht ze in de kasten naar een eierdopje, totdat de dokter zelf opstond en er een uit de buffetkast haalde.

Het zout vond ze wel, en dat zette ze op tafel. Ze maakte van de gelegenheid gebruik om het koffiekopje van de dokter bij te schenken toen hij ging zitten en zijn ei tikte. Hij lachte bedachtzaam naar haar. 'Je bent getalenteerd en vindingrijk. Maar zou het niet makkelijker gaan met een zandloper? Tot je het op gevoel kunt? Ik zal kijken of ik iets kan vinden op de praktijk. Misschien kun je het morgen iets korter koken?'

Ze bloosde, maar vatte het toch op als een soort loftuiting. 'Wil de dokter geen boterham bij zijn koffie? Er is spek als beleg.' Ze dacht aan de ontbijtjes die thuis werden klaargemaakt. Maar daar maakten ze ook boterhammen klaar als lunchpakket voor de zagerijmedewerkers.

Hij schudde zijn hoofd en veegde zijn mond af terwijl hij opstond. 'Nee, boterhammen eet ik tijdens de lunch.'

Betty keek hem geschrokken aan. 'O! Had ik een lunchpakket moeten maken? Ik wist niet...'

De dokter keek haar verbaasd aan en deed de deur naar de hal open. Betty snelde achter hem aan en hield zijn overjas omhoog zodat hij zijn armen gemakkelijk in de mouwen kon steken. Hij draaide zich om en pakte zijn hoed en handschoenen van het hoedenrek. 'Lunchpakket? Nee, bewaar me. Ik bestel iets bij het café aan de overkant. Jäger, kom!'

Betty kon het niet laten de zachte oren van de hond te aaien toen hij voorbijliep, en in het voorbijgaan likte hij haar hand.

'Vandaag hoop ik op tijd thuis te zijn voor het diner. Wat gaan we eten?'

Betty bloosde en slikte. 'Ik weet het niet, dokter. Mevrouw zou met me doornemen wat ik...' Ze slikte opnieuw en lachte naar hem voor hij de deur opende. 'Zeg eens, dokter, wat zou u willen als u mocht kiezen?'

Hij bulderde van het lachen en zijn lach echode door het trappenhuis. 'Ik hou van haring. Ik hoop dat je haring kunt bereiden.' Toen was hij weg.

Betty deed de afwas van het avondeten en het ontbijt. Daarna maakte ze van de gelegenheid gebruik om in de keuken rond te kijken. Ze opende zorgvuldig elke kast en lade in de hele keuken en bekeek de dienkamer. Er waren allerlei mooie en vreemde dingen waarvan ze nauwelijks wist wat ze ermee moest doen. De provisiekast was goed gevuld, ook al vond ze dat er wat dingen ontbraken. Ze zou mevrouw moeten vragen of ze boodschappen moest doen. En haring? Zou ze haring maken voor het avondeten of zou mevrouw iets anders kiezen? Van het nadenken over eten kreeg ze trek, maar omdat ze niet wist wat ze mocht nemen, wachtte ze tot ze het kon vragen. Ze voelde echter een grote aandrang om naar de plee te gaan. Er was een watercloset, maar Emma had tegen haar gezegd dat ze dat alleen in noodgevallen mocht gebruiken. Ze sloeg een gebreid vest om haar schouders en glipte stilletjes door de dienstingang naar buiten, de trappen af en de binnenplaats op. Er stond een rij privaathuisjes met geribbelde groene deuren, en ze besefte dat mevrouw daar nooit kwam. Een vrouw met grijs, warrig haar en een vuil vest glipte langs Betty. De vrouw keek haar schuw aan en veegde haar mond af voordat ze gehaast naar het huis recht tegenover hen ging. Betty bleef even staan en keek naar de lucht. Hoog boven haar zag ze een glimp wolken en blauwe lucht. De eik voor haar raam was de enige boom, en die strekte zijn takken als armen naar de hemel.

'Dag! Ben je nieuw hier?' Bij het horen van een vrolijke stem draaide ze zich om, en daar stond een jong meisje dat bijna net zo gekleed was als zijzelf, maar haar kleren hadden een betere pasvorm. Een blauwe jurk met een wit schort en een klein kapje op glanzend donkerbruin haar in een modern kapsel.

'Ik heet Viola en ik ben dienstmeisje daar op nummer negenendertig, bij redacteur Engström. Ben jij de nieuwe van de dokter, na die oude Emma?' De ogen van het meisje waren vrolijk en grijs en ze had een stevig, gezond lichaam. Het meisje stak haar hand uit en Betty schudde hem en knikte.

'Ik heet Betty. Ik ben hier gisteren met de trein uit Hudiksvall aangekomen.'

'Ik hoorde van Emma dat er een nieuwe zou komen. Wat fijn om een nieuwe vriendin te hebben die meer van mijn eigen leeftijd is. Hoe oud ben je? Ik ben twintig.'

'Zeventien.' Betty voelde plotseling dat haar maag verkrampte. Ze moest echt naar de plee, maar Viola was zo aardig dat ze moeilijk plompverloren kon weggaan. Ze draaide zich voorzichtig om.

Het meisje glimlachte en knikte met haar hoofd in de richting van de hokjes: 'We nemen die aan het uiteinde. Die zijn minder vaak bezet. En naast elkaar, dan kunnen we praten!'

Zonder verder nadenken hield ze de verste deur voor Betty open en glipte toen zelf het hokje ernaast in. Na een kleine aarzeling deed Betty het haakje aan de binnenkant door het oogje en liet zich opgelucht op de zitplank zakken.

'Zit je lekker?' Viola's stem door de muur was dichtbij, maar ver genoeg weg om niet gênant te zijn.

Al snel wist Betty van alles over haar nieuwe vriendin. Dat ze uit Norrtälje kwam en acht broers en zussen had. Dat ze bijna een jaar in Stockholm als dienstmeisje werkte en zich 'als een vis in het water' voelde bij de redacteur. Het was een gemakkelijke baan, hoorde Betty, want ze hadden geen kinderen en waren erg modern, en ze verdiende goed; zestig kronen per maand. Soms serveerde ze extra bij mensen thuis om wat bij te verdienen. En zodra ze kon, zou Viola op kantoor of in een restaurant gaan werken en echt goed gaan verdienen. Ze wilde zo lang mogelijk wachten met trouwen en hooguit twee kinderen krijgen.

'En nooit zoveel als mijn moeder! En jij?'

Betty steunde haar hoofd in haar handen, met haar ellebogen op haar knieën, en vertelde over iedereen thuis, over haar vader die gestorven was en haar moeder alleen had achtergelaten. Over haar moeder, wier lichaam versleten was van het werk in de zagerij en over haar broertjes, die ze meer miste dan ze wilde toegeven.

Uiteindelijk waren ze allebei door en door verkleumd, en ze rondden hun bezigheid snel af.

Viola glimlachte en sloeg haar vest strakker om zich heen. 'Waarom spreken we niet elke ochtend hier af? Volgens redacteur Engström is het goed dat vrouwen voor elkaar zorgen, zodat geen man hen kwaad kan doen. Vorig jaar is er een dienstmeisje aan de Sibyllegatan toegetakeld door een zwerver.'

Betty knikte. Ze had het prettig gevonden, zij het een beetje vreemd.

'Trouwens, ik ga om tien uur boodschappen doen. Misschien kunnen we samen gaan?'

Betty zei dat ze graag meeging, zolang het paste in de plannen van mevrouw.

'Ach, ik weet hoe het meestal gaat. Ik wacht hier om tien uur. Tot ziens!'

Mevrouw zou al snel haar thee en roggebeschuit willen en Betty waste zich gehaast en zocht in de provisiekast naar de thee; de roggebeschuiten had ze al gezien. Er waren er nog maar een paar, dus nam ze aan dat ze bijna nieuwe moest bakken.

Toen het theewater aan de kook was, deed ze theeblaadjes in de theepot, zoals de oude mevrouw Skoglund haar had geleerd, en ze liet de thee trekken terwijl ze twee roggebeschuiten op een mooi bordje legde. Ze neuriede wat voor zich uit. Viola leek aardig en fatsoenlijk. Misschien kon ze wel een kapper aanbevelen.

Hm, wilde mevrouw boter en marmelade bij de beschuiten zoals de oude mevrouw Skoglund of at ze ze zonder beleg? Om geen fouten te maken, deed ze een klontje boter in een schaaltje en sinaasappelmarmelade in een ander en zette die naast de beschuiten op het dienblad. Suiker en room natuurlijk, en de gezeefde thee in een pot naast het theekopje. Om één minuut voor halfnegen zette ze het dienblad op haar heup en klopte aan bij mevrouw.

De slaapkamer was in het halfduister gehuld en het was lastig om iets te zien, vooral omdat ze nog nooit binnen was geweest. Onbeholpen stond ze in de deuropening, waar het licht was.

'Hier! Op het nachtkastje naast me, natuurlijk!'

Betty draaide zich in de richting van de geïrriteerde stem en nu haar ogen aan het halfdonker gewend waren, ontwaarde ze vaag een bed aan de rechterkant. Ze nam kleine stapjes om nergens over te struikelen en wist uiteindelijk het dienblad op het nachtkastje neer te zetten.

'Trek de gordijnen maar een stukje open.'

Aarzelend zocht ze haar weg naar het raam en opende de zware, naar stof ruikende ribfluwelen gordijnen, waardoor het licht de kamer binnenstroomde.

'Stop, stop, niet zo ver! Ik moet eerst wakker worden.'

Betty bleef bij het raam staan, met haar handen gevouwen voor haar buik, niet zeker of er nog iets van haar verwacht werd.

De vrouw in het bed had zich opgehesen tot een zittende positie. Haar haar zat in een haarnetje, waardoor ze er deerniswekkender uitzag dan de vorige dag. Kreunend draaide ze zich om naar het dienblad op het nachtkastje en wuifde chagrijnig. 'Dien de thee maar op, dan kan die een beetje afkoelen.'

Ze snelde erheen en schonk de thee zo netjes mogelijk uit de pot. De doktersvrouw hield haar scherp in de gaten terwijl ze bezig was. 'Je hoeft geen hele pot te maken, één kopje is voldoende. En hij hoeft ook niet zo sterk te zijn. Ik eet de beschuit zo, zonder boter!'

Betty knikte en neeg lichtjes. 'Zal ik de boter en marmelade weghalen? Ik wist niet hoe u...'

De vrouw in het bed wuifde opnieuw en nipte van haar thee. 'Nee, dat hoeft niet. Laat daar maar staan. Over een uur kun je het dienblad ophalen.'

Betty neeg weer. Ze voelde hoeveel trek ze had en zette zich ertoe stotterend uit te brengen: 'Dat zal ik doen, mevrouw. Maar ik vraag me af wat ik met mijn eigen ontbijt moet doen? Wat kan ik eten en wanneer komt het uit...'

'Bewaar me, heb je niet gegeten? Dat doe je altijd zodra de dokter klaar is. En je kunt pap eten zoals de dokter, toch? Of wat je gewoonlijk als ontbijt eet. Vandaag hoef je geen lunch te maken, want ik ga koffiedrinken met de vrouw van kolonel Ryd, maar je moet boodschappen doen en het diner voorbereiden dat de dokter en ik om zes uur in de salon nuttigen. Wat ga je maken?'

Betty deed haar mond open en weer dicht. Ze wist niet wat ze kon verwachten of wat voor diner de dokter gewoonlijk had op een dinsdag. Dus vroeg ze uiteindelijk: 'Wat wil mevrouw?'

De vrouw in het bed nam een grote slok thee en wuifde slap met haar andere hand. 'Maak maar wat je wilt, zolang het niet te duur is. Je doet boodschappen bij Ekmans en bij de levensmiddelenwinkel, daar wordt het opgeschreven.'

Betty wilde net vragen waar die zich bevonden toen de telefoon in de gang ging. Ze keek vragend naar de vrouw van de dokter, die naar de gang wees. 'Neem even op. Ik kom zodra ik mijn negligé heb aangetrokken.'

Haastig ging Betty naar de hal, waar de grote zwarte bakelieten telefoon bijna opsprong bij elk belsignaal, en ze pakte de hoorn op. 'Met het huis van dokter Molander.'

Een afgeknepen mannenstem vroeg naar mevrouw en Betty legde de hoorn net naast het toestel toen de doktersvrouw naast haar kwam staan en snel de hoorn naar zich toe trok. Ze wuifde Betty met haar vingers weg.

Het was fijn om de keukendeur achter zich dicht te trekken en op een stoel te gaan zitten. Hard werken en eten koken was leuk en niet al te moeilijk, maar Betty ging zweten van al het buigen, voor iemand kruipen en de juiste dingen doen, en ze raakte erdoor in de war.

Ze keek een tijdje uit het raam. Ze wist zoveel niet, en ernaar raden was helemaal niet gemakkelijk. Ze keek op de klok, over drie uur kwam Emma en dan moest ze alles vragen wat ze wilde weten. Ze kon haar vragen het best opschrijven. Maar eerst moest ze ontbijten. Ze aarzelde wat ze zou nemen. Natuurlijk had ze vanmorgen een dubbele portie pap moeten maken, maar nu was de pan al afgewassen. Zou ze een boterham met spek durven nemen? Van dat geurige donkere brood, met boter en een beetje mosterd en misschien zelfs een schijfje augurk? En koffie, die mocht ze toch wel voor zichzelf zetten? Ze kon het maar beter niet vragen en gewoon doen.

Genietend nam ze een slokje hete koffie en ze nam grote happen van de boterham terwijl ze nadacht over haar vragen aan Emma. Sommige dingen zou ze aan Viola vragen. Zij leek veel te weten.

De klok in de gang sloeg het halve uur en ze ging het dienblad met thee halen. Mevrouw had zich intussen aangekleed en zat aan haar bureau te schrijven. Zonder zich om te draaien, zei ze met een knikje naar achteren: 'Pak het dienblad maar. Als ik klaar ben, kun je het bed opmaken en de kamer luchten.'

Betty maakte een knicks, met het dienblad in de hand. 'Ik heb afgesproken met een dienstmeisje dat ik op de binnenplaats heb ontmoet. Om tien uur. Ze zou me laten zien waar ik boodschappen kan doen. Ik hoop dat dat kan?'

De doktersvrouw draaide zich om en keek Betty over haar bril heen aan. 'Dienstmeisje? Welk dienstmeisje?'

'Ze heet Viola. Ze werkt bij redacteur Engström op nummer negenendertig.'

De doktersvrouw likte haar lippen af, schudde zacht haar hoofd en draaide zich terug naar haar bureau. 'Aha, die kleine flirt, ja, die serveert hier weleens. Jazeker, het zou prettig zijn als je een vriendin had die je kon laten zien hoe het er in de grote stad aan toegaat. Je lijkt een beetje onbeholpen.'

Betty maakte nogmaals een knicks voordat ze het dienblad meenam naar de keuken.

4

In Stockholm rook het anders dan thuis. En wat was het druk op straat. Paardenkoetsen, trams, bussen, auto's en karren die ratelden, knarsten en bromden. Hakken die op de kasseien tikten, boodschappenjongens die populaire deuntjes floten, geschreeuw en stemmen van talloze mensen. Beneden aan de kade langs de Strandvägen toeterde een boot. Betty bleef staan en nam alle geluiden en geuren met open mond in zich op.

'Kom, we hebben niet de hele dag de tijd.' Viola haakte haar arm in die van Betty en zette de blauwe baret goed die ze haar geleend had. Toen ze Betty's muts had gezien, had ze haar hoofd geschud en was toen weer helemaal naar boven gerend om haar eigen afgedankte baret te halen. Viola zelf droeg een leuke hoed, van voren over haar pony getrokken, precies zo eentje als Betty wilde. Het was erg aardig van Viola om haar baret uit te lenen. Ze zag dat veel mensen een baret droegen. Maar niemand droeg een muts. Wat een geluk dat ze zich niet hoefde te schamen.

Viola wees naar alle winkels en huizen waar ze langs kwamen en vertelde erover. Ze namen zelfs de tijd om langs de koninklijke schouwburg te lopen, om te kijken of ze een van de grote acteurs zagen. Maar dat was niet zo. Viola zei dat ze veel later kwamen, dat ze tot laat in de ochtend uitsliepen.

'Maar ik heb een keer Edvin Adolphson en Tora Teje hier buiten gezien. Zij droeg een boa van bont en een hoed met een pauwenveer!'

Betty prentte zorgvuldig de route in haar hoofd en besloot te proberen een andere keer terug te komen. Edvin Adolphson, dat zou iets zijn om over naar huis te schrijven aan haar moeder en Anna!

Ekmans was een grote kruidenierswinkel. Veel groter dan alle kruidenierswinkels in Hudiksvall, zelfs groter dan Öhmans. Minstens tien mannen in witte jassen bedienden van achter de toonbank gehaast de klanten. Wat een geluk dat ze samen met Viola was, die voordeed hoe alles werkte! Viola kocht meel, gort, sardines en zeep bij een jongeman met een brede lach, waardoor zijn witte tanden goed te zien waren.

'Zo, wat is er nog meer van uw dienst, mejuffrouw Viola?' Hij leunde over de toonbank en overdreef zijn bewegingen om de meisjes te laten lachen. Viola gaf hem een tikje op zijn hand toen hij het pakje zeep langer vasthield dan nodig.

'Dat was alles. Schrijf het maar op rekening van Engström. Nu kun je het nieuwe dienstmeisje van dokter Molander bedienen.'

De winkelbediende glimlachte naar Betty en knipoogde. Ze voelde dat ze, ergerlijk genoeg, ging blozen en sloeg haar blik neer.

'O, kijk eens aan, een verlegen bloempje van het platteland, zeker?'

Betty keek met een ruk op. Was het zo duidelijk dat ze niet uit Stockholm kwam? Ze rechtte ogenblikkelijk haar rug en keek de winkelbediende strak en ernstig aan. Ze zei, met dezelfde ferme stem waarmee ze haar broertjes altijd toesprak als ze te veel lawaai maakten: 'Roggemeel, koffie, erwten, havermout en twee kilo haring! Op rekening van dokter Molander.'

De winkelbediende keek haar verbaasd en een tikje geamuseerd aan. 'Ai, ai, de dokter en zijn vrouw hebben een nieuwe helleveeg. Dan moeten we oppassen.' Tegelijkertijd knipoogde hij naar haar en begon de spullen af te wegen.

Viola gaf haar een duwtje tegen haar arm en fluisterde vertrouwelijk in haar oor: 'Goed gedaan. Die winkelbedienden denken dat ze heel wat zijn.'

Met kushandjes achterom liepen ze de straat op, elk met een mand in hun hand.

Hun tijd raakte op en ze moesten terug naar huis. Betty bedacht dat ze Viola van alles had willen vragen.

'O, dat komt nog wel, hoor. We zien elkaar morgenochtend weer. Wat ga je koken voor het avondeten?' Viola liet de mand heen en weer zwaaien en neuriede zacht een bekend deuntje.

'Ik wilde haring bakken. De dokter zei dat hij er dol op was.'

Viola bleef bij haar buitendeur staan. 'Ik ga gegratineerde sardines maken, denk ik. Je kunt het recept wel krijgen. Wanneer ben je vrij? Dan kunnen we misschien iets leuks doen.'

'Ik weet het niet zo goed. Misschien op zondag of volgende week woensdagmiddag.'

Viola knikte. 'Ja, ongetwijfeld, dan had Emma ook vrij. Ik zal kijken of ik kan regelen dat ik dan ook vrij ben. Dan laat ik je wat van de stad zien. Dag!' Ze glimlachte en liep naar binnen, Betty pakte de mand en zeulde hem de trappen op.

Ze had net de boodschappen op de keukentafel gezet toen de keukendeur openging en de doktersvrouw binnenkwam.

'Nou, geweldig, hoor! Je was de sleutel vergeten en had de deur niet op slot gedaan. Hier: de sleutel van de keukendeur.' De doktersvrouw had rode lippenstift op en rook naar poeder en parfum. Ze droeg een elegante hoed, een bontboa om haar nek en een chic mantelpak van donkerblauwe Schotse schapenwol, en ze gaf Betty een sleutel met een groen katoenen lint eraan.

'De lijst ligt op de eettafel in de salon. Lees hem maar door, dan kun je beginnen. Kwam Emma nou om halfeen?'

Betty knikte opgelaten en nam de sleutel aan. Ze had zich nog niet eens ontdaan van haar mantel en baret, en haar haar was uit haar knotje gegleden. De lijst? Daar zou ze later wel naar vragen. Ze wilde ook iets over het eten vragen. Wat kon zij nemen als de doktersvrouw weg was? En waar stonden de schoonmaakspullen? En ze moest naaigerei lenen, om haar werkkleding te vermaken. En was haring als avondeten wel goed genoeg? Maar de doktersvrouw draaide zich snel om en liep naar de hal.

'Dus: om zes uur diner in de salon. Goedemiddag.'

Betty had alleen tijd voor een knicks, maar ze kon niets meer zeggen voordat de doktersvrouw weg was.

Later, toen de haring was schoongemaakt en in volle melk lag te weken, ze deeg had gemaakt voor roggebeschuit en ze de laatste biefstuk en de koude aardappelen uit de provisiekast had verorberd, ging ze op verkenning in het huis. Het was veel gemakkelijker nu ze zich geen zorgen hoefde te maken dat de doktersvrouw haar zou zien. Afgezien van de slaapkamer van de Molanders was er nog een kleinere slaapkamer met uitzicht op de binnenplaats, waarvan ze aannam dat het de oude jongenskamer van hun zoon was. De salon lag naast de bibliotheek; beide kamers waren gigantisch. Haar mond viel bijna open toen ze de grote, overvolle boekenkasten zag. Zoveel boeken had ze nog nooit bij iemand thuis gezien. Ze kon zich niet inhouden: ook al wist ze dat ze veel te doen had, ze móést de boekenkast wel onderzoeken. O, wat stonden er geweldige boeken, in prachtige banden! Strindberg, Lagerlöf, *De graaf van Monte Cristo*, Dickens, *De dame met de camelia's* en Fröding. Ook stonden er boeken met kleurrijke foto's van vreemde landen, vogels en andere natuurfoto's. Ze trok er voorzichtig een paar exemplaren uit en bladerde erdoorheen met een gretigheid die haar hart deed bonken van vreugde. Stel je eens voor dat je zoveel boeken bezat! En dat je ze kon lezen wanneer je maar wilde!

In de salon stonden ook enkele ouderwetse fauteuils naast een sierlijk, glanzend goudkleurig tafeltje. Maar het opvallendst was een grote eettafel van donker, glanzend hout met veel stoelen. Hier moest ze het eten dus opdienen. Haar maag verkrampte weer. Hoe moest ze weten welk servies, bestek en welke glazen en tafelkleden de juiste waren?

Toen klonken er voetstappen in de hal en werd ze geroepen door Emma. Ze moest de salon later maar verder inspecteren.

Betty zweette door de hitte van het fornuis. Maar de laatste gebakken haringfilet met dille en peterselie kon bijna op de schaal worden gelegd en de aardappelen konden zo gestampt worden. Haar haar was weer uit haar knotje gegleden en het zweet liep over haar rug. Het was moeilijk geweest om het eten op tijd klaar te hebben. Emma was maar blijven praten, koffie blijven drinken en herinneringen blijven ophalen in plaats van haar tot hulp te zijn. Het was alsof ze de antwoorden op al Betty's vragen niet meer wist. Ze wist niet waar het naaigerei was, en toen Betty naar de schoonmaakspullen vroeg, wees ze naar de provisiekast. Zij wilde juist dat Betty kwam zitten luisteren naar verhalen over het zomerhuis aan de scherenkust waar de dokter en zijn vrouw elke zomer naartoe gingen en over hun zoon Carl-Axel toen hij klein was. Betty, die het beschuitdeeg nog moest bakken en de aardappelen nog moest schillen, had moeite om stil te blijven zitten. Ze kon gewoon niet rustig zitten als er nog zoveel te doen was. Van tijd tot tijd mompelde Emma iets over 'de lijst' en voegde er dan aan toe: 'Ja, ja, maar geen zinnig mens kan dat allemaal bijhouden.' Zo discreet mogelijk was Betty toch begonnen de beschuiten te bakken en de aardappelen te schillen. Ze nam aan dat Emma een beetje in de war was en dat ze die 'lijst' had verzonnen.

Ten slotte had ze Emma de deur uit gewerkt en netjes afscheid van haar genomen, want Emma zou die middag al naar haar zuster in Härnösand gaan. Vlak voor haar vertrek had Emma echter een helder moment gehad en had ze Betty gewezen wat het dagelijkse servies was, wat het feestelijke en wat alleen bij bijzonder plechtige gelegenheden werd gebruikt. Vervolgens had ze met een paar handbewegingen laten zien hoe het gasfornuis werkte. 'Mevrouw wil dat je het gebruikt. Ze houdt niet van de warmte van het houtfornuis.'

Betty beet op haar lip en deed haar best het te onthouden.

'Goed dat je haring maakt, dat is het lievelingsmaaltje van de dokter. Mevrouw wil gestoofde kip met bechamelsaus, de jongeheer houdt van gehaktballen, en die lieve Olof prijst mijn zalmschotel altijd. Majoor Liljenberg eet bijna alles, maar hij houdt het meest van stoofvlees, en voor de zogenaamde vrienden van de dokter hoef je alleen boterhammen te maken. Dat is meer dan genoeg. Hier zijn mijn recepten uit de tijd waarin ik hier heb gewerkt. Misschien kun je die gerechten leren koken?'

Emma gaf haar een blauw schrift vol recepten en een beduimeld exemplaar van het *Prinsessenkookboek*. Betty nam beide dankbaar aan en vroeg zich af wie al die mensen waren over wie Emma het had gehad.

Toen was ze eindelijk verlost van de oude vrouw en had ze de haringfilets gebakken. Nu was het tijd om de tafel te dekken. Emma had een klein tafelkleed van een mengeling van linnen en katoen laten zien dat ze op het uiteinde van de tafel moest leggen, waar ze alles op kon zetten: borden, glazen en bestek. Wat dronken ze bij het eten? Melk of pils of misschien vossenbessenlimonade? En welke glazen moest ze nemen? Ze streek een paar bezwete plukken haar weg en zuchtte.

Op het uiteinde van de tafel lagen wat getypte papieren die met een paperclip aan elkaar zaten. Eerst dacht ze dat de doktersvrouw ze was vergeten en ze wilde de papieren net op het bijzettafeltje leggen toen haar blik op het opschrift viel: LIJST VOOR DIENSTMEISJE VAN DOKTER EN MEVROUW MOLANDER. Ze legde de borden en het bestek neer, pakte de lijst op en nam hem door. Het waren vier dichtbeschreven bladzijden met zeer gedetailleerde instructies over alles wat er in huize Molander moest gebeuren. Pagina na pagina met kopjes als WEKELIJKSE KLUSJES en DAGELIJKSE KLUSJES. Betty las de pagina's vluchtig door en was stomverbaasd. Hoe zou ze dit ooit allemaal op de juiste manier gedaan krijgen? Ze slikte moeizaam, om niet in huilen uit te barsten. Wat verlangde ze nu naar het eenvoudige keukentje thuis in Åvik. Ach, mamma, was je maar hier. Maar toen zag ze op de pendule dat de dokter en mevrouw zo direct thuis zouden komen om te eten en ze vermande zich en dekte de tafel zo netjes mogelijk. Ze nam de lijst mee naar de keuken. Daar aangekomen spatte ze water op haar wangen en over haar polsen en deed voor de duizendste keer haar haar weer netjes in een knot. Ze haalde diep adem, schikte haar schort en bracht het eten naar de salon.

5

'Je mag me nog wat filet serveren, dat was echt heerlijk.' Betty neeg en bloosde van blijdschap om de lof. De dokter en mevrouw hadden met smaak de knapperig gebakken haringfilets met gesmolten boter, vossenbessenjam en aardappelpuree gegeten. Mevrouw had eerst een afkeurende blik op de boter geworpen, maar toen niemand keek had ze een flinke hoeveelheid over de puree geschonken. De dokter had het eten al bij de eerste hap geprezen, had toen een borrel uit de kast in de bibliotheek gehaald en schonk er nu nog een in voor bij de nieuwe portie. Mevrouw, die water dronk bij het eten, had zelfs gezegd dat de haring 'heel smakelijk' was.

Na het eten wilden de dokter en mevrouw koffie in de bibliotheek en Betty zette die, serveerde hem en ruimde de tafel af, alles met snelle bewegingen. Ze was zo moe dat ze er scheel van keek, maar eerst moest ze de afwas nog doen.

Ze schrobde de vuile vaat, spoelde en droogde het serviesgoed en bestek af en borg alles op in de kasten. Pas toen ze klaar was, besefte ze dat ze zelf niets had gegeten. Ze stak om te proeven een haringfilet in haar mond en vond dat hij perfect gekruid was, maar ze merkte ook dat ze veel te moe was om eten voor zichzelf klaar te maken. Net toen ze zag dat het bijna kwart voor tien was en ze geeuwend een haarspeld uit haar knotje trok, stond de doktersvrouw plotseling in de keuken, met Jäger aan de riem. 'De dokter gaat slapen, hij moet morgen voor dag en dauw op. Maar de hond moet nog naar buiten om zijn behoefte te doen. Voordat je naar bed kunt, moet je met Jäger nog een stuk over de Karlavägen wandelen. Welterusten.' Ze gaf Betty de riem en de hond keek Betty vriendelijk aan met zijn zachte ogen. Haar hele lichaam protesteerde, maar er zat natuurlijk niets anders op, de hond moest uitgelaten worden. Haastig trok ze haar mantel aan, zette haar baret op en dacht er op het laatste moment aan om de sleutel mee te nemen.

Buiten was het bitterkoud. Maar Jäger danste vrolijk om haar benen en ging van links naar rechts om te snuffelen en zijn behoefte te doen. Na een tijdje voelde ze zich wat kwieker. De koele avondlucht was aangenaam en verkwikkend. Bij de Karlavägen zag ze meer mensen die de hond uitlieten. Even vroeg ze zich af of ze bang moest zijn dat ze lastiggevallen zou worden, maar net op dat moment blafte Jäger fel naar een dronken man die over straat wankelde. Ze was goed beschermd.

's Avonds was het rustiger in Stockholm, althans hier in Östermalm. Een paar taxi's, een paar stelletjes die in elkaar verstrengeld naar het park Humlegården wandelden en, zoals gezegd, andere hondenbezitters en dienstmeisjes. De hond deed zijn behoefte en de klok van de Hedvig Eleonora-kerk sloeg tien uur. Betty draaide zich om en ging naar huis. Het dier zocht haar blik, ze aaide hem en hij likte haar. Het voelde veel prettiger nu ze het laatste stukje naar huis glimlachend met Jäger kletste.

Ze gaf de hond water en wat restjes en toen ze het licht in de keuken uitdeed, stond hij gretig naast haar te kwispelen. Waar moest ze hem laten? Sliep hij bij de dokter en mevrouw in de slaapkamer? Daar kon ze hem onmogelijk binnenlaten. Of mocht hij gewoon zelf gaan liggen waar hij wilde?

Hij ging op de keukenmat liggen, keek toe hoe zij zich klaarmaakte voor de nacht, en deed toen zijn ogen dicht en viel in slaap met zijn kop tussen zijn voorpoten.

Ze maakte van haar haar een lange vlecht die over haar rug viel en probeerde zich in haar nachtjapon enigszins te warmen aan het fornuis. Het was ijskoud in de dienstbodekamer, morgen moest ze eraan denken de deur open te zetten om de warmte uit de keuken binnen te laten. Haastig kroop ze in het koude bed. Haar voeten leken wel ijsblokken. De wandeling en de kou hadden haar vermoeidheid verdreven, en ze stond op en deed het elektrische lampje op de ladekast aan. Daar lag het boek dat ze de vorige dag van die chique heer had gekregen. Hoe heette hij ook alweer? Martin! Martin Fischer. Ze zei de naam twee keer hardop en glimlachte. Ze nam het boek mee naar bed, ging liggen en begon te lezen. Al snel was ze verdiept in een vreemd, sprookjesachtig verhaal waar ze zich moeilijk van kon losrukken. *De beul* – de magische, gemene…

Ze hoorde de kerkklok weer slaan. Eerst het halve uur, toen het hele uur en toen weer het halve uur. Met tegenzin legde ze het boek neer en deed het licht uit. Haar hart bonkte, haar hoofd tolde en haar voeten waren ijskoud. Hoe zou ze nou in slaap kunnen vallen? Opeens gleed er een schaduw voorbij en ze wilde net gillen van schrik toen een warm hondenlichaam op het voeteneind van haar bed sprong en rondjes draaide. Met een diepe zucht legde Jäger zijn zware kop op haar been en ze voelde de warmte langzaam terugkeren in haar voeten. Ze besefte dat dit waarschijnlijk niet mocht, maar op dit moment vond ze het de beste oplossing voor al haar problemen. Ze werd overmand door vermoeidheid en viel snel in slaap.

Om precies zeven uur stonden het bord pap, het kopje koffie en het ei klaar voor de dokter. Ze had zich tot het uiterste ingespannen om alles vandaag goed te doen. En toen hij binnenkwam met de krant onder zijn arm stonden zij en Jäger netjes in de houding bij het fornuis. De dokter moest lachen toen hij het zag.

'Jäger, ouwe deugniet, heb je me verlaten voor de warmte van het fornuis en een paar zachte vrouwenhanden?'

De hond begroette zijn baas door hard kwispelend zijn staart tegen het kleed te slaan, maar keek ook vriendelijk naar Betty, die net pap uit de pan inschonk.

'Heeft hij de hele nacht hier in de keuken geslapen?' De dokter ging aan de keukentafel zitten en strooide vossenbessen over de pap.

Betty werd een beetje rood en slikte. 'Nou, eh... Niet echt in de keuken. Hij...'

De dokter keek op en zijn blauwe ogen fonkelden. 'Vertel me niet dat hij stiekem in bed heeft geslapen?'

Betty keek vertwijfeld naar beneden. Wat als ze een uitbrander zou krijgen? 'Alstublieft dokter, ik was net in slaap gevallen... en het was zo verschrikkelijk koud in de kamer. Dus warmde hij mijn voeten op...' Ze zweeg, in het besef dat ze het alleen maar erger maakte. Het klonk alsof ze klaagde. 'Ik bedoel, ik had het pas door toen... Het spijt me!' Ontzet keek ze naar hem op, voorbereid op het ergste.

'Jäger, Jäger, wat ben je toch een deugniet,' zei de dokter lachend, en hij aaide de jachthond over zijn kop en goot extra melk over de pap. Hij keek even op naar Betty en besefte plotseling dat ze bang was dat ze een standje kreeg. 'Ach, lieve Betty, ik vind het niet erg. De meeste nachten slaapt hij op het kleed bij mijn bed, maar als je hem in de keuken kunt velen, vindt iedereen, ook mijn vrouw, dat een veel betere oplossing. Je hoeft hem misschien niet altijd in bed te hebben? Schenk nu de koffie maar in, als die klaar is.'

Opgelucht ging Betty naar het fornuis en pakte met de pannenlap de koffiepot en schonk voorzichtig de koffie in. Ze had vanmorgen twee keer zoveel ontbijt gemaakt als gisteren en was van plan hetzelfde te eten als de dokter zodra hij weg was.

'Vandaag was het ei perfect, Betty, hoewel ik de zandloper uit de praktijk was vergeten. Hoe heb je dat opgelost?'

Betty glimlachte en haalde de bakplaat met roggebeschuiten tevoorschijn die de hele nacht hadden liggen drogen en zette hem op het marmeren werkblad. 'Ik ben druk aan het leren. Wil de dokter een versgebakken beschuit bij zijn koffie?' Ze hield hem er een voor, zoals ze altijd deed bij haar broertjes, en hij nam de beschuit net zo gretig aan als zij.

'Je verwent me.' Tevreden doopte hij de beschuit in de koffie en prees de knapperigheid en kruidigheid, waarna hij opstond en zijn mond afveegde.

Net als de vorige dag liep ze achter hem aan naar de deur, gaf hem zijn overjas en hoed, en maakte de riem van Jäger vast. De dokter trok zijn overjas aan, sloeg zijn sjaal om zijn nek en nam de riem aan die ze hem overhandigde. Hij bleef even staan, met zijn hoed in de hand.

'Het is fijn dat je hier bent komen werken. Dat vinden Jäger en ik allebei.' Ze bloosde, opende de voordeur en hij zette zijn hoed op en vertrok.

Na het ontbijt ging ze even zitten met de lijst. Er stond op wat er allemaal van haar verwacht werd, en dat was nogal wat. Elke minuut leek geregeld:

> *Om acht uur moet de keuken schoongemaakt zijn. In de hal: schoenen poetsen, kleren en laarzen afborstelen. De lunch van de dag voorbereiden. In de badkamer: de vloer schrobben. Leidingen, radiatoren en afsluiters schoonmaken (leg de natte schrobdoek op de lange borstel). De tegels schoonmaken, de badkamerdeur aan de binnenkant, de badkamerkast ook bovenop. Kranen en leidingen poetsen. In de bibliotheek: vloerkleed kloppen. Lambrisering en deuren schoonmaken. De ruggen van de boeken afstoffen. De radio en het tafeltje eronder mogen niet worden aangeraakt. Stof onder meubels en in hoeken is verschrikkelijk! De schilderijen afstoffen en de zilveren bekers poetsen tijdens de maandagse schoonmaak.*

Zo ging het maar door, bladzij na bladzij. De maandag was voor het poetsen van zilver, messing, aluminium, het naambordje en de radiatorkranen. De dinsdag voor de was, de woensdag voor de slaapkamers, de donderdag voor…

Betty nam een diepe teug lucht en probeerde rustig te ademen. Ze moest veel handiger worden om dit allemaal af te kunnen krijgen. Vandaag zou ze de slaapkamer in elk geval met extra zorg schoonmaken. Maar mevrouw sliep toch nog? Aan de andere kant had ze deze week niet schoongemaakt of gewassen. Plotseling was haar goede humeur vervlogen, ze liet haar hoofd in haar handen zakken en huilde.

6

'Maak je maar geen zorgen om haar. Mijn mevrouw gaf me toen ik begon ook zo'n lijst, maar die ligt nu in de provisiekast. Ze proberen het altijd, weet je. Nee, het belangrijkste is dat je voor de lopende zaken zorgt. Als ze iets extra's gedaan willen hebben, kunnen ze iemand inhuren.'

Het was goed om Viola's stem door de pleemuur te horen. Ze had meteen gezien dat er iets mis was en was erin geslaagd Betty alles over de lijst te ontlokken. Betty snoot haar neus en haalde diep adem. Ze zou zich niet laten ontmoedigen. Ze zou haar best doen.

'Ook al waren jullie met z'n drieën, dan zou je dat niet allemaal in een week kunnen doen. Dat begrijp je toch wel? Dat de doktersvrouw alles gedaan zou willen hebben is iets anders. Dan mag ze zelf een schort voorbinden of, zoals ik al zei, iemand inhuren om het te doen. Ik weet dat Emma hulp had met de was en de grote schoonmaak, dat kun jij toch ook regelen?'

Ze waren klaar en troffen elkaar buiten de plee. Betty snoot opnieuw haar neus en Viola omhelsde haar en zei lachend met haar brede mond: 'Nou, wanneer heb je vrij? Word je zondag vrijgelaten? Of pas volgende week woensdag? Ik heb het gevoel dat je eruit moet en wat leuke dingen moet zien in Stockholm.'

‘Ik weet het niet. Ik heb het nog niet gevraagd.’

‘Maar lieverd, dat moet je wel doen! Ga het vandaag nog vragen. Je moet toch weten wanneer je vrij bent?’

Betty trok voorzichtig aan de vlecht die nog over haar rug hing. ‘Viola, ik zou graag mijn haar laten knippen en onduleren op die stijlvolle moderne manier. Weet jij een plek waar je...’

Viola glimlachte en schudde haar donkere haar heen en weer. ‘Jazeker. Laat me maar weten wanneer je vrij bent en je loon hebt gekregen, dan maak ik een afspraak bij de beste en goedkoopste kapper van Stockholm.’ Ze stak haar vinger in de lucht en bewoog die swingend heen en weer. ‘Tot straks, op dezelfde tijd als gisteren. Vandaag hebben we ook tijd om naar de fourniturenwinkel te gaan. Dag dag!’

Betty glimlachte nog steeds toen ze de trappen op rende naar de keuken. Alles voelde nu lichter. Tijdens het handen wassen keek ze in de spiegel. Haar neus was weliswaar een beetje rood en glimmend, maar die kon ze wel met koud water deppen. Ze beet op haar lippen en kneep even in haar wangen voordat ze de thee en de beschuit voor mevrouw ging klaarmaken.

Maar toen ze het dienblad op het nachtkastje had neergezet, voorzichtig de gordijnen had opengetrokken en zich omdraaide naar de doktersvrouw, daalde haar stemming weer. Mevrouw keek stuurs en afwijzend toen Betty met haar handen verstrengeld voor haar buik bij het bed bleef staan.

‘Ja? Wilde je iets?’ De doktersvrouw boog zich voorover en roerde in het kopje.

‘Nou, ik wilde gewoon, gewoon vragen naar... wanneer... wanneer...’ Ze schaamde zich voor haar gestotter maar het was heel moeilijk om de vraag uit te spreken toen ze geen respons kreeg van de doktersvrouw, die nu op de rand van het bed zat en haar nek in verschillende richtingen rekte alsof die stijf was.

‘Ik versta niet wat je probeert te zeggen. Kun je er snel mee komen of me anders rustig mijn thee laten drinken?’

Toen lukte het niet meer. Betty droop af zonder iets te zeggen. Het kwam blijkbaar door de slaapkamer. In plaats daarvan liep ze nauwkeurig de provisiekast na en schreef op wat er ontbrak. Ze had melk nodig, meer eieren, suiker en gistpoeder. En wat zou ze voor het avondeten maken?

Toen ging de keukendeur open en kwam de doktersvrouw binnen. Ze droeg een elegante blauwe jurk van dunne wol en glanzende bruine schoenen met hakken. 'Ik ga uit en ben om ongeveer drie uur terug. Dan wil ik thee en versgebakken scones. Trouwens, als je de bedden hebt verschoond, kun je de spullen uitwassen die in de waszak in de slaapkamer zitten. In de kast in de gang liggen schone lakens. Vouw het vuile beddengoed maar op en breng het naar de wasserij.'

Ze had geen tijd om iets te vragen. Niet wat scones waren, niet waar de wasserij was en ook niets anders voordat de doktersvrouw met een wolk van parfum om zich heen verdwenen was. Ze keek op de klok. Ze zou net tijd hebben om de slaapkamer op te ruimen voordat ze met Viola had afgesproken om boodschappen te gaan doen.

Eerst zette ze het raam wijd open. De straat baadde in de zon en de frisse oktoberlucht stroomde de ietwat muffe slaapkamer binnen. Ze trok snel de van een monogram voorziene lakens met kanten randje van het bed en bedacht dat het waarschijnlijk lang geleden was dat de bedden waren verschoond, want de lakens waren smoezelig en gescheurd aan de randen. Ze legde de dekens en kussens bij het raam en vouwde de sprei op die op een stoel was gegooid.

De slaapkamer was niet erg groot. Aan de zware stoffen en gedempte kleuren was te zien dat hij vijftien of twintig jaar geleden modern en elegant was geweest. Op het nachtkastje van de dokter lagen enkele tijdschriften met de titel *Onze strijd*, die ze zorgvuldig op een nette stapel legde. Er lag ook een tijdschrift met jonge, sterke mensen in felle kleuren en opdringerige teksten in zwarte en rode letters. Dit blaadje legde ze boven op de stapel. Op het nachtkastje van de doktersvrouw durfde ze niets aan te raken, maar ze veegde de beschuitkruimels en theekringen er wel zo goed mogelijk af. Er stonden een flesje druppels en een glas water. Ze besloot dat ze het aandurfde het glas naar de keuken te brengen om het af te wassen. Op de kaptafel was het al net zo'n rommeltje: honderden haarspelden, vieze plukjes haar, lippenstiften in verschillende kleuren lagen verspreid over het tafelblad en er stond een grote parfumfles met pompje. Daarnaast lagen borstels, kammen en krulspelden. Voorzichtig verzamelde ze de haarspelden in een doosje en probeerde de andere spullen te ordenen. De spiegel stofte ze af.

Toen de kamer gelucht, geveegd en gestoft was en ze de bedden had opgemaakt, was ze toch tevreden. Ze trok de gordijnen halfdicht, zodat de zon zijn weg naar binnen kon vinden zonder de kamer verzengend warm te maken. Het was bijna tijd om boodschappen te gaan doen, ze neuriede wat en was blij dat ze met Viola het zonnetje in kon gaan. Net toen ze de slaapkamerdeur wilde dichttrekken, herinnerde ze zich de woorden van de doktersvrouw over de waszak. Ze had die zak alleen iets verplaatst bij het vegen, hij hing aan de zijkant van de kledingkast en zat bomvol.

Treurig maakte ze de zak open en ze zag dat er inderdaad veel wasgoed in zat. Ondergoed dat waarschijnlijk gekookt moest worden. Met hangende schouders nam ze de zak mee naar de keuken. Ze had straks bij de buitendeur afgesproken met Viola, misschien kon ze de kleren van tevoren in wat zeep en warm water laten weken?

Ze vulde de badkuip met zo warm mogelijk water en loste er wat zeep in op. Toen kiepte ze de zak leeg in het bad. Er waren katoenen mannenonderbroeken, fijne dameskousen van zalmroze charmeuse, onderjurken, onderhemden en sokken. Allemaal erg vuil en smoezelig. Het ging heel lang duren voordat alles schoon was. De tranen sprongen haar weer in de ogen en ze moest hard op haar lip bijten om niet te huilen. Ze haalde diep adem, deed er nog wat warm water bij en haastte zich toen naar de wachtende Viola.

Toen ze terugkwam, had ze enorme trek. Viola had haar laten zien waar de fourniturenwinkel was en had haar geholpen naalden en garen te kopen op Molanders rekening. Daarna waren ze arm in arm over de Nybrogatan naar het Östermalmstorg gelopen, Betty had verschillende keren gelachen om Viola's kostelijke grappen en had op het plein groenten en bloemen gekocht. Vandaag was het Betty die tijdens het winkelen flirtte en grapjes maakte met de winkelbedienden. Ze kreeg er rode wangen van en het maakte haar opgewekter dan ze in lange tijd was geweest. Gelukkig had Viola niets gevraagd over haar vrije middag, dat was fijn. Ze besloot dat ze het vanavond na het eten zou vragen, wanneer de dokter thuis was. Ergens had ze het gevoel dat het makkelijker zou gaan als hij er was.

Ze mengde snel een deeg dat ze van Viola had geleerd en dat blijkbaar voor 'scones' was. Het deeg was kliederig, maar gemakkelijk in kleine hoopjes te verdelen op de bakplaten, en de scones waren snel klaar. Snel at ze een koude haringfilet op een boterham en ze maakte gebruik van de gelegenheid om de resterende haringfilets in een azijnmengsel te leggen.

Toen moest ze even doorbijten en met de was beginnen. Ze kookte de katoenen mannenonderbroeken en onderhemden in loogpoeder. Charmeuse kon niet tegen hitte of een dergelijk wasmiddel, dus de kledingstukken van die stof borstelde ze schoon met zeep. Ze was niet onbekend met andermans was, maar ze had zelden zulk vuil en smerig ondergoed gezien als dat van de dokter en mevrouw. Het was moeilijk voor te stellen dat zulke chique mensen hun achterste zo slecht afveegden.

Terwijl ze op haar knieën voor de laatste keer het ondergoed in bad spoelde, hoorde ze de deur opengaan en de doktersvrouw thuiskomen.

'Betty? Waar ben je?'

Betty had geen tijd om op te staan voordat de doktersvrouw de deur, die op een kiertje stond, verder had opengeduwd.

'Wat doe je in hemelsnaam? Wat doe je daar?'

Ze stond onhandig op en probeerde het haar dat uit haar knotje was geglipt terug te stoppen. Haar handen brandden en waren rood van de hitte en het loogpoeder, dus ze hield ze achter haar schort en probeerde naast het watercloset een knicks te maken.

'Ik doe de was, mevrouw. Ik dacht…'

'Maar niet híér! Niet in de badkamer, in hemelsnaam. Je spettert en maakt een zootje van onze mooie badkamer. Er staan grote wasketels in de kelder. Begrijp je dat soms niet? Waar kom je vandaan, wat voor gepeupel doet de was in de badkamer en keuken? Heb je geen enkele opvoeding gehad?!'

Dat laatste schreeuwde ze uit in de keuken, toen ze de braadpan met kookwas zag. Betty knipperde een paar keer, maar voelde toen toch de ergerlijke tranen stromen. Ze zei niets. Wat kon ze zeggen? De doktersvrouw bleef schreeuwen en Betty wrong zo snel ze kon het ondergoed uit in de badkuip en stopte alles in een grote mand die de doktersvrouw uit een kast in de hal had gehaald en haar toewierp.

'Breng alles naar de zolder, daar hang je de was op aan onze lijnen. Dan kom je naar beneden en maak je de keuken en de badkamer schoon. Bah! Foei, wat is dit voor gedrag?'

Betty tilde de zware mand op haar heup en deed haar mond open om te vragen hoe ze op zolder kon komen toen de doktersvrouw weer begon te schreeuwen.

'En hoe zit het met mijn thee, en mijn scones? Nou? Zei ik niet dat die om drie uur klaar moesten zijn?'

Betty deed haar mond weer open, eindelijk lukte het haar te antwoorden met een door tranen verstikte stem: 'Ze zijn klaar. Ik moet alleen het theewater nog opzetten. Heeft mevrouw liever dat ik met de thee begin, zodat ik later de was kan ophangen?'

Misschien was het haar betraande gezicht of misschien was het haar stem die de doktersvrouw uit haar woede deed ontwaken. Ze haalde haar schouders op en liep hoofdschuddend naar de slaapkamer.

'Serveer de thee in de bibliotheek, dan kun je straks de was ophangen. Je gaat de trap op bij de keuken en dan helemaal omhoog naar de zolder. De was moet aan de lijnen rechts worden gehangen, bij het raam.'

Betty zette de zware wasmand bij de deur neer en zette toen de ketel op. Ze veegde de tranen uit haar ogen en legde de merkwaardige 'scones' op een bord. Viola had gezegd dat ze geserveerd werden met boter en marmelade, dus maakte ze zo netjes mogelijk een dienblad op en bracht het naar de bibliotheek, waar de doktersvrouw de post al zat door te nemen.

'Hier, je hebt een brief gekregen.' Ze stak Betty een brief toe en haar woede leek vervlogen. Nadat Betty het dienblad had neergezet, nam ze de brief aan en stopte hem in haar schortzak. De doktersvrouw richtte zich weer op de post en lette niet op haar toen ze de kamer verliet.

7

Op zolder was het kalm en stil. En het licht stroomde naar binnen door een raam zo groot als een kerkraam. Vanaf hier kon je heel ver kijken. Tot de Hedvig Eleonora-kerk aan de ene kant en helemaal tot de Karlavägen aan de andere kant. Betty slaakte een diepe, snotterende zucht en zette de mand op de grond. Toen ging ze op een balk zitten en haalde de brief uit haar zak. Hij was van haar moeder. Het zien van haar moeders krullerige handschrift op de envelop was genoeg om haar tranen weer te laten stromen. Ze verlangde naar huis. Wat verlangde ze toch vreselijk naar huis.

Haar moeder schreef over haar broertjes, de buren en het werk in de zagerij. Ze schreef beeldend, hoewel de woorden niet helemaal juist gespeld waren, en Betty zag de keuken thuis aan de Bagargatan gewoon voor zich. Toen ze hem uit had, herlas ze de hele brief gretig en het drong tot haar door dat haar moeder de eerste avond na haar vertrek al geschreven moest hebben. Zodra ze even tijd had, zou ze ook antwoorden en alles vertellen. Niet de nare dingen, natuurlijk, maar over Viola en de schouwburg en de stijlvolle straten en mensen in Stockholm. Ze droogde haar ogen zorgvuldig met de zoom van haar schort. Er stond een zacht briesje en door de zon baadde de zolder in een aangenaam licht. Betty stond op en hing de was op.

Ze had faluworst met mierikswortelsaus gemaakt voor het diner. De dokter en mevrouw hadden met smaak gegeten, maar ze hadden haar niet geprezen om het eten. Toen ze het dienblad met koffie binnenbracht en op het tafeltje in de bibliotheek zette, vatte ze moed en maakte een reverence.

'Ik moet mijn uniform vanavond vermaken, dus ik vroeg me af of u nog iets anders wenste?'

De doktersvrouw schonk de dokter koffie in en antwoordde zonder op te kijken: 'Je kunt gaan zodra je de afwas hebt gedaan. Morgenochtend ontbijt ik met de dokter in de salon. Ik neem de vroege trein naar Nyköping.'

Betty knikte, beet op haar lip, haalde diep adem en vroeg: 'En ik wil graag weten hoe het zit met mijn vrije dag. Tante Helmi en ik dachten...' Ze wist niet waarom ze loog over tante Helmi. Ze had haar helemaal niets gevraagd, maar ze vond het makkelijker om over haar te praten dan over Viola.

De dokter keek op van zijn krant en keek haar mild glimlachend aan over zijn bril heen. 'Hebben jullie dat nog niet afgesproken? Is dat niet altijd om de woensdagmiddag en om de zondagmiddag, Louise?'

De doktersvrouw roerde in haar kopje en haalde haar schouders op. 'Ja, zoiets. Tenzij het ons niet uitkomt, uiteraard.'

Betty wilde nog steeds een duidelijk antwoord, dus vervolgde ze: 'Dus deze zondagmiddag? En volgende week woensdag?'

De doktersvrouw zette haar kopje hard op tafel en stak een sigaret op, de dokter had zijn aandacht alweer bij de krant.

'Ja, deze zondag is prima. We gaan toch naar een matinee met diner. Volgende week woensdag weet ik nog niet.'

Betty voelde zich plotseling opgelucht en blij, maar wilde echt een duidelijke toezegging. 'Dat is dus zondagmiddag vanaf twaalf uur?'

De doktersvrouw nam een lange trek van haar sigaret en ademde met een diepe zucht uit. 'Vanaf één uur. Je moet eerst een stevig zondagsontbijt voor ons maken, de afwas doen en de hond uitlaten.

Dan kun je vertrekken. En je moet uiterlijk om zeven uur terug zijn.'

Lichtvoetig haastte Betty zich naar de keuken. Eindelijk had ze nieuws voor Viola!

Die avond waste ze af, kneedde ze brooddeeg en liet het rijzen, vermaakte haar uniform en probeerde een nieuw kapsel uit. Ze had ook tijd om een brief naar huis en een aan Anna te schrijven, en was net in bed gekropen om het boek te lezen dat ze van de chique heer had gekregen. Ze had de deur naar de keuken opengelaten zodat de warmte binnen kon komen.

Het was een vreemd boek. Ze had nog nooit zoiets gelezen en wou dat ze met iemand kon bespreken waar het eigenlijk over ging. In plaats daarvan besloot ze wat gedachten neer te pennen over wat ze las. Ze wist niet precies waarom, maar het voelde gewoon makkelijker.

Op dat moment glipte Jäger hevig kwispelend naar binnen. Ze aaide de hond en trok de deken net om zich heen toen de dokter plotseling in de deuropening stond. 'Hij wilde eerst jou begroeten voordat hij naar buiten ging. Hij is helemaal verliefd op je.' Ze glimlachte en wilde net opstaan toen hij afwerend zijn hand hief. 'Nee, nee blijf maar, lieve Betty, ik geef hem gewoon wat te eten en dan gaan we een avondwandeling maken. Wat lees je?'

Jäger slobberde de etensresten op en ze hield glimlachend het boek op voor de dokter. 'O, gewoon een boek dat ik cadeau heb gekregen. Ik hou van lezen. Ik ging thuis altijd naar de bibliotheek.'

Hij knikte en trok zijn mond grappig scheef, waardoor hij er jong uitzag. 'Nou nou, Lagerkvist... Het zou beter zijn als je boeken uit de bibliotheek hier leende. Zou je dat leuk vinden?'

Haar ogen werden groot en haar glimlach werd nog breder. 'Ja, alstublieft. O, echt, dokter? Welke mag ik lenen?'

Hij lachte om haar gretigheid en stapte over de drempel van de dienstbodekamer. Ze rook duidelijk zijn scheerlotion en een tabaksgeur. Hij keek haar aan en zei: 'Ik zal wat voor je klaarleggen om mee te beginnen. Hoe gaat het, werkt de radio?' Hij knikte naar het radiotoestel op de ladekast.

Ze sprong op haar blote voeten en met loshangend haar uit bed. 'Ik heb het nog niet durven proberen. Hoe werkt hij?'

Hij draaide, tikte en duwde wat aan de knoppen en plotseling klonk er een mannenstem die zacht uit de luidspreker zong. De dokter was verheugd en zong met een aangenaam zachte bariton mee met het lied, met zijn armen dramatisch uitgestrekt als een zanger op het toneel:

Het gebeurt maar één keer en nooit meer,
het is te mooi om waar te zijn.
Uit de hemel viel het
en ik behield het,
mijn fortuinlijke gouden geluksflorijn.
Het gebeurt maar één keer en nooit meer,
is alles een droom die niet bestaat?
Eens in je leven
wordt het je gegeven,
een avontuur dat snel voorbijgaat.
Eens in je leven
wordt het je gegeven,
want mei is het maar één keer per jaar.

Betty applaudisseerde enthousiast. 'O, wat mooi, dokter. Minstens zo goed als Hilmer Borgeling zelf.'

De dokter boog en ze moesten allebei lachen. 'Hij kan niet harder, daarom hebben we een nieuwe gekocht. Maar je hoort het vast prima. Weet je nu wat je moet doen?' Hij keek haar komisch aan, ze draaide en drukte wat net als hij, en plotseling zweeg de radio. Ze moest twee keer laten zien dat ze het kon en toen was hij tevreden. Jäger, die intussen zijn eten op had, kwam kwispelend naar haar toe. Ze aaide hem en keek glimlachend op naar de dokter, die nu zweeg en naar haar keek. Hij was plotseling serieus, maar zei niets. In verlegenheid gebracht deinsde ze achteruit naar het bed, en hij bukte zich en lijnde de hond aan. Ze begreep niet wat er zojuist was gebeurd.

'Goedenacht, Betty. Ik neem straks de andere deur, dan stoor ik je niet. Doe de keukendeur maar achter me op slot.'

Ze wist niet wat ze moest zeggen en bleef gewoon staan kijken hoe hij wegging.

Om zeven uur had ze het ontbijt in de salon opgediend. Eieren en pap voor twee en roggebeschuit met thee voor het geval dat. De doktersvrouw zag er moe en geïrriteerd uit en reageerde nauwelijks op Betty's 'goedemorgen'. De dokter was verdiept in de krant en keek niet eens op toen ze de kopjes neerzette. Alleen Jäger lag in de gang en kwispelde vriendelijk naar haar elke keer dat ze langsliep. Ze stopte hem een beschuitje toe en hij beloonde haar door haar enthousiast af te likken.

'Je wast je toch wel grondig als je zo met de hond rotzooit? Het is onhygiënisch om je door de hond te laten likken en dan met voedsel te werken.' De doktersvrouw zwaaide met haar paplepel toen ze het enthousiasme van de hond zag en Jäger liet zich bij de deur op de grond zakken, alsof hij besefte wat hij had veroorzaakt.

Betty knikte en waste haar handen onder de kraan voordat ze de pan met pap pakte om af te wassen.

De doktersvrouw trok haar handschoenen aan, trok een elegante mantel aan met een kraag van wasbeerbont en zette een hoed van hetzelfde bont op. 'Vandaag is het donderdag. Dat betekent afstoffen en verstellen. In de mand in de salon liggen kleren en andere spullen die gerepareerd moeten worden. We krijgen gasten voor het diner dus je moet iets smakelijks maken.' Ze draaide zich om en Betty moest haar tegenhouden.

'Gasten? Hoeveel komen er en wat wil mevrouw dat ik kook?'

'We zullen met vier, misschien vijf mensen zijn en het hoeft niets bijzonders te zijn, maar wel goed klaargemaakt en smakelijk. Ik wil een dessert, maar geen soep vooraf.'

Betty's hart begon te bonken en ze dacht koortsachtig na. Wat zou ze in hemelsnaam maken?

Op dat moment belde de taxichauffeur aan en verdween de doktersvrouw terwijl ze riep: 'Ze komen om halfzeven! Halfzeven!'

Toen Betty terugkeerde naar de salon, was hij leeg. De afwas stond al in de keuken. De melk stond in de koelkast en Jäger en de dokter waren door de keukendeur weggegaan. Op tafel lag een stapel boeken.

Ze was van plan het brooddeeg te kneden en te bakken, maar liet zich op een stoel aan de keukentafel zakken en tilde de boeken op. Er waren prachtige in leer gebonden exemplaren van *Löwensköldska ringen*, Kiplings *Het jungleboek*, boeken van Verner von Heidenstam en nog veel meer. *Het jungleboek* was prachtig geïllustreerd, en terwijl ze erdoorheen bladerde rilde ze van genoegen dat ze dit allemaal zou kunnen lezen. Maar toen herinnerde ze zich wat er allemaal moest gebeuren, ze legde de stapel boeken voorzichtig op de ladekast in de dienstbodekamer en begon het deeg te kneden.

8

'Je kunt een feestkrans met gehakt maken. Met aardappelen en erwten. Dat is modern en lekker. Ik weet zeker dat die in de smaak valt. Ik zal je het recept geven. En zondag gaan we naar het openluchtmuseum, Skansen.' Viola liep al kwebbelend naast Betty. Op een van de straathoeken bleef ze staan, ze trok Betty zacht aan haar arm en wees: 'Daar! Zie je de man met dat groene petje? Dat is Valle, hij is geweldig!'

Betty keek naar wie Viola wees. Een jongeman in een tweedjasje fietste op volle snelheid op hen af en remde vlak voor Viola's heen en weer zwaaiende mand.

'Dag, Viola. Hoe gaat het?' Hij had een vrolijke blik in zijn ogen en een pony, die alle kanten op wapperde door de wind.

Betty werd voorgesteld en voelde zich ogenblikkelijk een beetje overbodig toen Viola en Valle grapjes begonnen te maken. Ze maakten snedige opmerkingen en Betty merkte dat Viola haar best deed om werelds en Stockholms te klinken. Niet zoals 's ochtends, als ze op de plee zaten en door de wand heen over het leven praatten. Dan was het dialect uit Roslagen licht te horen en kon Betty vrijuit praten, zonder het gevoel te hebben dat ze boers en anders klonk. Nu vond ze het moeilijk om zelfs maar haar mond open te doen. Ze maakte zich zorgen over het diner en wilde zo snel mogelijk kopen wat ze nodig had.

Ze liep langzaam naar de winkel en wierp een blik op Viola. Ze was er bijna toen Viola haar bij de arm greep. 'Waar ga je naartoe? Je laat me toch niet in de steek? Valle komt zondag ook naar Skansen, dan zijn we met een hele groep. Ik heb Bojan gesproken, zij is heel goed met kapsels. Ze heeft beloofd naar je haar te kijken en je een beetje te helpen. En dan eten we worstjes en wandelen we door Skansen. Wat zullen we het gezellig hebben!'

Betty tilde haar arm op en ze liepen gearmd de winkel in.

'Ruim de tafel maar af, dan drinken we daarna koffie met een likeurtje in de bibliotheek.'

Betty knikte en maakte een knicks voor de doktersvrouw, met de borden op haar arm. Ze zweette en hoopte dat het niet te zien zou zijn als ze zich uitrekte. Een van de heren, met een middenscheiding en dikke lippen, streelde haastig haar dij onder haar jurk, wat aan het oog werd onttrokken door de tafel. Ze deinsde terug en keek geschrokken op naar de heer, die lachte en zijn sigaar bleef roken zonder haar aan te kijken. Haar moeder had haar gewaarschuwd dat dit kon gebeuren, maar toch werd ze erdoor overvallen. Ze probeerde haar weerzin te verbergen en nam nog meer borden mee.

'En, Betty!' riep de doktersvrouw haar toe, net toen ze op het punt stond met haar armen vol weg te lopen van de tafel.

'Ja, mevrouw?'

'Het eten was heel lekker. Dat gerecht mag je vaker maken.'

Daar stond ze, met de borden op haar arm en haar mond open van verbazing. Mevrouw prees haar eten. En ten overstaan van de gasten nog wel. Ze had de namen van de gasten niet verstaan, maar een elegante jongedame en een heer met dun bruin haar en een bril knikten haar waarderend toe. De heer met de middenscheiding glimlachte met half dichtgeknepen ogen door de sigarenrook en de dokter wendde zich, rood aangelopen van de borrels en de wijn, glimlachend tot Betty en riep uit: 'Ja, beste Sandberg, dit is onze kleine Norrlandse parel, die zalige maaltijden bereidt en ons enorm verwent!'

Betty bloosde en sloeg haar blik neer voordat ze wegliep. De dokter overdreef. Maar de krans van ham in gelei was in de smaak gevallen en zag er modern en smakelijk uit toen ze hem opdiende. En gelukkig was hij voldoende opgesteven in de koelkast. Ze was blij dat mevrouw tevreden was en proefde zelf van het restje. De gelei was perfect, met een lekkere sherrysmaak. Misschien had ze iets minder zout moeten gebruiken? Maar de erwten en de koude saus met stukjes augurk maakten hem minder zout en samen met de aardappelen was hij bijna perfect. De volgende keer zou ze hem nog lekkerder maken. Ze glimlachte weer bij zichzelf toen ze terugdacht aan de vriendelijke woorden van mevrouw in het gezelschap van de gasten. Op dat moment werd de deur naar de keuken opengeduwd en glipte Jäger naar binnen. Hij kwispelde vragend met zijn staart, ze moest lachen en schraapte de schaal aardappelen en restjes van de borden in zijn bak.

'Neem me niet kwalijk, volgens mij hebben we nog niet kennisgemaakt.'

Betty draaide zich geschrokken om en Jäger vloog enthousiast kwispelend op. Daar stond de man met de bril, met uitgestoken hand. Ontsteld veegde ze haar vochtige handen af.

'Ik ben Olof Morin. Journalist van beroep. Mijn vaders tante Emma werkte hier eerder. Ik ben als het ware hier geboren, in de keuken van de Molanders. Mijn vader en dokter Molander waren jeugdvrienden.'

Ze schudde hem de hand en neeg. Ze wist niet of het gebruikelijk was dat gasten zich in de keuken kwamen voorstellen, maar ze schraapte haar keel en lachte naar zijn vriendelijke gezicht. 'Betty. Betty Lind uit Hudiksvall.'

Hij hield haar hand lang vast, keek haar aan en mompelde langzaam en hartelijk: 'Betty. Betty met de warme, zachte handen.'

Ze keek hem opgelaten aan en trok haar hand terug. 'Wat bedoelt u?'

'Dat je de warmste, zachtste handen hebt die ik ooit heb gevoeld. Meer niet.'

Hij bleef glimlachen, maar draaide zich om en verdween verrassend snel in de hal. Betty keek naar haar brede handen met korte stompe nagels. Warme, zachte handen? Lieve hemel, wat een onzin. Wie was Morin in hemelsnaam en waarom was hij naar de keuken gekomen? Toen herinnerde ze zich dat Emma had gezegd dat zalmschotel zijn lievelingsmaaltijd was en bedacht dat hij misschien toch een speciaal persoon in de familie was. Ondanks zijn dwaze gedrag.

Twee uur later had ze de afwas gedaan en alles opgeruimd. Haar warme, zachte handen waren nu rood van het hete water en de zeep. Ze bekeek ze zorgvuldig, wreef met een geamuseerde glimlach haar huid in met wat wolvet dat ze in de kast had gevonden en grimaste om de eigenaardige geur.

Jäger sliep rustig op het kleed voor het fornuis, verzadigd van alle etensresten. Het dienblad met koffietoebehoren stond nog in de bibliotheek en ze vroeg zich af of ze het nog zou ophalen voor ze naar bed ging. Ze huiverde weer toen ze dacht aan de heer die haar dij had betast.

Maar ze was zo moe. En moest ze niet nog even met Jäger wandelen voordat ze naar bed ging? Misschien had ze ook nog tijd om wat te lezen?

Ze trok de spelden uit haar haar en vlocht het. Toen wekte ze Jäger en haastte zich met hem de trappen af. Er stond een stevige wind en de bladeren dwarrelden om hen heen toen ze snel naar de Karlavägen liepen. Het was bijna halfelf en het waaide niet alleen, het miezerde ook. Jäger verlangde blijkbaar naar de warmte van het fornuis en deed snel zijn behoefte. Betty ging zo snel mogelijk terug naar huis en liep met de hond op een drafje terug, ineengebogen in de wind. Op de laatste straathoek botste ze tegen de dokter op, die met zijn tas in de hand haastig ergens naartoe op weg was.

'Grote goedheid, ben je op dit tijdstip van de dag buiten in dit hondenweer?' Hij hield zijn hoed stevig vast, die door de wind dreigde weg te waaien. Hij had de kraag van zijn overjas opgezet om zich tegen de regen te beschermen.

Ze glimlachte, beschaamd dat ze blootshoofds en nat was. 'Jäger moest zijn behoefte doen, dus ik dacht... Maar waar gaat de dokter zelf heen op dit uur?'

Hij glimlachte naar haar en tilde de tas veelbetekenend op. 'Visite. Er is een majoorse hier om de hoek die een paar keer per jaar problemen met haar maag heeft... Ik ben snel terug.' Hij nam zijn hoed af ten afscheid en ging snel op weg in de richting van het Karlaplan.

Na een paar meter bleef hij staan en riep: 'De gasten zijn vertrokken! Ga maar naar bed, Betty-lief.'

In de flat was het donker en stil. Ze kroop snel in bed en overwoog te gaan lezen, of in elk geval te wachten tot de dokter thuiskwam, voor het geval hij iets nodig had. Maar voordat ze het licht kon aandoen, voelde ze Jäger aan het voeteneind en likte hij haar hand met zijn warme tong. Ze werd overmand door vermoeidheid en viel in slaap.

9

Op zondagmorgen bleef ze een uur langer in bed. De dokter en mevrouw hadden pas om halfelf een uitgebreid ontbijt besteld. Maar ze verspilde de tijd niet met slapen, maar besteedde die aan het lezen van haar boek en het schrijven van brieven. Haar broertjes kregen elk een eigen brief en haar moeder kreeg er nog een.

Het boek gaf haar echter zoveel stof tot nadenken dat ze in een opwelling besloot de chique heer – Martin Fischer in Uppsala – een brief te schrijven. Hij had per slot van rekening gezegd dat hij wilde weten wat ze van het boek vond en ze hoopte dat hij niet zou denken dat ze uitgekookt of juist dom was omdat ze contact met hem opnam.

Dus deed ze heel erg haar best om correct te schrijven en juist te spellen. Ze schreef over de manier waarop het boek in elkaar zat, over de vreemde verschillende tijden waarin het boek zich afspeelde en de onbeschrijfelijk trieste sfeer. Het kwaad dat zowel toen als nu een eigen leven leidde. Ze schreef zelfs volwassen en onverschrokken over de kritiek op God de Vader, iets waarover ze in Hudiksvall nooit had durven praten. Maar ze hoopte dat de docent begreep wat ze bedoelde. Blij en tevreden stopte ze de brieven in haar jaszak om ze te posten. Daarna waste ze zich en legde kleren klaar voor haar vrije middag. Haar haar was, zoals gewoonlijk, een probleem; ze haalde haar vlecht uit, deed hem opnieuw en maakte er een knotje van in haar nek. Ze hoopte dat de baret het meeste zou verbergen. Ze riep Jäger en maakte in stevig tempo een wandeling door de buurt en hij huppelde enthousiast naast haar mee toen ze de brieven in de bus op het Östermalmstorg ging doen. Samen renden ze de trappen weer op, met respectievelijk een etensbak en een vrije middag in het vooruitzicht.

Neuriënd bakte ze knakworstjes en roerei. Toen bracht ze brood en kaas naar de salon, samen met koffie en thee. De dokter zat al aan tafel te lezen toen ze binnenkwam, en hij lachte naar haar.

'Heb je al wat in de boeken kunnen lezen? Wat vond je ervan?'

Betty zette het dienblad neer, maakte een knicks en glimlachte terug. Haar gezicht straalde van blijdschap over de fijne ochtend. 'Nog niet, eerst moet ik het boek uitlezen dat ik gekregen had. Maar daarna wilde ik...'

'Je kunt me nu thee serveren! Heb je de hond al uitgelaten?' Ze werd onderbroken door de doktersvrouw, die zich zwaar aan tafel liet zakken. Ze zag er uitgeput uit, ook al was ze pas net wakker.

'Ja, we zijn uit geweest. Ik wilde later...'

'Je moet vanavond om halfzeven terug zijn. Dan willen we boterhammen in de bibliotheek.'

Betty beet op haar lip. Om halfzeven al? En boterhammen... Plotseling was haar vrolijke stemming deels verdwenen. Maar ze neeg en knikte en wilde net een bord pakken om de knakworst te serveren toen de dokter zei: 'Je kunt gaan, hoor. We redden het wel alleen. Veel plezier, liefje.'

Ze keek op en zocht de blik van de doktersvrouw, maar die smeerde boter op een snee brood en keek in een modetijdschrift dat naast haar bord lag. Betty nam aan dat dat betekende dat ze kon vertrekken.

Ze maakte een reverence voordat ze op een holletje naar de keuken ging en haar schort afrukte. Ze waste zich nog eens haastig om er zeker van te zijn dat ze niet meer naar knakworstjes rook, en verruilde haar werkkleding voor haar op één na beste jurk, van lichtblauwe dunne wol. Ze worstelde nog een laatste keer met haar knotje en slaagde er bijna in het helemaal onder haar baret te stoppen. Op die manier was het niet meer zo goed te zien en tevreden kneep ze even in haar wangen. Zo moest het goed zijn. Ze trok haar mantel aan, stopte de sleutel in haar handtas en rende de trappen af.

'Betty? Wil je niet nog een worstje?'

Ze lachte en bedankte Viola hoofdschuddend, die weer in de rij stond om nog een worstje te kopen nadat ze er al twee had gegeten.

'Nee, nee. Ik hou wel van worstjes, maar zo dol ben ik er nou ook weer niet op.' Eigenlijk had Betty best nog een of twee worstjes kunnen eten, maar haar geld was op en dat wilde ze niet zeggen.

Viola's rode jas straalde in de zonnige novemberzondag. Ze hadden over de Strandvägen geflaneerd, naar de elegante auto's gekeken die langzaam richting Djurgården reden, koffiegedronken in een klein koffietentje, en bij Skansen Valle en vijf vrienden getroffen. Ook zij stonden in de rij voor de worstverkoper, al grapjes makend en bekvechtend. Het waren twee meisjes en vier jongens van dezelfde leeftijd als Viola, en ze waren allemaal vrolijk en zorgeloos.

Een van de vrienden was Birger, de loopjongen die ze op de eerste dag had ontmoet. Hij had haar herkend en begroette haar met een warme handdruk en vrolijk lachende bruine ogen. Toen de anderen zich in paren opsplitsten om in Skansen rond te wandelen, kwam ze naast hem te lopen. Hij vertelde haar dat hij aan de avondschool studeerde en ingenieur wilde worden. Hij had een vader, moeder en jongere broers en zussen in Midsommarkransen.

'Je moet iets willen in het leven. Een doel hebben, denk ik. Vertel eens, Betty, wat is jouw doel in het leven?'

Betty stak haar handen in haar zakken en schudde voorzichtig en met een glimlachje haar hoofd. 'Mijn doel? Jeetje, dat weet ik niet zo goed. Ik ga waarschijnlijk trouwen als ik ouder ben. Maar ik wil vooral boeken lezen. Echte boeken waarvan je dingen over het leven kunt leren...'

Birger floot en bleef plotseling staan. 'Boeken lezen? Wat voor soort boeken lees je zoal? Schoolboeken?'

Ze schudde haar hoofd en lachte naar hem. 'Nee, romans. En wat gedichten. Ik hou van lezen, zie je.' Hij liep door en ze waagde te vragen: 'En jij, lees jij?'

Hij nam haar plotseling bij de elleboog en ze voelde zijn lichaamswarmte. 'Nee, geen romans. Alleen schoolboeken. Ik heb geen tijd om iets anders te lezen dan dingen die me vooruithelpen. Op weg naar mijn doel, weet je. Maar ik hou van tekenen. Technische tekeningen en zo, en bomen en bloemen.'

Hij liet haar elleboog los, ging op een van de bankjes zitten en pakte een paar bruine kastanjes, die hij onder haar neus hield. '*Aesculus hippocastanum*, paardenkastanje.' Hij sprak de woorden langzaam en heel trots uit en zij nam de kastanjes aan.

'Wat zijn ze glad. Net fluweel.'

Hij knikte enthousiast en wees naar verschillende bomen om hen heen. '*Quercus robur. Fraxinus excelsior* en *Tilia cordata.*'

Ze lachte om zijn enthousiasme en hij pakte blaadjes van de grond om ze te laten zien, en wees naar stenen en vergelend gras. Vol geestdrift vertelde hij haar over zijn laatste biologieles en ze moest glimlachen om zijn oprechte honger naar kennis. Het was vergelijkbaar met haar honger naar boeken en ze wilde hem net onderbreken om iets te vertellen over het boek dat ze aan het lezen was, toen Viola en Valle langskwamen. Valle trok voor de grap Birgers pet tot op zijn neus en riep: 'Zo is het wel genoeg, Birger! Betty kan het niet verdragen te luisteren naar wat je 's avonds allemaal leert. Laten we naar de roeiers in het kanaal gaan kijken, dan kunnen de meisjes even kletsen.'

Birger stond opgelaten op en zette zijn pet weer recht.

Ze had medelijden met hem, want ze had juist genoten van zijn enthousiasme. Ze gaf hem een knipoogje en tot haar verbazing zag ze dat hij bloosde, en toen liep hij achter de andere jongens aan langs het Djurgårdskanaal.

'Kom Betty, dan kan Bojan naar je haar kijken. Laten we hier in de zon gaan zitten.' Viola riep haar en klopte op het bankje naast zich, sloeg een handdoek uit die ze in haar tas had meegenomen en pakte daar ook een kam en een schaar uit.

Bojan had rode wangen en lachte graag. Nu duwde ze Betty op het bankje neer en deed haar baret af. 'Eens even kijken. Zulk haar zie je niet vaak.' Ze maakte de vlecht los en trok de paar haarspelden eruit, waarna ze Betty's haar over de rugleuning van de bank tot op de grond liet vallen.

'Knip het af! Ik wil zo'n geonduleerd, modern kapsel.' Betty schudde ongemakkelijk met haar lichte haar en voelde zich opgelaten omdat ze met ontbloot hoofd in de zon zat.

Maar Bojan maakte onmiddellijk tegenwerpingen. Betty's haar was veel te lang en te mooi om zomaar te worden afgeknipt en gekruld. Bovendien hadden alle drie de andere meisjes gehoord dat in Amerika lang haar in de mode was.

'Je moet het gewoon beter verzorgen en het iets anders opsteken!'

Bojan borstelde haar haar honderd keer en knipte daarna de puntjes recht af. Terwijl ze aan het borstelen was, kwamen de jongens langs het bankje en nu was het Betty's beurt om te blozen toen ze Birger hoorde uitroepen: 'Wat een prachtig haar!'

De meisjes werden het erover eens dat haar haar in een wrong in haar nek moest worden gerold en vastgezet met de spelden en kammen die Viola had meegebracht. Ten slotte werd de baret erbovenop vastgemaakt en mocht Betty de creatie in Bojans zakspiegel bekijken. Het zag er ongelooflijk elegant uit met de glanzende rol in haar nek en Bojan legde nogmaals uit hoe ze te werk moest gaan. Ze hoopte dat ze het zelf kon.

Intussen waren de jongens teruggekomen en ze maakten nog een wandeling naar het biologisch museum voordat ze uit elkaar gingen. Op weg naar huis gaf Viola haar tips voor makkelijke boterhammen, die ze in een mum van tijd kon maken en ze voelde zich gelukkig en voldaan na haar vrije middag.

10

Ze deed wat Viola haar geleerd had met de boterhammen, en de dokter en mevrouw leken tevreden. De afwas wilde ze tot de volgende ochtend laten staan en ze besloot naar bed te gaan, blij met haar dag. Ze zette de radio aan en hoopte dat het geluid de dokter en zijn vrouw niet zou storen. De grammofoonmuziek schalde uit de radio, ze keek in de spiegel en zag dat haar wangen een kleurtje hadden gekregen. Het was aangenaam geweest om tijd door te brengen met Viola en haar vrienden. Die kon ze nu toch zeker ook haar vrienden noemen? Zou ze nog een paar brieven schrijven voor ze naar bed ging? Nee, de brieven die ze vanochtend had geschreven moesten voldoende zijn. Eventueel nog eentje aan Anna dan? Met een glimlach op haar lippen haalde ze de speldjes en de nieuwe kammen die ze van Viola had gekregen los, zodat haar haar over haar schouders viel, en neuriede mee met de muziek: '... waar ik ook kijk, ik zie alleen lachende, glimlachende mensen.'

Viola had gelijk; Betty's haar was bijzonder en moest misschien beter verzorgd worden om tot zijn recht te komen. Misschien moest ze het houden zoals het was, maar het beter verzorgen? Toen ze haar haar optilde en het in één hand pakte, zoals ze altijd deed, herinnerde ze zich Birgers stem toen hij voorbijkwam: 'Wat een prachtig haar!'

Ze bloosde licht bij de herinnering, kamde de ergste klitten met haar vingers uit haar haar en borstelde het tot het weer glanzend over haar schouders lag. Birger was aardig, de volgende keer dat hij haar boodschappen bracht, zou ze hem een kopje koffie aanbieden. De grammofoonmuziek stopte en werd vervangen door het nautische weerbericht. Eerst wilde ze het uitzetten, maar toen bedacht ze dat het best prettig was om op de achtergrond te horen.

Er was geen teken van Jäger te bespeuren, dus deed ze de deur van de dienstbodekamer dicht om zich uit te kleden. Onderzoekend pakte ze een van de boeken die de dokter haar had geleend. Met welk boek zou ze beginnen? Ze had Lagerlöf eerder gelezen, ze had er erg van genoten en wilde het graag nog eens lezen. Maar de prachtige illustraties in *Het jungleboek* waren erg verlokkelijk en ze nam het boek mee naar het bed.

Ze had bijna zestien bladzijden gelezen en wilde net gaan slapen toen de keukendeur met een klap openging. Betty liet het boek bijna op de grond vallen en stapte haastig uit bed. Ze hoorde kasten opengaan, laden uitgetrokken worden en stoelen verschuiven. Snel vroeg ze zich af wie het kon zijn. Vast niet de dokter en zeker niet mevrouw. Omdat ze de manier van doen niet herkende, trok ze haastig haar nachtjapon uit, ze deed haar jurk weer aan en opende de deur.

In de keuken stond een jongeman die ze nog nooit had gezien. Hij was blootsvoets en droeg alleen een onderhemd en een broek. Zijn pikdonkere haar stond overeind, en in zijn ene hand had hij een broodmes en in zijn andere een flesje pils.

Ze stond te staren en kon zich er niet toe zetten iets te zeggen, dus was hij de eerste die zijn mond opendeed: 'O, ik zie het. Je bent de nieuwe meid. Ik wilde net een boterham maken, maar alles staat op een andere plek, dus ik kan niets meer vinden.' Hij keek haar koel aan, draaide zich om naar de koelkast en haalde er boter en de overgebleven boterhammen van die avond uit.

Betty vond haar tong terug, liep op blote voeten de keuken in en zei met luide stem: 'En wie is de heer die om elf uur 's avonds nog een boterham wil?'

Ze wist niet waar ze de moed vandaan haalde om zo kordaat te klinken, maar het irriteerde haar mateloos dat hij zich niet voorstelde of zelfs maar probeerde vriendelijk te zijn, ook al had hij haar gestoord.

Misschien besefte hij zijn fout, want hij draaide zich met een knikje naar haar om. Wel had hij nog steeds die koele en ongeïnteresseerde blik in zijn bruine ogen. 'Ik ben Carl-Axel Molander, de zoon des huizes. Ik ben net met de trein uit Skåne gekomen. Die was erg vertraagd en ik heb honger. Kun je een boterham voor me maken? Ook weet ik niet of er lakens op het bed liggen. Zo niet, dan moet je het bed opmaken.' Hij ging met het flesje pils in zijn hand aan de keukentafel zitten en leunde achterover. Hij leek erg op de doktersvrouw, dezelfde donkere haren, hangende oogleden en een onderlip die altijd vochtig leek te zijn.

Ze pakte haar haar bijeen en legde het over één schouder. In de koelkast lagen nog drie boterhammen van vanavond, die ze de volgende dag als lunch had willen eten. Ze zette het bord met een geërgerde klap voor hem neer en pakte vervolgens een glas uit het keukenkastje, dat ze ook voor hem neerzette.

Ze draaide haastig haar haar in een knotje, stak haar voeten in haar schoenen en opende de deur naar de gang. In de deuropening draaide ze zich om en zei tegen zijn afgewende rug: 'Ik heet Betty. Ik ga de lakens regelen.'

Ze hoorde Jäger janken in de kamer van de dokter en mevrouw, maar ze durfde hem er uiteraard niet uit te laten. Kennelijk had geen van beiden de jongeheer horen thuiskomen. Maar Jäger wist natuurlijk wel dat er iemand was binnengekomen. In de slaapkamer met uitzicht op de binnenplaats lag een stoffige koffer op de grond en er lag een gekreukte overjas op het bed. Ze streek de kreukels glad en hing de jas aan een kleerhanger.

Het bed was niet opgemaakt, dat wist ze. De doktersvrouw had

Betty onlangs opgedragen de lakens van het bed te halen en kwaad rukte ze de linnenkast in de hal open. Ze had geen idee welke lakens geschikt waren, maar pakte er op goed geluk een paar. Ze legde ze over haar arm en ging terug naar de slaapkamer. Ze haastte zich, want ze wilde snel klaar zijn en terug naar bed.

Het duurde echter niet lang voordat hij achter haar stond met weer een flesje pils in zijn hand. Hij nam een slok en leunde nonchalant tegen de ladekast. Hij tikte met zijn blote voet op de vloer en floot, waarna hij zei: 'Je bent dus een zuurpruim en een feeks, hm?'

Betty reageerde niet, ging gewoon door met het gladstrijken van het laken en deed het kussen in de kussensloop. Ze vouwde de deken netjes en zorgvuldig om het bovenlaken heen. Misschien was het verkeerd, maar hij maakte haar zo onverklaarbaar kwaad dat ze er niet op vertrouwde dat ze haar stem in bedwang kon houden.

Toen ze klaar was, draaide ze zich met haar armen over elkaar om. Ze durfde hem niet aan te kijken. 'Had meneer nog iets gewenst?'

Hij lachte en wierp zich languit op het bed, dat bedenkelijk kraakte onder zijn gewicht.

'Meneer, ben ik klaar?' Ze hief haar hoofd op en keek hem aan. 'Kan ik nu naar bed?'

Hij ging tegen het hoofdeinde zitten en glimlachte naar haar. Maar de glimlach was warm noch oprecht. 'Uiteraard, ik zou mejuffrouw Feeks nooit verhinderen haar schoonheidsslaapje te doen. Tenzij ze mijn uitstekende hemelbed wil proberen. Kom eens in mijn armen liggen, lieve Betty.' Hij spreidde zijn armen en klopte uitnodigend op het bed.

Ze antwoordde niet, maar draaide zich om en stormde terug naar de keuken. Ze zette de boter weg en zette de afwas in de gootsteen. Het was intussen halfeen en het goede humeur dat ze had gehad na haar zondagse uitje was vervlogen. Ze deed voor het eerst de dienstbodekamer achter zich op slot en maalde er niet om dat het dan koud werd. Haar woede hield haar nog een tijdje uit haar slaap.

Het bleek dat de jongeheer wilde ontbijten op het moment dat zij altijd met Viola boodschappen ging doen. Mevrouw sloofde zich voortdurend voor hem uit en veranderde de tijden en routines. Ook al was het maandag, er hoefde vandaag niet gepoetst worden; in plaats daarvan kreeg Betty de opdracht te bakken en uitgebreid te koken.

'Carl-Axel is dol op kookgeuren. Dat is al zo sinds hij een kleine jongen was. Hij heeft het daar in Helsingborg echt niet zo goed gehad, de arme knul.'

Betty werd al moe bij het horen hoe zielig hij was omdat hij in Skåne zo hard had gewerkt en hoezeer de doktersvrouw haar zoon had gemist.

De dokter daarentegen leek zich voortdurend aan zijn zoon te ergeren. Het was alsof de dokter en zijn zoon echt een wrok tegen elkaar koesterden. Tijdens het diner hoorde ze vaak verhitte discussies tussen vader en zoon over allerlei verschillende onderwerpen. Ze waren het nooit ergens over eens, of het nu over muziek, sport of politiek ging. De doktersvrouw daarentegen was vol bewondering voor haar enige zoon en spoorde Betty aan om eten te maken dat 'geurde'.

'Dan moeten er boodschappen worden gedaan! Ik was van plan om zoals gewoonlijk inkopen te gaan doen, maar...'

'Je moet bellen en dingen bestellen. Ik zal je het nummer geven, dan komen zij de spullen bezorgen. We hebben een rekening bij Nordiska Kompaniet. Wat was je van plan te gaan koken? Ik wil dat je gehaktballen maakt voor het avondeten. Met roomsaus.'

Betty legde het zilverwerk neer dat ze net had gepakt om te poetsen en begaf zich zuchtend naar de keuken. Ze was van plan geweest griesmeelpudding en soep te maken van de restjes van zaterdag. Nu moest ze helemaal een feestmaal maken.

Maar ze nam wel de tijd bij de plee en klaagde bij Viola: 'Hij is schaamteloos en onsympathiek en alles loopt anders. Hoe moet ik de lijst nu afkrijgen?'

Viola lachte in haar hokje. 'Maar lieverd, dat is juist fijn. Nu kun je al die veranderingen de schuld geven en zo min mogelijk doen. Trek je van hem niks aan en hou je hoofd omhoog, dan zul je zien dat het allemaal goed gaat. Is hij zo iemand die zijn handen niet thuis kan houden? Laat hem niet gratis aan je zitten, hoor!'

Betty sloeg haar hand voor haar mond. 'Gratis? Wat bedoel je daarmee?'

Viola zei lachend: 'Nou, je weet hoe kerels worden na een paar borrels. De redacteur geeft op zaterdagavond graag her en der een kneepje. Dan moet je heel duidelijk zijn, uitgebreid vertellen over je moeder en broertjes thuis in Roslagen en hem het lekkers alleen even laten aanraken, zodat hij je niet als vanzelfsprekend aanneemt. Dan belandt er meestal een tientje extra in je loonzakje, wat wel prettig is. Heeft de dokter niet de gewoonte ergens in te knijpen?'

Betty bloosde toen ze besefte wat Viola bedoelde, en na even nadenken antwoordde ze: 'Nee, zoiets heeft hij nog nooit gedaan. Hij is meestal aardig en spraakzaam.' Ze dacht plotseling aan de blikken die ze soms kreeg, misschien bedoelde Viola zoiets? Maar die aardige dokter dacht toch niet...

'O jee, hij is een prater. Die zijn bijna nog erger. Maar je moet de jongeheer ontwijken en als hij toenadering zoekt, vertel je het aan de dokter. Niet aan zijn vrouw, die stuurt je gewoon de laan uit.'

In de tuin gingen ze haastig uit elkaar. Het was intussen aardig afgekoeld.

'Ik wip even bij de winkel binnen om die haarspelden voor je te kopen en dan breng ik ze langs. Ik kan wat recepten meenemen voor het geval de doktersvrouw vraagt wat ik daar doe. Dag dag!'

Betty keek haar na toen ze de trap op holde. Het was zo fijn om Viola als vriendin te hebben. Voor haar was alles eenvoudig en duidelijk. Dat ze zelf niet op het idee was gekomen om de veranderingen in het schema de schuld te geven. Het was geniaal. Zachtjes neuriënd liep ze snel de trappen op.

11

Toen ze broodjes aan het bakken was, werd er aangebeld bij de keuken en ze moest haastig de bakplaten neerzetten om open te doen. Buiten stond Birger met zijn wapperende pony en een grote glimlach op zijn gezicht.

'De boodschappen van Nordiska Kompaniet! Juffrouw Betty heeft ze besteld en ik kom ze bezorgen.' Hij had een doos onder zijn arm, die hij op de keukentafel neerzette.

Ze gaf hem een klopje op zijn arm en trok uitnodigend de stoel naar achteren. 'Doe niet zo mal, ik ben geen "juffrouw" voor jou. Ga maar zitten, dan krijg je koffie en een versgebakken broodje!'

Birger lachte en ging aan tafel zitten. Hij bleef glimlachen terwijl ze koffie inschonk. 'Heb je nog iets anders gelezen, meisje? Zal ik eens met je naar de openbare bibliotheek gaan?'

Betty zette glimlachend een bordje met twee versgebakken broodjes neer en schonk voor zichzelf ook een kopje koffie in. Terwijl de bakplaat in de oven stond te bakken, kon ze even gaan zitten. Het was fijn om gezelschap te hebben.

'Ik kan er ook best zelf heen gaan. Nou ja, ik ga eerst naar mijn tante Helmi, maar misschien daarna? Wat lees jij nu?'

Birger kauwde zorgvuldig op het broodje en wilde net antwoord geven toen de keukendeur plotseling openging. Carl-Axel Molander stond op de drempel.

'Je bent aan het bakken! In de hele flat hangt een verleidelijke geur... O, kijk nou eens. Een klein tête-à-tête in de keuken? Mag ik vragen wie de eer te beurt valt van onze koffie en onze broodjes te genieten?'

Birger sprong op van zijn stoel, zodat de koffie uit het halflege kopje spatte. Het broodje zat nog in zijn wang en hij kauwde zo voorzichtig mogelijk en slikte het door. Hij zette zijn pet op en draaide zich in de deuropening naar Molander: 'Ik heet Birger Olsson, ik lever de boodschappen van Nordiska Kompaniet af. Tot nu toe heb ik geen kosten in rekening gebracht voor de levering hier bij de dokter, maar ik begrijp van meneer dat het vanaf nu geld gaat kosten. Goedemiddag.'

Betty moest op haar lip bijten om niet te giechelen. Ze ruimde haastig de tafel af, haalde snel de bakplaat uit de oven en zette er een nieuwe in. Ze deed bewust alsof ze de jongeheer niet opmerkte. Pas toen hij zich op dezelfde stoel liet vallen als waar Birger zojuist op had gezeten en klaaglijk riep: 'Mens, geef me koffie en broodjes! Snap je dat zelf niet?', keek ze hem aan en beet weer op haar lip, deze keer van ingehouden woede. 'Gaat u zitten, meneer, dan schenk ik koffie in!'

Met boze bewegingen zette ze de koffiekop en het bordje met broodjes al kletterend weer neer. Nog voor ze de koffie had ingeschonken, had hij het eerste broodje al doorgeslikt en er nog een gepakt.

'Lekker. Maar de helft van de broodjes moet met vanille en de andere helft met kaneel en kardemom. Zo deed Emma het altijd, ik hoop dat jij dat ook hebt gedaan. Nu wil ik die met vanille proberen.' Hij kauwde met open mond en goot haastig zijn koffie naar binnen. Toen duwde hij het kopje naar Betty toe, zodat ze hem kon bijschenken en stak het lege bordje uit naar het fornuis.

Ze schonk de laatste koffie in zijn kopje en gooide haar eigen koffie weg. Ze zou nooit koffie met hem gaan zitten drinken! 'De broodjes zijn allemaal al klaar. Ik heb ze gemaakt zoals ik dat meestal doe: met kaneel, boter en suiker in de vulling. In allemaal.' Ze legde twee nieuwe broodjes op het bordje en haalde toen de laatste bakplaat uit de oven.

Op dat moment werd er twee keer kort, snerpend gebeld bij de keukendeur en ze vroeg zich eerst af of het Birger was die iets vergeten was. Maar het was Viola, met een felrode hoed, die de keuken binnenkwam met een tas in haar hand. Betty wist onmerkbaar met een hoofdbeweging aan te geven dat ze niet alleen in de keuken waren en Viola draaide zich met een stralende glimlach en een uitgestoken hand om naar Carl-Axel Molander. 'Ik ben juffrouw Viola Gustafsson, ik werk bij redacteur Engström aan de overkant. Aangenaam kennis te maken.'

Hij kwam automatisch overeind en nam toen, met enige aarzeling, Viola's uitgestoken hand aan. Carl-Axel Molander glimlachte zelfs naar Viola toen hij haar de hand schudde. En Betty haalde de laatste bakplaat uit de oven.

'Ik ben een goede vriendin van juffrouw Betty, en ik heb een paar recepten meegebracht die we zouden doornemen.' Viola bleef stralend glimlachen en alleen Betty zag dat het gekunsteld was. Hij lachte terug en leek plotseling erg op zijn vader.

'Fantastisch! Ik wilde net weggaan. Ik zal juffrouw Viola en Betty alleen laten met hun huishoudelijke taken.'

Met een ridderlijk gebaar stond hij op van de tafel en schoof zijn stoel aan. Hij griste nog een broodje mee en gooide het in de lucht voordat hij het in zijn jaszak stopte. Hij wierp Viola een handkus toe en deed de keukendeur achter zich dicht.

Viola lachte hardop en ging toen aan de keukentafel zitten. 'Tjee, wat een type, zeg. Maar hij is wel knap, hij lijkt wat op Clark Gable... Misschien moet je met hém gaan?' Ze gooide haar hoofd in haar nek zodat haar donkere haar rondzwaaide.

Betty lachte en zette een kop koffie voor haar neer. 'Je bent niet goed bij je hoofd, Viola! Hij is afschuwelijk. Wie zou er nou met hem willen trouwen?' Ze schonk de allerlaatste slok uit de kan in voor zichzelf en zei dat Viola van de broodjes mocht eten.

Ze hadden het gezellig samen en besloten dat ze de volgende vrije zondag naar de bioscoop zouden gaan. Betty zette de radio aan en Viola neuriede mee toen Ulla Billquist over haar kleine amulet zong. Het lukte Viola om Betty's haar in een mooie wrong in haar nek te draaien. Haar pony werd opzijgekamd en met behulp van de haarklemmen in golven geperst.

'Moet je eens kijken! Nu zie je er fantastisch uit. Ik vind echt dat je je haar niet moet afknippen. Zoals ik al zei: in Amerika hebben ze nu langer haar dan vroeger. Lang haar komt absoluut snel weer in de mode.'

Betty bekeek zichzelf in de kleine handspiegel die ze in haar kamer had. Viola had gelijk: ze zag er echt knap uit met haar haar zo. Na een beetje oefenen lukte het haar bovendien zelf om een wrong te maken die bijna net zo mooi was als die van Viola.

Op de radio was de muziek afgelopen en kwam het nieuws. Voor de achtste keer draaide Betty het haar in haar nek en stopte het in de wrong. Viola stond achter haar naar de radio te luisteren.

'Bah, ik vind die man, Hitler, maar eng. Vader zegt dat er oorlog komt. Ben jij niet bang, Betty?'

Betty keek haar vriendin verward aan. Ze wist niets over Hitler of oorlog.

'Je moet naar de radio luisteren. Je hebt er zelf een! En lees de kranten.'

Betty knikte en streek haar haar glad.

Het bleek dat de weken met Carl-Axel Molander in huis veel gemakkelijker waren dan het daarvoor was geweest. Zolang ze hem niet voor de voeten liep, verliep alles soepel. Betty werd geacht elke dag een feestelijke maaltijd te bereiden en ze bakte bijna elke dag iets. Schoonmaken was niet zo belangrijk en was vooral een kwestie van bijhouden en opruimen. De dokter ging de meeste avonden bridgen, mevrouw bleef in de salon met de jongeheer en Betty ruimde op en deed de afwas. Tijdens het werk luisterde ze vaak naar de radio. Ze hield van operettemuziek en van vrolijke Weense walsen, maar ook van de moderne dansmuziek op woensdagavond. En ze wilde altijd het gedicht van de dag horen. Soms waren er lezingen en dan hield ze weleens stil als iemand over vreemde landen of historische gebeurtenissen vertelde. Het nieuws ging meestal over oorlog en ellende in Spanje, Abessinië en China. Ze schaamde zich er een beetje voor, maar soms zette ze de radio uit als er te hopeloze en treurige berichten door de ether kwamen.

Elke twee weken kwam Edla, een oudere, zwijgzame vrouw, het huis schoonmaken. Betty draaide een nummer en nadat de telefoon heel vaak was overgegaan, nam een vrouw op. Dan zei Betty simpelweg: 'Het huis van dokter Molander, Jungfrugatan, donderdag?' en kreeg als antwoord: 'Ja.' Als Edla er was, antwoordde ze nauwelijks als ze werd aangesproken en wisselde Betty slechts een paar woorden met haar. De was werd, op de kleine dingen na, naar de wasserij aan het Östermalmstorg gebracht. En omdat de resten van de feestmaaltijden gewoon uit de provisiekast gehaald konden worden, kon Betty haar vrije middag zo opnemen. De woensdag daarop serveerde ze de resten van de gepocheerde zalm van de dag ervoor als lunch in de salon en ging toen zonder toestemming te vragen weg, de novemberkou in. Ze had afgesproken met tante Helmi, die ook een paar uur vrij had. Betty wilde ook nog een hoed kopen, zodat ze de baret aan Viola kon teruggeven.

Haar tante wachtte bij de klok van Tornberg bij het Berzelii-park en omhelsde haar hartelijk.

'O Betty, wat zie je er al wereldwijs uit! In slechts een paar weken. Je bent een heel ander meisje dan met wie ik uit Hudiksvall kwam. Kom, we gaan naar een tearoom en ik trakteer je op iets lekkers.'

Ze gingen naar een chique tearoom aan de Kungsgatan, waar alle dames een bontboa en hoed droegen. Betty dronk warme chocolademelk en kreeg er een koffiebroodje en een gebakje bij. Ze vertelde wat ze allemaal had meegemaakt sinds ze afscheid van elkaar hadden genomen. Tante Helmi lachte naar haar en gaf haar zodra ze de gelegenheid kreeg een klopje op haar hand.

'Wat zou mijn zuster Johanna trots zijn als ze je nu zag! Je bent zo flink en volwassen.'

Ze vertelde niet alles. Niet over het bezoek aan Skansen en niet over Birger of hoe ze in het begin door de doktersvrouw was vernederd. Ook niet over de boeken die de dokter haar had geleend of over de brief aan de chique heer in Uppsala.

Tante Helmi informeerde of Betty wist hoe het met Kerstmis zou gaan. Zou ze naar huis mogen, moest tante Helmi treinkaartjes voor hen allebei kopen? Maar omdat Betty geen flauw idee had en er zelfs nog niet over had nagedacht, had het geen zin om daar nu al over te beslissen.

Tante Helmi zei dat er komend najaar een vacature zou zijn bij het kantoor waar zij werkte, en als Betty het beu was om dienstmeisje te zijn, zou ze graag een goed woordje voor haar doen. Tante Helmi vond het fijn op kantoor, maar begon het vermoeiend te vinden om voltijds te werken om de huur te kunnen betalen. Wat zou het fijn zijn als Betty haar flatje met haar zou willen delen. Betty glimlachte en knikte, maar bedacht wel dat ze niet bij haar oude tante zou willen wonen als ze op kantoor zou gaan werken. Maar ze zei natuurlijk niets. Ze wilde nog wel een tijdje haar best doen bij de dokter en zijn vrouw.

Haar tante ging met haar naar haar hoedenmaakster aan de Biblioteksgatan. Daar waren de hoeden misschien wat ouderwetser en duurder dan Betty wilde, maar de hoedenmaakster hielp haar enthousiast een passende te vinden. Toen ze moest kiezen tussen een iets goedkopere, korenblauwe alledaagse hoed met glanzende linten bij het oor en een duurdere, elegante grijze met een bruine verwisselbare roos die haar wrong perfect omsloot, zei tante Helmi dat zij de hoed zou betalen en dat Betty het maar als een verlaat verjaardagscadeau moest zien. Betty omhelsde haar tante impulsief. Hoe kon haar tante weten dat ze nauwelijks genoeg geld had voor zelfs de goedkoopste?

De hoedenmaakster benadrukte de voordelen van de korenblauwe: 'Die kan mejuffrouw de hele winter dragen, en de jeugd staat een vleugje kleur heel goed.'

Betty vond de kleur prachtig, maar de hoed paste niet zo goed op haar hoofd als de grijze, en toen de hoedenmaakster merkte welke kant het op ging, begon ze de andere, duurdere hoed aan te prijzen.

'Het is alsof hij gemaakt is voor de juffrouw! Heel elegant en toch praktisch. En omdat de juffrouw er zo lief uitziet met die hoed, doe ik er een extra roos bij van mauve suède om op de hoed te zetten als het lente wordt. Die kleur past goed bij het mooie blonde haar van mejuffrouw.'

Even later huppelde Betty bijna de winkel uit met de prachtige grijze hoed op haar hoofd en een nieuwe korenblauwe baret zoals die van Viola in een elegante hoedendoos. Omdat de hoed zo elegant was, wilde ze hem af en toe kunnen verwisselen, dus had ze de baret van haar eigen geld gekocht. Tante Helmi had een warme, vriendelijke uitdrukking op haar gezicht toen ze Betty voor de winkel omhelsde.

'Wat zie je er prachtig uit, lieverd. Nog een fijne middag.'

12

Ze had tegen haar tante gezegd dat ze ging wandelen en etalages kijken, wat gedeeltelijk waar was, maar ze had niet gezegd dat ze van plan was naar de bibliotheek aan de Sveavägen te gaan. De hele weg erheen bekeek ze zichzelf overal waar ze kwam in etalages en spiegels. De hoed stond haar fantastisch, en ze voelde dat haar rug rechter en haar pas veerkrachtiger was met haar nieuwe hoed, ook al droeg ze een oude mantel en kinderachtige schoenen.

De bibliotheek lag een eind verderop aan de Sveavägen. Precies zoals Fischer haar beschreven had. Betty moest ervoor blijven staan om haar te bewonderen. Wat groot! Wat mooi; het was werkelijk net een tempel. Schoorvoetend liep ze de trap op naar de ingang. Ze bleef even aarzelend staan, maar kreeg ineens een duw in haar rug van enkele schooljongens die op weg naar binnen waren, en plotseling stond ze in de bibliotheek.

Ze legde haar hoofd in haar nek en keek met open mond om zich heen. Wat groot en mooi! Ze had nog nooit zo'n prachtig gebouw gezien. Ze zei altijd dat de kerk thuis het mooiste was, maar dit was uniek. Drie rijen boeken in een cirkelvormige vide. Overal verlichting en boeken, en aan de zijkanten kleine leeszalen. Binnen was het stil en het luidruchtige verkeer buiten was niet te horen. Bibliotheekhulpen en bibliothecarissen bewogen zich langzaam en waardig tussen de boeken. Studenten bladerden door boeken, maakten aantekeningen in schriften en lazen. Mensen liepen langzaam langs de boekenplanken, pakten er boeken uit en hielden ze in hun armen. Het rook er hemels naar boeken. Ze moest gewoon even haar ogen sluiten en ervan genieten. Toen deed ze haar ogen open en liep naar de boeken toe. Ze pakte er onderzoekend een van de plank; het ging over geschiedenis. Ze dwaalde naar een van de leeszalen, waar veel atlassen stonden. Voorzichtig pakte ze er een en legde hem op een van de tafels. Ze trok haar mantel uit en ging achter de prachtige atlas zitten. Hij was groot, veel groter dan de boeken die ze op school had gezien. Het boek begon met Zweden en ze volgde met haar vinger de kustlijn van Stockholm naar Hudiksvall en dan helemaal naar Haparanda, waar Finland begon. En ze zag Noorwegen en Denemarken en daarbeneden Duitsland met de hoofdstad Berlijn. En Frankrijk met Parijs en helemaal daar: Amerika. O, als je toch naar Amerika kon gaan!

Ze legde de atlas terug, hing haar mantel over haar arm, liep een verdieping naar boven en pakte het ene boek na het andere, dat ze met veel plezier doorbladerde. En al deze boeken mocht je dus lenen? Ze besloot meteen een van de bibliothecarissen aan te spreken en te vragen hoe je ze kon lenen. Ze had twee boeken in haar handen die ze meteen wilde meenemen: een spannend uitziende dichtbundel van een jonge dichter en een roman van Jane Austen waar ze alleen maar over had gehoord, maar die ze nooit had gelezen. Hier hadden ze alles. Alles wat je je maar kon wensen en het was zo mooi. Het was echt een tempel voor boeken.

Niet dat ze het bezoek een mislukking vond, want ze had nog nooit zo'n prachtig gebouw gezien, ze was nog nooit in zo'n uitzonderlijk mooie omgeving geweest, maar ze had geen boeken mogen lenen. Vandaag niet. Eerst moest ze een bibliotheekpas hebben en die kon alleen worden afgegeven op haar geregistreerde adres. Dat van thuis, welteverstaan. Omdat ze nog niet meerderjarig was, moest haar moeder de aanvraag ook ondertekenen. Ze zou alles meteen naar haar moeder sturen, maar ze was wel een beetje teleurgesteld dat ze niets mocht lenen. Ze had Austen en de gedichtenbundel moeten terugleggen voor ze wegging. Nou ja, binnenkort zou ze elk boek dat ze wilde kunnen lenen.

Toen ze thuiskwam, was het stil in de flat. Er was niemand, ook al was het al zes uur. Tevreden over haar dag zette ze haar tas op tafel en hing haar hoed op in de dienstbodekamer. Ze legde de nieuwe blauwe baret in de la en stopte die van Viola in een tas. Toen bond ze haar schort om en begon met de afwas. De ingedroogde remouladesaus, aardappelen en restjes vis stonden nog op tafel. Ze deed de restjes in een schaal en zette die voor Jäger klaar onder het werkblad. Vanavond zou hij een overvloedige maaltijd krijgen. Toen het bijna halftien was en ze de badkamers had schoongemaakt, rode bieten in plakken had gesneden om in te maken en het vocht om de augurken mee in te maken op het vuur had gezet, hoorde ze iets. De voordeur ging open en ze hoorde de stemmen van de doktersvrouw en Carl-Axel in de hal. Ze praatten luid alsof ze beschonken waren en Betty hoopte vurig dat ze naar bed zouden gaan zonder de keuken binnen te komen. Maar dat was natuurlijk ijdele hoop. De deur ging open en mevrouw riep: 'Aha, nu schikt het wel? We zochten je omdat we honger hadden, maar toen was er niemand.'

De doktersvrouw lachte en deed een paar stappen de keuken in. Nogal wankele stappen. 'Dus moesten we wel naar Sturehof om te eten. Carl-Axel en ik hebben kreeft genomen. Toch, Carl-Axel?'

Carl-Axel Molander keek Betty en zijn moeder gekweld aan en draaide zich weer om in de deuropening. 'Ik moet sigaretten gaan kopen, mam. Ik ben zo terug.'

Zijn moeder reageerde traag maar wierp hem een onbeholpen handkus toe en wendde zich weer tot Betty, die nu licht neeg en haar bietenrode handen probeerde te wassen. 'Het was mijn vrije middag. Ik had een afspraak met mijn tante en...'

De doktersvrouw snoof en gooide iets voor Betty op de tafel. 'Ach, we moeten dankbaar zijn dat je tijd hebt om een paar uur met ons door te brengen. Je lijkt ook tijd te hebben voor correspondentie. Morgenochtend slapen we uit. Alleen de dokter zal zoals gewoonlijk ontbijten. Dan kun jij intussen de badkamers schoonmaken.'

De doktersvrouw glimlachte zoetzuur en Betty kon zich niet inhouden en wierp een blik op de enveloppen die op de keukentafel lagen. Het waren er meer! Ze wilde ze zo graag openen en lezen dat ze besloot opnieuw een knicks te maken en in te stemmen.

'Jazeker, mevrouw. Dat komt in orde.'

Misschien had de doktersvrouw tegenwerpingen verwacht, want ze bleef even staan en keek naar Betty. Toen stootte ze met een onhandige beweging tegen de keukenstoel waardoor deze omviel, ze draaide zich om en liep naar buiten. In de deuropening bleef ze staan. 'De dokter is vanmiddag opgeroepen. Ik denk niet dat hij al gegeten heeft, dus je zult iets moeten klaarmaken als hij thuiskomt. Welterusten.'

Betty bleef staan en keek naar de dichte deur. Ze stond op van haar stoel, ging naar de provisiekast en haalde er brood, boter, haring en koude eieren uit, die ze op de keukentafel zette. Een bord en een pilsje completeerden het geheel, en daarna waste ze haar handen nogmaals grondig met zeep. Ze droogde ze af en ging achter de enveloppen aan tafel zitten.

Vier stuks. Nou ja, drie enveloppen en een briefkaart. Op de ene brief herkende ze het handschrift van haar moeder en op de andere dat van Anna. Maar het handschrift op de briefkaart was onbekend en de derde, dikke brief was in zo'n krachtig en elegant handschrift geschreven dat ze het nauwelijks kon ontcijferen.

Ze begon met de briefkaart. Hij was van Birger, die vroeg of ze zondag naar de bioscoop zouden gaan. 'Voor het geval ik voor die tijd geen boodschappen meer bij je hoef af te leveren.' Hij had een grappig tekeningetje gemaakt van Betty met lang haar over haar schouders en van hemzelf met wijd open mond; het was heel goed getekend. Onderaan stond zijn adres en ze glimlachte een beetje. Viola en zij hadden weliswaar afgesproken om die zondag naar de bioscoop te gaan, maar ze konden toch wel met z'n drieën gaan? Of misschien wilde die Valle ook mee? Dat zou leuk zijn. Ze zou het morgenochtend meteen met Viola overleggen.

Anna's brief was niet lang. Ze vertelde in een onbeholpen handschrift en met allerlei spelfouten over haar werk op de boerderij in Forsa. Het klonk zwaar en moeilijk, maar al in de tweede zin had ze het over de boerenzoon, Arne, en zijn naam kwam verschillende keren in allerlei contexten voor. Betty glimlachte bij zichzelf; aha, Anna wilde boerin in Forsa worden. De brief eindigde met een kernachtig 'Kom weer naar huis, Betty!' en heel even herinnerde ze zich hoeveel plezier ze in de loop der jaren hadden gehad en ze besloot een grappige en onderhoudende brief terug te schrijven. En als ze met Kerstmis naar huis mocht, zou ze absoluut met Anna afspreken.

Haar moeders brief was lang en gedetailleerd. De kleine Pelle had buikpijn gehad en was naar de dokter in het ziekenhuis geweest. Het was vreselijk, maar nu voelde hij zich beter en kon hij weer naar school. Edvin had zijn overhoringen goed gemaakt en haar moeder zelf had een betere, minder zware dienst in de zagerij gekregen. De buren waren verhuisd en in hun plaats was er een gezin uit Alfta komen wonen. Ze waren flink, werkten hard en hadden drie kinderen van ongeveer dezelfde leeftijd als Edvin en Pelle. Het was somber en guur in Hudiksvall en haar moeder wilde dat Betty hard zou werken en zich niet te veel zou vermaken in Stockholm. Het zou hen allemaal zeer verheugen als Betty met Kerstmis een paar dagen weg kon. Maar als het niet lukte, begrepen ze dat wel, want het belangrijkste was dat Betty ijverig en betrouwbaar was en deed wat de doktersfamilie zei. Haar moeder stuurde de warmste knuffels en groeten van alle drie vanuit de keuken in Åvik, waar de herfstschemering 's avonds steeds langer werd.

Betty bleef een tijdje met de brief in haar handen zitten. Ze voelde de tranen opkomen. Ze had ineens zo'n heimwee dat ze er pijn in haar borst van kreeg. O, kon ze maar in de keuken tegenover mama zitten lezen. Met haar broertjes op de klepbank, waar ze hun huiswerk maakten of speelden. Ze moest haar neus snuiten en hard op haar wang bijten om niet te gaan huilen. Nadat ze een keer diep had ingeademd, pakte ze de laatste dikke brief die er nog lag.

De envelop was gemaakt van duur, dik grijs papier en het handschrift was schuin en regelmatig. De envelop was afgestempeld in Uppsala. Ze sneed de envelop met het mesje open en haalde er een prachtig boekje in een blauwe leren band uit. En een brief.

Mijn allerbeste mejuffrouw Lind,

Wat heerlijk dat ik onlangs een brief van u ontving. En heel interessant om uw overwegingen over De beul *te lezen. Het boek is betrekkelijk nieuw en is goed ontvangen. Vooral door aanhangers van de democratie en tegenstanders van het nationaalsocialisme. Het kwaad als thema is natuurlijk niet erg prettig, maar desalniettemin belangrijk in tijden als deze. Zoals je (beste, mag ik 'Betty' en 'je' zeggen? Het is zo omslachtig om 'mejuffrouw' en 'u' te gebruiken tussen ons literatuurliefhebbers) klaarblijkelijk hebt opgemerkt, gaat het wellicht meer over onze tijd dan over de middeleeuwen, maar ook over de mechanismen van het kwaad. Delen ervan, waarbij niets aan de fantasie van de lezer wordt overgelaten, vind ik soms wat te direct. Maar dat heb je allemaal besproken in je korte essay. Het zou me enorm verheugen als we onze correspondentie over boeken kunnen voortzetten. Ik voeg ook enkele vragen bij die je jezelf tijdens het lezen kunt stellen, als je dat nuttig zou vinden?*

Bij deze brief voeg ik een boek van een heel ander soort, waarvan ik denk dat het je kan vermaken – van de dichter Heine. Het zou me oneindig veel plezier doen om te horen wat je van Heine vindt.

Ik wacht met plezier op je brief.

Hartelijke groeten in de ware geest van de literatuur.

Je nederige Martin Fischer

Haar hart bonkte en haar mond was plotseling droog. Ze moest alles opnieuw lezen, en deze keer bleef ze bij bepaalde woorden stilstaan, ze draaide ze om, proefde ze. 'Mijn allerbeste mejuffrouw Lind' en 'beste, mag ik "Betty" en "je" zeggen?' Meende hij wat hij schreef, of probeerde hij weer grappig te doen? Ze kon zich niet herinneren dat haar brief bijzonder knap of slim was geweest. Ze had vooral krabbels en gedachten opgeschreven die ze tijdens het lezen van het boek had gehad. Haar wangen gloeiden toen ze de brief voor de derde keer doornam. O, hier moest ze over nadenken!

De keukendeur ging open en Jäger glipte als eerste naar binnen, op de voet gevolgd door de dokter. Ze raapte snel haar post bij elkaar en stopte die in de zak van haar schort. Ze streek haastig haar haar glad, stond op en werd begroet door een wild springende Jäger, die haar met zacht gejank vertelde hoezeer hij haar gemist had. De dokter en zij lachten en ze haastte zich om de schaal met eten onder het werkblad vandaan te halen. Met kwispelende staart slobberde de hond de restjes op. De dokter was al aan tafel gaan zitten en begon zijn eitje te pellen.

'Wat ben je toch attent. Het is heel fijn om zo aan tafel te kunnen, als iemand van tevoren aan je heeft gedacht.'

Ze lachte naar hem en begon de afwas van daarnet op te ruimen. Jäger, die klaar was met eten, glipte naar de dienstbodekamer en de dokter schrokte met veel smaak zijn eieren, brood, kaas en haring op. Ze ging aan het hoofd van de tafel zitten en glimlachte om zijn honger.

'Werd het vandaag weer een lang bezoek, dokter?' Ze wist inmiddels dat hij ervan hield om over koetjes en kalfjes te praten en ze vond het leuk om hem te horen vertellen over verschillende patiënten en mensen in Stockholm.

Hij knikte en slikte zijn hap door. 'Ja. Een oude chauffeur aan de Roslagsgatan blies vanavond zijn laatste adem uit en ik had beloofd bij hem te blijven. Hij heeft er lang tegen gevochten...' De dokter zweeg en nam een grote slok pils.

Ze besefte dat hij, ondanks zijn jarenlange ervaring, nog steeds geraakt was.

'In de winter reed hij me vaak, als ik buiten de stad visite moest rijden. Hij was een goede man. Hij was, net als ik, lid van...' Hij zweeg plotseling, totdat zij ernstig naar hem knikte en hij vervolgde: 'Je went er nooit aan. Ook al heb ik zoveel mensen zien sterven.' Hij liet zijn masker vallen en zijn gezicht leek erg jongensachtig, en ze merkte een kromming van zijn rug op die ze nooit eerder had gezien. Ze deed haar mond open om iets te zeggen, maar hij was haar voor. 'Zeg, Betty. Heb je ooit iemand zien sterven?' Hij greep plotseling en onverwacht haar hand.

Ze trok haar hand niet terug en knikte. 'Mijn vader viel van een stapel hout in de zagerij. De dokter in het ziekenhuis zei dat er vanbinnen iets kapot was. Hij stierf thuis in de kamer. Ik was toen elf. Ik hield zijn hand vast, want mijn moeder werkte in ploegendienst. En ik zat ook bij de oude mevrouw Skoglund toen ze stierf. Ze sliep gewoon in en werd niet meer wakker. Vader had daarentegen echt een doodsstrijd...'

De dokter pakte haar hand steviger vast en streelde even met zijn duim over haar handrug. Zijn ogen waren roodomrand en stonden bezorgd, en zijn pony viel voor zijn ogen, net als soms bij Edvin gebeurde. 'Ach, lieverd. Zo jong en al zoveel gezien. Hoe oud was je vader toen hij stierf?'

'Negenendertig.'

De klok sloeg het halve uur en plotseling voelde ze zich beschaamd dat de dokter haar vasthield. Ze trok haar hand terug en veegde de eierschalen van de tafel in haar hand. Ze keek hem niet aan.

'Vergeef me, lieverd. Ik word altijd wat huilerig na een lange dag. Bedankt, ik ga naar bed. Het ontbijt moet helaas op de gebruikelijke tijd worden geserveerd, het liefst in de keuken.' Nu durfde ze hem weer aan te kijken en hij streek de pony op zijn voorhoofd weg en lachte zijn gebruikelijke vriendelijke glimlach. 'Je bent echt een schitterend exemplaar van het vrouwelijke ras, weet je dat? Vriendelijk, warm en zo blond en arisch!' Hij sloot de keukendeur achter zich voordat ze kon vragen wat arisch betekende.

Ze liet de afwas staan en zette het overgebleven eten weg, waarna ze zich uitkleedde. Jäger lag al diep te slapen op het voeteneind van haar bed en ze moest zich onder de dekens wurmen om genoeg plaats te hebben.

Net toen ze lekker lag, hoorde ze lawaai door de keukendeur die naar de hal leidde, dus stond ze snel op en deed de deur tussen de dienstbodekamer en de keuken dicht. De hond hief zijn kop en gromde zachtjes toen iemand even later onhandig de keukendeur opendeed. Kastdeuren werden dichtgeslagen en de kraan werd aangezet, en er klonk gekreun en gesnik. Dat moest Carl-Axel zijn. Tegelijkertijd klonk er een vreselijk geratel en de hond blafte luid. Betty stond weer op, trok een vest over haar schouders en deed de deur open. Hij zat op de grond met zijn benen recht naar voren en zijn handen voor zijn ogen geslagen luid te kreunen. Naast hem lagen het schepvat en bebloede theedoeken. Betty bleef als versteend staan en Carl-Axel schreeuwde tegen haar: 'Help me dan, mens! Zie je niet dat ik bloed?' Ze ontwaakte uit haar verstijving en hielp hem eerst overeind en toen op een stoel. Hij snikte en schold tegelijk en ze probeerde hem te helpen het bloed weg te vegen dat over één oog liep.

'Lieve hemel, wat is er gebeurd?'

Het ene moment duwde hij haar van zich af, het andere trok hij haar naar zich toe. 'Daar! Daar moet je drukken! O, die schoften... ze lachten me uit. Ze lachten! Hoor je me?'

Betty probeerde geruststellend te knikken en zo goed mogelijk zicht te krijgen op de wonden op zijn gezicht terwijl hij dronken om zich heen mepte.

'Wat is er gebeurd? U hebt een lelijke wond op uw voorhoofd, die gehecht moet worden. U moet de dokter ernaar laten kijken. Zal ik hem wekken?'

'Nee! Niet vader, dat plezier gun ik hem niet.'

Ze drukte telkens de handdoek tegen de wond, die maar niet wilde ophouden met bloeden en probeerde zijn geduw en boze uitbarstingen af te weren. Haar nachtjapon zat onder het bloed en overal op de keukenvloer lag water. Betty was wanhopig en voelde zich hulpeloos. 'Als ik een verband aanleg, dan zal het misschien...'

Hij kalmeerde en liet toe dat ze de wond schoonmaakte en stroken van een oud laken over de diepe snee op zijn voorhoofd wikkelde. Hij hikte en snikte van de schok en de roes. 'Ik ging wat drinken in Rendez-vous en kletste met... een vriend. Buiten stonden mensen me op te wachten en in Humlegården hebben ze me in elkaar geslagen.'

Ze keek hem verward aan. 'Wie? Waarom zouden ze in hemelsnaam...'

Hij hief zijn hoofd om haar aan te kijken. Zijn hoofd wiebelde licht, alsof hij moeite had om het stil te houden, en hij probeerde even smalend te kijken als normaal, maar het lukte hem alleen maar om een zielig pruillipje te trekken. 'Wat ben je toch naïef en stom, Betty. Ja, die aardige jongens van de Noordse Jeugd lachen me uit. Ze verachten en bespotten mensen zoals ik.'

Ineens stond hij op, hij duwde haar opzij en liep wankelend de keuken uit, de gang in naar zijn kamer. Ze zag dat er nog steeds bloed door het verband op zijn hoofd drong, maar ze sloot de deur achter hem en keek naar de ravage in de keuken. Uiteindelijk werd het stil in de flat en ze hoopte dat hij in bed was beland.

Wat was die Carl-Axel Molander moeilijk te doorgronden. Noordse Jeugd? Wat was dat nou weer? Betty had echt genoeg van hem en zijn constante grapjes. Ze zuchtte en begon schoon te maken.

Toen Betty de keuken eindelijk schoon had, was ze klaarwakker. Ze stapte weer in bed bij de hond, die tevreden zuchtte en weer ging slapen toen ze terugkwam. Ze stopte alle brieven in de mooie hoedendoos en schoof die onder het bed. Ze hield alleen het boek bij zich en sloeg het langzaam open. Het was zo mooi ingebonden en de kaft had goud reliëf op kobaltblauw. Ze sloeg willekeurig een gedicht open.

Roerloze zee! De zon werpt haar stralen
over het water,
en tussen deinende juwelen
ploegt het schip groene voren.

Het gedicht ging over een zeeman en was romantisch en mooi, maar ook droevig en moeilijk te begrijpen. Ze las enkel dit gedicht en stopte het boek toen bij de brieven in haar hoedendoos. Voorzichtig trok ze het laken omhoog en ging op haar zij liggen om te slapen. Ze wilde niet meer aan Carl-Axel Molander en zijn erbarmelijke verschijning denken. In plaats daarvan glimlachte ze even in het donker. Ze dacht aan haar mooie hoed en de prachtige bibliotheek. En aan de prachtige brief uit Uppsala met het boek. Opnieuw sprong haar hart op toen ze dacht aan de woorden: 'beste, mag ik "Betty" en "je" zeggen?' Vlak voor ze in slaap viel flitsten de woorden van de dokter voorbij: 'Vriendelijk, warm en zo blond en arisch!' En de manier waarop hij naar haar keek. Niet haar hart maakte een sprongetje, maar iets anders. Een verlangen. Ver weg. Heel diep vanbinnen...

Ze huiverde, hoorde de kerkklok slaan en ging lekker liggen met Jägers neus in haar knieholtes.

13

'Hij is prachtig, Betty! En wat staat hij je goed!' Viola lachte enthousiast naar haar toen ze met de nieuwe hoed op haar hoofd de deur uit stapte. Betty rekte zich uit en voelde zich geweldig. Vandaag kon ze voor het eerst in lange tijd weer met Viola boodschappen doen, want Carl-Axel Molander en zijn moeder waren snel naar Nyköping afgereisd voor het weekend en ze hoefde zich alleen maar aan de tijden van de dokter te houden. Maar natuurlijk was mevrouw met een lijst gekomen van alles wat Betty in het weekend moest afwerken. Ze had die vluchtig doorgenomen en beseft dat ze onmogelijk alles kon doen. Maar ze neeg en knikte zonder een spier te vertrekken. Ze zou haar best doen… en dan zou ze een vrije dag hebben. Ze wilde Viola net vertellen dat ze morgen jarig was, maar haar werd al de pas afgesneden.

'Dan gaan we met z'n vieren naar de bioscoop! Wat leuk, hè, Betty, dat Valle ook kan? En daarna gaan we ook nog naar de tearoom.' Viola kletste en lachte toen ze Ekmans kruidenierszaak naderden en ze glimlachten naar alle mensen die ze tegenkwamen, die op hun beurt terug glimlachten naar de twee vrolijke dienstmeisjes.

De winkelbediende glimlachte ook en prees Betty's nieuwe hoed, en maakte zoals gewoonlijk grapjes met Viola.

Betty aarzelde even maar kocht uiteindelijk haring om de dokter te verrassen, en met de mand aan haar arm verlieten ze de winkel.

'Moeten we echt meteen naar huis? Het is zulk mooi herfstweer, met een zonnetje en een heldere hemel.' Viola gooide haar hoofd in haar nek toen een houtbezorger naar haar floot, maar knipoogde naar hem toen hij terneergeslagen voor hen opzijging.

Betty schudde haar hoofd en stak haar vrije arm door die van Viola. Ze had geen haast. De dokter kwam op zijn vroegst om drie uur thuis, en tegen die tijd had ze zeker kunnen vegen en haring kunnen bakken. 'Laten we naar het Östermalmstorg gaan!'

Het was goed te merken dat het zaterdag was, er waren veel mensen op straat die hun zaakjes geregeld wilden hebben voor het weekend. Op het Östermalmstorg deden mensen boodschappen bij de vele marktkraampjes. Groenten, bloemen en allerhande ingemaakt voedsel.

'Er is een revue in het Folkan. Als we daar toch eens heen konden! Kom, dan gaan we buiten de foto's bekijken.' Viola trok haar zachtjes mee naar het theater en daar stonden ze een tijdje de foto's te bewonderen van de nieuwe revue die net in première was gegaan. Viola wees naar de prachtig geklede vrouwen. 'Dat is Sickan Carlsson en die brutale is Emy Hagman. En daar is Gerhard zelf. Vorig jaar mocht ik een keer met de redacteur mee. O, dat was prachtig, Betty.' Ze neuriede 'Nu ska vi vara snälla' met een niet zo mooie zangstem, en Betty wilde net vragen hoe duur een kaartje was toen er lawaai klonk vanaf de Nybrogatan. Luide stemmen en dreunende trommels. De meisjes draaiden zich om en zagen drommen mensen op het geluid afkomen. Zwaaiende vaandels en serieuze mannen in bruine overhemden voorop. Opgewonden geschreeuw uit de omgeving en een gestage stroom mensen die zich naar de mannen begaf die nu in een halve cirkel midden op het plein stonden.

Betty keek verbaasd naar de mannen en draaide zich naar Viola, die als versteend was blijven staan. 'Wat is dat? Waarom schreeuwen die mensen zo en wat zijn dat voor vlaggen?'

Viola keek naar de groep mannen die nu iets in koor riepen, wat Betty niet kon verstaan. 'Het zijn Lindholmers! Nazi's.'

Betty draaide zich weer om, ze geloofde haar ogen bijna niet. 'Nazi's? Zoals Hitler?'

Viola knikte grimmig en pakte haar mand stevig vast. 'Kom op, we gaan. Die bijeenkomsten leveren alleen maar problemen op. En ik wil hier niet bij zo'n bijeenkomst gezien worden.'

Ze nam Betty bij de arm en trok haar met zich mee naar de Hedvig Eleonora-kerk. Betty pakte haar mand ook steviger vast en wilde zich net omdraaien toen ze iets bekends zag bewegen in de menigte. 'Jäger! Wat doet hij hier?'

Viola bleef staan en keek om. 'De hond? Van de dokter? Is hij misschien ontsnapt?'

Betty gaf haar mand aan Viola. 'Hier, hou vast. Ik moet de hond vinden voordat hij gewond raakt.'

Zonder op antwoord te wachten baande ze zich een weg door de menigte en riep Jäger zachtjes. Ze liep tussen de mensen door en hoorde het ritmische geschreeuw van de demonstranten en het opgewonden gebrul van de tegenstanders, die nu in aantal toenamen. Er kwamen steeds meer jonge mannen vanaf de Strandvägen en de Birger Jarlsgatan. Maar ze zag Jäger niet meer. Hij was nergens te bekennen, en plotseling vroeg ze zich af of ze zich vergist had. Ze bleef staan en keek verward om zich heen. De menigte schreeuwde en duwde, en in het midden hield een man in een uniform met luide stem een toespraak. Plotseling kreeg ze een harde klap op haar hoofd en haar hoed vloog af. Op het laatste moment kon ze hem nog redden en ze hield hem stevig vast. Ze kon maar beter doen wat Viola zei. De hond was misschien allang in een achterafstraatje verdwenen. Ze baande zich een weg de mensenmassa uit en wierp een laatste blik op de spreker.

Op dat moment dacht ze weer een glimp van de hond op te vangen – daar in het midden met een man wiens jas ze vanochtend nog had geborsteld voor hij naar zijn werk ging. Ze rekte zich uit om te zien of het echt de dokter was, maar ze zag de hond noch de man en ze liep terug naar Viola, die haar met een wit gezicht haar mand teruggaf. Ze zette haastig de hoed op haar hoofd, zonder zich erom te bekommeren of hij mooi schuin stond. In stilte liepen ze verder naar de Jungfrugatan. Bij haar deur bleven ze staan.

'O, wat vreselijk, Betty! Je hebt je toch niet bezeerd?'

Betty schudde haar hoofd. Nee, ze had zich niet bezeerd, maar ze vroeg zich af wat ze daar op het plein eigenlijk had gezien en er kwam een zeurende hoofdpijn opzetten. 'Wat willen ze? Waarom klinken ze zo boos?'

Viola huiverde en keek haar ernstig aan. 'Ja, zeg het maar. Ze haten Joden, vakbondsleden en communisten. En sodomieten. En ze houden van het arische ras...'

Betty deinsde terug. Arisch? Dat woord had ze onlangs nog gehoord.

Alsof ze begreep wat Betty dacht, antwoordde Viola zelf: '"Arisch" zijn Zweden die eruitzien als Zweden. Zoals jij Betty, niet zoals ik. Nee, daar moet je je verre van houden. Smerige herrieschoppers zijn het. Mijn vader haat ze!' Toen sloeg haar stemming om en voor ze de deur opendeed en verdween, zei ze: 'Tot morgen! Om kwart over één hierbuiten. Dan gaan we naar de bioscoop. *So long!*'

Betty's benen voelden loodzwaar aan toen ze de trap op liep, en achter haar wenkbrauwen lag die vervelende hoofdpijn op de loer. Dat kwam ongetwijfeld door de nare sfeer en zou vast overgaan zodra ze in de flat was. In de keuken werd ze begroet door Jäger, die vrolijk kwispelde toen ze binnenkwam. Er was geen teken van de dokter, en ze dacht dat ze zich op het plein vergist moest hebben. Ze kon Jäger of de dokter niet hebben gezien.

Ze bereidde de haring voor en schilde de aardappelen. Haar hoofdpijn werd erger en ze moest even op bed gaan liggen met een natte doek over haar ogen. Mevrouw had opgeschreven dat ze de vloer in de hal in de was moest zetten, maar daarvoor was het nu al te laat.

Gelukkig herinnerde ze zich plotseling wat ze van de oude mevrouw Skoglund had geleerd. Ze haalde een emmer, die ze vulde met wat lauw water en een eierdooier uit de provisiekast. Ze klopte alles door elkaar en bevochtigde er een doek mee. Daarna boende ze de hele vloer en droogde hem met een oud, versleten laken. De vloer glansde weer als nieuw. Met het laatste restje poetste ze ook de keukenvloer. Tevreden liet ze zich op een keukenstoel zakken, terwijl alles droogde.

Terwijl ze de haring bakte, kwam er een sterke en misselijkmakende geur in de keuken te hangen, en ze deed het raam open om het ergste te laten verdwijnen. Toch kon ze het niet helpen dat ze vreselijk misselijk werd. Ze bakte de laatste filets met een doek voor haar neus en mond tegen de misselijkheid.

Ze hoorde de dokter thuiskomen en bracht met een zwakke glimlach de aardappelen en haring de salon binnen.

'O, Betty, ik had best in de keuken kunnen eten. Je had niet zoveel moeite hoeven doen.' Hij lachte vriendelijk naar haar en zij deed haar best terug te glimlachen. Hij zwaaide met een krant die hij aan het lezen was en schreeuwde terwijl ze serveerde, waardoor ze alleen maar meer hoofdpijn kreeg.

'De ex-koning van Engeland is in Duitsland. Heb je het gezien, Betty? Dan kan de hertog van Windsor zelf zien hoe mooi en netjes het daar nu is geworden.'

Hij las haar voor uit de krant en zij moest blijven staan en doen alsof ze luisterde, hoewel ze de hoofdpijn nauwelijks kon verdragen.

> 'Tijdens zijn bezoek aan de Osramfabriek was de voormalige koning bijzonder geïnteresseerd in de sportvereniging van de werknemers...

Dat spreekt vanzelf, zo goed zijn de zaken tegenwoordig georganiseerd in Duitsland. En luister eens hiernaar:

Vandaag zag men dat de hertog bij verschillende gelegenheden, als reactie op enkele eerbetuigingen voor hotel Kaiserhof, zijn arm hief in de nazigroet, terwijl de hertogin glimlachte en knikte naar de menigte. Zij droeg vandaag een blauwe wollen jurk...

Nou, wat zeg je ervan Betty? Klinkt dat niet fantastisch? Een blauwe wollen jurk?'

Ze hoorde nauwelijks wat hij zei. In plaats daarvan deed ze haar uiterste best om te glimlachen en een knicks te maken en ze glipte zo snel mogelijk weg.

Gelukkig werd ze in de keuken alleen gelaten met haar hoofdpijn en misselijkheid. Zelfs van de hond werd ze chagrijnig. Ze werd toch niet ziek? Niet nu er morgen zo'n plezierige dag op het programma stond, met een bezoek aan de bioscoop en alles...

Toen ze het grootste deel van de afwas had gedaan, ging ze even op bed liggen. Het voelde alsof het bed langzaam heen en weer schommelde en als ze haar ogen sloot, tolde haar hoofd. Jäger duwde zachtjes met zijn koude neus tegen haar arm en ze dwong zich om op te staan. Ze voelde zich nu zo slecht dat ze niet wist hoe ze het op kon brengen om naar de salon te gaan en de tafel af te ruimen. De misselijkmakende geur van de haring gaf haar braakneigingen.

Plotseling had ze geen keus meer en ze rende met haar hand voor haar mond naar het watercloset, waar ze overgaf.

Ze gaf een aantal keer over en liet zich uiteindelijk op de bril zakken, waarna ze zich via de andere kant leegde. Elke keer trok er een kramp door haar lichaam en ze voelde zich bij elke keer dat ze zich ontlastte zwakker worden.

Uiteindelijk leek ze helemaal leeg te zijn. Met trillende benen stond ze op, ze spoelde door en probeerde met een doek dat wat ernaast was beland weg te vegen. Daarna waste ze haar handen en spatte water in haar gezicht. In de mooie badkamerspiegel, die ze eerder die middag had schoongemaakt, zag ze eruit als een lijk. Haar haar zat in de war, haar gezicht was krijtwit met rode koortsblosjes en donkere kringen onder haar ogen, en ze rilde van de koorts. Ze droogde haar gezicht af en liep naar de keuken. Maar bij de keukendeur zakte ze in elkaar. Liggend op de drempel, niet in staat om op te staan, sloot ze haar ogen tegen die vreselijke hoofdpijn.

Visioenen kwamen en gingen. Soms was ze thuis in haar kamer aan de Bagargatan, soms in de trein in gesprek met Martin Fischer, en natuurlijk was ze op de plee, met Viola. Ze rilde van de kou, in de verte voelde ze hoe Jäger haar arm likte en ze wist zich op te krullen tegen het warme lichaam van de hond.

14

'Maar lieverdje toch! Wat is er in hemelsnaam gebeurd?'

Ze kon haar ogen niet openkrijgen, maar draaide zich naar de vriendelijke stem. Door die kleine beweging sloeg de misselijkheid weer toe en moest ze hevig overgeven, ook al lag ze. Het enige wat ze kon doen was zich afwenden. Ze snikte luid en probeerde de zure gal die in haar haar en op haar jurk was gelopen weg te vegen terwijl ze probeerde overeind te komen. 'O dokter, ik denk dat ik ziek ben. Ik...' Ze zweeg en deed haar uiterste best om de misselijkheid die haar weer dreigde te overmannen op afstand te houden.

Jäger werd weggeduwd en ze hoorde hoe de dokter zijn bord op het aanrecht neerzette. Daarna bukte hij en tilde haar op, legde haar op het bed en haalde toen een natte handdoek, waarmee hij haar gezicht, haar en hals voorzichtig afdroogde. Hij trok haar schoenen en jurk uit en toen hij haar in bed stopte schaamde ze zich voor haar gescheurde, smoezelige ondergoed. Maar wat kon ze doen, het was zo heerlijk om tussen de lakens te liggen en de kou wat te voelen wegtrekken. Langzaam deed ze haar ogen open en ze keek naar de dokter, die op de rand van het bed zat.

'Alstublieft, dokter, het spijt me. Ik weet niet wat me overkwam. Het gebeurde zo snel en ik...' Ze begon te snikken en hij suste haar als een klein kind.

Hij streelde haar vlecht en klopte kalmerend op de deken. 'Je kunt er niets aan doen dat je ziek bent. Ga maar slapen, Betty, dan ga je je beter voelen.' Hij streelde nog een keer over haar haar en ze sloot dankbaar haar ogen. Haar hoofd klopte nog steeds en ze bibberde van de kou, maar de lusteloosheid rolde als een stoomwals over haar lichaam en ze viel vrijwel onmiddellijk in slaap.

Toen ze wakker werd, was het donker buiten. Ze voelde Jäger bij haar voeten en zag dat de dokter in de keuken zat te lezen. Ze draaide zich langzaam om en voelde dat ze niet meer zoveel hoofdpijn had, maar ze moest dringend opstaan. Voorzichtig probeerde ze te gaan zitten en Jäger sprong met een bonk op de grond en ging kwispelend bij het bed staan. De dokter keek op van zijn boek. 'Betty? Voel je je wat beter?' Ze knikte, zwaaide haar benen over de rand van het bed en wilde net opstaan toen de rillingen en de duizeligheid tegelijkertijd terugkeerden en ze wankelde.

De dokter stond weer naast haar en sloeg de deken om haar schouders. 'Moet je weer naar de wc? Wacht, ik loop mee.'

Ze wilde zeggen dat het ongepast was, dat het niet hoefde, maar ze wist niet zeker of het in haar eentje wel zou lukken. 'Ik ga altijd naar de tuin... Ik ga...'

Hij lachte en duwde haar zachtjes naar de hal. 'Onzin! Nu we een watercloset hebben, moet je dat natuurlijk gebruiken. Bovendien moet je niet naar de tuin gaan.' Hij praatte zacht en zijn handen waren droog en warm om haar polsen. Hij rook vaag naar scheerlotion en cognac. Hij zette haar voorzichtig voor het closet neer en voelde aan haar voorhoofd.

'Red je het nu alleen? Roep maar als je klaar bent.'

Ze bloosde maar knikte.

Nadat hij haar weer in bed had geholpen, kwam hij haar een tinnen beker brengen.

'Kijk eens. Neem maar een paar slokjes. Je hebt vocht nodig.'

Eigenlijk wilde ze niets, maar ze slikte gehoorzaam wat door. Het was zoete, afgekoelde thee. Ze was bang om weer over te geven en durfde er alleen aan te nippen. Hij knikte glimlachend en bleef op de rand van het bed zitten. Nu ze zich wat beter voelde, voelde ze zich opgelaten dat ze er zo hulpeloos bij lag. 'Ik schaam me zo vreselijk. Maar ik kon echt niet...'

Hij schudde zijn hoofd en gaf haar de beker weer om een slok te nemen. 'Praat er maar niet meer over. Als er iemand weet wat ziekte is, ben ik het.'

Ze leunde weer achterover tegen het kussen en glimlachte zwak naar hem. Hij pakte een boek uit zijn zak en hield het op. '*Ingrid.* Zal ik voorlezen?'

Ze kon niet anders dan glimlachen en knikken en trok de lakens op tot haar neus. Ze had het boek al eerder gelezen, maar vond het fijn om zijn warme, vriendelijke stem te horen.

Toen ze weer wakker werd, was het ochtend. Ze hoorde de klok zes uur slaan en besefte dat ze sinds de vorige avond niet meer naar het closet was geweest.

Het was haar achttiende verjaardag vandaag. De allereerste verjaardag die ze zonder haar familie vierde.

Haar haar zat samengeklit en rook naar braaksel. Ze vroeg zich af of ze zich in de keuken een beetje kon wassen en probeerde op te staan. Op het moment dat ze haar voeten over de rand van het bed zwaaide, sloeg de duizeligheid echter toe en ze bleef roerloos zitten. Langzaam krabbelde ze overeind, maar ze stootte per ongeluk de tinnen beker met koude thee om, die kletterend over de grond rolde.

Binnen een minuut stonden hij en Jäger in de keuken. De dokter in pyjama en kamerjas. Ze zagen er allebei even slaapdronken uit en ze moest lachen.

'O jee! Ik wilde u niet wakker maken. Ik wilde me alleen even wassen.'

De dokter bond zijn kamerjas dicht en glimlachte. 'Wat fijn dat je je beter voelt. Ik zal een bad voor je klaarmaken, dan ga je je vast nog beter voelen.' Ze sloeg haar armen om zich heen omdat ze koude rillingen kreeg en probeerde te protesteren, maar hij stond al in de badkamer water, zeep en handdoeken te regelen. 'Doe maar rustig aan. Jäger en ik wandelen in de tussentijd naar Djurgården.'

Ze glimlachte en verheugde zich erop dat ze in de mooie badkuip mocht baden, maar voelde zich ook stom. 'Ik kan straks ontbijt maken voor u en...'

Hij onderbrak haar met opgeheven vinger. 'Na het bad ga je naar bed. En je gaat zeker niet de keuken in, want maagaandoeningen kunnen vreselijk besmettelijk zijn. Louise en Carl-Axel blijven een dag langer in Nyköping zodat we zeker weten dat ze niet besmet raken. Gelukkig weet ik er meestal aan te ontsnappen, maar anderen hebben misschien een minder goede afweer. Kom kom, ga nu maar alle ziektebacillen wegspoelen. Doktersvoorschrift!' Glimlachend duwde hij haar naar de badkamer.

Ze hoorde de voordeur dichtgaan en deed de badkamerdeur op slot. Ze trok haar vuile kleren uit en liet zich genietend in het warme water zakken. Het was heel anders dan baden in de wastobbe thuis of in de wasruimte op school. Hier lag ze languit en dreef haar haar als zeewier om haar heen. Ze keek rond alsof ze voor het eerst in de glanzend groene badkamer was. De smaragdgroene muurtegels en de zwart-witte vloer stonden zo mooi bij elkaar en ze was blij dat ze hem zo goed had bijgehouden. Voor haar komst was de badkamer maar matig schoon geweest. Ze had hier wel eeuwig kunnen blijven liggen, maar ze wist niet wanneer de dokter terugkwam en wilde niet voor verrassingen komen te staan. Ze koos een van de geurige zeepjes om haar hele lichaam te wassen en een ander zeepje waarvan ze wist dat het geschikt was om haar haar mee te wassen. Ze maakte van de gelegenheid gebruik om zich waar ze maar bij kon met de badborstel te boenen, zodat haar huid rozig glom.

Ze maakte het bad zorgvuldig schoon zodat er geen randje vuil achterbleef en ze was maar een beetje duizelig toen ze naar de dienstbodekamer rende. Ze droogde zich grondig af en maakte de gebruikelijke vlecht in haar haar, omdat het nog nat was. Ze trok schone kleren aan, verschoonde zorgvuldig het bed en legde de vuile was en andere rondslingerende spullen weg. Ze werd weer duizelig en wilde nog even op bed gaan liggen tot de dokter thuiskwam.

'Betty, kun je wakker worden?'

Toen ze de vriendelijke stem hoorde, deed ze haar ogen open en ze zag de dokter met een dienblad bij haar bed staan. Ze wreef in haar ogen en wilde gaan zitten, maar de duizeligheid dwong haar terug in bed.

'O, het spijt me, dokter, ik ben vast in slaap gevallen. Ik was zo vreselijk duizelig en wilde even rusten, maar ik moet in slaap gevallen zijn. Het spijt me.'

Hij zette het dienblad op haar nachtkastje en trok de stoel weer bij het bed. Jäger sprong op het bed en krulde zich bij haar voeten op.

'Dat hoeft helemaal niet. Slaap is het beste medicijn. Je ziet er al wat fitter uit, arme meid. Kijk, hier is nog wat te drinken, wat lekkere kalfsbouillon van restaurant Östermalmskällaren.'

Hij gaf haar een beker lauwe, geurige bouillon aan en ineens voelde ze hoe leeg haar maag was en dat ze misschien wel honger had. Ze nam een paar grote slokken van de zoute, milde bouillon en hij knikte haar bemoedigend toe terwijl ze dronk. Toen pakte hij een halve appel zonder klokhuis en een theelepel. Met trage bewegingen schraapte hij het vruchtvlees van de appel tot de lepel vol zat met vochtige appelmoes en bracht de lepel naar haar mond. Ze deed haar mond open als een gehoorzame peuter en de zoetzure inhoud van de lepel werd in haar mond gestopt. De frisse geur van de appel prikkelde haar ontwaakte smaakpapillen en ze slikte onmiddellijk. Het was heerlijk.

Hij glimlachte om de uitdrukking op haar gezicht. 'Lekker, hè?' Ze knikte en lachte terug. Hij voerde haar de uitgeschraapte appelhelft en ze slikte elke hap door. Haar maag deed nog steeds pijn, maar ze leek het weinige dat ze net had doorgeslikt binnen te kunnen houden. Ze leunde weer tegen de kussens en herinnerde zich plotseling iets belangrijks.

'O nee, dokter! Ik had om één uur een afspraak met Viola van hiernaast. Het is mijn vrije middag en we zouden naar de bioscoop gaan. Nu staat ze tevergeefs te wachten. Hoe laat is het? Misschien kan ik toch nog gaan?'

Hij stond op, nam het dienblad mee naar de keuken en riep achterom: 'Nee, dat is niet gepast! Je kunt nog steeds besmettelijk zijn. Trouwens, ik denk niet dat je dat aan zou kunnen.'

Ze schudde neerslachtig haar hoofd. Nee, daar was ze inderdaad nog niet aan toe. Alleen al van het half overeind zitten en het eten was ze moe en duizelig geworden. 'Maar het is zo vervelend als ze staat te wachten!'

De dokter glimlachte en duwde Jäger zachtjes van het bed. 'Ik bel de redacteur en zeg dat je ziek bent en dat je je vrije middag moet verplaatsen naar volgende week zondag.'

Ze knipperde verbaasd met haar ogen. Dat had ze niet verwacht. Verward probeerde ze in bed een knicks te maken, maar dat lukte niet.

Hij ging op de rand van haar bed zitten en pakte haar hand. 'Ik moet nu een paar visites rijden. Jäger mag met me mee. Ik ben rond vijf uur thuis en ik hoop dat we dan samen wat kunnen eten. Maar je mag niets met levensmiddelen doen totdat ik toestemming heb gegeven! Dat is heel belangrijk, hoor je me?' Hij kneep stevig in haar hand en keek haar met zijn blauwe ogen strak aan, en zij kon alleen maar knikken. De blik in zijn ogen verzachtte en hij streelde vluchtig over haar wang. Ze schrok even van die aanraking op haar wang en sloeg haar blik neer.

'Ik ga nog een deken pakken, en dan ga jij rusten en lezen tot ik terug ben!'

Ze knikte, en comfortabel tegen de kussens geleund hoorde ze hem een telefoontje plegen en vervolgens vertrekken.

15

Ondanks de eenvoudige invulling van de middag genoot ze ervan. Ook al was ze ziek en ook al ging ze niet naar de bioscoop met Viola en Birger. Haar achttiende verjaardag.

Nadat ze een tijdje op bed had liggen dommelen, pakte ze haar hoedendoos en herlas de brief van Martin Fischer. Er was iets met de manier waarop hij schreef... Toen las ze de hele dichtbundel van kaft tot kaft en verwonderde zich over de prachtige taal. Maar ook over het ironische en bijna guitige woordgebruik. Alsof de dichter van de mooie woorden hield, maar zich er ook voor schaamde en daarom in de gedichten het alledaagse en het lelijke zichtbaar maakte.

De volgende keer dat ze naar de bibliotheek ging, zou ze kijken of ze nog meer boeken van die eigenaardige Heine kon vinden. Opnieuw voelde ze een sterke drang om haar gedachten over de gedichten op te schrijven, en om ze goed te kunnen formuleren las ze nogmaals de gedichten die haar waren opgevallen. Haar aantekeningen vormde ze vervolgens om tot een brief aan Martin Fischer. Met zeer zorgvuldig gekozen woorden en formuleringen probeerde ze haar gevoel te beschrijven. Haar pen vloog over de bladzijden en tegen het einde moest ze zich inhouden om niet nog een vel papier te gebruiken. Twee blaadjes waren genoeg, en haar hart bonkte van vreugde toen ze uiteindelijk het adres op de envelop schreef. Nu ze toch bezig was, schreef ze ook een brief naar huis en een brief aan Anna, waarin ze Stockholm zo nauwkeurig mogelijk beschreef. De Strandvägen, de Jungfrugatan, het Östermalmstorg, de markthal en alle mensen die ze had ontmoet. Aan het eind van de brief meldde ze dat ze ziek was geweest en daarom geen vrij durfde te vragen voor Kerstmis. Maar ze beloofde dat ze elkaar zouden zien zodra de gelegenheid zich voordeed. Ze legde de brieven in haar hoedendoos en hoopte dat ze ze de volgende dag op de post kon doen.

Tegen de tijd dat de dokter terugkwam, had ze het bed opgemaakt en haar nog vochtige haar uitgekamd. Ze kon nu boven op de deken zitten en *Het jungleboek* lezen zonder duizelig te worden. Jäger stormde haar kamer binnen en begroette haar al springend, snuivend en kwispelend. Ze moest lachen om de capriolen van de hond, en toen de dokter zijn overjas uittrok en hoed afzette en bij haar op de drempel stond, lachte hij haar breed toe. 'Je lacht! Wat ongelooflijk prettig dat je je beter voelt.'

Ze glimlachte naar hem en probeerde zich de hond van het lijf te houden, die op en neer sprong van vreugde.

De dokter maakte voor hen beiden een omelet en zij bleef op het bed zitten terwijl hij zich volkomen op zijn gemak door de keuken bewoog. 'Ik ben gewend te koken, dat heb ik van mijn moeder geleerd toen ik klein was. En de oude Emma sliep vaak als ik 's avonds thuiskwam na het visite rijden. Je raakt er gewoon aan gewend om iets in elkaar te flansen.'

Hij lachte, gooide de omelet in de lucht en ving hem elegant weer op in de koekenpan, terwijl Jäger uitgelaten blafte. Betty stapte uit bed en zette de radio aan, waarop operettemuziek te horen was. Zonder toestemming te vragen, ging ze naar de badkamer om zich te wassen en pakte vervolgens borden en bestek uit de kasten, terwijl hij de pan op tafel zette. Ze mocht geen dingen uit de provisiekast halen, dus pakte de dokter boter, kaas en brood. Ze lachten en maakten grapjes over de dagelijkse klusjes en ze voelde zich warm en opgewekt. Hij haalde pils en tafelbier van het balkon en stond erop dat ze een glas van de zoete, schuimende lichte drank zou drinken.

'Dat is goed voor de maag. En een stukje omelet met een tarweboterham. Ik moet erop toezien dat je eet en dat het er niet weer uit komt voordat je weer aan het werk kunt.'

Ze nam gehoorzaam een paar slokjes, maar voelde onmiddellijk de duizeligheid naar haar hoofd stijgen.

Hij wees naar de omelet. 'Je moet ook wat eten, anders word je dronken van het tafelbier.' Zijn blauwe ogen fonkelden en hij boog zijn hoofd op een aparte manier over het bord terwijl hij sprak. Net als Edvin en Pelle, als een kleine jongen, en plotseling schoot het door haar hoofd dat hij er zo ontzettend aardig en knap uitzag dat ze zachtmoedig naar hem moest lachen en impulsief zijn hand pakte. Wat mocht ze dokter Molander graag. Hij wilde net een anekdote vertellen over de erewacht, maar zweeg toen hij haar zag glimlachen en haar hand op de zijne voelde.

'Betty?' Zijn ogen stonden plotseling ernstig en onderzoekend en ze glimlachte verward, sloeg haar blik neer en trok haar hand terug. Ze pikte de laatste kruimel van de omelet op en slikte hem door. Daarna stond ze snel op van tafel met het bord in haar hand.

'Ik moet mijn kleren voor morgen nakijken, ik moet nog wat wassen en verstellen. Bedankt voor het eten, dokter.'

Hij bleef ernstig zitten en gaf geen antwoord. Ze gaf Jäger een klopje op zijn kop en deed de deur van de dienstbodekamer dicht. Toen keek ze in de spiegel en streelde haar blozende wangen, waarna ze bezig ging met haar kleren. Wat had haar bezield?

Later moest ze naar de badkamer. Ze wilde gaan liggen lezen om tot het laatst van deze heerlijke dag te genieten en wilde er zeker van zijn dat ze beter was. Ze waste zich, kamde haar haar en besefte dat ze vanaf morgen geen gebruik meer zou maken van de badkamer van het echtpaar. Haar haar hing nu kroezig en volumineus tot aan haar middel. Ze zou het vlechten voor ze ging slapen.

Toen ze de gang in liep, stond hij in het donker bij de spiegel. Ze wierp hem een snelle blik toe en glipte op haar blote voeten de keuken in. Hij kwam langzaam achter haar aan. Zijn ogen schitterden zwart in het halfdonker.

'Betty?'

Ze draaide zich om met haar rug naar de muur en keek hem aan. Het was heel vreemd dat hij nog steeds op een ongelukkige schooljongen met een pony leek, terwijl hij een volwassen man van in de veertig was. Ze drukte zich nog harder tegen de muur en stopte haar handen achter haar rug. Ze schraapte haar keel om iets verstandigs te zeggen.

'Nou, ik ben weer beter.' Ze probeerde vrolijk en ongedwongen te glimlachen. 'Ik moet u bedanken voor al uw vriendelijkheid. U bent heel zorgzaam geweest.'

Hij antwoordde niet, maar keek met een afwerende beweging weg. Zijn pony bewoog toen hij zich omdraaide, en ze zei zacht: 'Niemand is ooit zo aardig voor me geweest. Bedankt.' Toen pakte ze haar haar bijeen, hing het over haar schouder en voor ze erop kon reageren had hij haar haar gepakt en begroef zijn gezicht erin. Ze rook zijn geur, waarvan ze duizelig en in de war raakte. Op dat moment sloeg de klok in de salon en ze deinsde achteruit. Geschrokken duwde ze zacht tegen zijn borst.

Hij ging ook achteruit en streek zijn pony op zijn plek. Hij ademde opgewonden, maar probeerde te glimlachen. 'Vergeef me. Ik denk dat ik ook een beetje moe ben. Morgen moeten we vroeg weer op.'

Hij glimlachte, maar zijn ogen waren nog steeds zwart. Ze knikte en deed de deur achter zich dicht. Ze hoorden allebei dat ze hem op slot deed.

De volgende ochtend was alles weer als vanouds. Jäger lag hoopvol bij het fornuis op eten te wachten en zij maakte pap voor de dokter. Met het ei was ze precies op tijd en de koffie was precies zo sterk als de dokter wilde. Ze lachte vriendelijk en informeerde naar het weer en wanneer mevrouw zou terugkomen, terwijl ze de keuken aanveegde. Vandaag was ze helemaal beter.

Ze liep zoals gewoonlijk achter hem aan naar de deur en gaf hem zijn sjaal en hoed. Jäger kwispelde gretig omdat hij naar buiten wilde. De dokter legde zijn hand op de deurklink en draaide zich om.

'O ja, dat is waar ook. Je krijgt natuurlijk ook loon. Hier is je eerste maandsalaris.'

Hij haalde een bruine envelop uit zijn binnenzak en gaf die aan haar. Misschien kwam het door de verrassing, of misschien was het iets anders waardoor ze moed vatte.

'Eh... ik wilde u nog vragen over Kerstmis.'

Hij trok zijn wenkbrauwen vragend op. En zij stotterde: 'Hoe zit het met Kerstmis... Ik bedoel... Ik vraag me af of... of...'

'Of je dan vrij bent? Heeft Louise je dat niet verteld? We zijn met kerst altijd in Nyköping. Natuurlijk kun je met Kerstmis een paar dagen vrij nemen. En deze zondag ook – niet vergeten, hè? Kom, Jäger.'

Hij stak zijn hand op ten afscheid, pakte de riem van de hond stevig beet en snelde de trap af.

16

In de envelop zat vijftig kronen. Ze realiseerde zich dat ze het nooit hadden gehad over de hoogte van haar salaris, alleen dat het redelijk zou zijn. In ieder geval was het meer dan ze ooit had verdiend. En het was een goed salaris voor een pas aangenomen dienstmeisje. Maar minder dan Viola's zestig kronen.

Ze trok haar neus op; de volgende keer dat ze een betrekking bij iemand aannam, zou ze meteen aan het begin vragen naar haar salaris en vakantiedagen. Natuurlijk was ze blij met het geld en de vrije dag deze zondag, maar de kerstvakantie was nog steeds onduidelijk. Wat bedoelde de dokter met 'een paar dagen'? En zou er loon worden ingehouden als ze naar huis zou gaan? Die aftrek plus het treinkaartje waren meer dan ze wilde uitgeven, hoewel ze haar moeder en broertjes nog nooit zo erg had gemist. Ze trok een vest aan, stopte de sleutel in haar zak en ging naar de plee.

'En toen gingen we naar een tearoom en Valle trakteerde op priklimonade en koffie en we hebben weer met elkaar afgesproken... Luister je, Betty?'

'Ja, ja, ik luister.' Eigenlijk luisterde ze maar met een half oor. Ze vond het vervelend om te horen dat ze zoveel plezier hadden gehad toen zij ziek was. Een wandeling, naar de bioscoop en een bezoekje aan de tearoom. Het ergste was om te horen dat ze zo gemakkelijk vervangen was.

'En Anna-Lisa kon mee zodat Birger niet in zijn eentje was. Volgens mij hadden ze het gezellig samen, ze lachten de hele tijd. Maar ze is volgens mij wel een beetje simpel, vind je niet, Betty?'

Ze herinnerde zich die Anna-Lisa nauwelijks. De laatste keer dat ze hadden afgesproken was het meisje mee geweest naar Djurgården, maar ze had geen blijvende indruk achtergelaten. Dus mompelde Betty iets onverstaanbaars en bleef naar Viola luisteren terwijl ze zich weer toonbaar maakten.

'Ga je zoals gewoonlijk weer mee boodschappen doen?'

Betty glimlachte zwakjes. Ze voelde zich nog steeds een beetje zwak, maar ze kon zich niet meer aanstellen, dus knikte ze toen ze uit elkaar gingen.

Viola riep haar na: 'Zet je mooie hoed op, dan zul je zien dat je je veel beter voelt!'

Zag ze er zo ellendig uit? Ze had zich vanochtend zo goed gevoeld. Ze schreef haastig op wat er gekocht moest worden en pakte de grote mand. Vanavond zou ze met mevrouw moeten doornemen wat er aan spuitwater en pils besteld moest worden. En de aardappelen, uien en wortelen moesten worden aangevuld.

De dokter had gezegd dat mevrouw en Carl-Axel met de trein van vijf uur zouden aankomen, dus was ze van plan de maaltijd om zes uur op te dienen. Ze zou iets lekkers en moderns bedenken om te koken, misschien zou ze wat door de recepten bladeren die ze van Viola had gekregen om over te schrijven.

Voor de spiegel in de hal zette ze haar hoed zo dat hij precies goed schuin boven haar ogen stond. Haar haar zat perfect in een wrong en toen ze in haar wangen kneep, slaagde ze erin de bleekheid iets te verdrijven met blosjes. Er kwam een beeld van de vorige avond in haar op. Hij had naar haar staan kijken met een uitdrukking in zijn ogen die ze niet kon duiden. Dezelfde kloppende angst overviel haar en ze draaide zich om, pakte resoluut de mand en holde de keukentrappen af.

Het was al over enen toen ze terug was in de flat en ze besefte dat er veel te doen was. Ze had het gevoel dat het schoon en fris moest ruiken als mevrouw thuiskwam. Toen ze de boodschappen opborg, merkte ze dat ze trek had en ze vond het laatste beetje van de kalfsbouillon die de dokter voor haar had gehaald. Terwijl ze die op het fornuis opwarmde, maakte ze een boterham en begon aardappelen te schillen voor het avondeten. In een nummer van *De huisvrouw* had ze een recept gevonden voor hamrolletjes met appelvulling. 'Modern en heerlijk! En ongelooflijk snel te maken.' Ze maakte de badkamer nog een keer schoon met zeep en azijn, hing schone handdoeken op en poetste de spiegel. Haastig at ze de bouillon en een boterham, waarna ze verderging met afstoffen en vegen. Daarna luchtte ze de flat grondig zodat niemand die thuiskwam zou ruiken dat er iemand ziek was geweest. De radiatoren en de tegelkachel met zeep afnemen was een van de andere trucjes die ze van de oude mevrouw Skoglund had geleerd. Het rook overal schoon en fris.

Om vijf uur was ze verhit en moe en kon ze de rolletjes in de koelkast zetten en zich op een stoel laten zakken. Ze wilde graag wat lezen, maar kon het niet opbrengen haar boek te halen. In plaats daarvan bleef ze zitten, met een glas melk voor zich en haar kin steunend op haar handen. Viola en zij hadden boodschappen gedaan en waren door de Östermalmshal gelopen, waar Betty ham had gekocht en waar ze de actrice Tutta Rolf hadden gezien, die kaas aan het uitkiezen was. De meisjes waren zo lang blijven staan als ze durfden om de prachtige vossenboa en hoed van de actrice te bewonderen en naar haar kenmerkende stem te luisteren terwijl ze lachte en kaas proefde.

'Als je een handtekening had durven vragen, dan zou mijn zus van geluk zijn gestorven!' Op weg naar huis lachten en praatten ze, en Viola probeerde voor minstens de vijftiende keer de actrice te imiteren toen ze allerlei kazen bestelde. Betty had hartelijk gelachen. Ze vroeg zich af of ze moest vragen of Viola zondag ook vrij was. Misschien konden ze met z'n tweetjes naar de bioscoop, ook als de jongens niet mee konden?

Bij de buitendeur waren ze zoals gewoonlijk blijven staan. Ze had haar mond geopend om naar zondag te vragen toen Viola haar vroeg: 'Wat doen de dokter en mevrouw met kerst? Ik ga met de redacteur naar Dalarna. Daar is een grote groep die om het jaar samen Kerstmis viert, en er gaan veel dienstmeisjes mee. We logeren in een pension en hoeven niet te koken of schoon te maken. Ik hoef alleen op de kleren van de redacteur te letten en de was en zo te doen. We logeren daar met z'n allen en hebben veel plezier. De laatste keer dat ik er was, was het echt heel gezellig.'

Viola's ogen hadden vrolijk gefonkeld en Betty glimlachte terug. 'De dokter zei dat ik vrij was met Kerstmis. Misschien ga ik wel naar huis. Mijn moeder en broertjes willen waarschijnlijk dat ik...'

Lachend had Viola geantwoord: 'Ja, zo was ik eerst ook. Maar zodra ik dan thuis was, wilde ik terug naar de rust hier in mijn dienstbodekamer.'

Betty had zich afgevraagd of zij het ook zo zou voelen. Ze verlangde zo naar haar familie thuis.

Ze dronk het laatste beetje melk op en zette het glas in de gootsteen. Er was niets van gekomen om Viola naar zondag te vragen. Dat moest tot morgen wachten.

Toen hoorde ze de sleutel in het slot, ze streek haar schort glad en liep de hal in.

Mevrouw had al op de drempel als een jachthond staan snuffelen, alsof ze dacht dat ze de buikgriep in de lucht kon bespeuren. Betty was blij dat ze zo grondig had geboend en de tijd had genomen om het fris te laten ruiken in de flat. Carl-Axel had er bleek en moe uitgezien en was meteen na thuiskomst gaan liggen. Toen Betty de vuile vaat naar de keuken bracht, had ze hem horen zeggen dat hij de volgende dag niet naar kantoor zou gaan, maar zou uitslapen. Ze hoopte dat hij niet net als zij ziek zou worden. Ze vermoedde dat zij in dat geval de viezigheid moest opruimen.

Ze bleven in de salon zitten en mevrouw vroeg na het eten om thee, die Betty op een zilveren dienblad serveerde. Carl-Axel zat in de leunstoel met gesloten ogen te rusten, mevrouw rookte en bladerde door een weekblad. Haar blik was dromeriger dan gewoonlijk en haar lippen glansden vochtig.

'Alstublieft, mevrouw. Had u nog iets gewenst?'

'Nee, op dit moment niet, maar de dokter komt zo thuis, dus hou de aardappelen warm tot hij er is. Het was lekker, Betty. Van wie heb je die moderne gerechten geleerd?'

Ze bleef staan met de vaat in haar handen en keek de doktersvrouw verlegen aan. 'Ik lees vaak in kookboeken en ik praat met andere dienstmeisjes die...'

'Uitstekend. Je kunt heel goed koken.' De doktersvrouw keek haar aan met een brede glimlach, wat vrij ongewoon voor haar was, en Betty dacht net dat ze toch niet zo streng was toen ze met een schampere blik op haar zoon vervolgde: 'Dat wil zeggen, je bent heel goed in koken, maar niet zo goed in schoonmaken en het huis netjes houden. Hoe gaat het eigenlijk met de lijst, meisje? Heb je het zilver al een keer gepoetst sinds je hier bent?'

Betty deed haar mond open om iets te zeggen toen de doktersvrouw verder ging: 'En nu ben je ook nog ziek geweest. In andere families wordt er geld ingehouden op je salaris als je ziek bent, maar mijn man vindt dat niet terecht, dwaas die hij is. Je mag van geluk spreken dat je bij de Molanders werkt en niet bij iemand anders. Maar ik moet verlofdagen intrekken als het je niet lukt om al je taken uit te voeren. Begrepen?' Fel blies ze de sigarettenrook uit door haar neus en ze drukte de sigaret uit in de asbak.

Betty stond als versteend en keek naar de vloer, met haar lippen op elkaar geperst.

'Met Kerstmis zijn we in Nyköping. Vanaf de tweeëntwintigste heb je vrij. We sluiten hier af, dus je kunt niet in het appartement blijven. Op de zevenentwintigste kom je terug en maakt alles in orde voor onze terugkeer op de achtentwintigste. We geven een nieuwjaarssouper voor vijftien personen en we zullen vóór Kerstmis het menu daarvoor bepalen. Dat was het!'

Die laatste woorden sprak ze uit terwijl ze Betty wegwuifde, en die duwde met haar heup de salondeur open en bracht de vaat naar de keuken.

17

Een paar dagen later kreeg ze een aantal brieven. Zodra de post op de mat viel, zag ze dat er twee brieven voor haar waren. De ene was van haar moeder. Het krullerige handschrift op de tweede envelop kwam haar al bekend voor en ze stopte de brieven net in haar zak toen de doktersvrouw riep: 'Was dat de post, Betty? Kun je die meteen brengen, alsjeblieft? Ik verwacht iets!'

Toen ze de post naar de doktersvrouw bracht, voelde ze de tweede brief in haar schortzak branden. Ze wilde niets liever dan hem lezen.

Maar eerst ontbijt. Blijkbaar was Carl-Axel toch niet ziek geworden, maar hij bleef wel in bed liggen. De avond ervoor had ze vanuit de salon een vreselijke ruzie gehoord tussen Carl-Axel en de dokter, hoewel ze niet goed kon horen wat er gezegd werd. Er vielen woorden als 'slechte reputatie' en 'schaamteloos gedrag', maar meer kon ze niet verstaan. In ieder geval was het ermee geëindigd dat beiden de flat verlieten en pas heel laat terugkeerden. De dokter had in de keuken gerommeld op zoek naar melk en koekjes en de zoon was weer in bed gaan liggen. De doktersvrouw zei dat haar man was weggeroepen voor een visite en dat Carl-Axel migraine had en dat ze alleen een kopje thee op een dienblad voor zijn deur hoefde te zetten. De dokter was helemaal niet komen opdagen voor het ontbijt en was al vertrokken voordat zij wakker was.

Betty maakte eerst twee dienbladen klaar en haastte zich toen naar beneden om zich bezig te houden met de was die ze gisteravond in de week had gezet. Ze kookte de spullen in waspoeder, boende alles schoon en bracht het natte wasgoed ten slotte naar de zolder om het op te hangen. Haar hart bonkte toen ze de was vanuit de kelder alle zes de trappen omhoog had gebracht. Het was hier nu kouder, de wind blies door de luchtroosters, er kwam damp uit haar mond als ze ademde en het tochtte flink langs het raam. Op dit moment had ze het nog warm omdat ze heel snel naar boven was gelopen, maar de kou drong al in haar vingers. Maar ze kon niet langer wachten, dus ze ging op een balk zitten, pakte de brief en maakte hem open. Ze schrok al bij het zien van de aanhef en haar hart sloeg over.

Mijn lieve Betty,

Ze slikte, haalde diep adem en las verder.

Ik was zo blij om je brief te ontvangen en te vernemen dat je ondanks je harde werk toch tijd vindt om te lezen.
... dat je het geheim van Heine nu al hebt ontdekt is indrukwekkend: dat er achter de romantische en lyrische toon zoveel ironie en satire schuilgaat... veel meer dan de meeste van mijn studenten...
... toch genieten van de voortreffelijke romantiek... Ik beeld me graag in dat Lorelei jou voorstelt...

De zinnen sprongen en dansten voor haar ogen, haar wangen gloeiden en ze voelde de kou in haar vingertoppen niet. Ze genoot van de intieme toon van de brief en las gretig verder:

Ik besef dat het erg kort dag is en dat het misschien niet eens uitkomt met je vrije dag, maar dit weekeinde ben ik in Stockholm voor familiezaken en zondagmiddag heb ik een paar uur vrij voordat ik de trein terug naar Uppsala neem. Zou je zin en tijd hebben me te ontmoeten voor een kop koffie en gewichtige literaire discussies? Ik heb een paar boeken waarvan ik denk dat je ze zou willen lezen.

Deze zondag? De dokter had gezegd dat ze dan vrij zou zijn. Zou het kunnen? Zouden ze elkaar kunnen ontmoeten om over boeken te praten? Wat een geluk dat ze nog niets met Viola had afgesproken. Nu bonkte haar hart zo hard dat het bijna uit haar mond sprong toen ze de laatste zinnen las.

Lieve Betty, ik zou dolblij zijn als je me zondag even wilde zien. Mijn dagen zijn meestal alledaags en eentonig en ik kijk met veel plezier uit naar de brieven van de Jungfrugatan. (Ik denk vaak aan jou als de trotse dienstmaagd in haar vrouwenvertrek aan de Jungfrugatan. En aan mezelf als de ridder. Heb je Tristan en Isolde *gelezen? Ik zal zondag een exemplaar meenemen als ik je zie!) Ik stel voor om om twee uur af te spreken bij het standbeeld van Linnaeus in Humlegården. Er zijn leuke tearooms in de buurt.*

Toen ze even later de was ophing, fladderden haar gedachten als mussen om een korenschoof. Zou ze ja durven zeggen? Stel dat mevrouw haar toch geen vrij zou geven? Maar ze wist dat ze er alles aan zou doen om zondag om twee uur in het park te zijn.

Pas veel later in de middag herinnerde ze zich de andere brief in haar schortzak. Het was een mooi getekende kaart van haar moeder en broertjes, die haar alsnog een fijne verjaardag wensten.

Die avond ontving de dokter een paar vrienden in de salon. Mevrouw bleef in de slaapkamer, met damesbladen en thee op een dienblad.

Carl-Axel had nog steeds last van zware hoofdpijn en deed niet open toen ze aanklopte. Voor Betty betekende dit dat ze mensen in drie verschillende kamers moest bedienen, terwijl Jäger haar vanaf de mat in de keuken somber gadesloeg. Hij moest uit, dat zag ze wel, maar zowel de dokter als mevrouw wensten van alles en nog wat, en ze haastte zich heen en weer met dienbladen.

In de salon wilden de dokter en zijn kameraden nu pils en boterhammen voor vier hebben. Mevrouw had om zes uur het diner gegeten dat ze had klaargemaakt, en Carl-Axel kreeg een omelet op een dienblad voor de deur. Ze smeerde de boterhammen, de kruimels en plakjes ei vlogen in het rond. De ansjovis was op en voordat ze naar bed ging moest ze nog brooddeeg maken en wegzetten om te rijzen.

De heren in de salon hadden een of andere bijeenkomst en op tafel lag een vaandel. Niet de gebruikelijke Zweedse vlag, maar een andere in het blauw en geel die ze herkende. Was het niet het zonnewiel? Het hakenkruis?

De dokter lachte, zoals gewoonlijk, vriendelijk naar haar en volgde haar met zijn blik, terwijl de anderen deden alsof ze haar niet zagen terwijl ze het pils serveerde en de boterhammen neerzette. Een van de heren sprak luid en op dringende toon over fakkeloptochten en algemene vergaderingen en brak zijn monoloog af toen ze de glazen volschonk. Hij keek haar geïrriteerd aan en de dokter zei zacht: 'Dank je, Betty, het is genoeg voor vanavond. We gaan zo bridgen, dus je kunt morgenochtend de afwas doen.'

Bij de deur maakte ze een knicks en ze nam het dienblad mee naar de keuken, waar de wanhopige Jäger zachtjes jankte. Toen hoorde ze iemand in de salon iets roepen.

'Voer meer politieagenten en strengere straffen in! Druk landverraderlijke en immorele propaganda de kop in! Voer een wettelijk recht op werk in! Herstel de Zweedse primaire bedrijfstakken in ere! Breek de Joodse invloed!' Het laatste werd geroepen met zo'n luide en scherpe stem dat de vitrinekast in de gang ervan rammelde. Betty huiverde. Het klonk akelig en beangstigend. Ze trok haar mantel aan, zette snel haar baret op en haastte zich de trap af en de straat op, waar de hond zijn plas liet lopen zonder zelfs maar zijn poot op te tillen.

Het was een kille maar rustige avond. Het was fijn om naar de Karlavägen en de grasveldjes te lopen, om in alle rust te kunnen nadenken en de schreeuwende stem en de enge sfeer te ontlopen. Wat waren die vrienden van de dokter voor mensen? Hoe kon de dokter, die zo aardig en bescheiden was, in vredesnaam omgaan met die akelige schreeuwlelijken? En dat embleem... Had ze dat niet in andere kleuren gezien? Was het niet het embleem van de nationaalsocialisten? Nee, toch? De dokter nodigde toch geen nazi's bij hem thuis uit? Toen herinnerde ze zich wat ze dacht gezien te hebben op het Östermalmstorg toen de Lindholmers een bijeenkomst hielden. Waren het toch de dokter en Jäger geweest? Zou het waar kunnen zijn? Ze rilde alsof ze het koud had en besloot om aan iets veel aangenamers te denken: morgenochtend zou ze meneer Fischer een bevestigend antwoord sturen over zondag. Nee, Martin! Het voelde vreemd om in gedachten zijn voornaam te gebruiken, maar ze besefte dat ze ook modern en onconventioneel moest zijn en hem moest tutoyeren. Ze probeerde zich zijn uiterlijk voor de geest te halen – was hij niet uitzonderlijk knap geweest? Ze herinnerde zich zijn donkere, bijna zwarte haar, zwarte snor en bruine ogen. Zijn zachte, vriendelijke lach. Ze voelde haar maag verkrampen en bedacht plotseling dat ze vandaag ook niets had gegeten. Haar eetlust was nog steeds slecht en de stress van het diner had het nog erger gemaakt. Ze kon het beste een boterham eten voor ze naar bed ging. Ze trok aan de riem, waardoor Jäger ophield met snuffelen in het gras, dat vochtig was van de avondlucht, en met haar mee terugliep.

Op woensdagochtend, toen ze na het ontbijt stond af te wassen, stond Carl-Axel plotseling in de keuken. Hij was helemaal aangekleed en zag er volkomen gezond uit, hoewel hij nog wat bleekjes was. Hij ging aan de keukentafel zitten en stak een sigaret op.

'Is er koffie? Ik heb een kop koffie nodig voordat ik vertrek.'

Ze keek stiekem naar hem en tilde de koffiepot op, voelde dat hij nog heet was en haalde een koffiekopje uit de kast.

'Gaat u weg?' Ze schonk voorzichtig een kopje in en duwde de suikerpot naar hem toe, waarna ze weer terugging naar het aanrecht.

Hij blies een rookwolk uit, roerde al knikkend een suikerklontje door zijn koffie, trok een grimas en schudde toen zijn hoofd.

'Ja, ik kan niet in dit huis blijven. Al die meningsverschillen tussen mijn vader en mij zijn zo vermoeiend.' Hij vervolgde: 'Tot Kerstmis werk ik in een drukkerij in Uppsala. Zo kan ik wat praktijkervaring opdoen voordat ik het bedrijf van mijn oom hier in Stockholm overneem. Als ik iemand kan vinden die...'

Hij maakte de zin niet af en keek met halfgesloten ogen toe hoe ze stond af te wassen. Ze draaide zich opgelaten om. 'Wilt u nog een boterham? Of misschien pap?'

Hij schudde zijn hoofd en drukte zijn sigaret uit op het schoteltje. Hij wilde net opstaan toen hij het boek van Heine zag dat ze net voor het afwassen had zitten lezen.

'Heine? Dat is verrassend. Wie leest hier Heine?' Hij pakte het boek op en ze was plotseling doodsbang dat hij haar aantekeningen zou zien. En wat als Martins visitekaartje er nog in zat? Ze droogde haastig haar natte handen af en stak haar hand uit naar het boek.

'Het is van mij! Geef het alstublieft terug.'

Hij glimlachte en tilde het op zodat ze er niet bij kon. 'Heine? Warempel. Je leest Heine...' Al bladerend door het boek glipte hij haar kamer binnen en keek rond. 'Nog meer boeken? Wat bekoorlijk. Je leest dus boeken? Heb je in onze boekenkasten zitten grasduinen?'

Ze rende wanhopig achter hem aan de dienstbodekamer in en vervloekte zichzelf omdat ze de deur niet op slot had gedaan. Maar ze hield hem altijd open vanwege de kou.

'Ik mocht boeken van de dokter lenen. Hij heeft het aangeboden, hij zei dat ik ze mocht lezen, ik dacht...'

Hij tilde haar stapel boeken op en bestudeerde de titels. 'Lagerlöf, Kipling en Maugham maar liefst. Je hebt een exclusieve smaak. Ik dacht dat meiden keukenmeidenromannetjes lazen.' Hij lachte en hield de boeken zo hoog dat ze er niet bij kon. 'Maar Heine en Lagerkvist heb je toch niet van vader geleend?'

Ze ging achteruit en schudde gelaten haar hoofd. Hoe wist hij nou dat die specifieke boeken niet van de dokter waren? 'Nee, nee, dat klopt, die heb ik van een… vriend gekregen.'

Hij liet de boeken op het bed vallen en ze ging er snel heen om te voorkomen dat ze op de grond vielen.

Hij lachte geamuseerd. 'Hm, je leest dus boeken, echte boeken. Hoe komt dat zo?'

Ze liet zich met de boeken in haar armen op het bed zakken en probeerde een losgeraakte haarlok vast te zetten. Haar hart bonkte en ze wenste hevig dat hij haar gewoon met rust zou laten en zou weggaan. Maar ze antwoordde natuurlijk wel. Met zwarte, boze ogen en een vaste stem zei ze: 'Ja, ik lees boeken. Vindt u dat zo vreemd, meneer? Denkt u dat alle dienstmeisjes dom zijn en zich niet willen ontwikkelen?' Ze keerde hem de rug toe en stapelde de boeken op op de ladekast waar ze hadden gelegen. Tot haar grote vreugde zag ze dat het visitekaartje en haar aantekeningen erachter waren gevallen.

Hij schoot in de lach, maar ze hoorde dat zijn lach wat onzeker klonk.

'Je wordt altijd zo boos, Betty, als ik een grapje maak. Ik probeer alleen maar grappig te zijn.'

Ze keek hem niet aan, maar liep langs hem heen naar de keuken, naar de afwasteil, en stopte boos zijn koffiekopje in het schuim. Hij liep naar de deur en schraapte zijn keel, dus ze moest zich omdraaien. Hij zei zacht: 'Het spijt me. Ik wilde je niet van streek maken.'

Ze gooide haar hoofd in de nek en gaf hem een knikje alsof ze zijn verontschuldiging aanvaardde.

In de deuropening bleef hij staan en hij zei verrassend serieus: 'Als je echt om boeken geeft, moet je de boeken van Heine en Lagerkvist misschien niet aan vader laten zien. Gewoon een advies, met de beste bedoelingen. Goedemorgen!'

Toen de deur dichtging, slaakte ze een diepe, oprechte zucht. Ze kreeg een onaangenaam gevoel van Carl-Axel Molander, bijna tot het punt waarop ze een hekel aan hem kreeg. Ze dronk het laatste beetje koffie op en ging aan tafel zitten. Ze had met Viola afgesproken en voor die tijd moest ze nog sconedeeg maken voor het theekransje van mevrouw vanmiddag.

Ze mocht van zichzelf even stilstaan bij wat haar gelukkig maakte. Zondag... En stel dat de dokter en mevrouw het hele weekend weg zouden zijn? Dan was zondag geen enkel probleem. Nu had ze al ja gezegd. Vanmorgen vroeg had ze een brief gepost waarin ze instemde met een ontmoeting bij het standbeeld van Linnaeus, onder het voorbehoud dat ze misschien op het laatste moment verhinderd zou zijn. Betty glimlachte en keek naar de hal, waar zojuist de jonge meneer Molander had gestaan.

Wat zei hij nou? Dat ze de boeken niet aan de dokter moest laten zien? Hoezo? Was er iets mee?

Betty schudde haar hoofd. Ach, dat was vast weer zo'n onbegrijpelijk 'grapje' van hem. Nu moest ze snel haar mand pakken en naar Viola gaan.

18

’s Middags, net toen ze de gasten van mevrouw wilde bedienen, ging de bel van de keukendeur en kwam Birger binnen met zijn pet in de hand en een doos van Nordiska Kompaniet.

‘Betty, wat ongelooflijk vervelend dat je ziek was. Ik heb je echt gemist, weet je.’

Ze glimlachte naar hem en gaf met een knikje naar de keukenstoelen aan dat hij kon gaan zitten. ‘Nou, ik hoorde dat je je anders prima hebt vermaakt zonder mij.’

Zijn ogen werden groot en hij keek haar zo geschokt aan dat ze moest lachen.

‘Ga hier maar zitten en wacht even. Ik moet dit serveren, daarna kom ik terug en kunnen we samen koffiedrinken.’

Birger glimlachte naar haar en ging aan tafel zitten.

De dames op het theekransje praatten luid en mevrouw zei haar het dienblad gewoon op de salontafel te zetten, dan zou ze zelf serveren. ‘Kom over ongeveer een halfuur maar bijvullen.’

Ze neeg en terwijl ze wegliep, hoorde ze de doktersvrouw met luide stem tegen iedereen rond de tafel zeggen: ‘Ja, ze is lief en aardig en kookt heel goed, maar voor andere taken is ze compleet nutteloos.

Kun je je voorstellen: ze deed onze was in de badkamer!'

Betty's wangen gloeiden en ze moest haar best doen om niet te huilen. Niet nu Birger in de keuken zat te wachten.

Maar blijkbaar was het duidelijk te zien, want hij vroeg het met een bezorgde blik op zijn gezicht: 'Doet de doktersvrouw naar tegen je?'

Betty schudde haar hoofd en verbeet haar tranen. Ze wilde er nu niet over praten. Maar ze zag dat Birger het begreep. In plaats daarvan pakte ze nieuwe kopjes, suiker en de overgebleven boterhammen van de vorige avond en nodigde Birger uit om te proeven. Ze praatten over het weer en Kerstmis en hij vroeg of ze nog iets nieuws had gelezen. Ze kauwde, slikte, knikte en vertelde hem over Heine. Ze wilde graag vertellen hoe indrukwekkend ze zijn werk vond, maar Birger snoof: 'Gedichten? Daarvoor heb ik geen tijd. Ik moet dingen lezen die belangrijk zijn, die me verder brengen, snap je? Ik lees meestal studieboeken, maar ik heb ook een Russell gelezen die jij ook moet lezen, Betty.'

'Russell?'

'Ja, Bertrand Russell. Hij is filosoof en atheïst, en politiek onderlegd. En hij weet alles van logica. En wiskunde. Heb je daarover al eens iets gelezen?'

Ze glimlachte en nam nog een slok koffie. 'Nee. Maar als je me een van zijn boeken leent, dan zal ik zien wat ik ervan vind.'

Birger knikte geestdriftig en verslond nog een boterham in één hap en terwijl hij kauwde maakte zij van de gelegenheid gebruik om verder te praten.

'Tenminste, als jij een van míjn boeken leest.' Ze stond op, zette het lege bordje waarop de boterhammen hadden gelegen weg en ging naar het fornuis om de koffie bij te schenken, terwijl ze naar hem glimlachte. Hij knikte aarzelend, kauwde zijn mond leeg, lachte terug en stond op.

'Ik moet nu gaan. Maar misschien kunnen we de volgende keer dat je een vrije dag hebt naar de bioscoop gaan?' Hij hield zijn pet in zijn hand en kamde met zijn vingers zijn lichtgekleurde haar, waarvan een dikke lok over zijn ogen viel.

Ze knikte naar hem en zei met een spottende glimlach: 'Anders wil Anna-Lisa vast wel met je mee...'

Zijn bruine ogen werden mat en hij deed een stap naar haar toe. 'Nee, Betty, denk je echt... Ik was heel verdrietig toen ik hoorde dat je ziek was.'

Ze gaf hem een glimlachje en pakte de theepot om in de salon de kopjes van de dames bij te vullen. 'Het is een grapje, hoor. Wacht even, ik ben zo terug.'

Toen ze terugkwam stond hij er nog steeds, met hangende armen, en ze moest wel glimlachen om zijn trieste gezicht. 'Aanstaande woensdagmiddag ben ik vrij, tot zeven uur. Misschien kunnen we dan ergens koffie gaan drinken?'

Hij straalde, zette zijn pet op, stopte zijn lok eronder, die meteen weer voor een oog viel, en stak zijn hand uit. 'Ik ga regelen dat ik na vier uur vrij ben. Dat is dan afgesproken, toch? Waar ontmoeten we elkaar? Voor de hoofdingang van het centraal station?'

Ze knikte. Het centraal station kon ze wel vinden. Ze lachte breed naar hem en schudde hem de hand. Toen hij wilde vertrekken, vloog haar hand omhoog en veegde ze de lok uit zijn ogen, als een streling. Hij keek haar eerst verbaasd aan, toen verrukt, hij rukte zijn pet af en zwaaide ermee boven zijn hoofd terwijl hij wegging.

'Tot ziens, Betty!'

Ze glimlachte om zijn uitroep en met een brede glimlach op haar gezicht deed ze de deur dicht.

'Lieve Betty, ik stuur je een groet vanuit je ouderlijk huis. Ik hoop dat het je goed gaat in je betrekking bij dokter Molander...' Betty hoorde de stem van haar moeder vanbinnen terwijl ze de brief las. Haar moeder schreef dat de herfst nu kouder werd en dat Edvin aan het schaatsen was op Lillfjärden en dat het zo knap van Pelle was dat hij 's middags na school alleen thuis kon blijven, maar dat ze gelukkig nieuwe buren hadden, bij wie hij, heel vriendelijk, kon blijven als ze tot laat moest werken. Betty dacht verdrietig aan hoe hard haar moeder werkte en dat haar broertjes overdag voor zichzelf moesten zorgen. En ze hoorde haar moeders kalme en vermanende stem die haar vertelde hoe ze moest wassen en koken en hoe ze zich in het openbaar moest gedragen.

Gelukkig wist haar moeder niet dat ze deze week met twee verschillende mannen had afgesproken. Anders had ze haar waarschijnlijk een uitbrander gegeven.

Zondagochtend werd ze ergerlijk vroeg wakker. Ergerlijk omdat ze eindelijk eens wat langer had kunnen slapen. Maar ze was onrustig en al om zes uur was ze klaarwakker, ook al was het buiten nog donker. Zelfs Jäger vond het te vroeg en deed slechts één oog open toen ze uit bed stapte. Nu er meer ruimte was, ging hij met een tevreden zucht languit op het bed liggen.

Ze stak het houtfornuis aan nu mevrouw niet thuis was en genoot ervan het hout achter het deurtje te horen knetteren en zingen. De koffie was altijd lekkerder als hij op houtvuur gekookt was. Ze maakte brooddeeg klaar en sneed groenten voor een gebonden bloemkoolsoep die ze achter de hand wilde hebben voor het geval de dokter en mevrouw honger hadden als ze vanavond uit Nyköping terugkwamen. Daarna verschoonde ze de bedden en verzamelde het vuile wasgoed, dat ze morgen kon wassen. Ze stofte elk oppervlak dat ze tegenkwam af, poetste deurklinken en spiegels en veegde de keuken grondig. Om tien uur nam ze Jäger mee voor een lange wandeling langs de Strandvägen en voor een uitstapje naar Djurgården.

Om halfeen zat ze netjes aangekleed op haar bed. Ze had haar mooiste jurk aangetrokken, droeg de broche die ze van haar grootmoeder had gekregen en had extra haar best gedaan op haar haar. Het zat in een perfecte wrong en voor de spiegel had ze haar hoed al in de juiste schuine hoek vastgezet. De zonnestralen waren warm voor november, misschien kon ze haar afgedragen mantel een beetje openknopen zodat haar jurk te zien was. Ze keek naar haar handen. Ze waren ruw en op verschillende plaatsen op de vingertoppen gebarsten, en hoewel ze ze heel vaak met zeep had geschrobd, had ze na het schoonmaken toch bruine strepen in haar huid. Emma had een fles 'Spiritus, glycerine en rozenwater' in de keuken achtergelaten en ze wreef haar handen in met het beetje dat nog over was. Misschien werden ze daardoor iets zachter?

Om halftwee besloot ze te vertrekken. Ze wilde niet te laat of buiten adem aankomen. Ook wist ze niet zeker waar het standbeeld van Linnaeus precies was. Ze sloot Jäger op in de keuken met een bot dat ze had bewaard en deed de deur op slot. Ze stopte het boek van Heine in haar handtas.

Ze kwam natuurlijk veel te vroeg. Het was nog niet eens kwart voor toen ze aankwam. En ze zag het standbeeld van Linnaeus al van verre staan. Voor de zekerheid ging ze erheen en las het bordje. Het was natuurlijk het juiste beeld.

Het was kouder dan ze had verwacht, dus ze moest er niet aan denken om op een bankje te zitten wachten. In plaats daarvan liep ze een rondje door het park. Het was gezellig in Humlegården. Kinderen speelden en schommelden, ouders wachtten en kletsten. Stelletjes liepen arm in arm, een paar mensen trotseerden de kou en zaten ergens, met de zon op hun gezicht. Waarom waren Viola en zij hier nooit geweest? Ze besefte dat ze, afgezien van uitstapjes naar de bibliotheek, Skansen en de hoedenwinkel met tante Helmi, in de maanden dat ze in Stockholm had gewoond alleen maar door dezelfde straten in Östermalm had gelopen. Bovendien moest ze haar tante zo snel mogelijk iets van zich laten horen. Haar moeder had zich afgevraagd hoe vaak ze elkaar zagen, en ze kon niet zeggen dat ze het gezelschap van haar nieuwbakken vrienden verkoos boven dat van haar tante. Vooral omdat haar tante zo vriendelijk was geweest haar een mooie nieuwe hoed te geven.

Intussen was het vijf voor twee geworden en ze begaf zich naar het standbeeld. Maar ze bleef achter een struik staan, zodat ze kon toekijken zonder meteen gezien te worden. Toen de klok van zowel de

Hedvig Eleonora-kerk als van de Johanneskerk twee uur sloeg, keek ze reikhalzend of hij er was. Er stonden verscheidene mensen die duidelijk met iemand hadden afgesproken: een oudere heer in een donkere overjas met een bontkraag die op zijn zakhorloge keek, een dame met twee kleine kinderen in de peuterleeftijd die haar ongeduldig wilden meetrekken in de richting van de speeltuin, en een jongeman in een tweedjasje en een petje die met zijn handen in zijn zakken naar de Humlegårdsgatan tuurde. Ze begon zich zorgen te maken. Stel dat hij niet kwam opdagen? Stel dat hij degene was die verhinderd was? Maar toen zag ze een man in een regenjas en een hoed snel over het Stureplan naar het standbeeld lopen. Het was moeilijk om zijn gelaatstrekken te zien, maar ze meende een zwarte snor te ontwaren. Hij kwam net bij het standbeeld aan toen de elegante dame met de kleine kinderen een even elegante heer begroette, die de kinderen hoog in de lucht tilde. Betty's hart begon hard, heel hard te bonzen en nu zag ze dat de man in de regenjas degene was die ze in de trein had ontmoet. Hij zette de kraag van zijn overjas op om zich tegen de kou te beschermen en keek rond. Ze zag onzekerheid en verwarring in zijn ogen. Ze haalde diep adem en liep langzaam naar het standbeeld toe. Eerst leek hij haar niet te herkennen. Ze glimlachte naar hem en knikte hem toe, en toen pas keek hij met grote ogen naar haar.

'Betty? Juffrouw Betty?'

19

Haar glimlach werd nog breder, ze trok haar handschoenen uit en stak haar hand uit.

Er brak een grote glimlach door op zijn gezicht en hij omvatte haar hand met zijn warme, droge handen. 'Mijn hemel, ik herkende je helemaal niet. Je bent zo elegant en stads geworden met je hoed en alles.'

Ze glimlachte naar hem en sloeg opgelaten haar ogen neer. Ze kon geen reactie bedenken, dus deed hij een voorstel: 'Het is kouder dan ik dacht. Zullen we ergens koffie gaan drinken? Ik weet een kleine tearoom hier aan de Birger Jarlsgatan die misschien geschikt is. Kom!'

Ze knikte terwijl ze bleef glimlachen en hij legde zijn hand licht op haar onderrug en duwde haar zachtjes naar voren. Ze probeerde wanhopig iets te bedenken om te zeggen. 'Is dat de Koninklijke Bibliotheek?'

Hij knikte, ook nog steeds met een glimlach, klemde haar hand onder zijn arm en vertelde met uitbundige gebaren en al lachend over het gebouw en alle boeken erin. 'Heb je nog iets anders gelezen?'

Ze keek naar hem op, hij was bijna exact een halve kop groter dan zij en haar arm rustte als vanzelf onder de zijne. In zijn bruine ogen lag een warme blik en hij keek zo vaak hij kon naar haar gezicht; antwoord geven voelde gemakkelijk.

Ze begon over Heine, vertelde ook over andere boeken die ze had gelezen en hij stelde vragen, vulde haar verhaal aan met citaten, knikte instemmend.

Al snel bereikten ze de kleine tearoom en ze namen naast elkaar plaats op een fluwelen bank achterin. Hij hielp haar beleefd met haar mantel en legde zijn eigen trenchcoat en hoed op haar jas en toen ze dat zag, rilde ze van genot. Hij bestelde koffie en gebak en zij dronk en at zonder iets te proeven. Ze zag alleen de warme blik in zijn ogen, die zich vernauwden als hij lachte. Ze voelde de warmte van zijn arm, die soms de hare raakte als ze praatten. En zijn geur. Die eigenaardige geur van scheerlotion, waarvan ze niet kon zeggen of ze hem lekker vond of niet, alleen dat hij haar een vreemd gevoel gaf.

Ze praatten onafgebroken. Ze nam zowat elk boek door dat ze ooit gelezen had en hij lachte vriendelijk om haar enthousiasme. Hij stelde andere dingen voor om te lezen, haalde drie gloednieuwe boeken tevoorschijn die ze nog nooit had gezien en zei dat ze Heine mocht houden. Hij bestelde een tweede rondje en ze dronken nog meer koffie. Haar wangen gloeiden en er waren plukjes haar uit haar wrong ontsnapt.

'Vertel me eens iets over je jeugd.'

Ze glimlachte en probeerde Hudiksvall, Åvik en de zagerij zo levendig mogelijk te beschrijven. De boeken die ze van de oude mevrouw Skoglund had gekregen en die ze allemaal minstens drie keer had gelezen. Ze vertelde over de dood van haar vader en over haar moeder en broertjes. En over haar droom van een ander leven, van Stockholm en iets groters... Hij was dichterbij komen zitten en ze voelde dat zijn benen soms de hare raakten. Ze voelde zich koortsig, blij, verward en tegelijkertijd dolgelukkig. Ze had nog nooit een gesprek gehad met iemand die haar zo goed begreep. En hij was helemaal niet merkwaardig of hooghartig, maar opgewekt, beleefd en vriendelijk. Zo vriendelijk dat ze zelfs grapjes met hem durfde te maken en vragen durfde te stellen: 'En jouw familie?'

Hij leunde achterover op de bank en wendde voor het eerst zijn blik af van haar gezicht.

'Ik ben opgegroeid in Kopenhagen, in Denemarken. Mijn moeder was Zweeds en sprak altijd Zweeds met ons. Ze stierf aan het eind van de oorlog en mijn vader hertrouwde. Mijn broer en ik werden naar mijn oom in Zweden gestuurd. Vaders nieuwe vrouw wilde ons niet...'

Zijn gezicht vertrok en ze legde spontaan vol medeleven haar hand op zijn arm. 'Wat afschuwelijk!'

Hij streelde haar hand en glimlachte zwak. 'Ach, we hadden het wel goed bij mijn oom thuis en werden goed verzorgd, we kregen een goede opleiding en opvoeding. Voor mijn broer was het natuurlijk het ergst, hij was pas drie toen we verhuisden. Maar we gingen ons thuis voelen. We moesten wel.'

Verwonderd keek ze naar zijn gevoelige mond, die een beetje trilde als hij over moeilijke dingen praatte. Hij was een man, die tot tranen toe geroerd was toen hij over zijn moeder vertelde. Wat eigenaardig en ontroerend.

Ze herinnerde zich plotseling waar ze was. 'Hoe laat is het? Ik moet terug...'

Hij trok zijn manchet omhoog en ze zag een glimp van een zeer donkere, harige arm en een elegant polshorloge. 'Bijna halfvijf al! Ik kan niet geloven dat de tijd zo snel is omgevlogen.'

Hij betaalde, hielp haar in haar mantel en nam het stapeltje boeken onder zijn arm. Al snel stonden ze buiten in de donkere novemberdag en toen ze besefte dat de heerlijke middag ten einde liep, werd ze plotseling wanhopig. Ze probeerde iets te bedenken om te zeggen wat niet meteen tot het onvermijdelijke afscheid zou leiden: 'Hebt u... Ik bedoel: heb je iets van Russell gelezen? Bertrand Russell?'

Fischer stopte zijn sjaal onder zijn trenchcoat en trok zijn handschoenen aan. Betty liet heel natuurlijk haar hand onder zijn arm glijden en hij glimlachte naar haar voordat hij antwoordde: 'De filosoof? Ja, ik heb wel wat van hem gelezen, hoezo?' Ze stond op het punt het uit te leggen toen hij haar onderbrak: 'Maar als je weinig tijd hebt, verspil die dan niet aan hem. Er zijn zoveel andere belangrijke dingen om te lezen. Begin dan met deze.' Hij stak haar de boeken weer toe en ze nam ze aan en drukte ze tegen haar borst. Ze deed haar mond open om iets te zeggen, maar hij onderbrak haar weer: 'Lieve, lieve Betty, wat was dit plezierig. Kunnen we elkaar weer ontmoeten? Ik wil niets liever!'

Nu klopte haar hart zo heftig dat ze het overal in haar lichaam voelde en vanuit haar schoot verspreidde zich een vreemde dofheid. Werd ze weer ziek?

Ze antwoordde dat ze dat ook graag wilde. 'Ik weet alleen niet altijd wanneer ik vrij ben. Om de andere woensdagmiddag en sommige zondagen... Ik weet niet altijd...'

Hij knikte. 'Ik schrijf je. En ik ga vanavond al op je brief wachten.'

Ze glimlachte hem stralend toe. 'Misschien kun je een stukje met me oplopen?'

Hij knikte opnieuw en ze liepen zwijgend over de Humlegårdsgatan. Op het Östermalmstorg bleef hij staan bij de markthal en wees naar de Nybrogatan.

'Ik moet naar de trein, Betty. Maar ik beloof je dat ik zal schrijven.'

Voordat ze kon reageren, boog hij zich voorover en drukte een heel lichte kus op haar mond. Ze hapte naar adem en stond bewegingloos, met de boeken in haar armen. De wereld bruiste, draaide en wervelde om haar heen en het enige wat ze zag was zijn gestalte die zich door de Nybrogatan haastte. Hij draaide zich een paar keer om en zwaaide, en zij zwaaide terug.

Ze vloog de trappen op. Haar hart bonsde en diep in haar binnenste klonk een heerlijke, prachtige melodie. Vlak voor de laatste trap, met de sleutel in haar hand en de boeken onder haar arm, zeilde ze de hoek van de laatste overloop om en belandde bijna in de armen van een donkere figuur die in de duisternis stond.

'Tante Helmi!'

'Lieve schat, wat een haast! Ik wilde net weer gaan, omdat ik besefte dat je niet thuis was. De dokter en mevrouw zijn er ook niet, lijkt het; alleen die arme hond blaft zo droevig.'

Betty deed de deur open en moest Jäger afweren, die piepend van plezier op en neer sprong toen ze binnenkwam. Gelukkig stortte Jäger zich toen op tante Helmi, zodat ze zelf haar kamer in kon lopen, haar hoed en mantel kon uittrekken en haar boeken kon neerleggen. Ze keek in de spiegel en zag dat haar haar los was geraakt en dat haar wangen vuurrood waren. Haar ogen stonden bijna koortsig. Zonder zich in te kunnen houden raakte ze haar mond aan en ze rook een vleug van zijn scheerlotion in haar haar. Haar mond – die hij had gekust.

'De hond moet naar buiten om zijn behoefte te doen. Als jij koffiezet, laat ik hem in de tuin!' riep tante Helmi vanuit het trappenhuis, en Betty verwijderde snel alle sporen van haar zondagse uitstapje.

Ook deed ze haastig de deur van de flat open, ze stelde vast dat de dokter en mevrouw inderdaad niet thuis waren en deed haar schort om. Daarna zette ze de oven aan, want het brood in de vormen was gerezen.

Toen tante Helmi terugkwam, had Betty haar haar weer opgestoken en haar wangen gekoeld met water uit de kraan. Er stonden koffiekopjes op tafel en de broden zaten in de oven.

'Dat ziet er goed uit! Ik heb koffiebroodjes van de bakker meegenomen. Heerlijk met een kopje koffie.'

Tante Helmi hing haar mantel op, maar hield haar hoed op terwijl ze aan tafel ging zitten. 'Dus je was weg? Ik wist niet dat je vandaag vrij was.'

Betty glimlachte en probeerde er onaangedaan uit te zien. 'De dokter en mevrouw zijn in Nyköping en ik had mijn klusjes gedaan en was klaar. Bovendien had de dokter gezegd dat ik extra vrij kon krijgen omdat ik afgelopen zondag ziek was.'

Tante gooide het hoofd in de nek en keek de keuken rond. 'Warempel, extra vrij... daar heb ik nog nooit van gehoord. En al je klusjes gedaan? Hoe kunnen in huis nu alle klussen af zijn? Er valt altijd wel iets te doen.'

Betty glimlachte ontwapenend en probeerde van onderwerp te veranderen. 'Wat hebt u vandaag gedaan? Hebt u een plezierige dag gehad?'

Tante Helmi knikte terwijl Betty koffie inschonk, waarna ze een grote suikerklont in het kopje liet vallen en roerde. 'Ik heb gewassen en gestreken en ik heb een lange, verkwikkende wandeling gemaakt in Djurgården met Alma Dahlin, mijn buurvrouw, weet je, en zij...'

Betty glimlachte en knikte bevestigend, hoewel ze geen idee had wie Alma Dahlin was. Om eerlijk te zijn luisterde ze niet erg aandachtig. In plaats daarvan dwaalden haar gedachten af naar hem, naar alles wat hij had gezegd, naar zijn bruine ogen met de warme blik en naar zijn elegante snor. En naar de kus...

'Betty! Luister je wel? Hoorde je wat ik vroeg?'

Ze glimlachte en knikte, hoewel ze het niet gehoord had, maar ze verwachtte dat tante Helmi haar vraag zou herhalen, wat ze ook deed. 'Kerstmis? Wat doe je met Kerstmis?'

Betty glimlachte mild en kon eindelijk antwoorden: 'De dokter en mevrouw zijn met kerst in Nyköping en sluiten hier af. Ik kom de avond van de zevenentwintigste terug om de flat te luchten en netjes te maken. Ik hoop dat er geen geld wordt ingehouden op mijn salaris.'

'Nee, hoor. Niet als je niet in de flat kunt blijven. Emma ging met kerst altijd naar haar zus. Mevrouw gedijt het best in Nyköping, in het mooie huis aan het water. Het liefst wil ze daar gaan wonen.'

Betty nam een slok, dat moest het zevende of achtste kopje van vandaag zijn, en kwam met de mededeling: 'En de jongeheer gaat naar Uppsala, in ieder geval tot Kerstmis.'

Tante Helmi nam een hap van het broodje. 'Dan zal zij natuurlijk vaker in Nyköping zijn. Misschien verhuizen de dokter en mevrouw er later zelfs heen?'

Betty haalde haar schouders op en brak een stuk van het broodje af. Ze had niet echt honger, ook al had ze de hele dag niet echt gegeten. 'In dat geval verhuis ik niet mee. Ik wil in een bibliotheek gaan werken of misschien in een boekhandel.'

Tante Helmi glimlachte. 'Ja, nou, uiteindelijk vinden we wel iets anders voor je. Heb je al jonge mensen leren kennen?'

Betty vertelde over Viola en de vrienden die met elkaar hadden afgesproken in Skansen. Ze noemde Birger terloops en tante knikte. 'Ja, dat is een aardige jongen. Maar pas goed op jezelf, Betty. Laat je niet met jong schoppen, want dan zijn je kansen op werk vervlogen!'

Betty schudde haar hoofd. Ze wilde echt niet in de problemen komen. Ze wilde gewoon lezen.

Haar tante lachte. 'Ja, ja, ik weet dat je een verstandig meisje bent, lieve Betty.' Ze veegde de kruimels van tafel in haar handpalm en gooide ze in haar lege kopje terwijl ze opstond. 'Ik ga. De dokter en mevrouw komen zo thuis, denk ik, en je moet ze wat te eten serveren. Zijn de broden trouwens niet klaar?'

Betty haastte zich naar het fornuis en haalde de broden uit de oven. Ze waren net iets te donker geworden.

Tante Helmi trok haar mantel aan en deed de keukendeur achter zich dicht toen ze wegging.

Ze waste de kopjes af, stortte het brood op het aanrecht en warmde de soep op. Het liefst was ze op bed gaan liggen om lekker weg te dromen, maar enkele minuten nadat haar tante was vertrokken, hoorde ze de dokter en mevrouw in de hal.

20

De dagen daarna liep ze rond in een zoete waas. Wat gingen alle klusjes makkelijk als je dagdroomde. Achter het fornuis, in het washok of tijdens het vegen, ze dacht de hele tijd aan Martin. Viola wees haar er een paar keer op dat ze zo afwezig was, maar omdat Betty alleen maar glimlachte als antwoord en tevreden leek, nam Viola niet de moeite om erop door te gaan.

Al met de middagpost van maandag kwam er een brief voor haar. Er stond maar één lang gedicht in:

Er werd, aan de thee gezeten,
Over liefde veel afgepraat.
Door de heren als ware estheten
Door de dames heel delicaat.

Ga voor liefde bij Plato te rade,
Sprak de knokige ambtenaar.
Ironisch gniffelt zijn gade
En zucht niettemin: Nee maar...

De deken opent zijn mond wijd:
In de liefde houde men maat.
Zo niet, dan lijdt de gezondheid
De freule lispt: Hoe bestaat 't.

Mevrouw de gravin zegt weemoedig:
De liefde is hartstocht en wee!
En overhandigt goedig
Mijnheer de baron zijn thee.

Jouw plekje bleef leeg, jij had je,
Mijn lief, niet aan tafel gemeld.
Hoe schattig had je, mijn schatje,
Wel over jouw liefde verteld.

Het was van Heine, ze herkende het.

Woensdagochtend was Viola spraakzamer dan gewoonlijk. Valle en zij waren de avond ervoor met z'n tweeën in de bioscoop geweest en Viola wilde weten of ze er goed aan had gedaan dat ze zich bij de deur door hem had laten kussen. 'Hij is zo lief dat zijn lach me doet tintelen, maar dan bedenk ik weer dat hij waarschijnlijk niet veel toekomstperspectief heeft. Hij is helemaal geen studiehoofd en is niet erg succesvol bij het bedrijf waar hij werkt. Hij zal waarschijnlijk in het magazijn blijven... Ik wou dat hij een beetje meer op jouw Birger leek, die naar de avondschool gaat...'

Haar Birger? Zag Viola hem zo? Als 'haar'? 'Hij en ik zijn niet...'

Viola onderbrak haar: 'Nee, nee, dat weet ik, maar hij is zo betrouwbaar, die Birger. Vader en moeder zouden hem oneindig veel leuker vinden dan Valle. Maar het is niet mijn soort jongen, ik kan er niets aan doen. Oei, wat ben ik laat. De redacteur heeft vandaag een lunchpakket nodig. Ik moet snel gaan. Dag dag!'

Betty was de plee pas uit toen de buitendeur al achter Viola dichtviel. Ze dacht aan Birger. Was hij dan haar, Betty's, 'soort jongen'? Zou het mogelijk zijn om hetzelfde intense geluk te voelen als ze bij hem was als wanneer ze bij Fischer was?

Ze was niet dom. Ze wist dat zij en Fischer van zo'n verschillende afkomst waren dat ze er niet eens aan hoefde te denken. Als ze zou trouwen, zou dat met iemand als Birger zijn: een goede, betrouwbare jongen met ambities. Viola had helemaal gelijk, hij was in alle opzichten een degelijke jongen. En hij was lief en grappig, dat was zeker zo. Maar was het genoeg?

De middag brak aan en Betty haastte zich naar de Stadsbibliotheek. Eindelijk was haar bibliotheekpas aangekomen, nu kon ze elk boek lenen dat ze maar wilde. Ze ging in een van de mooie leeszalen zitten en bladerde door willekeurige boeken. Uiteindelijk koos ze twee romans, een van Elin Wägner en een van de nieuwe auteur Moa Martinson.

Meer wilde ze niet meenemen, want ze had zo met Birger afgesproken. Het was nu al zwaar om te dragen, samen met het boek van Lagerkvist dat ze aan hem wilde uitlenen.

Ze vroeg zich af of het wel juist was om met hem af te spreken nu ze alleen maar aan Martin dacht. Maar tegelijkertijd vond ze dat ze hem een afspraakje schuldig was omdat ze laatst ziek was geweest. En ze mocht hem wel, hij was aardig en makkelijk om mee te praten. Opgewekt ook, en hij maakte haar aan het lachen. Maar ze had het gevoel dat hij meer van haar verwachtte en dat voelde niet helemaal goed. Ze stopte de boeken in de tas aan haar arm en liep snel over de Odengatan.

Hij stond al te wachten. Hij stak al van verre zijn hand op om haar te begroeten en zwaaide uitbundig. Zijn blonde haar glansde in de schemering. 'Betty! Wat fijn je te zien.' Zijn handdruk was hartelijk en warm en misschien hield hij haar hand iets langer vast dan nodig was. Ze liet hem los en trok haar handschoenen weer aan.

'Waar gaan we heen?'

Ze vertelde dat ze al bij de bibliotheek was geweest, maar dat een kop koffie haar goed zou smaken na de wandeling. Hij knikte met een vrolijke twinkeling in zijn bruine ogen en leidde haar weg van de zuiplappen en taxichauffeurs richting de Kungsgatan en vervolgens een van de zijstraten in naar een klein, net en ongedwongen café dat Rita heette. Zonder te vragen bestelde hij een pot koffie en broodjes voor hen beiden, waarna hij zijn tweedjasje en pet aan een kleerhanger achter hen hing. Zij hing haar mantel over een lege stoel. Ze kon er niets aan doen, maar de herinnering aan Fischers elegante trenchcoat en hoed boven op haar mantel kwam plotseling omhoog. Onmerkbaar schudde ze haar hoofd om de herinnering van zich af te schudden. Hij schonk de dampende koffie voor hen beiden in en haalde zijn hand door zijn blonde haar, waardoor zijn pony golfde.

'Ik heb naar deze dag uitgekeken.'

Ze glimlachte naar hem over haar kopje heen. 'Hoe gaat het met je studie?'

Hij glimlachte trots naar haar. 'Ik ga bijna beginnen met mijn technische vakken. En ik heb een nieuwe baan, bij een van de machinefabrieken in de wijk Hornstull. Om de ingenieur daar te helpen. Misschien leer ik wel tekeningen maken van hem. Het salaris is bijna twee keer zo hoog als bij NK.' Hij nam een grote hap van zijn broodje en sloeg de koffie achterover, waarbij hij bijna stikte.

Ze vermoedde dat hij tegelijkertijd trots was en zich opgelaten voelde. 'Wat knap van je, Birger! Maar kom je me dan geen boodschappen meer brengen?' Ze glimlachte naar hem en brak een stukje van haar broodje af.

Zijn vrolijke glimlach verdween. 'Nee, helaas niet. Maar we kunnen toch nog steeds met elkaar afspreken?'

Ze nam een slok koffie en knikte. Hij zag er zo jong en onzeker uit, ook al was hij minstens drie jaar ouder dan zij. 'Je kunt een excuus bedenken zodat er iemand naar Östermalm moet, en misschien word jij dan wel gestuurd.'

'Nou, dat zal lastig worden. En 's avonds heb ik mijn lessen, en mijn vader heeft ook hulp nodig, dus ik weet het niet. Maar misschien op een zondag?'

'Ja, we kunnen zeker op een zondagmiddag afspreken. Wanneer begin je op je nieuwe werk?'

'Al heel snel. Op 1 december. Dus misschien kunnen we voor die tijd nog met elkaar afspreken?'

Ze dronk haar kopje leeg en hij vulde het snel bij. 'Ben je met Kerstmis in Stockholm?'

Ze schudde haar hoofd. 'Nee, dan ga ik naar huis in Hälsingland, naar mijn moeder en broertjes.'

'Maar misschien nog een keer op woensdag?'

Ze glimlachte en haalde haar schouders op. 'Tja, misschien, als het lukt. Of we kunnen met Viola en Valle naar de bioscoop?'

Hij beet op zijn lip en knikte. Het leek alsof hij iets binnenhield, iets wat hij niet durfde te zeggen.

Ze haalde het boek uit haar tas en legde het op de tafel tussen hen in. 'Dit boek moet je lenen en lezen, Birger, het is niet alleen belangrijk, maar ook goed.'

Hij trok het boek naar zich toe en voelde zachtjes aan het prachtige lint. 'Lagerkvist. *De beul*?'

Betty knikte. 'Oppervlakkig gezien lijkt het over vroeger tijden te gaan, maar op een bepaald moment besef je dat het over onze tijd gaat...'

Hij bladerde door het boek en las kleine stukjes terwijl hij knikte. 'Dat klopt, Betty. We moeten de bruine invloed weerstaan, het is onze plicht als mens...'

Hij pakte haar hand, die op tafel lag, en haalde adem alsof hij iets belangrijks wilde zeggen. Ze glimlachte bemoedigend, maar er kwam niets uit, dus trok ze haar hand weg. Hij streek zijn pony glad. 'Ik ben het boek voor jou vergeten. De volgende keer dat we elkaar zien breng ik het mee.'

Ze knikte, dronk haar kopje nogmaals leeg en wees naar haar tas.

'Ik heb nu al zoveel te lezen. Ik moet ook nog werken…'

Hij knikte aandachtig en lang, alsof ze iets heel belangrijks had gezegd en vervolgde toen: 'Hoe is het eigenlijk om in zo'n huis te werken? Merk je er veel van?'

Ze glimlachte niet-begrijpend. 'Merken? Wat bedoel je?'

'Dat het nazi's zijn, bedoel ik. Mevrouw is natuurlijk een rotwijf, maar wat is de dokter voor iemand?'

Ze keek hem verbaasd aan en streek het haar dat onder haar hoed uit was geraakt weg. 'Wie? Bedoel je de dokter en zijn echtgenote? Bij wie ik werk?'

'Ja. Weet je dat niet? Hij is een van de meest actieve nazi's van de stad. Hij staat vaak in de krant en… maar Betty, zeg je nou dat je het niet wist?'

Ze haalde beschaamd haar schouders op en de beelden van de demonstratie op het Östermalmstorg, de vrienden van de dokter en het vaandel op de tafel flitsten voorbij. Birger had natuurlijk gelijk, zij had het gewoon niet willen zien. Ze voelde zich ongemakkelijk en dom en plotseling was het alsof hij de overhand had. Er was geen schuchterheid meer te bekennen en hij legde met bombastische en vreemde woorden uit waar het nazisme voor stond. Ze schudde haar hoofd en haalde haar schouders op.

'De dokter is zo aardig, de aardigste man die ik ooit heb ontmoet… Ik kan gewoon niet geloven dat hij… Nee, het moet een misverstand zijn.'

'Jíj bent toch geen nazi, Betty?' Hij pakte opnieuw haar hand en opnieuw trok ze die terug.

'Natuurlijk ben ik geen nazi. Nooit van mijn leven. Maar nu moet ik terug. De dokter en mevrouw willen om halfacht broodjes en thee geserveerd krijgen.'

Ze trok haar mantel aan en ging naar buiten.

Hij kwam met een ongelukkig gezicht achter haar aan. 'Betty, ik bedoelde het niet kwaad, begrijp je? Ik vroeg me gewoon af… Wees nou niet van streek!'

Ze hing de tas met boeken over haar arm, draaide zich naar hem om en stak hem haar hand toe. 'Bedankt voor de koffie. Het was plezierig je te ontmoeten en met elkaar te praten. Ik moet nu naar huis.'

Ze keek hem recht aan en glimlachte kort toen hij haar hand naar zich toe trok en nog net kon uitbrengen: 'O, Betty. Nu weet ik helemaal niet wanneer ik je weer zie.'

Ze glimlachte naar hem. 'Als je het boek terugbrengt, natuurlijk. Laat me weten wanneer je het uit hebt.'

Hij knikte en bleef haar hand vasthouden. 'Ik wilde vragen of we… of je misschien verkering met me wilt? Vaste verkering, bedoel ik? Ik kan nog niet trouwen, maar…'

Zijn bruine ogen werden heel donker en hij verstevigde zijn greep om haar hand.

Ze haalde diep adem en keek om zich heen.

'Ik zou je graag weer zien, Birger. Maar we kennen elkaar nauwelijks en ik denk dat ik te jong ben voor een vrijage.' Ze glimlachte ontwapenend naar hem en maakte haar hand los voordat hij iets kon zeggen, ze draaide zich om en zwaaide. 'Tot kijk! Succes met je nieuwe baan.'

Met hangende armen en zijn pet nog onder zijn arm bleef hij staan op de plek waar ze uit elkaar waren gegaan.

21

De weken vlogen voorbij. Binnenkort was het advent en dan duurde het niet lang meer tot Kerstmis. Het verliep allemaal zo gemakkelijk nu ze wist dat er een brief lag te wachten of dat het haar beurt was om een brief te schrijven. Ze wist nu ook wanneer de postbode kwam en kon de post pakken zodra die op de deurmat viel en een brief van hem snel in haar schort schuiven. Maar ook mevrouw kende de bezorgtijden en stond vaak bijna tegelijk met haar in de deuropening. 'Betty? Is er vandaag post voor me?' En die was er heel vaak. Na een paar weken herkende Betty zelfs het handschrift op de enveloppen. Iemand met een rechtopstaand, puntig handschrift dat hard doordrukte schreef brieven gericht aan mevrouw Louise Schimmel-Molander. Er stond nooit een afzender op de brieven, maar het waren er minstens twee per week.

Als ze de eerste was, legde ze de post van mevrouw altijd op een zilveren dienblad in de hal. Soms botsten mevrouw en zij in de hal tegen elkaar op, en één keer kreeg zij haar post op het zilveren dienblad, met een ironische glimlach van mevrouw. Betty was op zolder om de was op te hangen en was de tijd volledig uit het oog verloren. Mevrouw stak haar het dienblad met brieven toe. Ze zag dat er één van haar moeder was en één van hem.

'Krijg je veel post?'

Betty knikte en pakte voorzichtig de brieven van het dienblad. 'Ja, mijn moeder...'

Ze werd onderbroken door mevrouw. 'Misschien maakt ze zich zorgen om je nu je in de grote stad woont? Is ze bang dat je in de problemen komt?' De doktersvrouw glimlachte zelfgenoegzaam en verdween in de salon.

Zijn brieven maakten haar duizelig en gelukkig. Hij schreef beurtelings citaten op uit boeken die ze niet altijd herkende en lange fantasierijke reisplannen over hoe ze samen de trein naar het vasteland van Europa zouden nemen en in kleine hotels in Parijs, aan het Comomeer of in Positano zouden verblijven. Hij beschreef gedetailleerd hoe de bloemen van de citroenbomen roken, hoe heerlijk de gerechten waren die ze zouden eten en hoe anders de straatgeluiden in Parijs waren. Hij schreef:

Betty, ik beloof je dat Franse gebakjes heel bijzonder zijn. Alsof de hele poëzie van de Franse taal in de heerlijkste meringues is meegebakken. Wandelen in het Bois de Boulogne, op een frisse middag in april wanneer de grond naar de heerlijkste geelsterren ruikt... Op een terrasje op het trottoir gaan zitten en naar alle mooie mensen kijken met jouw lieve persoon aan mijn zijde... O, Betty, dat zou goddelijk zijn...

Ze probeerde een reactie te geven waardoor hij haar niet saai zou vinden, maar ze had niet veel te bieden. Haar dagelijks leven bestond uit brood bakken, vuil wasgoed en afstoffen. En voordat ze naar Stockholm was verhuisd, was ze nauwelijks buiten Hudiksvall geweest. Wat haar leven glans verleende en buitengewoon maakte, waren haar boeken, dus daar haalde ze haar inspiratie vandaan. Ze dacht aan boeken die ze had gelezen en zich kon herinneren en beschreef wat er met haar gebeurde als ze ze las. Soms gaf hij commentaar op wat ze had geschreven en als ze het las, zwol haar hart:

Betty, je gedachten over Selma Lagerlöf zijn briljant analytisch. Ingrid, *zoals je schrijft, toont de liefde en haar kracht in haar puurste vorm…*

Hij bleef vreemde plaatsen beschrijven en zij werd er duizelig van. Op een keer waagde ze te vragen of hij weleens in Hudiksvall was geweest. Hij antwoordde dat hij verschillende keren in Härnösand was geweest en hij schreef uitvoerig over de vele houtzagerijen die hij onderweg had gezien. Ze wilde hem niet vertellen dat die plaats veel noordelijker lag, maar vertelde over de hele regio Hälsingland, waarop hij zich slechts verontschuldigde dat hij helaas weinig wist van haar geboortestreek. Daar maalde ze niet om, in plaats daarvan speelde ze met het idee om samen met de auto naar Hudiksvall te gaan.

Op de middag van de dertiende december had ze de dokter en mevrouw een eenvoudig diner geserveerd van vleessoep en versgebakken roggebrood. Voor één keer was de dokter vroeg thuis en toen ze de tafel dekte, keek hij op van de krant die hij aan het lezen was. 'Dadelijk komt de Lucia-optocht langs op de Strandvägen. Wil je misschien met ons mee als we ernaar gaan kijken?'

Ze bleef staan met de borden in haar hand, keek vragend naar de doktersvrouw, die haar net de halflege kom soep had overhandigd, en hoorde haar met een verrassend vrolijke stem zeggen: 'Natuurlijk komt Betty meekijken. De afwas kan ze daarna doen en we kunnen warme chocolade drinken als we het koud hebben. Ga je maar warm aankleden!'

Ze bracht snel de afwas weg en spoelde die zo goed mogelijk af. Ze had zelf honger en had na de dokter en mevrouw willen eten, maar de Lucia-optocht was aantrekkelijker, dus deed ze haar schort af en trok een vest en haar mantel aan. Ze pakte ook de sjaal en de gebreide wanten die haar moeder had gemaakt, want het was sinds mensenheugenis niet zo sneeuwachtig en koud geweest op deze Lucia-avond in Stockholm.

Het was glad buiten toen ze zich door de Sibyllegatan haastten. De doktersvrouw en zij gleden uit in de sneeuw en de dokter haakte zijn rechterarm door de arm van zijn vrouw en bood Betty zijn linker aan. 'Nu ik de enige lijk te zijn met verstandig schoeisel kan ik beter mijn steun aan de dames aanbieden.'

Betty dacht dat zijn vrouw beledigd zou zijn, maar tot haar verbazing zag ze dat die lachte en naar Betty knipoogde. Zelf had ze aan de arm van de dokter meer grip. Het was echt spekglad en haar overschoenen voelden zowel koud als glibberig aan.

Ze namen positie in pal voor de koninklijke schouwburg en de dokter zorgde ervoor dat ze een goed zicht hadden op de Strandvägen. Het sneeuwde zachtjes en de kou beet in hun wangen. Het was heel druk en Betty ging helemaal op in de feestelijke sfeer.

'Kijk! Daar komen ze!' De dokter zwaaide enthousiast met zijn hoed naar de naderende stoet. Mensen juichten en schreeuwden, en alle Stockholmse jongetjes renden zo snel als ze konden langs de stoet. Vooraan reed een open, met fakkels versierde koets, getrokken door paarden met slingers van belletjes om hun nek. Maar ook al lag er veel sneeuw, het waren geen sleden. In het centrum van de stad lag er natuurlijk te weinig sneeuw, dus hoorde je door het geroezemoes heen de wagenwielen rollen in plaats van de slede-onderstellen suizen.

De dokter juichte samen met alle anderen en Betty keek verwonderd naar de meisjes die in de koets zaten in witte schapenvachtjassen met een krans in hun haar. De Lucia vooraan zwaaide naar iedereen die langs de route stond. Ze had krullend blond haar onder de krans en zag er rozig en gelukkig uit.

'Het is dit jaar een robuuster meiske, Eivor nog iets. Niet zoals Inga Bagge vorig jaar...' De doktersvrouw keek met een kennersblik naar de verdwijnende Lucia met haar bruidsmeisjes en wendde zich met een vrolijke blik in haar ogen tot de dokter: 'Wat vind je ervan, Axel? Wat vind je van de Lucia dit jaar? En was het niet de Nobelprijswinnaar voor geneeskunde die dit jaar de winnares heeft gekroond? Die Hongaar?'

De dokter lachte, nam de 'dames' weer bij de arm en liep verder langs de Strandvägen naar de Artillerigatan. Hij praatte, en door de kou kwam er damp uit zijn mond. 'Maar eigenlijk had het een meisje als jij moeten zijn, Betty. Zo zagen ze er vroeger uit, de Lucia's. Met lang golvend haar en vriendelijke, onschuldige en blauwe ogen. Echte Zweedse, gezonde meisjes.'

De doktersvrouw zei proestend: 'En stevige huisvrouwen met sterke en gezonde lichamen in degelijke kleding. Lieve Axel, ik ken je voorkeuren toch.' Ze boog zich iets naar voren en keek Betty aan. 'In de ogen van mijn man zal ik nooit een Lucia zijn. Te klein van gestalte en te donker. Toch, Axel?' Dit laatste richtte ze tot hem, waarbij ze hem een klopje op zijn buik onder zijn lange jas gaf, en hij glimlachte. 'Maar ik heb een hals die gemaakt is om juwelen te dragen. Toch, lieve eega?'

De dokter lachte nog wat harder en kuste zijn vrouw op de wang. Betty trok zich enigszins beschaamd terug, maar werd vastgegrepen door de dokter, die al lachend ook een lichte kus op haar slaap drukte. 'Wat loop ik hier tevreden met mijn knappe dames!'

Betty keek beschaamd de straat in. Ze begreep niet dat de doktersvrouw in zo'n goed humeur was en dat ze allebei leken te denken dat Betty daar thuishoorde.

Ze mocht met de dokter en zijn vrouw mee in de lift naar boven, daarna door de voordeur naar binnen en in de hal samen met de doktersvrouw haar overschoenen uittrekken.

'Nu ben ik wel toe aan een kop warme chocolademelk, Betty. En misschien een beetje cognac, Axel?'

Betty pakte haar mantel en wreef haar bevroren handen en wangen terwijl ze haar schort omdeed. Ze roerde snel de cacao en suiker door elkaar en zette twee koppen op een dienblad. Daarnaast legde ze op een bord twee gele saffraanbroodjes die ze eerder vandaag had gebakken. Dit alles bracht ze de salon binnen.

'Ach, Betty, wil je niet ook een kop, om weer op te warmen?' De doktersvrouw glimlachte naar haar op die ongewone manier die haar in verwarring bracht. Wat bedoelde ze? Moest zij, Betty, plotseling bij de dokter en mevrouw zitten en chocolademelk drinken in de salon? Of bedoelde mevrouw iets anders?

'Ik wilde een beetje soep opwarmen. Ik had geen tijd om te eten, dus...' Ze hoorde hoe stom haar gestamel klonk, maar haar maag knorde en ze had alleen trek in eten.

De dokter dronk in één keer zijn glaasje cognac leeg en glimlachte met een knikje naar haar. 'Laat het meisje toch eten, Louise. Dan drinken wij onze chocolademelk en cognac.' Hij schonk nog een cognacje in voor zichzelf en hief het glas naar Betty toen ze het dienblad pakte. 'Misschien moeten we het kerstcadeau tevoorschijn halen, Louise? Is vanavond niet het juiste moment, nu we het zo gezellig hebben gehad?'

De doktersvrouw, die plotseling weer haar normale afgemeten zelf was, nipte van de chocolade en haalde haar schouders op. 'Goed, hoor.' Ze stond op en haalde uit een bureaulade een langwerpig pakje van mooi papier met glimmende linten, dat ze aan de dokter gaf.

Hij zette zijn glas neer en wenkte Betty, die aarzelend naar hem toe liep. 'Mijn vrouw en ik willen je een vrolijk kerstfeest wensen en je bedanken voor deze herfst. We hopen dat je geniet van je verblijf bij ons en kijken uit naar 1938 in huize Molander.'

Ze neeg en stak haar hand uit om hem te bedanken, maar toen trok hij haar dicht tegen zich aan en drukte nog een kus op haar wang. Ze deinsde terug en hij lachte, terwijl ze het pakje in haar hand gedrukt kreeg.

De doktersvrouw dronk haar kopje chocolademelk leeg en zette het met een klap op het dienblad. Ze schudde geamuseerd haar hoofd. 'Wat ben je toch ook een dwaas, Axel. Maak open, Betty.'

Betty keek naar haar en naar het pakje, trok voorzichtig het glanzende lint eraf en daarna het mooie papier.

'Mijn man heeft zeker een grote som geld gewonnen met gokken en denkt dat hij het zich kan veroorloven om zowel zijn echtgenote als de meid vanavond een cadeautje te geven.'

Ze raakte zacht de glinsterende ketting aan die ze om haar hals droeg en die Betty nog niet eerder had gezien. Een grote parel omgeven door, wat ze aannam, diamanten.

'Kom op! Maak het doosje eens open!' De doktersvrouw klonk ongeduldig en Betty haalde er een elegant polshorloge uit met een bandje van fijn zwart leer. Een eigen horloge!

'Kijk, het heeft een secondewijzer zodat je de eieren kunt koken. Doe het eens om.' De dokter glimlachte als een blij kind terwijl ze het om haar pols deed. Het paste perfect en ze bracht het naar haar oor zodat ze het hoorde tikken. Ze neeg opnieuw, bedankte hem en zei dat het een veel te mooi cadeau was.

Het was echt geweldig om haar eigen horloge te hebben, maar tegelijkertijd kreeg ze er een nare smaak van in haar mond, die ze niet helemaal kon duiden. Maar ze neeg weer en de doktersvrouw zwaaide met haar arm: 'Zo is het goed, Betty. Je kunt je nu terugtrekken en de afwas morgenochtend ophalen.'

Ze at, deed de afwas en liet Jäger uit. Ze keek op haar horloge en verwonderde zich over de vreemde avond. Ze ging zitten met wat boeken en eindigde met het schrijven van een lange brief aan Martin. Ze vertelde hem over de Lucia-optocht en de sneeuw die ze door het raam langzaam zag vallen.

22

Viola had al begrepen dat iemand Betty's interesse had gewekt, want er ging geen ochtend voorbij zonder dat ze lastige vragen stelde. Maar Betty had geleerd ze te ontwijken. 'Wie is het, Betty? Je moet het me vertellen, hoor je me?'

Betty glimlachte in zichzelf in de donkere plee. 'Ik kan het niet. Nog niet. Maar als ik het kan vertellen, beloof ik dat je de eerste bent die het hoort!'

'Maar wie is het nou toch? Je hebt toch niet iemand ontmoet die ik niet ken? Is het een van de heren? Die Carl-Axel?'

Betty proestte luid: 'Nee, bewaar me! Ik zou nog liever sterven.'

'Nou, het is toch niet de dokter zelf?'

Betty lachte opnieuw, maar niet zo uitgelaten. Ze mocht de dokter en ze wist zeker dat hij haar ook mocht. Ook al zag ze hem niet op díé manier. 'Nee, nee!'

'Dan moet het Birger zijn.'

'Nee, je weet toch dat het niet zo is.'

'Is het dan iemand van thuis? Een jongen uit Hudiksvall? O Betty, je moet het vertellen...'

'Ik zie je om één uur, Viola.'

Voor één keer hadden de meisjes samen een woensdagmiddag vrij en ze besloten kerstinkopen te doen.

Het sneeuwde zacht in Stockholm en overal waren mensen in beweging. Bij het Berzelii-park stonden kerstboomverkopers, die met de boot uit Roslagen waren gekomen.

Het belangrijkste vond ze om iets heel goeds voor haar broertjes te vinden. Iets waar ze echt blij van zouden worden. En liefst niet te duur. En natuurlijk iets heel moois voor haar moeder.

Viola wilde beginnen bij Nordiska Kompaniet en daar dwaalden ze een tijdje rond tussen alle mooie dingen en bekeken de mooie kerstetalages. Maar de spullen waren te duur voor hun dunne portemonnee en zuchtend gingen ze weer naar de Hamngatan. Viola kende wat winkeltjes aan de Drottninggatan en de Sveavägen waar ze voor redelijke prijzen cadeautjes konden kopen. Betty kocht voor elk van haar broertjes een jojo en een pet en natuurlijk boeken. In een winkeltje van een heel vriendelijke dame vond ze een schitterende handtas voor haar moeder. De dame verlaagde zelfs de prijs iets omdat er een paar krasjes op de achterkant van de tas zaten.

'Daar is niets van te zien. Je kunt er wat schoensmeer op smeren, dan merk je het niet eens.' Viola moedigde Betty aan om hem te kopen en kocht zelf mooie geborduurde zakdoeken voor al haar zussen en een nieuwe beurs voor haar moeder. 'Hoewel ze denk ik liever geld heeft om in de oude te stoppen!'

Halverwege de steile Drottninggatan werden ze tegengehouden door twee vrouwen met folders: 'Zijn jullie dienstmeisjes? Welkom op de bijeenkomst, welkom bij onze organisatie!'

Viola nam onmiddellijk de folder aan, Betty aarzelde.

'Bent u geen dienstmeisje?' De vrouw die het vroeg was ouder en alledaags, maar goedgekleed en ze had heldere grijze ogen.

Betty knikte en las het papier.

> Kameraden! Overal ter wereld verkrijgt de ene na de andere groep arbeiders kortere werktijden, terwijl wij geen enkele

vooruitgang boeken! We werken nog steeds vijftien uur per dag, misschien meer, en wellicht zelfs ook nog op zondag. Wordt het niet eens tijd dat we orde op zaken stellen? Maar hoe? Wel, door vereniging en organisatie! Dit is de manier waarop andere groepen arbeiders hun voordelen hebben verkregen. De weg is geplaveid en ligt voor ons open.

Kameraad! Als je dit alles nog niet begrepen hebt, sluit je dan nu aan bij onze organisatie! Wacht geen dag langer! De langverwachte springvloed raast nu over de wereld. Doe je mee met de opbouw van de nieuwe maatschappij die zal ontstaan waar de dam is gebroken? De Vereniging van dienstmeisjes nodigt je hierbij uit voor de bijeenkomsten die elke eerste en derde woensdag van de maand worden gehouden in zaal G van het buurthuis. Om 20.30 uur. Bewaar deze folder!

De Vereniging van dienstmeisjes

De vrouw keek naar haar terwijl ze las. 'Daar ben je het toch wel mee eens?'

Betty knikte verlegen en keek bezorgd naar Viola, die vrolijk met de andere vrouw stond te praten.

'Kom eens een keer naar onze bijeenkomst.'

Betty slikte. 'Maar ik ben nooit vrij op woensdagavond. Dan kan ik niet.'

De vrouw schudde haar hoofd. 'Wat verschrikkelijk. Dit is precies waarom je je moet organiseren. Hoeveel verdien je?'

Betty slikte weer en keek onzeker om zich heen. 'Vijftig kronen, maar…'

'Dat is zeshonderd per jaar! Een kantoorbediende krijgt ongeveer tweeduizend. Hoeveel uur werk je per dag?'

'Dat verschilt, maar ik maak de dokter om halfzeven wakker en soms komt hij om elf uur thuis, maar…'

'Dat is een werkdag van zeventien uur, een fabrieksarbeider werkt acht uur per dag. Hoe vaak ben je vrij?'

Viola praatte vrolijk met de andere vrouw en leek geen zin te hebben om haar te hulp te schieten, dus antwoordde Betty zacht: 'Om de woensdag tussen één en zes en om de zondag tussen één en zeven. Maar ze zijn aardig en vriendelijk tegen me en ik...'

De vrouw glimlachte naar Betty toen ze zag dat ze er niet graag over praatte. Ze legde haar arm om haar schouder. 'Beste kameraad. Alle werkgevers zouden vriendelijk en fatsoenlijk moeten zijn tegen hun werknemers. Ze zouden hun ook een fatsoenlijk salaris moeten betalen en hun het recht moeten geven op wettelijk verlof en vakantie.'

'Ze hebben goed voor me gezorgd toen ik afgelopen herfst ziek werd, en met kerst mag ik een paar dagen met betaald verlof naar huis.'

De vrouw glimlachte knikkend. 'Dan heb je zeker een vrij goede plek voor een dienstmeisje, maar het kan geen kwaad om je rechten te kennen. Hier, neem mijn kaartje maar mee. Je weet nooit wanneer je ons nodig hebt.'

Glimlachend drukte ze nog een papiertje in Betty's hand en knikte naar Viola. Terwijl de meisjes verder liepen over de Drottninggatan, zei Viola enthousiast: 'Dat zijn goede lui! De vrouw met wie je sprak kent de premier. Ze heet Hanna Grönvall. Ze demonstreren ook. Ik denk erover om na de kerst lid te worden van de vereniging.'

Betty herpakte haar tas en pakjes. 'Maar hoeveel kost het? Is het niet duur? En worden de redacteur en mevrouw niet boos als je meedoet?'

'Pff, duur? Je moet wat offers brengen om vooruit te komen. En boos? Waar zouden ze boos over zijn? Omdat ik mijn rechten opeis? Nee, Betty, soms moet je een klein offer brengen. En solidariteit is een goed iets. Goed, we gaan verder winkelen.'

Ze stopten in koffiewinkels, waar ze aan de vreemdste bonen roken, en Viola kocht een pond voor haar oude grootmoeder en in de tabakswinkel in de buurt van het Odenplan kocht ze dure sigaren voor haar vader. 'Nu ga ik nog wat zuurstokken en een jojo voor mijn broertje kopen en dan maak ik er een pakketje van en ga het versturen.'

'Ga je op kerstavond niet iedereen missen? "Als thuis de kaarsjes worden aangestoken..."' Dit laatste zong Betty luidkeels met een nogal slechte zangstem en met haar arm door die van Viola gehaakt, terwijl ze in een flink tempo over de Sveavägen naar de Kungsgatan liepen.

'Nee, helemaal niet. Ja, misschien even tijdens het diner, maar dan bedenk ik dat mijn broertje indiaantje speelt en dat het hele huis trilt van zijn geschreeuw en dat mijn zusjes ruziemaken, kibbelen en elkaar knijpen. En dat mijn vader zo buldert. En dan kijk ik er helemaal niet meer naar uit. Ik geniet gewoon van het kant-en-klare kerstdiner en een fijn bed en zelfs van de stilte in het heerlijke Dalom.'

Bij het Stureplan gingen ze uit elkaar. Viola moest de was ophalen en Betty moest snel naar huis om het eten te bereiden.

Op weg naar huis voelde ze plotseling dat ze blaren had. Al die pakjes in haar tas waren zwaar en ze was bedrukt omdat ze bijna al haar geld had uitgegeven. De kerstcadeautjes waren duurder dan ze had verwacht. Maar wat zou het leuk zijn om op kerstavond de ogen van haar broertjes te zien als ze de pakjes openmaakten, elk met een jojo en een mooie pet. En haar moeders gezicht als ze de elegante handtas zag. Tante Helmi kreeg een boek en voor Anna had ze een felrode baret gekocht. Meestal wisselden ze geen kerstcadeautjes meer uit, maar ze had het gevoel dat een pakje uit Stockholm nog steeds gewaardeerd zou worden. Ze zou ook wat zuurstokken meenemen.

Ze liep de Birger Jarlsgatan uit en sloeg snel de Grev Turegatan in. Zou ze in de Östermalmshal vis kopen voor het avondeten? Op de hoek van de Humlegårdsgatan sneed ze de bocht af en botste ze tegen een man op. Ze liet haar tas vallen en de sneeuwbrij was ineens bezaaid met pakjes. Ze ging op haar hurken zitten in een wanhopige poging ze snel op te pakken voordat ze doorweekt waren. De man met wie ze in botsing was gekomen ging ook door zijn knieën en ze botsten bijna met hun hoofden tegen elkaar. Ze hoefde niet naar hem te kijken om hem te herkennen, de typische geur van zijn scheerlotion was al tot haar doorgedrongen voordat ze hem zag en zijn stem hoorde.

'Betty! Allerliefste Betty!'

Ze trok haar wanten uit en veegde het ergste vuil en de sneeuwbrij van de pakjes. 'O, het was mijn schuld. Ik had de bocht niet zo moeten afsnijden, maar ik wilde snel vis gaan kopen en...'

Hij glimlachte en haalde een netjes gestreken zakdoek uit zijn zak waarmee hij de pakjes voorzichtig afdroogde. Misschien waren ze toch niet zo erg beschadigd? Als ze ze maar te drogen legde als ze thuiskwam. Met trillende handen stopte ze ze in haar tas, ze kon geen woord uitbrengen. Hij was degene die het woord nam. 'En ik liep net aan jou te denken, ik hoopte zo hevig dat je zou komen, en toen kwam mijn wens uit!' Hij pakte haar ijskoude handen. Hij verwarmde ze in de zijne en ze rilde van verlangen bij zijn aanraking.

'Wat doe jij hier?' Haar haar dreigde uit haar wrong te raken en met tegenzin trok ze een van haar handen los om het haar snel op te steken en vast te zetten met de haarspeld.

Hij legde zijn hand op haar onderrug. 'Ik heb hier in Gärdet een oude familievriend bezocht die plotseling ziek is geworden. Eerlijk gezegd ben ik net langs de Jungfrugatan gelopen...' Hij droeg haar tas met pakjes in zijn linkerhand en zij stak haar hand in zijn rechterhand terwijl ze langzaam samen terugliepen over de Humlegårdsgatan. 'Maar je was op weg naar Humlegården. Zullen we...' Hij knikte glimlachend en haar hart sloeg een slag over.

'Ja, zojuist. Voordat we elkaar tegenkwamen.'

Bij de markthal vroeg hij of ze geen vis wilde kopen. Maar ze wilde niet het risico lopen dat hij zijns weegs zou gaan of dat iemand hen zou zien, dus schudde ze van nee en zei dat ze net had besloten dat de dokter en mevrouw vanavond Parijse soep zouden eten.

Hij lachte en streek een haarlok weg uit haar hals. Er trok een huivering over haar rug.

'Echt? Parijse soep, wat zit daarin?'

Ze vertelde hem in rap tempo wat de ingrediënten waren en hij lachte alsof ze een klucht voorlas. Hij keek haar zo aandachtig aan dat ze nauwelijks kon lopen. En al veel te snel kwamen ze bij haar buitendeur aan. Op dat moment sloeg de klok van de Hedvig Eleonora-kerk zes; over een halfuur moest het eten klaar zijn. Maar ze kreeg geen genoeg van zijn knappe gezicht.

'Kom even mee naar boven! Misschien wil je zien hoe ik...' Ze begreep zelf niet waar ze deze stoutmoedigheid vandaan haalde. Ze wist alleen dat ze het niet zou kunnen verdragen als hij meteen wegging. Hij knikte en werd direct serieuzer. Ze trok hem haastig mee over de binnenplaats naar de dienstingang en deed een schietgebedje dat er geen andere bedienden op de trappen zouden zijn. Maar er was niemand en ze haalde de keukendeur van het slot en vroeg hem binnen te komen. Een snelle blik in de hal en ze wist dat er verder niemand in de flat was.

'Nou, hier werk ik.' Ze zag dat hij de keuken nauwkeurig bekeek en dat hij misschien nu pas besefte dat ze eigenlijk een dienstmeisje was en niets anders. Dus deed ze de deur naar de dienstbodekamer open, trok haar mantel en baret uit en hing ze op. Ze spreidde de pakjes uit op de deken op het bed zodat ze konden drogen en draaide zich opgelaten naar hem om. Hij stond met zijn jas aan en hoed op in de deuropening. Het voelde zo armoedig nu hij daar stond, hij was waarschijnlijk heel andere omstandigheden gewend. Haar blouse en ondergoed lagen opgevouwen op de ladekast en ze borg ze beschaamd weg in de lade. Dit werd eigenlijk te intiem. Ze besefte plotseling dat hij weg moest gaan, dat dit uit de hand kon lopen.

Hij stapte over de drempel, wierp zijn hoed op haar bed en sloeg zijn armen om haar heen. Zij hief haar gezicht naar hem op en stond toe dat hij haar zoende. Deze keer was de zoen heter, hij was echt. Hij trok zijn jas uit en zoende haar opnieuw, streelde haar waar hij maar kon. Ze beefde, hijgde en verloor in zijn armen bijna haar verstand, zijn zoenen waren zo zoet dat ze nog maar nauwelijks op haar benen kon blijven staan.

Maar het was gevaarlijk. Er zou iemand kunnen komen en ze moest onmiddellijk met het eten beginnen. Met een enorme inspanning trok ze zich terug uit zijn armen en ze liep achteruit tot ze tegen de muur stond.

'Je moet gaan. Onmiddellijk. Dit kan niet... Er kan iemand komen.'

Ook hij deinsde achteruit en knikte. Hij hijgde even hevig als zij en zijn ogen waren bijna zwart. Hij trok zijn jas aan en zei zacht: 'We moeten elkaar zien, Betty. Op een of andere manier.'

Ze begreep wat hij bedoelde, ook al klonk het grappig omdat ze elkaar nu ook al zagen. 'Misschien na Kerstmis? In de periode tussen kerst en oud en nieuw?'

Hij knikte en deed zijn broek goed. Hij glimlachte weer. 'Ik zal wel iets bedenken. Ik zal je schrijven.'

Ze knikte opnieuw en besefte nu dat de tijd vloog. Hij moest nu gaan. Meteen.

Hij zoende haar opnieuw en trok haar stevig tegen zich aan. Ze moest tegen zijn borstkas duwen om los van hem te komen.

'Ga alsjeblieft weg, Martin. Alsjeblieft!'

En hij zette zijn hoed op zijn hoofd, zoende haar nog een laatste keer en verdween door de dienstingang naar het trappenhuis. Precies op dat moment hoorde ze dat de doktersvrouw de voordeur opende.

23

Twee dagen later lag er een envelop in de gang.

Liefste Betty,
Ik moet je ontmoeten. We moeten elkaar ongestoord zien. Het voelt alsof er geen weg terug is, dat het gewoon een rechte weg is zonder einde. Ik vraag me af of je misschien op tweede kerstdag naar de Skolgatan in Uppsala kunt komen? Mijn liefste, ik hoop vurig dat je dit kunt regelen. Ik wacht met spanning op je antwoord.
Jouw Martin.

Haar hart bonsde hevig. Zo hevig dat ze bijna misselijk werd. Ja, ze voelde het net zo: 'een rechte weg zonder einde'. Ze begreep de reikwijdte van wat hij schreef, ze vermoedde wat er zou kunnen gebeuren, en besefte dat ze het uit haar hoofd moest zetten en nee moest zeggen. Een fatsoenlijk of verantwoordelijk meisje zou nooit liegen en dit regelen. En een fatsoenlijke en verantwoordelijke man zou dit voorstel nooit doen.

Maar ze kon geen nee zeggen! Diezelfde avond nog stuurde ze een antwoord. En een kaartje aan tante Helmi, waarin ze uitlegde waarom ze al op de zesentwintigste moest terugkeren en niet samen met haar tante op de zevenentwintigste, zoals ze hadden afgesproken. Ze hoopte dat haar excuus redelijk klonk.

Ze zweette zich rot. Ze was veel te warm gekleed voor dit regenachtige, vochtige decemberweer en haar tassen waren zwaarder dan ze had verwacht. Maar de bagage moest ze wel meenemen, en de kleren had ze nodig in het veel sneeuwrijkere en koudere Hälsingland. Al bij Nordiska Kompaniet moest ze haar tassen even neerzetten om uit te rusten. Om niet geplet te worden door alle mensen op jacht naar kerstcadeaus probeerde ze tegen de muur te gaan staan. Ze zou de tram kunnen nemen. Maar tegelijkertijd deed het haar pijn om daar geld aan uit te geven nu ze er bijna was. Met haar zakdoek veegde ze voorzichtig het zweet van haar gezicht en pakte toen haar tassen weer op. Na twintig minuten was ze bijna bij het centraal station. Nog een laatste inspanning voordat ze de Vasagatan overstak en naar de hoofdingang liep. Tevreden zag ze dat ze nog bijna een halfuur had voordat de trein vertrok. Ondanks haar bekendheid met de grote stad wist ze niet goed hoe ze het juiste spoor moest vinden. Gelukkig had ze al een kaartje en hoefde ze zich geen zorgen te maken over de rijen voor het loket. Net toen ze naar binnen wilde gaan, hoorde ze een bekende stem roepen: 'Betty! Betty, hallo!'

'Ach, Birger. Hoe wist je dat ik op dit moment hier zou zijn?'

Hij was buiten adem maar blij en ze glimlachte naar hem. 'Viola vertelde me dat je vandaag naar huis ging. En welke trein je zou nemen.' Hij boog zich voorover, pakte haar tassen op alsof ze niets wogen en duwde de deur met zijn rug open. 'Jammer dat ik je niet eerder had ingehaald. Heb je deze zware tassen de hele weg gedragen?'

Ze glimlachte naar hem en knikte. 'Ach, het ging goed.'

Misschien zag hij haar bezwete voorhoofd en losse krulletjes die onder haar hoed vandaan piepten. 'Hm… Nu eens kijken welk spoor je moet hebben.' Vol zelfvertrouwen liep hij naar het grote bord dat in de vertrekhal hing en net als de eerste keer verbaasde het Betty hoe groot en indrukwekkend het centraal station was.

Ze volgde zijn bruine tweedjasje, pet en lichte haar door de hal helemaal naar spoor vier. Ze liet haar kaartje zien bij het perron en hij kocht zonder te knipperen een perronkaartje voor zichzelf en droeg de tassen naar het dichtstbijzijnde bankje. 'Zo. We hebben nog bijna twintig minuten voordat de trein vertrekt.' Hij schudde een sigaret uit een koker en bood die aan. Ze schudde haar hoofd en hij stak de zijne op en ging op het bankje zitten.

Ze glimlachte naar hem. 'Heb je vrij gekregen om met me naar de trein te lopen?'

Hij blies de rook uit en schudde zijn hoofd. 'Nee, ik was vandaag vrij omdat ik examen moest doen.'

Haar glimlach werd breder. 'Echt waar? En, hoe ging het?'

Hij haalde zijn schouders op en keek haar verlegen aan van onder zijn pony. 'O, wel goed, denk ik. Maar je weet maar nooit...'

'Ik weet zeker dat je het geweldig gedaan hebt. Gefeliciteerd!'

De trein achter hen begon vol te lopen en ze wilde instappen en een zitplaats zoeken voordat het te druk werd. Ze keek nerveus naar de trein. 'Dank je wel voor je hulp bij het dragen. Ik wens je een vrolijk kerstfeest.' Ze trok haar handschoen uit en stak haar nogal koude hand uit, ook al had ze gezweet.

Hij nam hem enthousiast aan, hield hem in zijn warme hand en zei: 'Ik heb het boek bij me! Ik zou het je uitlenen...' Hij liet haar hand even los, haalde een boek uit zijn zak en gaf het haar. 'Ik heb nog geen tijd gehad om jouw boek te lezen. Dat komt wel met Kerstmis.'

Ze knikte, stopte het boek in haar valies en draaide zich om om te vertrekken.

'Wacht. Ik heb iets voor je.'

Verbaasd keek ze naar hem op. 'Voor mij? Maar we hadden toch niet afgesproken...' Ze voelde zich opgelaten. Zij en Viola gaven elkaar niet eens kerstcadeautjes.

'Nee, nee, ik had zelf bedacht om...' Verlegen haalde hij een pakje tevoorschijn, keurig verpakt in glanzend papier met groene linten, en gaf het aan haar.

Zij nam het even verlegen aan.

'Maak het op kerstavond open. En denk dan aan mij...'

Ze bloosde plotseling toen ze besefte dat hij zijn best deed om iets romantisch te zeggen om haar het hof te maken, en toen hij haar verlegenheid zag bloosde hij nog dieper, wat heel fel afstak tegen zijn lichte haar.

'Ach, het is niets bijzonders, ik heb gewoon...'

Ze glimlachte naar hem, stopte het pakje in haar zak en ging op haar tenen staan. In een fractie van een seconde zag ze dat hij op het punt stond haar te zoenen en ze draaide snel haar hoofd zodat zijn kus op haar wang belandde. Hij bloosde nog dieper toen hij besefte dat ze haar hoofd had afgewend. Om haar gêne te verbergen, lachte ze en voordat hij iets kon zeggen, sleepte ze haar tassen de trein in en riep: 'Vrolijk kerstfeest, Birger! Tot ziens!'

Hij keek haar ernstig na en wuifde slapjes.

Eindelijk vond ze haar plaats in de overvolle treinwagon en kon ze zich op haar plek laten zakken. Haar valies moest ze naast zich tegen de muur zetten en de tas met de kerstcadeautjes lag samen met haar mantel op schoot. Bij het raampje stond een peuter keihard te gillen, de moeder van het kind en een oudere zus probeerden hem op alle mogelijke manieren stil te krijgen. Door een snoepje van een oudere vrouw aan de andere kant van het raam verstomde het gekrijs plotseling. Betty sloot haar ogen en probeerde te slapen. Binnenkort zou ze weer thuis zijn in Hudiksvall, na drie maanden in de grote stad. Het leek wel eeuwen geleden dat ze thuis was geweest. En zijzelf voelde zich in alle opzichten anders.

Tante Helmi zou morgen komen. Tante had een beetje gemopperd dat Betty niet op haar wachtte zodat ze samen konden reizen, maar de dokter en zijn vrouw waren vanochtend naar Nyköping vertrokken en Betty wilde heel graag alleen reizen. Genietend pakte ze het bibliotheekboek uit haar tas en las de hele tijd tot aan haar overstap. En hoewel de peuter ergens ten noorden van Gävle weer begon te krijsen, genoot ze ervan tijd voor zichzelf te hebben en verdween ze in de wereld van Sir Ivanhoe.

Ze dacht aan Birger. Aan zijn lange gestalte en warme handdruk, en aan het pakje dat nu in haar valies zat. Hij was vriendelijk en attent.

Maar dan waren er ook nog de gedachten aan hem, aan Martin. Aan de zoen, waarvan ze bij de gedachte eraan nog steeds week werd en zich heel zacht voelde.

Over vijf dagen zouden ze elkaar weer zien. Ze had zorgvuldig geoefend wat ze haar moeder en tante Helmi zou vertellen over de terugreis en waarom ze met een eerdere trein moest vertrekken: dat er delicatessen voor het nieuwjaarssouper zouden worden geleverd en dat ze samen met Edla moest schoonmaken voordat de dokter en zijn vrouw thuiskwamen. Niemand zou weten dat ze in plaats daarvan in Uppsala zou uitstappen om Martin te ontmoeten en vervolgens een latere trein naar huis zou nemen.

Maar ze dacht helemaal niet na over hoe hun ontmoeting zou verlopen. Alleen dat ze hem moest zien. Ze moesten elkaar ongestoord ontmoeten… Ze rilde van gelukzaligheid toen ze de herinnering aan zijn zoen opriep en ze moest haar warme wang tegen het koude raam van de wagon drukken.

Het perron stond vol mensen die op de reizigers stonden te wachten. Nog voor ze een bekende zag, hoorde ze de jongens al roepen: ‘Betty, Betty!’ En kort daarna rende wervelwind Pelle tegen haar buik aan en sloeg hij zijn harde armpjes om haar middel. Edvin stond er met hangende armen bij, zijn wangen rood van het rennen, en ze zag dat hij haar eigenlijk ook wilde omhelzen, maar niet durfde.

Ze omhelsde hem toch, en ondanks zijn protesten voelde ze dat hij blij was dat ze thuis was. Hij nam heel mannelijk de zware valies van haar over en sjouwde hem, ondanks het feit dat hij bijna over de grond sleepte, het station uit, waar haar moeder in de kou stond met hun gebarsten oude stepslee om de tassen mee te vervoeren.

Eigenlijk wilde ze haar moeder ook knuffelen, maar in plaats daarvan schudde ze haar heel volwassen de hand. 'Mama! Wat fijn om weer thuis te zijn.'

Haar moeder glimlachte op haar gebruikelijke iets scheve manier om haar lelijke tanden te verbergen en raakte zacht haar wang aan. 'Betty, mijn schat. Wat zie je er mooi uit met een hoed!'

De jongens hielpen met de slee en zij liep arm in arm met haar moeder de heuvel op naar Åvik. Pelle vertelde over de schoolvakantie die de dag ervoor was begonnen, over de buren en hun kat die net kleintjes had gekregen en over de ski's die hij voor Kerstmis hoopte te krijgen. Edvin, die nu de hoofdverantwoordelijkheid voor de slee had gekregen, gaf zijn broertje een duwtje in de hoop dat hij het laatste stukje naar huis zou helpen. In plaats daarvan viel Pelle in de sneeuw en schreeuwde moord en brand, en haar moeder moest de ruziënde jongens uit elkaar houden zodat ze naar binnen konden gaan.

Edvin droeg haar tassen naar boven en veegde mokkend zijn neus af toen hij ze in de keuken neerzette. Betty keek om zich heen. Thuis was alles hetzelfde. De keukentafel was geschrobd en oma's mooie kersttafelkleed lag er al op. De houten kandelaar en de rij kerstmannetjes van bordpapier op de schouw stonden er al, de door haar moeder gemaakte wandkleden met kerstmannen en rode linten in de gordijnen hingen. Haar moeder ging op een keukenstoel zitten en keek treurig naar de natte voetafdrukken van de jongens op de keukenvloer. 'Ik heb gisteren de hele avond schoongemaakt, maar volgens mij moet ik opnieuw beginnen.'

Betty pakte uit gewoonte een stoffer en blik, veegde de sneeuw op voordat die smolt en gooide hem in de gootsteen. 'Och, het is maar sneeuw, mama. Ik maak elke dag wat schoon, stukje bij beetje, dan zul je zien dat het zo blijft. In Stockholm wordt het echt voortdurend vies. Er ligt overal sneeuw en grind op de straten en niemand trekt zijn schoenen uit als die naar binnen gaat.' Dit laatste zei ze om haar broertjes te troosten, die zich met hangend hoofd de berisping van hun moeder hadden aangetrokken en nu zorgvuldig hun skischoenen losmaakten. Op geitenwollen sokken liepen zij en haar broertjes naar de keukentafel.

Haar moeder deed nog wat hout in het fornuis en haalde eten uit de provisiekast. 'Betty! Het leek me dat jij en Helmi wel in het berghok konden slapen. Ik slaap daar tegenwoordig meestal en de jongens liggen in jouw slaapkamertje. Dan maak ik mijn bed hier in de klepbank op.'

'Dat is onzin, jij hoeft nergens anders naartoe. Ik slaap prima hier in de bank.'

Ze zou haar moeder nooit in de keuken laten slapen. Het berghok was ongezellig en donker en ze wilde hem morgen niet delen met tante Helmi. Nee, ze zou zo lang mogelijk in de keuken blijven en volhouden tot haar moeder toegaf. Edvin pakte borden voor hen allemaal en Pelle huppelde al kerstliedjes zingend in de weg. Betty moest om hem lachen en dwong hem een tijdje bij haar op schoot te zitten en haar te vertellen over alle bijzondere dingen die hij in de etalages aan de Storgatan had gezien.

24

Ze aten aardappelen met worstjes en ze genoot ervan om gewoon zichzelf te zijn en niet te hoeven nadenken over hoe ze eruitzag. Iedereen bewonderde haar mooie horloge en de jongens luisterden met grote ogen en oren naar haar verhalen over alle spannende en mooie dingen die ze in Stockholm had gezien, over de toeterende boten aan de kade, de paleiswachten die zwaaiend met hun geweren naar het paleis marcheerden, en alle elegante auto's die tussen de trams reden.

'Als ik daar nog steeds woon als jullie groter zijn, kunnen jullie me komen bezoeken. Dan gaan we naar Skansen en naar het pretpark, en dan koop ik broodjes warme worst en priklimonade voor jullie.'

De jongens keken haar aandachtig aan en vroegen alles wat ze maar konden bedenken. Zelfs Edvin, die gewoonlijk zo stil was, vroeg naar de trams en de treinen. De woorden rolden enthousiast over zijn lippen en hij zei vurig: 'Als ik later groot ben, Betty, word ik machinist en ga ik trein rijden door heel Zweden!'

En Pelle wilde niet voor zijn broer onderdoen, dus schreeuwde hij, met een melksnor: 'En ik ga naar zee, Betty! Ik ga met een zeilboot rond de wereld varen en dan kom ik thuis met cadeautjes voor jou en mama. En misschien voor jou Edvin, als je lief bent.'

Iedereen moest lachen en haar moeder legde uit, terwijl de jongens van tafel gingen, dat de oudste zoon van de buren eergisteren van zee was thuisgekomen. Met zijn verhalen over zuidelijke landen had hij diepe indruk gemaakt op Pelle en hij had schelpen en koraalkettingen meegebracht als cadeautjes.

Ze beloofde de jongens dat ze later naar de buren zouden gaan en ze verdwenen luidruchtig naar beneden. Betty en haar moeder bleven alleen achter in de keuken. Betty haastte zich om de tafel af te ruimen en water voor de afwas te verwarmen op het houtfornuis. Haar moeder rekte zich uit en zei glimlachend tegen haar: 'Wat fijn dat je weer thuis bent, mijn kleine meid. Je mag wel weten dat ik je mis.'

Betty haalde de laatste spullen van tafel en schudde de kruimels van het tafelkleed. Er zat maar een enkele vlek op en kon prima meegaan tot kerstavond. Ze vouwde het op en legde het in de la, waarna ze de tafel afveegde en er het mooie kersttafelkleed op legde.

'Wat ben je toch goed in de keuken, Betty, het is een genot om ernaar te kijken. Zijn de dokter en mevrouw in Stockholm tevreden met je?'

Betty haalde glimlachend haar schouders op. In veel opzichten leken ze tevreden, maar dat wist ze nooit zeker, ook al betwijfelde ze of ze een beter iemand konden vinden. Toen ze naar Stockholm verhuisde, dacht ze dat zíj de gelukkige was dat ze die baan had gekregen, maar nu wist ze dat het eigenlijk andersom was: de dokter en zijn vrouw hadden geluk dat ze een goed dienstmeisje hadden gevonden. Zonder vragen zette ze voor hen beiden een kop koffie, waarbij ze zag dat er niet veel bonen meer waren. Morgen zou ze met tante Helmi boodschappen gaan doen. Ze vermoedde dat het voedselaanbod normaal gesproken vrij karig was.

'Pak voor ons maar een speculaasje uit de trommel, Betty. Voordat de jongens terugkomen en er ook een willen.'

Haar moeder bleef aan het hoofd van de keukentafel zitten, waar ze altijd zat, stak een suikerklontje tussen haar lippen en dronk haar koffie met smaak op. Ze brak het speculaasje in stukjes en verslond het sneller dan Betty haar koffie of koekje kon proeven. Haar moeder hield van zoetigheid, daarom had ze zo'n slecht gebit.

'Hoe gaat het eigenlijk met je daar in de grote stad? Zijn ze aardig voor je?'

Betty dronk langzaam haar koffie en gaf een knikje. 'Ja. Ik heb het naar mijn zin.'

'En je mevrouw? Helmi zei dat ze een beetje...'

'Het gaat goed, mama. En de dokter is heel aardig.'

Haar moeder knikte en schonk nog wat koffie in. 'Hoe zit het met vrienden? Heb je al mensen leren kennen?'

Betty knikte glimlachend en vertelde over Viola en Birger en hun vrienden. Maar ze zei niets over Martin.

Haar moeder knikte glimlachend toen ze vertelde over Birgers avondschool en ze lachte tevreden toen ze vertelde over de ochtendjes op de plee die Viola en zij deelden.

Toen vertelde haar moeder over haar dagelijks leven. Over hoe moeilijk het was om kleren te krijgen voor de jongens die zo snel groeiden en hoe zwaar het was in de zagerij. 'En dan krijg ik nog wel de makkelijkste taken en de beste diensten, maar ik heb gewoon de energie niet meer, zoals vroeger. En het verdient ook niet geweldig. Nee, ik moet een nieuwe baan zoeken, iets eenvoudigers.'

'U zou dienstmeisje kunnen worden. Er worden er genoeg gezocht in Stockholm. Of zelfs hier in Hudiksvall, toch?'

Haar moeder snoof. 'Ja, die banen zijn er wel, maar ze betalen niet goed. Ze bieden vijfenveertig kronen per maand. Daar red ik het niet mee. Nee, ik moet gewoon doorvechten, Betty. Doorbijten en doorvechten. Maar nu ben ik vrij tot de zevenentwintigste, we gaan ons gewoon vermaken.'

'En u bent ook nog jarig, en bent nog zo jong en mooi als een meisje.' Betty goot de laatste kostbare druppels koffie in haar moeders beker en schoof haar eigen speculaasje naar haar toe.

'Nonsens. Een oud mens ben ik. Ik vier mijn verjaardag niet meer.'

Lachend brak ze het speculaasje in stukken en kauwde er met smaak op terwijl ze de laatste koffie opslurpte. 'En jij, Betty? Ga jij je hele leven als dienstmeisje werken?'

Betty goot heet water in de gootsteen en ging afwassen. 'Nee, dat ben ik niet van plan. Ik wil graag een baan in een bibliotheek of boekhandel nadat ik een jaar gewerkt heb. Tante zei dat ik maar beter een jaar kan blijven, zodat ik goede referenties kan krijgen. En ik ben ook nog niet zo oud, dus...'

Haar moeder stond op en streelde zacht over Betty's rug. 'Nee, nee. Je bent nog maar een kind. Zorg nou maar dat je een goede man ontmoet die je heel aardig vindt. Het is belangrijk dat je goede redenen hebt om met iemand te trouwen. Hou je rug recht, Betty. Laat je door niemand tot iets verleiden...'

Op dat moment kwamen haar broertjes terug en was het tijd voor hen om naar bed te gaan. Betty warmde water op en boende haar broertjes zoals gewoonlijk met zeep en een waslapje achter hun oren en over hun handen. Pelle schreeuwde moord en brand tijdens het wassen, maar kroop daarna tevreden in bed en sloot zijn ogen terwijl zij een verhaaltje voorlas. Ze boog zich voorover en knuffelde hem voordat ze terugkeerde naar de keuken en hij mompelde: 'O, wat fijn dat je weer thuis bent, Betty.' Edvin was door een tijdschrift aan het bladeren, maar ze wist dat hij had meegeluisterd tijdens het voorlezen en hij glimlachte naar haar toen ze de deur dichtdeed.

Haar moeder waste zich bij de gootsteen en het deed Betty pijn om haar gebochelde lichaam en haar smoezelige ondergoed en jarretelgordel te zien. Ze had zo'n modern corselet nodig. Betty zou haar maten opnemen en er een bestellen. Ze glimlachte in zichzelf terwijl ze zich uitkleedde en in de klepbank ging liggen.

'Welterusten, Betty. Kun je echt hier in de keuken slapen?'

Betty legde haar armen onder haar hoofd en glimlachte toen haar moeder de deur naar de opslagruimte opende. 'Als u eens wist hoezeer ik naar deze keuken heb verlangd. Ik voel me nergens anders zo thuis.'

Toen haar moeder de deur van het berghok had dichtgedaan, stond ze snel en stil op en legde nog een houtblok in het houtfornuis, waarna ze lange tijd op één arm lag te genieten van de knisperende warmte die zich verspreidde.

De volgende dag sneeuwde het. Grote, stille vlokken die het toch al dikke sneeuwdek nog dikker maakten. De jongens gingen baantjeglijden en Betty veegde de trap.

's Ochtends kwam Anna met de bus uit Forsa om thuis in Åvik kerst te vieren, en de jeugdvriendinnen hadden afgesproken om samen hun laatste kerstinkopen te doen.

Anna was niets veranderd: ze had dezelfde rustige blauwe ogen en bruine krullen. Haar mantel was nieuw, maar paste niet zo best. Betty schaamde zich dat ze na een paar maanden de kleding van mensen al naar Stockholmse maatstaven beoordeelde. Maar Anna's mantel was heel slordig genaaid en rook vaag naar stal.

Ze omhelsden elkaar en liepen toen langzaam over het lege schoolplein naar de kerk. Anna praatte vrolijk en enthousiast over de boerderij waar ze werkte en over de degelijke Arne en zijn familie, en dat ze vanmiddag verlovingsringen gingen uitzoeken bij Sanderuds.

'O, hij is zo aardig, Betty! En knap!'

Betty glimlachte en vroeg geïnteresseerd: 'Laat hij je huiveren en word je helemaal week van hem?'

Anna keek haar verward aan. 'Week? Nee, niet echt. Hij is gewoon heel aardig voor me. En zijn ouders zijn blij. Maar we hebben afgesproken dat we pas gaan trouwen als ik negentien ben.'

'Ga je echt trouwen? Is dat niet te vroeg, Anna?'

Anna schudde haar hoofd en keek Betty vriendelijk en kalm aan. 'Te vroeg? Nee, dat vind ik helemaal niet. Niet als je de juiste hebt gevonden!' Toen haalde ze haar schouders op, zoals ze al deed als kind, en haalde haar neus op. 'Maar nu moet je me alles vertellen over Stockholm. Vertel me over de acteurs en alle mooie kleren en de mensen bij wie je werkt.'

Betty vertelde zo levendig mogelijk allerlei verhalen, en de meisjes lachten zo hard dat ze boze blikken van priester Erfors kregen toen ze langs het kerkhof liepen. Maar toen ze allebei een knicks maakten en hun zonnigste glimlach schonken aan de priester bij wie ze catechisatie hadden gedaan, knikte hij hen grimmig maar beleefd toe en liepen ze rustiger en al fluisterend naar de Västra Tullgatan en het stadscentrum. Anna had nog geen enkel kerstcadeau gekocht, dus gingen ze allerlei winkels langs. Betty ging mee om advies te geven; zij had alle cadeaus al gekocht. Maar in de kantoorboekhandel van Hultqvist aan de Käppuddsgatan, waar Anna een agenda voor haar vader uitzocht, zag Betty plotseling een prachtige vulpen. Hij was glanzend zwart met goudkleurige ringen, in een elegant etui. De penpunt was gemaakt van echt Zweeds goud uit Boliden. En plotseling zag ze voor zich hoe Martin de pen in zijn hand hield, uit zijn binnenzak haalde en aan haar dacht terwijl hij schreef...

De winkelier zag haar interesse, dus hij haalde verschillende soorten vulpennen tevoorschijn en legde ze op de toonbank. 'Misschien wil de juffrouw ze allemaal bekijken? De pen met de gouden punt is van Svanström en kost tweeëntwintig zilveren daalders. We hebben pennen van twaalf tot zestig kronen. Dit is een cadeau voor uw verloofde, begrijp ik?'

Tot haar schrik bloosde ze een beetje en ze hoopte dat Anna het niet gehoord had. Ze schrok ook van de prijs. Het was veel geld. Meer dan ze zich eigenlijk kon veroorloven. Anna had net betaald, ze had de agenda laten inpakken en kwam nu naar Betty en alle pennen toe. Ze hoorde zichzelf snel zeggen: 'Dank u, ik neem de Svanström-pen. Kunt u hem inpakken?'

Anna keek verbaasd toe. 'Betty! Wat een prachtige pen. Voor wie koop je die?'

Betty glimlachte, betaalde en stopte het pakje in haar handtas. 'Kom, we gaan naar Runan voor koffie, Anna. Ik trakteer.' Nu haar geld bijna op was, moest ze het in januari zonder geld zien te redden. Maar ze vond het vanzelfsprekend om haar vriendin mee te nemen naar een tearoom.

Bij Runan namen veel mensen die kerstinkopen aan het doen waren een pauze. Anna en zij hadden geluk dat ze het laatste tafeltje bij het raam konden krijgen. Ze bestelde koffie en een suikerbroodje voor hen en rekende snel uit dat ze van haar laatste paar centen op weg naar huis iets lekkers kon kopen bij de bakker. Ze had ook nog wat nodig voor de reis naar Stockholm, maar ze moest er maar het beste van maken.

Al snel hadden de meisjes hun kopje koffie en het tweede en derde ook op. Ze praatten over hun broers en zussen, hun ouders en hun gezamenlijke schoolvrienden. Betty zag dat Anna iets wilde vragen, maar ze bood Anna geen kans.

Toen ze voor de tearoom afscheid van elkaar namen, herinnerde Betty zich haar pakje voor Anna.

Verlegen nam haar vriendin het aan. 'Maar ik heb niets voor jou!'

Betty omhelsde haar en verzekerde haar dat het maar een kleinigheidje was, dat ze het haar graag wilde geven. Anna liet zich overhalen en borg ten slotte het pakje op, want nu moest ze echt weg. Straks zou ze met Arne hun ringen gaan uitkiezen. Anna gaf haar een knuffel terug en Betty maakte zich net los om te vertrekken toen Anna haar bovenarmen vastgreep. 'Betty! Wie heb je ontmoet?' Anna's blauwe ogen keken haar onderzoekend, bijna ongerust aan. En Betty voelde hoe graag ze het wilde vertellen. Ze hadden elkaar zo vaak in hun leven hun gedachten toevertrouwd. Maar dat kon ze natuurlijk niet doen. Ze lachte zo vriendelijk mogelijk en omhelsde haar vriendin nogmaals.

'Er is niemand. Helemaal niemand. Maar je moet beloven dat je me uitnodigt voor je bruiloft.'

Anna knikte ernstig en zei met vaste stem: 'En jij mij op de jouwe.'

Op weg naar huis stopte Betty bij Elba's bakkerij en kocht saffraanbrood. Ze dacht dat haar moeder het wel zou waarderen. En ze had zelf geen saffraanbrood gebakken.

25

24 december, de dag van kerstavond, brak aan met meer sneeuw en kou. Haar moeder was vroeg op en Betty werd gewekt door het geluid van de deurtjes van het houtfornuis.

'Vrolijk kerstfeest, mam!'

Haar moeder draaide zich om en keek verschrikt naar haar. 'O, heb ik je wakker gemaakt, meis? Dat was niet de bedoeling. Ik kon gewoon niet slapen, omdat Helmi zo snurkt.'

Betty glimlachte en stond voorzichtig op uit de klepbank. Haar moeder streelde liefdevol haar warrige vlechten en gaf haar een stapeltje kleren. 'Hier. Trek sokken aan, dan krijg je het niet koud. En een vest. Wil je koffie?'

Betty knikte en pakte, zo stil als ze kon, twee koffiekopjes en suiker uit de kast en dekte de tafel met het kerstkleed. Ze maakte ook van de gelegenheid gebruik om plakjes af te snijden van het saffraanbrood dat ze gisteren had gekocht. Haar moeders plakje was bijna twee keer zo dik als dat van haarzelf. Het was triest om te zien hoe mager en ellendig haar moeder eruitzag. Betty zou haar best doen dat ze deze kerst in elk geval goed at. Tante Helmi had van alles meegenomen uit Stockholm. Ze was gisteravond ook nog boodschappen gaan doen en had met luide stem gezegd dat de provisiekast nu vol was en dat niemand met honger van tafel hoefde.

'Denk je nog weleens aan je vader, Betty? Ik heb vannacht over hem gedroomd. En dat jij zijn kleine meisje was en zo... Ook al is het meer dan zes jaar geleden, soms droom ik over hem.'

Betty nam een slok van de hete koffie en duwde vastberaden het bordje met de dikke snee brood naar haar moeder, die haar hoofd schudde, maar er uiteindelijk toch de helft af brak en die met smaak verorberde.

'Jazeker, ik denk soms aan hem. Het zou zoveel makkelijker voor u zijn als hij...'

Haar moeder zuchtte en stopte een stukje suiker tussen haar lippen. 'Ja, natuurlijk. Maar je hebt het lot niet in de hand, Betty. Je moet gewoon alle moed bijeenrapen en je plicht doen.'

Betty glimlachte zwak naar haar moeder, die haar droevig aankeek. Plotseling kwam het bij haar op om iets te vragen wat ze nooit eerder had gevraagd: 'Vonden u en papa elkaar leuk toen jullie trouwden? Hoe hebben jullie elkaar ontmoet?'

Haar moeder haalde herinneringen op en keek haar dochter plotseling met een heldere blik in haar ogen aan. 'Ach, ja. Het was in de lente, ik was zesentwintig. Het was bijna zeker dat ik een ouwe vrijster zou worden, maar toen verscheen hij op een dag. Pelle. Hij was zo vrolijk en vriendelijk en had net zulk dik, licht haar als jij. We dansten in het dorpshuis en hij vroeg of ik met hem midzomer wilde vieren in Enånger, aan zee. Het mocht van mijn moeder, als Helmi meeging. Maar Helmi was chagrijnig, want ze wilde helemaal niet en het regende het hele weekend en ze zat alleen maar binnen te lezen...'

'Onzin! Ik was helemaal niet chagrijnig. Het was zalig om in alle rust en vrede aan zee te zijn, zonder het gezeur van oma thuis. Maar jullie zaten idioot te doen en waren elkaar de hele tijd aan het liefkozen, dat weet ik nog. Is er ook koffie voor mij?'

Tante Helmi stond in de keuken met pantoffels en een elegante ochtendjas aan, en krulspelden onder een haarnetje. Zuchtend ging ze aan tafel zitten. Haar gezicht was gerimpeld en ze zag er slaperig uit, maar nog steeds veel jonger dan haar zusje, ook al zat er acht jaar tussen hen. Betty keek naar het magere lichaam van haar moeder en probeerde de angst die haar overviel te verjagen.

Kerstavond verliep zoals ze had gehoopt. Haar broertjes waren blij met de kerstcadeaus uit Stockholm en er was veel en smakelijk eten. De kaarsen brandden in de houders en er stond een kerstboompje in een pot in de keuken. Van haar broertjes had Betty boeken gekregen, van tante Helmi geurige eau de cologne en van haar moeder een prachtig zelfgebreid lichtblauw Noors vest van dunne wol. Het was ongelooflijk dat haar moeder het voor elkaar had gekregen om 's avonds na het werk zo'n ingewikkeld patroon te breien. Haar moeder hield de handtas die ze van Betty had gekregen vast alsof hij van glas was. Ze streelde het glanzende leer, stak haar neus erin om de geur op te snuiven en verzekerde haar ervan dat ze hem nooit van haar leven ergens anders zou gebruiken dan in de kerk.

Tante Helmi zorgde voor het eten, Betty waste af en haar broertjes droogden de vaat. Op de dag van kerstavond hoefde haar moeder de hele dag niets te doen.

's Avonds, toen iedereen naar bed was, haalde ze het pakje tevoorschijn dat ze in Stockholm van Birger had gekregen. Afgeschermd door de deken, voor het geval iemand naar de plee moest, trok ze het papier eraf en kwam er een doosje tevoorschijn met felle kleuren. Daarin zat de snoezigst denkbare broche in de vorm van een vogel, met fonkelende steentjes als ogen. Ze was echt heel blij met het geschenk, maar wilde het verstoppen, om te voorkomen dat iemand haar ernaar zou vragen. Ze dacht aan Birger en aan hoe teleurgesteld hij had gekeken toen ze haar hoofd had weggedraaid en zijn kus op haar wang terecht was gekomen in plaats van op haar mond. Het was jammer dat ze niet gewoon vrienden konden zijn, dat hij iets meer wilde, wat ze hem niet kon geven. Ze zou de broche bewaren om in Stockholm te dragen en stopte hem onder in haar tas.

Op eerste kerstdag waren ze uitgenodigd bij haar oom in Fiskarstan, de broer van haar vader, en het was fijn en gezellig om de familie te ontmoeten. Betty was erg blij om thuis te zijn in Hudiksvall, maar voelde zich ook rusteloos en ze kreeg een koortsachtig verlangen om terug te gaan. Om hem te ontmoeten… Martin. Ze zouden elkaar morgen al zien.

De volgende dag, tweede kerstdag, hielden de jongens zich bezig met hun kerstcadeautjes en haar moeder lag te rusten in het berghok. Tante Helmi bakte aardappelen en Betty zette de jam, tong, rijstpudding, ham en *rörost* die over waren van het kerstdiner klaar. Het leek erop dat tante Helmi iets dwarszat en toen de jongens naar de buren waren gerend om naar de kittens te kijken, deed tante voorzichtig de deur van het berghok dicht. Nadat ze de voordeur achter de jongens had dichtgedaan, wendde ze zich tot Betty. 'Heb je gezien hoe mager Johanna is? Ze werkt zich uit de naad in de zagerij en ze moet echt een andere baan hebben.'

Betty knikte instemmend. 'Ik heb geprobeerd haar over te halen iets anders te zoeken, maar dat wordt te slecht betaald. En verder is er niet veel.'

Nu was het tante Helmi's beurt om te knikken. 'Nee, ik weet het. Er zijn hier niet veel banen met een fatsoenlijk salaris. Maar ik had bedacht dat zij en Pelle naar Stockholm konden verhuizen. Dan kunnen ze bij mij wonen. Edvin kan bij je oom Elof wonen en helpen met het vervoerbedrijf. Hij wordt nu groot.'

Betty keek haar tante verschrikt aan. 'Edvin hier laten? Dat kan helemaal niet. Nog niet. Hij is pas twaalf…'

'Hij wordt deze zomer dertien. Hij kan beter bij Elof werken dan in de zagerij. We hebben het er gisteren over gehad. Ik denk dat Johanna thuis naaiwerk kan doen of misschien in een winkel kan werken als ze dat wil…'

'Hebt u al met mama gesproken?'

Tante Helmi schudde haar hoofd. 'Nog niet. Dat ga ik wel doen. Maar ik wil eerst weten of je niet iets geks gaat doen. Dat kan ze niet aan, weet je.'

Betty sperde haar ogen op een volgens haar onschuldige manier open, in de hoop dat haar rode wangen van het fornuis de plotseling opkomende blos zouden verbergen. 'Iets geks? Wat voor geks?'

Tante Helmi keek haar recht aan. Onderzoekend. Betty slikte en keek terug. Op dat moment kwamen de jongens de trap weer op, haar moeder deed de deur van het berghok open en het was tijd om te eten. Over iets minder dan een uur zou Betty de trein terugnemen.

De trein terug was minstens zo vol als op de heenweg. Betty wurmde zich op een lege plek en zwaaide naar haar broertjes en moeder, die haar alle drie hadden willen wegbrengen, ondanks de kou en gladheid. Tante Helmi was thuisgebleven om de afwas te doen en had er tot het laatst over geklaagd dat Betty niet tot morgen kon wachten om naar huis te gaan. Ze had gezegd dat ze bij de volgende ontmoeting met de doktersvrouw zou vragen waarom ze de delicatessen voor Nieuwjaar al voor de zevenentwintigste had besteld. Betty hoopte vurig dat een ontmoeting nog even op zich zou laten wachten en dat tante dan alles vergeten zou zijn.

Terwijl ze haar mantel en sjaal uittrok, dacht ze na over het voorstel van haar tante dat haar moeder en Pelle naar Stockholm zouden verhuizen. Tot haar schaamte sprak dit Betty helemaal niet aan. De bekoring van Stockholm was dat ze voor niemand anders verantwoordelijk was dan voor zichzelf, dat ze met vrienden kon afspreken en zich vrij en volwassen kon voelen. Met haar moeder en broertje een paar straten verderop zou ze haar vrije tijd aan andere mensen moeten besteden. Maar het zou beter zijn voor haar moeder, minder zwaar en minder moeilijk. Betty schaamde zich voor haar egoïstische gedachten en probeerde aan iets anders te denken. Maar waar ze het liefst aan wilde denken was aan hem. Aan Martin. Over een paar uur zou hij haar afhalen van het station van Uppsala. Ze sloot haar ogen en probeerde te bedenken wat ze zou zeggen en doen. Wat er zou gebeuren… En wat zou ze doen als hij er niet was?

Maar hij was er. Ze baande zich een weg de trein uit en het station in, en buiten op de trap naar het plein zag ze zijn hoed, donkere haar en snor al. Ze rukte en trok aan haar tas om langs alle mensen te komen, waarbij ze haar handschoen liet vallen. Ze bukte zich en kreeg een duw in haar rug, waardoor ze bijna viel. Het zweet parelde op haar voorhoofd en ze moest zich inhouden om zich niet door de deur te storten. Ze bleef staan en haalde een paar keer diep adem voordat ze de deur opendeed.

'Betty! O, Betty!'

Meer zei hij niet en ze moest zich inhouden om hem niet om de nek te vliegen. Maar ze lachte naar hem en legde haastig haar hand zonder handschoen tegen zijn wang. Het plotselinge gevoel van zijn warme huid tegen haar blote hand deed haar blozen. Hij trok zijn eigen handschoen uit en ze hielden elkaars hand even vol verwondering vast, waarna ze een duw kregen van voorbijgangers. Hij bukte zich en pakte haar tas, zij stak haar arm door de zijne en ze begonnen te lopen. Geen van beiden zei iets. Ze liep gewoon met hem mee.

Onderweg wees hij haar op de rivier de Fyrisån, op het kasteel en de kathedraal, en zij knikte naar de gebouwen die afstaken tegen de schemerige blauwe winteravond. Ze had erover gehoord, maar ze had geen idee gehad hoe ze eruit zouden zien. Bij de kathedraal realiseerde ze zich dat ze helemaal vergeten was te kijken welke trein ze naar Stockholm moest nemen en ze bleef met een angstige blik in haar ogen staan. Hij stelde haar gerust door te zeggen dat ze, als ze wisten hoe laat ze zou vertrekken, vanuit zijn flat konden bellen. Ze liepen verder en ze vroeg niet waarheen ze gingen. Een paar straten voorbij de kathedraal bleef hij voor een elegant, stenen huis staan, hij duwde de voordeur open en vroeg haar binnen te komen. Boven opende hij de deur van een flat en zij ging hem voor naar binnen. De flat was wat donker, er hingen ouderwetse gordijnen en er stond zwaar meubilair uit de vorige eeuw. Maar alles was goed onderhouden en van goede kwaliteit. Bovendien zag ze met haar kennersblik dat alles goed schoongemaakt was. Hij zette haar tas neer op de grond, nam haar mantel aan en hing die aan een kleerhanger. Ze nam ook stoutmoedig haar hoed af en gaf die aan hem. Haar hart bonkte.

'Woon je hier alleen?'

Hij glimlachte hoofdschuddend. 'Nee, mijn broer woont hier ook, maar die is tot morgen in Stockholm.'

Ze knikte en liep verder. 'Dus we zijn alleen.' Ze keek hem aan voordat ze naar de keuken liep. Alleen. Ze was alleen met hem in een onbekende flat. Nu bonkte haar hart zo hevig dat ze vreesde dat het van buitenaf te zien moest zijn. Om het te verbergen deed ze een paar stappen de keuken in.

'Wat ga je in de keuken doen? Je bent nu toch vrij?' Hij trok speels aan een haarlok die bij haar kraag was losgeraakt. Ze glimlachte terug en wierp nog een blik in de keuken, die opgeruimd en schoon was.

'Wie doet het huishouden?'

Hij lachte. 'Je kunt het werk blijkbaar niet vergeten. Mevrouw Persson doet hier het huishouden. Ze komt hier vier dagen per week.'

Rechtdoor was een kleine zitkamer met mooie tapijten en banken. Op een van de salontafels stonden een lege portfles en twee glazen, die hij narrig pakte en in de keuken zette. Toen hij terugkwam had hij een nieuwe fles bij zich, wijn deze keer, en twee glazen, die hij op dezelfde plaats zette als de vorige. Hij ging op de bank zitten en klopte op de plaats naast zich. 'Kom!'

26

Ze ging voorzichtig op het randje van de bank zitten en keek om zich heen. 'Wat is het hier mooi! Wat een prachtige oude meubels.'

Hij schonk wijn in de glazen, gaf haar er een en lachte. 'Ach, het is wel ouderwets. Het moet misschien gemoderniseerd worden. Dit is de flat van tante Ruth, en hij is nog precies zoals ze hem ingericht heeft toen ze erin trok. Mijn broer en ik hebben hem geërfd. Echt iets voor jou om aan te pakken als we getrouwd zijn. Proost!'

Hij hief zijn glas naar haar en zij pakte haar glas en dronk. De wijn smaakte zurig, bijna echt zuur, maar ze nam toch een slok. Ze wilde weten of het waar was wat hij net zei: 'als we getrouwd zijn'. Wilde hij met haar trouwen? En ze wilde ook vragen naar het gewone leven van Martin en zijn broer. Maar haar hart ging tekeer en ze dwong zichzelf te zeggen: 'We... we moeten voorzichtig zijn. Ik bedoel...'

Hij glimlachte teder naar haar en knikte, en toen ze in zijn ogen keek, kon ze zich alleen maar in zijn armen storten. Ze zoenden elkaar. Eerst zachtjes en teder en daarna steeds intenser en verhitter. Hij streelde haar. Zij streelde hem. Hij smaakte naar rode wijn, rook naar scheerlotion en naar man, en haar lichaam ging plotseling een eigen leven leiden. Ze wist dat het ongepast was. Dat ze het echt niet mocht doen. Dat het verwoestend, gevaarlijk en krankzinnig kon zijn. Maar in plaats daarvan drukte ze zich tegen hem aan en hij trok haar haastig omhoog bij haar schouders en nam haar mee naar wat ongetwijfeld zijn slaapkamer was. Ze zag een ladekast en een wastafel tegen de muur, een stoel met een tafel en boeken bij het raam. De gordijnen waren dicht en hij probeerde onhandig het bedlampje aan te doen, terwijl zij op haar rug viel met hem boven op zich. Ze voelde zich koortsig, duizelig en vurig. Ze zoende hem met dezelfde gretigheid als hij haar zoende, tastte achter de kraag van zijn overhemd en hij trok hem open, waardoor een knoopje lossprong. Hij smeet zijn jasje en overhemd weg en friemelde aan zijn broek. Zij trok haar jurk uit en schopte haar schoenen uit.

Zijn ogen waren pikzwart toen hij haar dijen kuste bij de rand van haar kousen en hij tilde haar even op om de deken open te slaan. Hij draaide zich om en deed iets en toen lagen ze naakt bij elkaar. Plotseling schaamde ze zich. Zijn onderzoekende, bewonderende blikken over haar lichaam brachten haar in verlegenheid. En ze durfde hem niet aan te kijken, niet naar dat hete, harde ding dat tegen haar dij en buik duwde.

Hij haalde hijgend en oppervlakkig adem en streelde haar voorhoofd terwijl hij haar mond en wangen bedekte met kusjes. 'Betty, lieve, lieve Betty. Je wilt dit toch nu? Ik hou zoveel van je. We gaan dit voorjaar trouwen. Denk je dat je moeder het goed vindt? O, ze moet het goed vinden... Betty, mijn Betty.'

Ze sloeg haar armen om zijn nek. Natuurlijk wilde ze het! Ze wilde niets liever, dus glimlachte ze en trok hem dicht tegen zich aan. Hij zoende haar en was plotseling moeiteloos in haar. Het was alsof ze samengebracht werden, alsof hun lichamen het zelf wisten, en ze volgde zijn ritme. Hij schreeuwde haar naam en ze ving hem op toen hij viel.

Na afloop lag ze met haar hoofd op zijn borst. De vreemde opwinding was gestild. Hij ademde rustiger en speelde met haar haar, dat uit de wrong in haar nek was ontsnapt.

Plotseling keek ze hem ontsteld aan. 'Waren we voorzichtig? Ik mag niet...'

Hij lachte. 'Ik was voorzichtig, Betty. Ik heb een rubbertje gebruikt.'

Ze schaamde zich toen ze besefte wat hij bedoelde.

Hij lachte om haar rozige wangen en kuste haar opnieuw voordat hij uit bed stapte. 'Blijf liggen, ik haal iets lekkers voor ons.'

Ze hoorde dat hij de kraan liet lopen in de badkamer, iets deed in de keuken en ze glimlachte in zichzelf in het halfdonker. Het was bijna zeven uur 's avonds en ze wist dat het hoog tijd was om aan de treinreis naar huis te denken. Maar nu was het heerlijk om in bed te blijven, waar de warmte van hun lichamen nog hing.

Hij kwam de slaapkamer binnen met alleen zijn broek aan en een dienblad in zijn hand, terwijl hij declameerde:

Wenn ich bei mijn Liebsten bin, dann geht mein Herz mich auf.
Dann bin ich reich in meinem Sinn, und biet die Welt zum Kauf...

'Is dat van Heine?'

Hij knikte en gaf haar een boterham en het glas wijn. 'Betty, mijn lieve Betty. Weet je dat Heines moeder Betty heette?'

Ze lachte.

Ze aten zonder zich te bekommeren om de kruimels die in het beddengoed vielen en ze genoot ervan hem te horen declameren. Hij had een zachte maar duidelijke stem en ze zoenden tussen het eten en de gedichtstrofen door. Ze probeerde de trein ter sprake te brengen, maar hij snoerde haar de mond en zei dat ze net zo goed een ochtendtrein kon nemen. Ze wist dat dat niet slim was omdat ze dan het risico liep betrapt te worden, maar het lukte haar niet om hem tegen te spreken. Ze liefkoosden elkaar, dronken wijn en spraken over hun dromen en toekomstplannen. Ze vertelde dat ze heel graag een opleiding wilde volgen en hij zoende haar nog tederder en beloofde haar te helpen bij haar studie.

‘Voordat ik kinderen krijg.’

Hij zoende haar, verbeterde haar en beloofde opnieuw: ‘Voordat wé kinderen krijgen.’

Toen vertelde hij meer over zijn jeugd. Over zijn moeder die in een Zweeds-Joodse familie was geboren en over zijn Deense vader die altijd zo afstandelijk en kil was. Hij had het over een jeugdliefde die hem al vroeg had bedrogen, waardoor hij introvert en onzeker was tegenover vrouwen. En hij vertelde dat hij bijna zestien jaar ouder was dan zij; vond ze dat niet erg? Maar niets van dat alles leek iets met hen beiden te maken te hebben en ze was blij met haar nieuwe leven dat spoedig, heel spoedig werkelijkheid zou worden. Toen herinnerde ze zich plotseling haar kerstcadeau en ze rende naakt naar de hal voor haar tas en gaf hem stralend van vreugde het pakje. Hij maakte het open en ze zag dat hij besefte hoeveel de pen had gekost. Hij kuste haar borst, die door het heen en weer lopen naar de hal koud was geworden, en verzekerde haar dat hij hem altijd bij zich zou dragen en aan haar zou denken.

Hijzelf ging naar de kleerkast en kwam terug met een niet ingepakt etui. ‘Het is nog geen ring, ik vind dat je die zelf moet uitkiezen. Maar dit is van mijn moeder geweest.’

Ze opende het en vond een bijzonder kettinkje. Het had de vorm van een gouden roos, met parels en glinsterende stenen. ‘Het is te veel... Dat kan ik niet aannemen.’ Ze vermoedde dat zijn gulle gift spontaan en niet goed doordacht was, maar ze liet hem de ketting om haar hals vastklikken. Hij hield haar vervolgens zijn scheerspiegel voor, zodat ze de ketting kon bekijken. Het zag er heel mooi uit zoals hij tussen haar borsten rustte.

Hij keek haar met een tedere blik aan en ze draaide zich om en zoende hem. Hun verlangen werd weer gewekt en ze bedreven opnieuw de liefde, waarna ze weer in elkaars armen uitrustten, uitgeput en rood aangelopen.

Op dat moment hoorden ze een sleutel in de voordeur en ze drukte zich angstig tegen de muur. ‘Wie is dat? O mijn hemel, wie is dat?’

Hij trok haastig zijn broek weer aan en deed snel de slaapkamerdeur weer dicht. Hij luisterde aan de deur en drukte zijn vinger tegen zijn mond om aan te geven dat ze stil moest zijn. Toen kroop hij naast haar in bed en fluisterde: 'Het is mijn broer. Anders dan wat hij zei is hij blijkbaar toch niet in Stockholm gebleven. Maar er is niets aan de hand.'

Ze keek hem angstig aan: 'Maar mijn mantel, mijn hoed! Ze hangen in de hal... Hij zal ze zien.'

Hij trok haar dicht tegen zich aan en kuste troostend haar slaap. 'Er is niets aan de hand, zei ik. Ik heb hier eerder studenten en vriendinnen gehad. Hij is het gewend.'

Ze rukte zich los uit zijn armen en drukte zich tegen de muur met de deken strak om zich heen. 'Hij is het gewend? Overnachten er zoveel vrouwen in jouw kamer?'

Hij keek haar verbaasd aan tot hij besefte wat ze bedoelde. 'Nee, dom gansje, niet zo. Hier heb ik nog nooit met een vrouw geslapen behalve met tante Ruth. Maar omdat we nu verloofd zijn, maakt het niet uit. Er is niets om je voor te schamen. En je moet weten dat mijn broer een beetje, hoe zal ik het zeggen... een beetje bijzonder is.'

Ze probeerde in zich op te nemen wat hij zei, maar voelde zich toch beschaamd en bezoedeld, wat haar een ongelukkig gevoel gaf. En nu was het al te laat om de trein te nemen. Ongelukkig en op het punt in tranen uit te barsten probeerde ze: 'Laten we ons aankleden en met je broer gaan praten. Je wilt je verloofde toch voorstellen?'

'Dat wil ik zeker. Maar niet vanavond. Niet op deze manier. Bovendien heeft mijn broer volgens mij gezelschap.'

Ze moest toegeven dat er zacht gemompel uit de salon klonk en ze zag wel in dat ze tot de volgende ochtend moest wachten. 'Maar ik moet vroeg opstaan. Ik moet uiterlijk de trein van zeven uur halen!'

Hij drukte haar lichaam tegen het zijne, en ze ontspande langzaam haar gespannen spieren. Hij kuste haar slaap. 'Sst. Ik heb de wekker op zes uur gezet. Dan nemen we een taxi naar het station. Ga nu maar lekker slapen, mijn kleine verloofde. Denk er maar aan dat 1938 het jaar is waarin je gaat trouwen!'

Ze kusten elkaar en hij viel al snel in slaap, met zijn hoofd op haar schouder.

Maar ze kon niet slapen. Er raasden zoveel emoties en gedachten in haar rond. Ze gingen trouwen. Hij was eerlijk en goed en wilde goed voor haar zorgen. Ze was gelukkiger dan ooit tevoren, maar ze was ook bezorgd, kon ze dat 'rubbertje' wel vertrouwen? Was hij het de laatste keer niet vergeten? En waarom kon ze hem niet weerstaan, waarom werden haar ledematen zo zwaar en willoos als hij haar aanraakte, en hoe kon het dat ze zo ontvlamde? Haar schoot tintelde toen ze dacht aan hoe ze elkaar schaamteloos hadden omhelsd en hoe ze had gekreund van genot. Tegelijkertijd hoorde ze vreemd gebonk en ritmische kreunende geluiden uit de slaapkamer aan de overkant van de gang komen en tot haar gêne besefte ze dat Martins broer ook een bezoekster in zijn kamer had. Ze hoorde een man luid lachen en daarna gefluister, dat langzaam wegebde.

Ze steunde op haar elleboog en keek naar hem, haar verloofde. Hij was zo knap. En hij zag er veel jonger uit dan de vierendertig jaar die hij dit jaar zou worden. Ze hoopte dat haar moeder zou instemmen met hun huwelijk, dat ze ook zou beseffen wat een bijzondere verloofde ze had gevonden. Betty boog voorover en drukte een kus op zijn mond, waarna ze zich tegen hem aan nestelde.

Ze werd wakker voordat de wekker ging en stapte uit bed. Ze waste zich voorzichtig en zo stil mogelijk bij de wastafel en kleedde zich aan. Het voelde vreemd om het vertrouwde en versleten ondergoed aan te trekken. Alles was nu anders. Alles wat ze had gedacht, gevoeld en gedroomd was anders. Ze hoorde bij hem. Ze ging trouwen. Haar jurk was een beetje gekreukt, maar ze hoopte dat hij glad zou trekken door het dragen. Het haar in haar nek zat in de knoop, maar ze slaagde erin het te ontwarren en een redelijke wrong te maken. Het was een kille ochtend en over haar jurk trok ze het nieuwe Noorse vest aan dat haar moeder had gebreid. Het voelde vreemd. Toen ze het pakje met het vest had opengemaakt, was ze iemand anders geweest.

Er was geen weg terug, en ze werd even duizelig toen ze besefte wat er voor haar lag. Hoe haar leven nu veranderd was. Maar hij zou er zijn. Ze zouden samen zijn en ze hielden van elkaar. Ze voelde zich plotseling bekeken en draaide zich om. Hij was wakker en lag met zijn handen achter zijn hoofd te kijken naar hoe ze toilet maakte.

'Betty! Ik dacht dat ik alles gedroomd had. Maar je bent echt hier.' Hij stak zijn handen naar haar uit en ze ging op de rand van het bed zitten. Hij pakte haar handen en kuste eerst de ene en toen de andere, zowel aan de bovenkant als in de handpalmen. 'Het wordt afschuwelijk om te wachten tot de volgende keer dat we elkaar kunnen ontmoeten. Wanneer zou dat zijn, denk je?'

Ze glimlachte om zijn kinderlijke vraag en haalde haar schouders op. 'Nou, ergens na het weekend. Er zal veel te doen zijn en ik zal de achterstand door mijn vrije dagen moeten inhalen.'

Hij knikte, leunde achterover en trok haar met zich mee zodat ze tegen zijn borstkas leunde. 'Ja, de komende paar weken heb ik ook veel te doen. Nieuwe colleges, werkstukken en tentamens en veel vergaderingen. En ik moet naar Kopenhagen en misschien naar Parijs.'

Ze schrok even van al die vreemde woorden en plaatsen, maar bedacht dat ze volgend jaar vast op de hoogte zou zijn van al die dingen. Als echtgenote van een universitair docent moest ze weten wat al die woorden betekenden, hem misschien vergezellen op zijn reizen... Ze draaide zich om, drukte een kus op zijn mond en hij omhelsde haar nog steviger. Ze moest zich verzetten om te voorkomen dat het verder ging, voordat ze haar haar en jurk zou verpesten, en trok zich lachend terug. 'Nee! Ik heb me net gefatsoeneerd. En ik moet naar het station. Je hoeft niet mee, hoor.' Hij lachte luidkeels, stond op en kleedde zich aan, en verzekerde haar dat hij haar in geen geval alleen zou laten gaan en zeker niet zonder een kop koffie. Ze liep achter hem aan naar de keuken.

Ze verwonderde zich over het gemak waarmee hij zich door de nogal onpraktische en ouderwetse keuken bewoog. Toen ze probeerde te helpen, duwde hij haar zachtjes op een van de keukenstoelen en zette brood, boter en beleg klaar. De kopjes waren licht beschadigd, maar alles was net en schoon.

'Ik heb voor mij en mijn broer gezorgd sinds we klein waren, dus je zult wel zien dat ik niet onhandig ben in de keuken.'

Ze glimlachte naar hem en verwonderde zich. Ze had nog nooit een man zo moeiteloos de tafel zien dekken en zien serveren.

Hij ging naast haar zitten en ze dronken in stilte samen hun koffie. Hij keek haar liefdevol aan en dit vond ze eigenlijk wel het moment om naar alle onduidelijke dingen te informeren. Maar hun zwijgen samen was heel rustgevend en ze bedachten allebei dat ze dit binnenkort elke ochtend zouden kunnen doen. Ze wierp een blik op de oude kraan en het fornuis, dat zo te zien goed verzorgd moest worden.

Hij zag haar blik. 'We houden mevrouw Persson aan. Je moet jezelf niet vermoeien in het huishouden.'

Ze zei lachend: 'Nonsens. Huishoudelijke hulp voor jou en mij? Dat kost toch bijna geen tijd? Zo sparen we geld uit.'

Op dat moment klonk het geluid van deuren die open- en dichtgingen, en plotseling stond er een bijzonder knappe jongeman in de keuken. Hij had hetzelfde pikzwarte haar als Martin en dezelfde donkere wenkbrauwen, alleen waren zijn ogen niet bruin maar donkerblauw en waren zijn gelaatstrekken vreemd scherp. Hij droeg een broek en een elegante zijden kamerjas en draaide zich geamuseerd naar haar toe.

'Wel, wel, wel. Je hebt damesbezoek. Dus we vergisten ons niet toen we gisteravond een dameshoed in de hal zagen. Alsjeblieft Martin, schenk wat koffie in en stel ons aan elkaar voor!'

Ze voelde een glimp bezorgdheid en irritatie in Martins ogen en stak haar hand uit naar de man, zonder te laten merken hoe opgelaten ze zich voelde. 'Betty Lind.'

Hij nam haar hand, kuste die elegant en schertsend en ging op de stoel naast haar zitten. 'Paul Fischer, aangenaam.' Hij stak een sigaret op en Betty draaide zich verward om naar Martin, van wie ze had gedacht dat hij de zaak zou uitleggen. Dit was toch echt wel het juiste moment?

Martin schonk koffie in en ging achter Betty staan met zijn handen op haar schouders. 'Betty en ik zijn verloofd. En zoals je zult begrijpen, lieve Betty, is dit mijn vlerk van een broer.'

Paul Fischer lachte en nam een grote slok van de hete koffie. 'Mijn hemel, broer, wat doe je toch altijd melodramatisch. Verloofd!'

Precies op dat moment ging de andere slaapkamerdeur open, en iedereen keek naar de deuropening. Betty bedacht dat het weer een gênant moment zou opleveren als het meisje van Martins broer zich bij de groep zou voegen, maar door de keukendeur stapte iemand naar binnen die ze herkende. De arrogante trek om de mond, het donkere haar en de donkere ogen waren haar meer dan vertrouwd. Er lag een frivole glimlach om de lippen, die verstijfde toen de gast Betty zag, die met wijd open ogen ontzet haar hand voor haar mond sloeg. Geen van hen zei iets.

Betty had het gevoel dat de grond onder haar voeten wegzakte, en ze duwde zich langs het groepje mensen, greep haastig haar tas en haastte zich naar de hal, waar haar mantel hing.

Martin riep haar na en ze vond dat ze het moest uitleggen. Maar hoe zou ze het kunnen uitleggen? Hoe konden ze begrijpen dat ze de persoon binnen herkende? Met trillende handen knoopte ze haar mantel dicht en zonder in de spiegel te kijken, zette ze haar hoed op haar hoofd. Ze wierp een laatste blik in de keuken om er zeker van te zijn dat ze het niet verkeerd had gezien, maar nee, ze had het goed gezien.

Het was Carl-Axel Molander, die haar op blote voeten en met open overhemd nastaarde.

27

Martin haalde haar bij de volgende straat al in. Ze had geen aandacht besteed aan zijn aanhoudende geschreeuw, maar toen hij haar bij haar schouders greep, bleef ze staan.

'Betty! Blijf nou staan!'

Ze trilde, snikte en had koude rillingen, maar kon niet weg; hij hield haar te stevig vast.

'Vertel het me! Vertel me waarom je zo bang werd. Waarom liep je weg?'

Ze kon nog niets zeggen, alles haperde. Er gingen duizend gedachten door haar hoofd, variërend van dat haar moeder erachter zou komen, tot aan de dokter en zijn vrouw en dat ze vernederd zou worden. Maar terwijl ze snikkend tegen zijn borstkas geleund stond en haar uiterste best deed om iets te zeggen, kwamen er andere gedachten bij haar op. Hij had er net zo doodsbang uitgezien als zij. Want hij was degene die gisteravond met Paul was meegekomen. Hij was de hele nacht gebleven en stond nu half aangekleed in de keuken van de Fischers. Dus vertelde ze het.

En hij kuste en streelde haar en verbaasde zich over het enorme toeval dat deze twee elkaar op een vroege decemberochtend in de keuken aan de Skolgatan in Uppsala hadden getroffen.

Ze kalmeerde een beetje en hij bracht precies de argumenten naar voren die zij ook had bedacht. 'Hij zal niets zeggen, Betty. Hij is natuurlijk doodsbang dat je onthult...'

Ze schudde haar hoofd. Ze wilde niet geloven wat plotseling tot haar was doorgedrongen. 'Wie zou me geloven?'

'Doe niet zo raar, schat, je woorden hebben gewicht als je het aan de politie zou vertellen.'

Hij hing haar tas aan zijn vrije arm en legde de andere om haar schouders en ze liepen langzaam naar het centraal station.

Ze keek naar hem op. 'Aan de politie?'

Hij knikte. 'Onze liefde is misschien dom, onpraktisch en misschien een beetje gek, maar in elk geval niet onwettig.'

Ze keek hem argwanend aan. Misschien had hij gelijk, maar het voelde nog steeds ongemakkelijk.

'Maak je geen zorgen, lieveling. Hij zal niets zeggen. Ik zal wel met Paul praten.'

Ze slaakte een zucht en knikte langzaam bij zijn woorden. Het was een kille ochtend, maar ze had het niet meer koud. 'Zolang mijn moeder er maar niet achter komt. Of de dokter en mevrouw...'

Hij stopte, greep haar bij de schouders en keek haar in de ogen. 'Betty! Je bent een vrij mens, ook al ben je nog niet volwassen. Je kunt zelf kiezen wat je wilt doen. Ik zal een andere baan voor je regelen hier in Uppsala, waar je meer zult verdienen dan nu. De bibliotheek is meestal op zoek naar mensen – zou je dat voorlopig willen doen?'

Ze glimlachte plotseling stralend naar hem. 'O, de bibliotheek! Dat is mijn grootste wens.'

'Zie je Betty. Niet alles ziet er somber uit. Eind januari al gaan we samen naar je moeder en leg ik mijn bedoelingen uit. Misschien kunnen we in mei trouwen? Na Nieuwjaar moet ik dus naar Kopenhagen, en daarna gaan we samen naar jouw huis. Denk je dat je moeder me zal goedkeuren?'

Ze waren al bij het station en ze bleef tegenover hem staan.

'Natuurlijk.' Ze probeerde zelfverzekerd en natuurlijk te klinken, maar diep vanbinnen twijfelde ze. Haar moeder zou zeker instemmen, er zou niets anders in haar opkomen. Maar ze zou bezorgd zijn, zoals ze altijd bezorgd was over dingen die anders gingen dan ze gewend was. Martin Fischer was bepaald niet de schoonzoon die ze zich voor haar dochter had voorgesteld. 'Hoelang blijf je weg?' Plotseling leek het ondraaglijk om zelfs maar een paar uur van hem gescheiden te zijn.

Hij beet op zijn lip, boog zich voorover om een haarlok die in haar gezicht was gevallen weg te strijken en zei zacht: 'Paul en ik moeten naar Kopenhagen voor een erfeniskwestie. Misschien zelfs naar Parijs. En zoals ik zei is dat al na de feestdagen. Maar eind januari ben ik weer thuis. Ik wil niets liever dan bij mijn geliefde kleine Betty zijn. En natuurlijk schrijf ik je.'

Ineens voelde ze hoe ijzig koud het was en ze sloeg haar armen wanhopig om zijn nek. 'Nu ik de jouwe ben, kan ik het niet verdragen om niet bij je te zijn!'

Hij kuste haar en maakte toen voorzichtig haar armen los van zijn nek.

Ze haalde diep adem en tilde haar tas op. 'Ik ga zelf naar de trein. Ik kan het niet verdragen dat je daar op het perron staat te zwaaien.' Ze draaide zich dapper om en liep met snelle passen naar het stationsgebouw. Bij de deur draaide ze zich om, en toen ze hem daar zo zag staan kromp haar hart samen van pijn.

Het was koud en muf in de flat aan de Jungfrugatan. Ze luchtte de woning haastig, zette toen de centrale verwarming aan en maakte het fornuis aan. Er was nauwelijks vers voedsel in huis en ze deed wat de doktersvrouw haar had gevraagd: ze belde om de benodigde goederen en vroeg hun tegelijkertijd de bestelde delicatessen mee te sturen. De kreeft zou echter pas op oudejaarsavond zelf geleverd worden. En voor de sterkedrank zou de dokter zorgen als hij de volgende ochtend thuiskwam.

Ze ging als een bezetene aan de slag. Het was fijn om hard te werken en niet na te denken. Of liever gezegd: het werk hielp haar om haar emoties in bedwang te houden. Als ze dacht aan alles wat er gebeurd was sinds ze voor de laatste keer in de flat was, werd ze licht in het hoofd. Ze schrobde de badkamer, keuken en alle werkvlakken. Ze maakte alle bedden op, veegde en klopte de tapijten. De boodschappen werden bezorgd en ze vreesde dat het Birger was die buiten stond, maar toen herinnerde ze zich dat hij ontslag had genomen. In plaats daarvan was het een gejaagde jongen die nauwelijks tijd had om de boodschappen op de keukentafel te zetten. Ze liet deeg rijzen, bakte een cakerol en stoofde kip om aspic te maken. Ze mengde koekjesdeeg, dat ze 's avonds wilde bakken, en maakte verse haring in. Ze braadde kalfsvlees aan en liet die daarna naast de kip verder stoven.

Om drie uur was ze zo moe dat ze bijna van haar stokje ging. Ze besefte dat ze niets meer had gegeten sinds die ochtend, toen ze haar half leeggedronken koffiekopje en boterham in de keuken van de Skolgatan had laten staan.

Ze kookte roggepap, smeerde een cracker en at met veel smaak terwijl ze probeerde niet aan hem te denken. Dat lukte haar niet. Overal waar ze keek zag ze zijn gezicht, zijn ogen, zijn zachte mond. En ze bloosde als ze dacht aan hun schaamteloze omhelzing, het trekkende gevoel in haar schoot dat haar niet met rust liet. Even stond ze zichzelf toe te genieten van de herinnering aan zijn stem en het ongelooflijke dat hij had gezegd: hij wilde met haar trouwen! Ze verloor zich korte tijd in dromen over hoe het zou zijn om als zijn echtgenote te leven. Reizen naar het buitenland, studeren, lezen... O, Martin, konden ze maar samen zijn!

Maar toen kwamen er andere gedachten op. Aan haar moeder en broertjes die misschien binnenkort naar Stockholm zouden verhuizen en voor wie zij de verantwoordelijkheid zou moeten nemen. Aan de dokter en zijn vrouw, bij wie ze binnenkort ontslag zou nemen, ook al was in elk geval de dokter zo aardig voor haar geweest. En aan Birger. Hoe moest ze het in hemelsnaam aan Birger vertellen? Ze rekte zich uit en zette haar bord weg. Ze had nog veel werk te doen. Eerst het gevogelte waar ze het vlees vanaf moest trekken voor de aspic en dan het brood dat ze moest bakken. Er was geen tijd om te smachten of zich zorgen te maken.

Om kwart voor negen waren de laatste koekjes klaar. Die kon ze 's nachts laten afkoelen. De aspic stond in de vorm in de koelkast en het kalfsvlees was gestoofd, daar zou ze de volgende dag fricassee van maken. Ze was doodmoe en ging nog even op bed liggen voor ze zich wilde klaarmaken voor de nacht. Maar misschien moest ze de verwarming in de slaapkamers nog controleren voordat ze naar bed ging? Het zou onaangenaam zijn als het daar koud was als de dokter en mevrouw thuiskwamen. Ze sloeg de lakens in haar eigen bed open zodat de warmte uit de keuken in haar bed kon komen en deed de deur naar de hal open. Op dat moment werd er een sleutel in het slot gestoken en ze draaide zich ontzet om. Kwamen de dokter en mevrouw vroeg thuis?

Maar het was Carl-Axel Molander die daar in het donker stond. Die de deur achter zich dichttrok, zijn sjaal afdeed en zijn overjas ophing zonder iets te zeggen. En natuurlijk zei zij ook niets. Haar armen hingen naar beneden en ze keek naar hem toen hij zijn tas optilde en naar haar toe liep. Hij zag er moe uit. Hij had eerder een droevige dan verwaande trek om zijn mond. De blik in zijn ogen was onzeker.

Ze drukte zich tegen de muur zodat hij langs haar heen kon lopen, wat hij zonder een woord te zeggen deed. Ze ging terug naar de keuken, en liet de warmte in de slaapkamers voor wat die was. Maar ze kon niet naar bed, hoe moe ze ook was. In plaats daarvan stopte ze de koekjes in blikken en zette ze de dingen klaar die ze de volgende ochtend nodig had. De klok in de woonkamer, die ze net had opgewonden, sloeg tien uur en ze besefte dat ze ook de keukenklok moest opwinden. Ze wilde net de sleutel pakken toen hij plotseling in de keuken verscheen, en ze liet zich op een keukenstoel zakken zonder hem aan te kijken of iets te zeggen.

Hij deed hetzelfde. Uiteindelijk verbrak hij de stilte: 'Maak je maar geen zorgen. Ik zal niets zeggen.'

Betty sloeg langzaam haar blik naar hem op en ze keken elkaar aan. Zijn stem klonk heel anders, alle arrogantie was verdwenen. Ze knikte, schraapte haar keel en zei zacht: 'Ik ook niet.'

Ze bleven zwijgend zitten en ze probeerde iets te bedenken om te zeggen. Ze wist niet of ze hem kon vertrouwen, en het feit dat hij haar toesprak als een gelijke verwarde haar. Tegelijkertijd gaf het gewicht aan wat hij zei, ze had er niets aan toe te voegen.

Hij, daarentegen, deed zijn mond open en aarzelde even voordat hij stotterend zei: 'Het is de bedoeling dat ik het bedrijf van mijn oom overneem. Maar dan moet ik eerst trouwen... iemand ten huwelijk vragen... en zij mag natuurlijk niets weten... dus als... als...' Plotseling sloeg hij hard met zijn vuist op tafel en hij stond op. 'Het zou een ramp zijn als... als je iets zou zeggen.'

Ze knikte. Ze begreep het. Hij liep langs haar heen en ze reageerde bijna fluisterend: 'Ik zal niets zeggen, ik zweer het!'

Hij draaide zich om in de deuropening: 'Hij is anders dan anderen, die broers zijn anders dan anderen... in goede en slechte zin. Dat moet je begrijpen. Misschien kun je beter niet...' Hij praatte niet verder en zij vroeg niet door.

Ze knikte alleen maar, zonder te weten waarom.

Later kwam ze maar moeilijk in slaap. Ze had het ijskoud onder de dekens en dacht na. Ze was niet meer bang voor Carl-Axel Molander, zijn angst was even groot als die van haarzelf, en ze zou toch niet veel langer aanblijven als dienstmeisje. Martin zou een nieuwe baan voor haar regelen en dan zou ze snel haar spullen pakken. Haar moeder, tante Helmi en alle anderen waren natuurlijk wel een grote zorg. Het zou niet gemakkelijk zijn om met hen te praten en hen aan haar kant te krijgen. Haar moeder zou in deze situatie natuurlijk willen dat ze trouwde. Wat tante Helmi dacht vond ze moeilijker in te schatten. Ze verlangde hevig naar Viola. Ze moest het haar nu vertellen, anders zou ze gek worden.

De volgende dag kwamen de dokter en zijn vrouw thuis. De dokter was ontstemd en lichtgeraakt en niet zichzelf. Hij viel uit tegen de arme Jäger, die langs de muren sloop. Zodra de hond de kans kreeg, zocht hij troost in Betty's armen. Ze vermoedde dat de dokter zijn werk had gemist, want binnen een uur was hij met de hond naar de praktijk vertrokken.

Mevrouw leek echter in een goede bui en kwam naar de keuken om te horen hoe het stond met de voorbereidingen voor het nieuwjaarssouper.

Betty neeg snel, ze keek onderdanig en zei: 'Ik hoop dat u een prettige kerst hebt gehad en nogmaals hartelijk dank voor het mooie kerstcadeau.'

De doktersvrouw knikte minzaam met iets wat bijna op een glimlach leek en ging verder met het bekijken van het serviesgoed. 'Ik wil de kristallen glazen van daarboven en de soepborden. Je moet een stevige ladder gebruiken als je ze naar beneden haalt.' Vervolgens ging ze aan de keukentafel zitten en informeerde of Betty als voorgerecht echt de pasteitjes met asperges en zeevruchten kon maken, zoals ze had gezegd. 'En dan hebben we nog de gegratineerde kreeft, hoe maak je die?'

'Met boter, beschuitkruim, wat Franse mosterd en dikke room, dacht ik.'

De doktersvrouw knikte. 'Maar als je je ook maar een beetje onzeker voelt over het bereiden van de gerechten, haal ik de kokkin van vorig jaar erbij. Ze is misschien niet zo snel van begrip, maar wel goed.'

Betty ging rechtop staan en keek de doktersvrouw strak aan. 'Het komt in orde. Ik zal de gerechten klaarmaken zoals mevrouw wenst.'

'Maar misschien moeten we dan een serveerster laten komen? Misschien kun je het niet allebei?'

Ze bleef de dokter aankijken of er een verborgen boodschap in zat die ze niet begreep, maar uiteindelijk knikte ze. 'Dat is aan mevrouw om te beslissen. Ik kan waarschijnlijk beide doen als het niet zo nauw komt, maar het gaat natuurlijk sneller en eleganter met z'n tweeën.'

'Kun je overleggen met het meisje van hiernaast, Viola? Ze heeft hier afgelopen Nieuwjaar geserveerd en nog wel vaker. De redacteur en zijn vrouw komen ook naar het souper en ze vinden het meestal niet erg. Volgens mij zijn ze vanochtend thuisgekomen uit Dalarna.'

Betty keek haar blij, maar verbaasd aan. 'Dat doe ik graag, natuurlijk. Zou ik uw telefoon mogen lenen?'

'Doe dat maar, dan hoef je niet onnodig heen en weer te lopen. Nee, trouwens, ik wil toch nog even met de redacteur praten, ik bel zelf wel om het af te spreken. Dan kunnen jullie bij gelegenheid de praktische zaken regelen.' De doktersvrouw stond op en zei voordat ze wegging: 'We zijn maar met veertien personen bij het souper. Carl-Axel gaat op oudejaarsavond terug naar Uppsala, hij gaat het blijkbaar met goede vrienden vieren.'

Betty slikte. Met goede vrienden? In Uppsala. Zij zou eten staan koken.

28

Viola staarde haar aan alsof ze het niet begreep. 'Wie is het, zei je?'

'Hij is universitair docent in Uppsala en hij heet Martin Fischer, we gaan trouwen!'

'Heeft hij je een aanzoek gedaan?'

Betty knikte.

'Maar waarom wil hij met je trouwen? Ik bedoel, hoe komt het?'

Betty keek verward naar haar handen. Het was koud op de binnenplaats en ze wilde weer naar binnen, maar nu moest ze het wel vertellen. Viola's enthousiaste vreugde toen ze zei dat ze over haar geheime verloofde zou vertellen was veranderd in sceptische kilte.

'We zijn verliefd. Is dat echt zo vreemd?'

Viola sloeg haar armen over elkaar en fronste. 'En hoe oud is hij, zeg je?'

'Vierendertig.'

Viola schudde haar hoofd. 'Er is iets vreemds aan de hand. Waarom zou zo'n voorname man in de bloei van zijn leven een eenvoudig boerenmeisje kiezen? Dat ook nog eens dienstmeisje is?'

Betty keek gekwetst op naar haar vriendin, draaide zich om en wilde weglopen. 'Ik weet niet waarom je zo gemeen doet, Viola. Maar ik ga. Je hoeft niet...'

'Nee! Het spijt me, lieve vriendin van me. Ik ben gewoon bezorgd om je. Maar ook blij, natuurlijk. Trouwen – dat heb je goed gedaan, Betty.'

Betty draaide zich weer om en keek haar onderzoekend aan. 'We gaan naar mijn moeder. Hij wil het op de juiste manier doen. Hij is zo geweldig, Viola!'

Viola glimlachte dapper en knikte. 'Fischer? Is hij Duits?'

'Nee, Deens volgens mij. Maar hij spreekt Zweeds. Trouwens, zijn moeder was Joods voordat ze trouwde, dus misschien is hij Joods? Nou, hij is in ieder geval niet zo iemand die naar de kerk gaat of zo. Ik trouwens ook niet, dus we passen goed bij elkaar.'

Viola zei niets meer, maar beet op haar lip en aaide vlug Betty's wang. 'Het is heerlijk om verliefd op iemand te zijn, echt waar, lieverd. Maar je hoeft niet te trouwen met de eerste persoon die je ontmoet. Het kan zelfs...' Ze maakte de zin niet af, maar trok haar vest om zich heen en liep naar de buitendeur. 'Ik ben er om halfvijf op oudejaarsavond. Dag dag!'

Betty bleef staan en keek haar vriendin na. Waarom deed Viola zo? Waarom was ze niet even blij als Betty? Zou ze gewoon jaloers zijn? Zuchtend liep ze naar haar deur en besefte schuldbewust dat ze Viola niets had gevraagd over haar kerst in Dalarna. Maar Viola was begonnen met vragen stellen en ze had geen kans gehad om van onderwerp te veranderen of zichzelf bij te sturen.

's Middags lag er een brief voor haar op de keukentafel. Die was van hem. Vol liefdesbetuigingen ('schone dame die mijn leven perfect heeft gemaakt'), dromen ('als ik je toch eens mee op reis kon nemen en je mijn Europa kon laten zien, alle mooie plekken') en ook realistischer plannen ('gisteren sprak ik de bibliothecaris en hij beloofde me een baan vanaf half april. Hou je het daar in Stockholm zo lang uit? Anders kun je toch gewoon stoppen en in onze flat komen lezen?'). Helemaal onderaan stond dat hij op nieuwjaarsdag kort in Stockholm zou zijn en als ze zich even vrij kon maken konden ze elkaar om twee uur bij de klok van Tornberg zien. Lukte dat? Hij zou een kwartiertje wachten en als ze niet kwam opdagen begreep hij dat ze het druk had. Ze rilde van geluk terwijl ze het las en verlangde naar de avond, wanneer ze kon gaan zitten om zijn brief te beantwoorden, ook al had hij geen tijd om haar antwoord te lezen voordat ze elkaar zouden ontmoeten. Wat er ook zou gebeuren, ze zou op nieuwjaarsdag om twee uur op hem wachten.

Op oudejaarsochtend werd ze vroeg wakker.

Jäger, die aan haar voeten lag, rekte zich uit, maar krulde zich weer op toen ze opstond. Hij opende slechts een half oog en viel toen weer in slaap.

'Wat ben je toch een luilak, ik sta 's ochtends vroeg op om te werken terwijl jij lekker in bed blijft liggen.' Ze stak haar haar op in een knot en kleedde zich aan. Ze zou zich vanmiddag wel wassen en omkleden, maar nu moest ze eerst een paar uur hard aan de slag. Ze was net een deeg aan het mengen toen de deur openging en de dokter binnenkwam.

'Goedemorgen, lieve Betty. Het spijt me dat ik het je gisteravond niet verteld heb, maar ik heb vandaag tot drie uur spreekuur.'

Ze lachte naar hem en beloofde voor pap en boterhammen te zorgen, de koffie zat in de pot en er waren eieren, als hij genoegen kon nemen met een koud, hardgekookt ei? Hij knikte vrolijk en pakte zelf een koffiekopje en papbord uit de kast, terwijl zij brood, kaas en boter tevoorschijn haalde.

Toen de pap klaar was, lepelde ze voor hen beiden een bord vol en ging tegenover hem aan tafel zitten. Ze schoof het schaaltje bosbessenjam naar hem toe.

Hij glimlachte naar haar. 'Je ziet er sinds Kerstmis zo blij uit. Was het aangenaam thuis in Hälsingland?'

Ze knikte en al kauwend op haar ontbijt vertelde ze kort over haar familie. Het bleek dat de dokter korte tijd in het ziekenhuis in Hudiksvall had gewerkt en bepaalde straten en plekken kende. De dokter vertelde een hilarische anekdote over hoe hij en een collega tientallen kilometers hadden moeten skiën toen hun auto op de weg tussen Delsbo en Hudiksvall in een sneeuwbank vast was komen te zitten. 'We moesten op tijd komen en dokter Högman was niet iemand die verstek zou laten gaan, ook al woedde er een sneeuwstorm. Helaas was hij niet zo'n beste skiër.' De dokter veegde zijn mond af en keek uit het raam naar de eik. 'Tja, Betty, hier in de stad zie je alleen maar stenen muren en straten. Ik kan enorm verlangen naar het bos en de frisse lucht.'

Ze keek hem aan en dacht plotseling aan iets wat ze misschien wel zou durven vragen. 'Dokter, mijn moeder is heel veel afgevallen in de maanden dat ik weg was. En ze is bleek en lusteloos. Denkt u dat het gevaarlijk is?'

Hij wendde zijn blik af van het tafereel buiten en keek haar ernstig aan. 'Is ze naar een dokter geweest?' Betty schudde haar hoofd. 'Zeg haar dan dat ze meteen moet gaan. Het kan van alles zijn, maar het klinkt ernstig. Hoest ze?'

'Daar heb ik niets van gemerkt, maar...' Ze keek hem hulpeloos aan. 'Ik denk dat ze bang is voor wat een dokter zal zeggen en daarom niet durft te gaan.'

Hij knikte. 'Dat komt vaker voor. Toch is het belangrijk dat ze onderzocht wordt.'

Hij stond op van de tafel en riep naar Jäger, die nu langzaam de keuken in kwam om te zien of er nog restjes waren.

Betty gaf hem snel wat eten en hij kwispelde dankbaar toen ze het neerzette.

'Waar werkt je moeder?'

'Op de zagerij. Het is hard werken.'

Hij knikte en liep naar de hal, waar hij bleef staan. 'Misschien moet ze een makkelijkere baan zoeken. Ook als die minder goed betaalt.'

Betty zuchtte met een knikje. 'Mijn broertjes zijn nog zo jong. Tante Helmi heeft het er al over dat mijn moeder moet verhuizen, omdat in Stockholm makkelijker werk te vinden is. En dan kan ik...' Ze maakte de zin niet af, maar hij begreep het.

'Je voelt je verantwoordelijk, dat begrijp ik. Verantwoordelijkheid is goed, maar die moet niet te zwaar worden.' Hij trok zijn overjas aan en pakte zijn hoed, waarna hij zich omdraaide. 'Maar dit trieste nieuws verklaart je blijdschap niet. Waardoor komt die?'

Ze glimlachte naar hem en wilde het hem eigenlijk vertellen, maar schudde haar hoofd en stak haar arm uit. 'Door alle mooie kerstcadeaus die ik heb gekregen, met dit prachtige horloge als beste!'

Hij deed de hond aan de riem en streelde kort haar wang. 'Je bent het waard, en eieren koken wordt er zo ook makkelijker op. Pas goed op jezelf, liefje.'

Om vier uur had ze alles op orde. De kreeft moest nog gegratineerd worden en de aardappelen gekookt, maar verder waren de meeste dingen klaar. In de provisiekast stonden de rijnwijn en de champagne te koelen in een zinken vat met ijs. Pils, schnaps en rode wijn stonden ernaast. Gebak, met en zonder alcohol, en karamelpudding stonden in de koelkast. De kaas, haring en gepocheerde zalm stonden op een plank. Sauzen, aspic en in fijne plakjes gesneden kalfsbraadstuk stonden in de koelkast. Allerlei soorten brood waren gesneden.

De eetkamertafel was gedekt en de glazen zorgvuldig gepoleerd. Er waren gemangelde servetten met hetzelfde patroon als het witte linnen tafelkleed. Een grote bos geurige witte hyacinten in een glanzende koperen pot midden op tafel completeerde het geheel. Mevrouw was aan het rusten en de dokter was net thuisgekomen en nam een bad. Vanwege al het lekkers in de keuken moest Jäger in de kamer van Carl-Axel blijven, waar hij af en toe ontevreden blafte als hij de geuren rook.

Betty maakte haar schort los en nam wat heet water mee naar de dienstbodekamer om het zweet en de baklucht van zich af te wassen. Ze spoot een beetje van de eau de cologne op die ze met kerst van tante Helmi had gekregen, en trok schoon ondergoed en schone, zwarte serveersterskledij aan met een gesteven schort. Voor één keer lukte haar haar prima, de wrong zag er goed uit onder haar mutsje.

Carl-Axel was al rond lunchtijd naar Uppsala vertrokken. Ze had hem in het trappenhuis ingehaald met een brief. Hij had zonder protesteren geknikt, de brief bij zich gestopt en beloofd de groeten te doen. Ze beet op haar lip.

Mevrouw kwam voor minstens de tiende keer de keuken binnen om te controleren of alles in orde was en voor minstens de tiende keer vroeg ze Betty hoe ze de kreeft ging gratineren. Betty, die afgelopen herfst al verschillende feestjes voor het echtpaar had georganiseerd, begreep niet waarom juist dit nieuwjaarssouper zo ongelooflijk belangrijk was.

'En wanneer komt dat meisje, Viola? Ik heb tegen de redacteur gezegd dat ze hier vroeg moest zijn, dus...'

Alsof het zo afgesproken was, werd er op dat moment aangeklopt bij de keukendeur en kwam Viola binnen met een vest over haar serveerstersjurkje en een brede glimlach op haar gezicht. 'Goedemiddag, mevrouw! Ik ben toch niet te vroeg?'

De doktersvrouw keek opgelucht en schudde haar hoofd. 'Je bent precies op tijd! Betty heeft nog wat te doen hier in de keuken, dus ik wil je vragen om naar het servies te komen kijken. En misschien kun je me helpen met mijn haar als ik mijn jurk aan heb. Dat deed je vorig jaar zo behendig, dat weet ik nog.'

Viola glimlachte en knikte vrolijk. 'Ik kom eraan, mevrouw. Ik moet alleen mijn schoenen verwisselen en Betty vragen hoe ze alles bedacht had. Gaat u maar naar binnen, mevrouw, dan kom ik zodra ik hier klaar ben.'

De doktersvrouw knikte minzaam en verdween.

Viola sloeg haar ogen ten hemel en imiteerde haar gezichtsuitdrukking, waardoor Betty zachtjes moest lachen. 'Wat is ze opgewonden! Komt die Liljenberg vanavond? Volgens mij was hij er vorig jaar ook. Dat is de jeugdliefde van de doktersvrouw. Een zeer pompeus type als ik me goed herinner. Wat kan ik doen, Betty? Ligt er al iets op me te wachten?'

Betty schudde glimlachend haar hoofd. 'Ik heb het meeste al wel geregeld. Maar misschien kunnen we alles samen doornemen, zodat ik niets vergeet?'

Viola knikte en deed met een blik in Betty's spiegel haar haar goed. 'Maar eerst ga ik naar mevrouw, zodat ze niet meteen weer hiernaartoe komt.' Ze draaide met haar heupen en maakte een elegante beweging met haar enkel voordat ze de keuken verliet.

29

De avond vloog voorbij. De eerste gasten stonden al om kwart over acht in de hal. Viola en Betty maakten een reverence, namen de jassen aan en serveerden de gasten vervolgens een glas champagne in de bibliotheek. Tegen negenen was iedereen gearriveerd en werden de deuren naar de eetzaal geopend. Betty had alles neergezet voor een buffet op de bijzettafels en de dokter zelf opende de wijnflessen en hielp met inschenken. Viola zorgde ervoor dat de gasten hun plaats vonden en wees hen welke gerechten bij elkaar hoorden. Betty hield in de gaten hoeveel er werd gegeten en vulde datgene waarvan meer werd genuttigd dan ze had voorzien snel bij. Ze was het meest bezorgd over de kreeft. Mevrouw had gezegd dat zes kreeften voldoende was en zoveel waren er dus besteld. Maar nog voor iedereen had gehad, begon de kreeft op te raken en ze vermoedde dat ze te grote porties had gemaakt. Betty pakte de schaal en haastte zich naar de keuken om er de laatste porties op te leggen. Stel dat het niet genoeg was! Ze deed snel een kookschort om en opende een blik krab, waarvan ze vervolgens met room, sherry en wat gedroogde dille een stevige stoofpot maakte. Ze vulde de laatste pasteitjes met de stoofpot en legde er de laatste stukjes kreeft, die ze gehalveerd had, omheen. De schaal zag er weer overdadig en verleidelijk uit. Ze vulde ook het bier en de warme aardappelen bij en overhandigde alles aan Viola, die heel opmerkzaam zag dat ze in de keuken extra porties had gehaald. Het was een genoegen om met Viola samen te werken. Viola lachte tegen iedereen, neuriede in zichzelf en reageerde snel en vrolijk als ze werd aangesproken. Van elke schaal die ze opdiende, zette ze eerst iets opzij in de provisiekast. 'Voor ons, als we hier straks alles nog moeten afwassen!' Ze had al een halve fles geopende champagne weggezet en zei dat de dokter haar vorig jaar had gezegd dat ze wat lekkere dingen voor zichzelf opzij moest zetten. Betty lachte en voelde zich oprecht gelukkig, ook al miste ze Martin.

Toen stond Olof Morin plotseling in de keuken en prees het goede eten. 'Zo lekker kookte mijn tante Emma nooit.' Zijn wangen waren rood en zijn bril stond een beetje scheef toen hij een van de hapjes in zijn mond stak en hartstochtelijk applaudisseerde. Hij maakte grote gebaren, misschien was hij wel dronken, maar hij glimlachte vriendelijk, en Betty lachte terug en bedankte hem voor zijn lof, waarna ze snel in de eetkamer het brood ging bijvullen voordat hij haar handen weer ging bewonderen. Toen ze terugkwam, zag ze Viola en Morin dansen en hard meezingen op de muziek die uit de radio in de dienstbodekamer kwam: 'We gaan omhoog, hoog, hoog. Naar de liefdesboog...'

Morins dunne bruine haar was over zijn voorhoofd gevallen en hij zong uit volle borst mee. Viola lachte en draaide zich elegant uit zijn armen. 'Meneer Morin moet terug naar de gastheer en gastvrouw, want we moeten weer verder serveren.'

Hij lachte en streek zijn haar naar achteren, waarna hij gehoorzaam de keuken uit liep.

Viola glimlachte een beetje en schudde haar hoofd. 'Die is helemaal gek. Maar wel heel aardig.'

Betty keek haar vragend aan. 'Wie is hij eigenlijk? Familie van de oude Emma, hoorde ik, maar wat doet hij hier?'

'O, hij is op een of andere manier familie van de jeugdvrienden van de dokter. Blijkbaar is hij persmuskiet. Een eeuwige vrijgezel en vrij slim.'

‘Persmuskiet?’ Betty keek op.

‘Journalist dan. Maar hij is leuk en lief en hij bleef altijd hier bij zijn tante in de keuken in plaats van op het feest. Maar mijn hemel, wat raken mijn voeten vermoeid.’

Na het souper zette ze koffie, terwijl Viola de desserts en taarten binnenbracht. Betty had op een foto in *De huisvrouw* gezien hoe ze een tafel hadden gedekt met desserts, fruit, snoepgoed en taarten in verschillende hoogtes. Eronder had ze een rood tafelkleed gedrapeerd, en het koffieservies, en de cognac- en likeurglazen schitterden in het licht van de kaarsen. Opmerkzaam verving ze de opgebrande kaarsen en ze liep vlug rond om asbakken te legen en lege borden mee te nemen.

De doktersvrouw pakte haar ineens bij de hand en ze draaide zich geschrokken naar haar toe omdat ze bang was dat ze een standje kreeg. Maar mevrouw glimlachte van achter een wolk sigarettenrook met een benevelde blik naar haar. ‘Betty! Dat was een absoluut heerlijk souper dat je had bereid. Heel, heel smakelijk. Haar komt alle lof toe, nietwaar Egon?’ De doktersvrouw wendde zich tot een van de gasten, een heel lange, magere man met overvloedige pommade in zijn donkere haar en een elegant uniform met riem en sabel.

Hij nam een lange trek aan zijn sigaar en blies de rook recht in het gezicht van Betty, die zich opzij moest draaien om niet te hoesten. Hij zag het en lachte. ‘Dus dit is het maaltijden bereidende engeltje van het platteland? Louise heeft gelijk, je kunt goed koken, Betty. Majoor Liljenberg is de naam.’ Hij stak zijn hand uit en zij deed hetzelfde. Hij pakte het topje van haar vingers, terwijl ze een reverence maakte en ‘Betty Lind’ stamelde. Zijn hand voelde zweterig en koud tegelijk en hij duwde haar even snel weg als hij haar had vastgepakt.

De dokter kwam bij haar staan en voor ze het wist had hij zijn arm om haar middel geslagen en riep hij met een luidruchtige cognac-stem: ‘Vanavond heeft Betty zichzelf overtroffen! Goed gedaan, kleintje!’ Ze glimlachte naar hem en probeerde zich los te wurmen, omdat zijn handen haar haren en wangen leken te zoeken. Net voordat hij zich vooroverboog om haar op de wang te kussen, kwam Viola langs en trok haar met zich mee.

'We moeten afwassen, dokter. En ook een hapje eten voordat het Nieuwjaar is. Kom, Betty.'

Betty moest lachen om hoe sierlijk Viola de tastende handen ontweek die naar hen reikten. Ze was vrolijk, ad rem en grappig en de gasten lachten, ook al werden ze afgewezen. Redacteur Engström, die groot en gezet was, een bril met schildpadmontuur droeg en een jas die door zijn uitpuilende buik dreigde te scheuren, liep toch achter de meisjes aan naar de keuken, onder het voorwendsel dat hij hielp de afwas weg te brengen. Hij kneep in Viola's achterste en zij sloeg hem lachend met de droogdoek.

'Schaamt u zich, redacteur! Gaat u maar terug naar de gasten, dan kunnen Betty en ik afwassen.'

Hij liet zich naar buiten duwen terwijl hij luid klaagde: 'Maar de mooie vrouwen zijn hier! Daarbuiten zijn alleen oude vrijsters en dragonders.'

Viola plofte met een diepe zucht van verlichting op de stoel.

'Wat heerlijk om even te zitten. Het is nu bijna elf uur, en ze hebben daar tot middernacht niets nodig. Laten we iets lekkers gaan eten, Betty.' Ze stond weer op en haalde de schaal uit de provisiekast. Er was aspic, kreeft, gebraden kalfsbraadstuk en haring. Er waren aardappelen en pasteitjes met krab, gepocheerde zalm en verschillende soorten kaas. Een geopende fles champagne en een halfvolle fles rijnwijn, brood en boter.

Betty pakte borden en glazen en schonk de wijn in. Giechelend proostten ze op elkaar en namen een slok voordat ze zich de lekkernijen lieten smaken. Betty at haar buikje rond en toch was er nog steeds eten over. O, wat wenste ze dat haar moeder en broertjes er waren om dit te proeven. Viola leunde met een zucht achterover.

'Ik zit vol. Je hebt heerlijk gekookt, Betty. Zo lekker lukt het me niet. Wat doe je precies?'

Betty glimlachte om de lof, maar haalde haar schouders op en begon de champagneglazen af te wassen. 'Ach, zo bijzonder is het niet. Ik doe gewoon wat ik geleerd heb en dan verzin ik er wat bij. Ik lees soms recepten, maar volg ze bijna nooit. Mijn moeder gaf me vroeger altijd een standje als ik thuis kookte, omdat ik nooit deed wat ze zei of haar recepten volgde. Ik kook op gevoel.'

'Je moet ergens anders koken dan hier, Betty. In een echt restaurant.'

Viola vulde haar glas met de rijnwijn en nam twee grote slokken voordat ze de glazen in de afwasteil deed. 'Moet je meteen trouwen? Stel dat we samen werk zouden zoeken, Betty? En een kleine flat zouden delen? Zou dat niet geweldig zijn?'

Betty keek op naar haar vriendin en glimlachte. Ja, het was verleidelijk. Om een baan te hebben met echte werktijden en taken waar je met volle teugen van genoot. En dan te weten dat je vrije tijd had – ook al was het maar weinig – om iets met vrienden te doen. Maar nu had ze Martin. En ze zouden binnenkort trouwen. Ze gaf de glazen aan Viola, die ze een voor een afdroogde. 'We kunnen toch contact houden? Misschien kan ik een goede plek voor je vinden in Uppsala?'

'O, nee, daar wil ik niet heen. Daar zijn alleen gekke professoren en geile studenten. Nee, ik wil hier in Stockholm wonen, nu het me eindelijk gelukt is om hier te komen. Je moet de verloving verbreken, Betty.'

Toen ging de keukendeur open en kwam de dokter binnen. 'Meisjes, meisjes, we gaan champagne drinken. Liljenberg gaat sabreren. Zijn de glazen afgewassen?'

Als antwoord overhandigde Viola hem het dienblad met de schone glazen en zei vrolijk: 'Gaat u maar voor, dokter, dan komen Betty en ik met de flessen. Hoeveel zullen we er meenemen? Zou vier genoeg zijn?'

'Nee, neem er maar vijf mee, zodat we niet gierig overkomen. Maar de redacteur is in slaap gevallen, dus ik vermoed dat we er niet zoveel als normaal nodig zullen hebben. Kom lieve Betty – mijn priesteres en vestaalse maagd – dan krijg je champagne.' Dat laatste zei hij met uitgestrekte hand terwijl hij het dienblad met de glazen op zijn andere hand liet balanceren.

Viola en Betty haastten zich naar hem toe om het dienblad te redden voordat het op de grond viel. Viola nam het gewoon van hem af. 'Ga maar naar binnen, dokter. We komen eraan.'

Lachend pakten ze ook de flessen en liepen achter hem aan. Het was acht voor twaalf.

Om middernacht stonden Betty en Viola bij de flakkerende kaarsen en zorgden ervoor dat niets vlamvatte in de tocht. De andere gasten verdrongen zich op het balkon en luisterden naar het imposante gebeier van de Hedvig Eleonora-kerk. Ze riepen 'Gelukkig Nieuwjaar!' naar elkaar en proostten met de champagne. Betty keek naar de sneeuwjacht en huiverde toen de laatste slag wegstierf. Het was 1938, het jaar waarin ze negentien zou worden en het jaar waarin ze zou gaan trouwen. Viola pakte ineens haar hand en fluisterde in haar oor: 'O, Betty, ik vind oudejaarsavond altijd zo akelig. Je denkt alleen maar aan alles wat kan gebeuren. Stel dat er oorlog uitbreekt? Mijn vader denkt dat er oorlog komt.'

Betty keek Viola wanhopig aan. Ze wilde haar op een of andere manier troosten en zei: 'Maar denk jij het ook? De dokter zegt dat Hitler heel slim is en ervoor zal zorgen dat alles in orde komt...'

Viola greep haar bij de elleboog en trok haar de keuken in, waarna ze de keukendeur achter zich dichtdeed. 'Praat daar buiten niet over. Je weet nooit wie er meeluistert.' Ze deed haar serveerschort en mutsje af, deed het grote afwasschort om en verzamelde al kletterend de afwas. Betty voelde zich dom, maar ook een beetje gekrenkt, want niet zij was erover begonnen, maar Viola. Omdat ze niet wist wat ze moest zeggen, bond ze ook een schort om. Plotseling draaide Viola zich om en haar grijze ogen schitterden zoals gewoonlijk. 'Ik ga lid worden van die dienstmeisjesvereniging, Betty! Van die mevrouw waar we de papieren van kregen, Hanna Grönvall. Ze hebben niet deze week woensdag, maar die erna een bijeenkomst. Kom je mee?'

'Maar ik hoef niet meer zo lang te werken. Niet als dienstmeisje in ieder geval.'

Er flikkerde iets in Viola's blik. 'Stel dat het niet doorgaat? Waarom kom je niet toch naar de bijeenkomst?'

Betty keek haar aan. Niet doorgaat? Wat bedoelde ze?

De keukendeur ging open en de doktersvrouw riep: 'Jullie moeten komen helpen met de jassen! Er vertrekken enkele gasten.'

Ze trokken snel hun schort uit en pakten jassen, overschoenen en hoeden.

In de haast greep Betty Viola's hand. 'Ja, ik ga mee. Misschien is het wel interessant.'

Viola kneep stevig in haar hand en lachte naar haar.

Veel later, toen het bijna twee uur was, was Betty met Viola en de zeer dronken redacteur naar huis gelopen en was daarna een paar rondjes door de buurt gelopen met Jäger, die heel nodig moest. Ze had de lege flessen en glazen opgeruimd en platgetrapte stukjes taart en snoep van de mat geveegd. Ze had de klep van de vleugel afgenomen, die vies was van de likeurvlekken en sigarettenas, ze had de kamer gelucht en de restjes die bewaard konden worden in de provisiekast en koelkast gezet. Jäger was na de wandeling en een stevig feestmaal van gebraden kalfsvlees, aspic en restjes aardappelen dolgelukkig in slaap gevallen in haar bed. Betty verlangde er hevig naar bij hem te gaan liggen.

Maar ze wilde eerst de vuilste vaat afwassen, zodat ze morgenochtend ontbijt kon maken. Mevrouw was naar bed gegaan zonder te zeggen wanneer ze wilde ontbijten, en de dokter had ze sinds middernacht niet meer gezien. Ze hoopte dat ze in ieder geval niet te vroeg wilden ontbijten.

Haar handen deden pijn van alle uren in het afwaswater en de kou, en ze bedacht dat ze ze moest insmeren voor ze ging slapen. Ze dacht aan Martin. Aan zijn ogen, zijn armen en zijn glimlach. Aan het verlangende gevoel als hij haar streelde en de bijna onwerkelijke herinnering aan hun eenwording. En morgen zou ze hem heel even zien. Ze glimlachte voor zich uit en was bijna klaar met de afwas toen ze plotseling voelde dat ze niet meer alleen in de keuken was. In de donkere schaduw van de deuropening stond de dokter. Hij bewoog voorzichtig, alsof hij dronken was, en rookte een sigaar, waarvan de geur de keuken in zweefde.

'Dokter! U liet me bijna schrikken. Moet u niet slapen?'

Hij glimlachte en nam een paar langzame trekjes van zijn sigaar. 'Ik wilde je bedanken voor het lekkere eten.'

Ze lachte, maakte haar afwasschort los en hing het op zijn plaats bij het aanrecht. Haar lichaam deed pijn na alle uren die ze gewerkt had. Maar natuurlijk glimlachte ze zachtmoedig naar hem terug. 'Misschien wilt u een glas melk en een boterham voordat...' Ze reikte naar de koelkast, maar hij greep haar arm vast.

'Betty!' Hij draaide haar om, plotseling had hij zijn sigaar in de gootsteen laten vallen en hij trok haar met een krachtige, harde beweging dicht tegen zich aan. Hij omklemde haar en fluisterde hijgend: 'Je haar... Ik wil zo graag dat je je haar losmaakt.'

Hij plukte aan haar wrong en ze moest zich losrukken om te voorkomen dat hij haar pijn zou doen. Hij hield haar vast en ze had geen andere keus dan de haarspelden er voorzichtig uit te halen zodat het haar over haar schouders viel. Hij liet haar los en kamde haar haar met zijn vingers. Hij probeerde voorzichtig te zijn, maar zijn dronken aanraking deed haar pijn en ze smeekte: 'Alstublieft, dokter. Ik zal de haarborstel wel even halen. Ik...'

Ze liep naar de dienstbodekamer, maar had er spijt van zodra ze het bed zag. Hij liep met haar mee, hield haar haar nog steeds stevig vast en greep zelf naar haar versleten haarborstel. 'Ga zitten!'

Ze liet zich op de stoel zakken en boog haar hoofd zodat hij erbij kon met de borstel. Anders dan ze had gevreesd, ging hij ondanks zijn dronkenschap voorzichtig en zacht te werk. Hij ontwarde haar haar en borstelde het over haar schouders. Haar vermoeide lichaam kon niet anders dan genieten van het borstelen en ze merkte dat ze haar ogen sloot.

Plotseling legde hij de borstel neer, trok haar overeind en sloot haar in zijn armen. Hij begroef zijn gezicht in haar hals en kuste haar intens en hartstochtelijk op het plekje onder haar oor. Al die tijd betastten zijn handen haar jurk, op zoek naar knopen en boorden. Ze verzette zich, duwde hem van zich af, eerst mompelend en toen steeds harder roepend: 'Nee, nee! Nee!' Hij kuste haar met vochtige lippen op de mond en ze moest kokhalzen door de geur van sigaren en drank, en had ineens de kracht om hem weg te duwen. 'Goeie god – nee!' Ze wreef onwillekeurig over haar mond, die hij gekust had, en ging achter de stoel staan, zodat die tussen hen in stond.

Hij ademde hortend met open mond en zijn ogen waren zwart en opgewonden.

Jäger was van het bed gesprongen en stond achter haar zacht te grommen tegen zijn eigen baas.

Ze gaf de hond sussende klopjes. 'Ga nu maar naar bed, dokter. Zodat er niets gebeurt waar u morgen spijt van hebt.'

Hij sloeg zijn handen tegen zijn voorhoofd en ogen en riep uit: 'Waar ben ik in hemelsnaam mee bezig? Vergeef me...' Hij draaide zich om en liep langzaam naar de keukendeur, waar hij bijna onzichtbaar in het donker bleef staan: 'Je bent een engel. Zo een waarvan ik altijd gedroomd heb. Vergeef me, Betty. Vergeef me.' Hij liep de keuken uit, deed de deur achter zich dicht en zij draaide haastig de sleutel om van zowel de keuken als van de dienstbodekamer.

Met trillende handen slaagde ze erin haar jurk uit te trekken en ze ging onder de deken liggen. Ze had het ijskoud en zweette tegelijkertijd vreselijk, en toen Jäger op het bed sprong, trok ze hem naar zich toe. Door het warme hondenlichaam kon ze eindelijk stoppen met rillen en ze sloot haar ogen. Ze dacht eraan hoe heerlijk de dokter haar haren had geborsteld en hoe vreselijk zijn kus op haar mond aanvoelde. Ze wilde huilen, maar ze werd overmand door vermoeidheid en viel al snel in slaap.

30

De volgende dag sliep ze tot kwart over zeven. Ze wilde zich niet laten verrassen en wilde niet dat iemand aan de afgesloten keukendeur zou rukken, ook al had ze een plausibele verklaring bedacht over dronken gasten die haar hadden lastiggevallen.

Met dikke ogen van de slaap maakte ze de afwas af en bereidde een brooddeeg. Ze bekeek welke restjes er nog waren en nam Jäger mee voor een lange wandeling naar Djurgården. Hij dartelde met haar mee en ze bedacht hoe jammer het was dat ze hem moest achterlaten nu ze bij Martin ging wonen. De hond die haar gisteravond zo ridderlijk had gesteund. Het was iets minder koud en het was fijn om te wandelen en uit te kijken naar de middag. Weer thuis zette ze koffie en maakte voor zichzelf lekkere boterhammen met gebraden kalfsvlees.

Rond tien uur, toen ze zo stil mogelijk het vaatwerk wegborg in de dienkamer, verscheen de doktersvrouw plotseling. Ze was in een ongewoon goed humeur en prees Betty nogmaals voor het lekkere eten. Ze vroeg om een extra stevig ontbijt in de eetkamer en kondigde aan dat zowel Carl-Axel als Liljenberg die avond kwamen eten, maar dat Betty daarvoor prima aardappelen kon bakken en restjes kon serveren.

Betty knikte en glimlachte, ook al had ze hevig gehoopt dat er dit weekend geen gasten zouden komen. Maar vier mensen aan tafel was zo slecht nog niet en het eten was, zoals mevrouw gezegd had, al bijna klaar.

Toen het bijna halftwee was, wilde ze zich naar buiten haasten om haar geliefde te treffen. Helaas was het gaan regenen, maar ze deed een sjaal over haar haar en leende de grote paraplu van de dokter.

Ze hoorde de klok twee uur slaan toen ze de heuvel bij de schouwburg af rende. Hopelijk bleef hij nog even wachten! Haar voeten waren al drijfnat van de ijskoude regen en natte sneeuw en haar handen waren steenkoud. Maar haar wangen gloeiden van hartstocht. Net toen ze wilde vertrekken, had mevrouw bedacht dat ze koffie met iets lekkers wilden in de salon, dus had ze zich gehaast, waarbij ze bijna de koffie over de keukenvloer morste. Daardoor was ze later dan ze had gewild.

Er stond maar één persoon bij de klok van Tornberg. Eerst dacht ze dat hij het was, maar toen zag ze dat de man kleiner was en een heel andere overjas droeg dan Martin. Voordat ze hem had bereikt, had hij een vrouw begroet die hij op de wang kuste en met wie hij gearmd naar Kungsträdgården liep. Ze ging onder een boom staan, maar wilde wel zichtbaar zijn, zodat Martin haar kon zien. Ze raakte doorweekt en ze hoopte dat hij snel zou komen. Uiteindelijk sloeg de klok kwart over twee en ze werd overvallen door een ijzingwekkende moedeloosheid. Waarom kwam hij niet? Was er iets gebeurd? Mensen kwamen en gingen en begroetten elkaar. Alleen zij stond er nog steeds, met verkilde voeten en natte kleren. Haar handen waren net ijsklompjes en ze besefte dat ze klappertandde van de kou. Het ontbrak er nog maar aan dat ze nu ook nog ziek zou worden. Om vijf over halfdrie begon ze te twijfelen. Zou ze hier nog langer in de regen blijven staan? Straks zou mevrouw haar missen en zich afvragen waar ze was. Ze had zich nog nooit zo ongelukkig gevoeld.

Om kwart voor drie hield ze het voor gezien. Het regende nu zelfs door de paraplu heen. Het was duidelijk dat hij niet zou komen. Terwijl ze naar huis liep, bedacht ze dat Carl-Axel haar vast de groeten van Martin zou doen als hij kwam, en dat troostte haar en maakte de weg naar huis iets lichter. In de keuken droogde ze de paraplu en ze trok haar natte kleren uit. Ze had het koud en klappertandend lukte het haar toch om te koken en zelfs om even onder de dekens te kruipen om warm te worden. Gelukkig leek mevrouw niets te hebben opgemerkt en Betty hield zichzelf terwijl ze zich aankleedde voor dat er een misverstand was geweest tussen haar en Martin, dat spoedig zou worden opgehelderd.

Ze was doodmoe. Het was al na elven en mevrouw en Liljenberg zaten nog in de salon te lachen en te praten. De dokter was net terug van een rondje lopen met Jäger en beiden hadden zich teruggetrokken in de slaapkamer. De dokter had zich op geen enkele manier uitgelaten over de gebeurtenissen van de vorige nacht. Hij bleef gewoon met de hond ver uit haar buurt.

Zodra Carl-Axel uit Uppsala was teruggekeerd, was hij met hoofdpijn naar bed gegaan. Mevrouw had hem zelf een dienblad met thee gebracht, zodat Betty geen nieuwtjes had gehoord. Ze aarzelde of ze het zou wagen om naar bed te gaan. Het zou niet leuk zijn om gewekt te worden als ze net in slaap was gevallen omdat mevrouw nog een lichte maaltijd of iets dergelijks wenste. Ze hield een geeuw binnen en nam een leeg dienblad mee om te kijken of mevrouw nog iets nodig had.

Ze klopte aan en ging naar binnen. Mevrouw was aan het kaarten met Liljenberg en lachte zachtjes om iets wat hij zojuist had gezegd. Betty maakte een knicks en vroeg met haar ogen gericht op alle lege glazen rond de tafel: 'Zal ik het serviesgoed afruimen?'

Mevrouw keek haar onwillig aan en wuifde met haar hand. 'Och, neem maar wat glazen mee. En dan kun je wel naar bed.'

Betty maakte opnieuw een knicks en zette het dienblad vol met de dichtstbijzijnde glazen, waarna ze naar de deur liep.

'Heeft Carl-Axel zich al laten zien, Betty?' Mevrouw had een glimlach om haar mondhoeken en haar ogen, die ze voortdurend op Liljenberg gericht hield, stonden vrolijk. De majoor op zijn beurt keek met een lusteloze glimlach naar de doktersvrouw, zonder Betty een blik waardig te keuren.

Betty bleef bij de deur staan met het grote dienblad in haar handen. 'Nee, mevrouw. Hij slaapt waarschijnlijk.'

Liljenberg lachte alsof ze iets heel grappigs had gezegd, liet de pen en het papiertje waarop hij had geschreven vallen, gooide zijn kaarten op een hoopje en leunde achterover. 'Haha, hij slaapt. Ja, hij is waarschijnlijk doodmoe. Nou, het is de hoogste tijd voor mij om naar huis te gaan, lieve Louise. Het jaar is jong en het is al laat.'

Betty liep de salon uit en bracht het dienblad naar de keuken. De afwas moest maar wachten tot morgen.

Ze deed het licht uit en hoorde mevrouw giechelend afscheid nemen van Liljenberg.

Het bed was koud nu Jäger het niet had opgewarmd, maar de vermoeidheid overspoelde haar en ze viel net bijna in slaap toen ze iemand zacht hoorde aankloppen. Ze was direct klaarwakker en trok haastig een vest aan over haar nachtjapon. Was het de dokter weer?

'Betty?'

Ze herkende Carl-Axels stem en deed de deur open.

Hij zag er moe en bedroefd uit, maar gaf haar een pakje. Hij knikte ernaar. 'Ik weet niet wat het is. Ik kreeg het vlak voordat ze vertrokken.'

Ze glimlachte breed. Eindelijk een bericht. Ze wilde zoveel dingen vragen, ze vroeg zich zoveel af.

Hij streek over zijn voorhoofd en kreunde lichtjes: 'Ik heb knallende migraine. Misschien kun je me helpen en wat ijs in een handdoek doen?'

Ze knikte, legde het pakje neer, liep op blote voeten naar de keuken en deed wat gemalen ijs in een droogdoek.

Hij nam het aan en draaide zich om om weer te gaan, maar ineens drong tot haar door wat hij had gezegd en ze hield hem tegen. 'Wacht! Zijn ze weggegaan?'

Hij knikte met een nog gekweldere uitdrukking op zijn gezicht. 'Vanmorgen vroeg.'

Ze sloeg haar hand voor haar mond en voelde de tranen opkomen. 'Naar Kopenhagen?'

'Naar Kopenhagen. En daarna nog verder.'

Ze keek hem ontzet aan. 'Maar ik begrijp het niet. Hij zou na het weekend vertrekken. We zouden elkaar ontmoeten! Vandaag...'

Carl-Axel zuchtte en drukte het ijs tegen zijn voorhoofd, terwijl hij naar de dienstbodekamer gebaarde. 'Blijkbaar was er ineens haast bij.' Toen draaide hij zich om en liep weg.

Toen het ochtend werd, bleef ze met droge, nietsziende ogen in bed liggen. Ze had nauwelijks geslapen. In het pakje zaten natuurlijk boeken. Heine, en enkele schrijvers die ze niet kende. Maar ook een brief, een foto en wat bankbiljetten. Inmiddels had ze de brief minstens tien keer gelezen en nu ze de kerkklok zes uur hoorde slaan, las ze hem nog een keer, bij het licht van de kaars die ze naast het bed had staan.

Uppsala, nieuwjaarsnacht 1937-1938

Mijn allerliefste Betty,

Lieve, prachtige meid. Ik kan je beeltenis oproepen wanneer ik maar wil en voelen hoe heerlijk en intens bloemig je ruikt. Ik kan me gemakkelijk je gladde huid herinneren, je mooie weelderige lendenen. De ogen die met een intens blauwe en intelligente blik naar me kijken. En ik zou niets liever willen dan jou in mijn armen houden. Ik doe alles wat in mijn macht ligt om het zo snel mogelijk werkelijkheid te laten worden. We zullen zo snel mogelijk trouwen!

Het spijt me enorm dat ik je niet meer kan zien voordat we vertrekken. Het ergste is dat je misschien op me hebt moeten wachten zonder dat ik een bericht van verhindering kon sturen. Het spijt me! Het spijt me! Het spijt me, mijn lieve meisje!

Maar er zijn een paar dingen die ik eerst moet doen. Tegen de tijd dat je dit leest, ben ik al lang op weg naar Kopenhagen, met Paul. We hebben een bespreking bij een advocaat over het testament van onze vader. We moeten ook naar Parijs voor een ontmoeting met onze oudtante Blanche. Tot eind januari hoef ik geen les te geven en ik hoop van harte dat ik over een paar weken weer bij mijn lieve Betty kan zijn. Helaas zijn dit zorgelijke tijden. Ik heb vreselijke berichten ontvangen van vrienden in Duitsland. Ik hoop echter van harte dat dit onze reis niet zal beïnvloeden.

Betty, je hebt mijn leven veranderd. Jij, en niemand anders, bent degene met wie ik ga trouwen. Met deze brief stuur ik je een klein bedrag, zodat je kunt beginnen met de belangrijkste dingen voor de bruiloft. (Er komt zo snel mogelijk meer, zodra ik de hand kan leggen op contant geld.) Ik stuur je ook een foto van mij van afgelopen herfst. Ik dacht dat je misschien wel een foto van me zou willen hebben.

Denk alsjeblieft aan me. Ik draag de herinnering aan je zachtmoedige, mooie gezicht in mijn hart en ik denk elk moment dat ik wakker ben aan je.

Ik zal schrijven zodra ik in Kopenhagen ben. Ik geef je een innige kus, mijn liefste!

Je Martin F

Ze stapte uit bed, hoewel ze zo moe was dat ze bijna flauwviel. Ze kleedde zich aan en verwarmde water voor de afwas. Ze zette de pap en het ei voor de dokter klaar in de salon en haastte zich naar de plee op de binnenplaats. Haar maag was van streek en ze gaf over, voordat ze op de zitplank ging zitten en zich ontlastte. Viola was nog steeds nergens te bekennen en het was bitterkoud, dus draalde ze niet en rende weer naar boven, de warmte in.

Ze bleef maar misselijk en maakte pap voor zichzelf. Misschien kon ze maar beter wat eten.

De brief lag naast haar onopgemaakte bed. Ook al stond er niet echt iets nieuws in, toch had de brief een onheilspellende, bezorgde toon die haar beangstigde. Ze pakte de foto op en bekeek hem opnieuw. De foto was genomen door iemand die blijkbaar iets naar hem had geroepen. Martin zat aan een bureau met allerlei boeken voor zich en zo te zien was hij druk aan het schrijven. Hij had een vragende, bijna geïrriteerde, blik in zijn ogen en een rimpel tussen zijn wenkbrauwen. Hij had een verzorgde snor en zijn mond eronder zag er zo warm uit dat ze hem meteen wilde kussen. Ze verstopte de foto in haar hoedendoos met schatten, waar ze ook haar horloge, broche en andere sieraden bewaarde.

Lusteloos at ze wat van de pap, maar al na een paar happen werd ze nog misselijker. Ze schonk de pap in de gootsteen en zette haar tanden op elkaar. Ondanks het gebrek aan slaap zou deze dag vast wel voorbijgaan. Het was tijd om de was te doen. Ze stond op en keek omhoog.

'Betty? Ik ben vanavond laat, maar je hoeft niet op te blijven. Misschien kun je een boterham klaarmaken? Dan schenk ik zelf wel melk in of pak een pils.'

Ze knikte naar de dokter die, serieus en volkomen neutraal, zijn papbord op het aanrecht zette en naar de voordeur liep. Hij keek haar maar heel even aan en ze droogde haar handen af en gaf Jäger wat overgebleven eten. De dokter trok zijn overjas aan, zette zijn hoed op en floot zacht naar Jäger, die met tegenzin wegliep van zijn nog niet afgelikte etensbak en met hem meeging. Hoewel ze dankbaar was dat hij niet opdringerig was, miste ze hun vrolijke conversatie 's ochtends.

Toen hij weg was, haalde ze de achtergebleven borden uit de salon op. Ze pakte de speelkaarten op en nam de tafel af. Ze nam het notitieblok waarop Liljenberg had geschreven mee naar de keuken en ontdekte dat ze het karakteristieke puntige handschrift heel goed herkende van alle brieven die op de vloer van de hal waren beland. Dus het was majoor Liljenberg die zoveel brieven schreef aan mevrouw. En wat vond de dokter daarvan?

Tussen de middag, nadat ze de doktersvrouw soep had voorgezet, was ze zo moe dat ze even op bed moest gaan liggen en haar ogen moest sluiten. Omdat ze bang was om echt in slaap te vallen, liet ze haar benen over de rand van het bed bungelen. Ze dacht aan Martin. Op reis met zijn broer door Zweden naar het zuiden. Ze hoopte snel een teken van leven van hem te krijgen, en het liefst ook een adres, zodat ze hem kon schrijven.

Op dat moment werd er luid op de keukendeur geklopt en al voordat ze was opgestaan stapte tante Helmi, hijgend na het beklimmen van de trappen, met rode wangen en een vleug frisse lucht meebrengend de keuken binnen. 'Maar meisje toch, lig je zomaar midden op de dag te slapen?'

Betty stond op, streek haar jurk en haar, dat uit de knot was geraakt, glad en legde uit dat ze slechts een paar minuten had gerust en dat ze niet zo best had geslapen door het sociale leven van de dokter en mevrouw tijdens het nieuwjaarsweekend.

Tante Helmi had zelfgebakken krakelingen meegenomen, Betty zette koffie en flanste voor hen elk een boterham met aspic en gebraden kalfsvlees in elkaar.

Tante Helmi trok haar mantel uit en ging aan tafel zitten, terwijl Betty koffie inschonk voor hen beiden. Tante Helmi bleef mopperen dat Betty op bed had gelegen en zei wat een slechte indruk ze gemaakt zou hebben als mevrouw de keuken in was gekomen. Het maakte niet uit dat Betty uitlegde dat mevrouw net soep had gekregen en zelf had gezegd dat ze van plan was te rusten na de maaltijd.

'En Carl-Axel – ik bedoel de jongeheer – is al naar kantoor, dus ik heb niemand gestoord.'

Tante Helmi snoof afkeurend boven de boterham met aspic. 'Carl-Axel, maar liefst. Pas op, meisje, dat je niet barst van hooghartigheid.'

Plotseling sprongen Betty de tranen in haar ogen. Ze was doodmoe en vond dat ze de berisping van haar tante niet verdiende. Maar ze beet haar tanden op elkaar en knipperde met haar ogen tot de tranen verdwenen waren. Ze schraapte haar keel en nam een slok van de koffie, die ze plotseling vies vond. 'Hoe is het met mama? Gaat ze naar een dokter? Ik heb het de dokter hier gevraagd en hij zei dat ze echt een afspraak moest maken.'

Tante Helmi knikte. 'Ja, dat heb ik ook tegen haar gezegd. Ik weet niet of ze het zal doen. Volgens mij is de dokter die ze graag mag weg, en de nieuwe doet blijkbaar ruw en is onsympathiek. Maar ik zal het haar nog eens zeggen. Misschien moet je het haar ook in je brieven vragen?'

Betty knikte. Ze schaamde zich dat ze de afgelopen dagen zo weinig aan haar moeder en broertjes had gedacht. Ze zou hun een brief schrijven zodra ze zich ertoe kon zetten. 'Hebt u iets tegen haar gezegd over de verhuizing?'

'Ja, dat heb ik gedaan, en ze verwierp het idee stellig. Maar ze was blij dat Edvins toekomst duidelijk is. Ook al houdt hij vol dat hij machinist wil worden...'

'Dat kan later toch ook nog?'

'Ja, dat zei ik ook al tegen hem. Maar ik denk dat hij had gehoopt verder te kunnen leren. Maar dat gaat niet, dat begrijpt hij zelf ook wel. Proef nu de krakelingen eens!' Ze duwde het bord met boterachtige en besuikerde krakelingen naar Betty toe, die zojuist haar boterham met smaak had verorberd en nu gehoorzaam een krakeling pakte. Haar maagproblemen waren blijkbaar over.

'Bedankt voor de krakelingen, tante Helmi! Nu moet ik de was gaan doen en dan het eten klaarmaken.'

Betty stond op en veegde de kruimels van haar schort, om duidelijk te maken dat ze geen tijd had om nog langer te blijven zitten. Tante Helmi kwam steunend overeind, sloeg haar sjaal om haar nek en trok haar mantel aan. Ze keek Betty onderzoekend aan, die met grote moeite haar haar in een wrong draaide.

'Je zou iets aan je haar moeten doen. Het ziet er zo dwaas uit om de hele tijd met je haar bezig te zijn. De kapster aan de Upplandsgatan waar ik meestal naartoe ga is niet zo duur. Ik zal haar zeggen dat je een dezer dagen langskomt om je haar te laten knippen en onduleren, dan krijg je een goede prijs.'

Betty deed haar mond open om ertegenin te gaan, maar beheerste zich. Misschien had tante wel gelijk? Ze had genoeg van haar wrong en van het feit dat haar haar de aandacht trok. In plaats daarvan knikte ze en nam het briefje met het adres aan dat tante Helmi haar toestak.

Ze liep met haar tante mee naar de deur en kreeg een klopje op haar wang. 'Lieve kind. Wat een geluk dat Johanna jou heeft, want je bent zo flink en keurig. We zeiden bij je vertrek al dat er geen fatsoenlijker en betrouwbaarder dienstmeisje op deze aarde is.' Tante Helmi moest zelfs haar zakdoek pakken en haar neus snuiten voor ze vertrok.

31

Betty zuchtte toen ze de deur achter haar tante dichtdeed. Ze verlangde ernaar dat Martin weer thuis zou komen en dat ze open konden zijn over alles. Nu had ze het gevoel dat ze loog en geheimen achterhield.

In de namiddag ging de doktersvrouw uit en kort daarna stond Viola in de keuken. Hoewel ze heel erg gesteld was op haar vriendin, had Betty liever een paar minuten gerust. Na het ophangen van de was en het schillen van de aardappelen keek ze eigenlijk uit naar wat rust. Maar Viola was dolenthousiast.

'Je komt toch woensdagavond naar het bal, op driekoningenavond? Mevrouw zei dat je dan vrij bent. Birger komt ook, ik kwam hem gisteren tegen op de Hamngatan en hij vroeg naar je!' Viola ging aan tafel zitten en Betty kon niets anders doen dan de koffie opwarmen en de suikerkrakelingen die tante Helmi had achtergelaten neerzetten. Ze verbeet haar vermoeidheid en probeerde geïnteresseerd naar Viola's verhalen over de kerstviering in Dalarna te luisteren.

'En op de middag voor kerstavond gingen we dansen in de zaal achter de keuken. Dat was eigenlijk alleen voor de bedienden, maar de zonen van een van de directeuren kwamen langs en uiteindelijk waren alle jonge mensen in het hotel aan het dansen op grammofoonmuziek. Het was zo'n vrolijke boel, Betty! Ik danste op "En stilla flirt" met directeur Ander en hij neuriede het de hele tijd in mijn oor. Och, wat is hij knap! Het is maar goed dat Valle me niet kon zien, anders was hij jaloers geworden.'

Betty geeuwde een beetje achter haar hand en knikte zo goed als ze kon, in de hoop dat Viola snel zou vertrekken.

'Ik kwam mijn geld halen voor het bedienen op oudejaarsavond, maar als mevrouw niet thuis is, zal ik weer naar huis moeten. En, heeft hij nog iets van zich laten horen, die mysterieuze Joodse oude man van je?'

Iets in haar toon zorgde ervoor dat Betty haar vriendin argwanend aankeek. 'Wat bedoel je?'

Viola rekte zich uit in haar stoel en stond langzaam op. 'O, ik maakte maar een grapje, hoor!'

Hoewel ze er niet helemaal zeker van was dat Viola het meende, liep Betty haastig naar de dienstbodekamer en pakte de sieraden en de foto. Viola bewonderde beide, maar iets in haar manier van doen deed Betty vermoeden dat ze misschien niet zo enthousiast was als ze deed voorkomen.

'O, wat is hij donker! Hij lijkt wel een beetje op Gary Cooper, nietwaar? Gary Cooper met een snor en bruine ogen.'

Betty kreeg de foto terug. Leek hij op Gary Cooper? Ja, misschien een beetje. Ze zag alleen zijn dierbare gezicht. Ze wilde net vragen wat Viola dacht van de reis naar Kopenhagen toen Viola alweer verder praatte.

'Wat vind je dan van mevrouw en die majoor? Dat de dokter niet van streek raakt!'

Betty knikte. Dat had ze zich ook afgevraagd.

'Maar de dokter is waarschijnlijk bang voor zijn vrouw, zij is degene met het geld. En ze is veel ouder dan hij...'

'Echt waar?' Betty keek haar vriendin verbaasd aan. Daar had ze helemaal niet over nagedacht.

'Ja, het gerucht doet de ronde dat ze bijna niet aan de man was gekomen. Maar ze had geld, dus de dokter moest haar aanbod vriendelijk aannemen. Ondanks het slechte Schimmelbloed...' Viola zweeg midden in haar zin toen er een sleutel in het slot werd gestoken en de voordeur openging. Viola trok haar wenkbrauwen omhoog en drukte giechelend haar wijsvinger tegen haar pruilende lippen.

Betty glimlachte terug, maar verstopte haastig haar schatten in de dienstbodekamer. En ze riep naar Viola dat ze het nog niet wist, van driekoningenavond. Even vroeg ze zich af wat ze bedoelde met het 'slechte Schimmelbloed', maar ze besloot dat het waarschijnlijk niet belangrijk was.

Er kwam een brief. Ze ving hem op voordat hij op de mat viel en herkende het handschrift, zijn geliefde, dierbare handschrift. De postzegel was Deens. Helaas stond ze op het punt het diner te serveren, dus moest ze hem voorlopig in haar schortzak stoppen.

Ze pakte het dienblad met varkensvlees en uiensaus op en draaide snel haar hoofd om. Bah, wat kon ze die kooklucht ineens slecht verdragen! Vroeger was ze dol op geroosterd varkensvlees en de geur ervan. Ze ademde door haar mond en zette de borden neer. De dokter glimlachte voor het eerst sinds oudejaarsavond naar haar en ze lachte opgelucht terug. Ze wilde niet dat ze met elkaar overhooplagen.

'Wij drieën zijn uitgenodigd voor een bal in Åkersberga op driekoningenavond, dus ik wilde vragen of je voor Jäger kunt zorgen.'

Ze knikte en de dokter ging verder: 'Je bent vanaf twaalf uur vrij. We vertrekken rond drie uur en komen op Driekoningen terug, dus dan heb je even vrij en kun je je vermaken als je wilt, zolang je er maar voor zorgt dat de hond wordt uitgelaten en eten krijgt. Ik weet dat Jäger en jij het goed met elkaar kunnen vinden. En dat hij een goede waakhond kan zijn voor het geval er dieven, spoken of boeven komen.' Dat laatste was duidelijk ironisch bedoeld en was gericht tegen haar, en ze beet op haar lip en sloeg haar blik neer. Hij dacht zeker net als zij aan het lage gegrom van Jäger laatst.

'Neem de schalen maar mee, en dan is het goed voor vanavond. Je ziet er de laatste tijd zo moe uit. Misschien kun je maar beter naar bed gaan.' Mevrouw glimlachte een tikje smalend en Betty maakte een knicks, met de vaat in de hand. Ze wilde graag vroeg ophouden met werken; ze wilde alleen zijn met de brief.

Nadat ze in razend tempo de afwas had gedaan en snel een deeg had voorbereid, een wasje in de week had gelegd en het porselein in de badkamer had gepoetst, waste ze zich en sloot zich op in de dienstbodekamer. Het was pas halfnegen, maar ze was graag gaan slapen.

De brief besloeg maar één kantje en op het moment dat ze hem openvouwde, trok haar maag samen van angst.

Betty, o, mijn lieve kleine Betty,

Alles is anders. Ik kan het nu niet goed uitleggen, maar je zult het wel gaan begrijpen. We nemen vanavond al de trein naar Frankrijk. Daar zou een schip zijn dat ons verder kan brengen, en ik hoop dat dat waar is, want het geld begint op te raken. Het was misschien beter geweest om met de hele reis te wachten nu hij zoveel langer gaat duren, maar Paul en onze vrienden hier in Kopenhagen hebben me ervan overtuigd dat we geen keus hebben en dat de tijd dringt. Maar ik hoop dat ik binnenkort toch nog bij jou thuis zal zijn. Ik wou oprecht dat ik het kon uitleggen en vooral dat ik bij jou kon zijn, mijn geliefde hartje. 'Was ich liebe, liebe ich für immer', maar hopelijk zien we elkaar 'Im wunderschönen Monat Mai als alle Knospen sprangen, da ist in meinem Herzen die Liebe aufgegangen' – of natuurlijk eerder als het lukt!

Betty, mijn lieve meisje, ik wou dat ik het beter kon uitleggen.

Ik zal zien of ik tijdens deze reis tijd heb voor een langere brief en dan zal ik je een adres geven zodat we elkaar kunnen schrijven. Vergeef je arme wanhopige Martin, die nu erg lijdt omdat hij niet bij je kan zijn. Ik kus je warme lippen, je gladde wangen en denk eraan hoe heerlijk, zalig je rook.

Voor altijd de jouwe.

Martin

Ze legde haar hoofd in haar handen en snikte zo hard ze durfde.

Tegen Viola zei ze niets over de brief en het vertrek. Het was alsof ze bang was dat haar vriendin zich erover zou verkneukelen. In plaats daarvan maakten ze plannen voor de dans op driekoningenavond. Ze kon toch wel even gaan kijken? En als Birger erbij zou zijn, was dat helemaal mooi, want dan kon ze hem bedanken voor het mooie kerstcadeau. Ze spraken om zeven uur af bij de buitendeur.

De dag van driekoningenavond brak aan en ze zette een entrecote op een laag vuurtje om die te laten sudderen. Daarna maakte ze een lange wandeling met Jäger. Ze liep naar Humlegården en werd onbewust naar het standbeeld van Linnaeus getrokken, waar ze die keer hadden afgesproken. Ze wist eigenlijk niet waarom ze zichzelf zo kwelde, maar ze sloot haar ogen en zag zijn lieve, lieve gedaante toen hij haar tegemoetliep. Jäger draafde tevreden met haar mee en ze veegde haar tranen weg en begaf zich naar straten waar ze nog nooit had gelopen. Ze liet Jäger op elke hoek de richting kiezen en merkte nauwelijks dat het koud was en hard regende. Ten slotte ontdekte ze dat ze op de Upplandsgatan was, vlak bij de kapster van tante Helmi. Binnen zag ze vrouwen bewegen tussen roze gordijnen en ze vond ineens dat het de hoogste tijd was. Ze bond Jäger haastig buiten vast en waagde het de deur te openen.

Ze kwam naar buiten met een afspraak voor een uur later en haastte zich terug naar de flat om de entrecote uit te zetten, de hond terug te brengen en geld te halen. Eindelijk haar haar onder handen laten nemen was een geweldige voorbereiding op de bruiloft, nietwaar?

'Weet je zeker dat ik je vlecht moet afknippen? Hij kan er niet meer aan geplakt worden.'

De kapster sprak een tikje lijzig en had knalrood haar, dat in perfecte krullen viel. Ze had Betty's haar gevlochten en hield de vlecht opzij. Hij stak een eind de lucht in. Betty knikte. Ze hadden afgesproken dat haar haar iets langer zou blijven dan de meest gangbare kapsels.

'Zoals de Amerikanen hebben, de filmsterren.'

De kapster pakte haar schaar en knipte de dikke vlecht in één keer door. Nu kwam Betty's haar tot haar schouders. Toen rolde ze een vreemd apparaat naar zich toe en Betty's haar werd geknipt en gladgemaakt, waarna het nat werd gemaakt met speciale onduleringsolie en de kapster en een hulpje de uiteinden van haar haar op de elektrische spoelen van het apparaat wonden. Het apparaat werd in het stopcontact gestoken en na enige tijd was het onduleren klaar.

Het hulpje, ongeveer van Betty's eigen leeftijd, haalde de spoelen er een voor een uit, en bij elke gedraaide lok die tegen haar hals deinde, maakte ze een tevreden geluid. 'O, wat mooi! Je haar is al prachtig en is nu nog chiquer met die krullen!'

Betty keek verbaasd naar de krans van krullen tegen haar hals en op haar rug. Het was echt schitterend geworden! Precies zoals ze altijd gedroomd had. Dat ze dit niet eerder had gedaan!

De kapster kamde, borstelde en krulde het haar nog extra met haar vingers en haarklemmen om het precies zo filmsterrenmooi te maken als Betty wilde. Ze wees het hulpje en anderen erop dat Betty's haar heel geschikt was om te onduleren en dat het kapsel haar fantastisch stond. Maar Betty wilde alleen maar dat ze haar armen zou laten zakken, want ze rook zo vreselijk onder haar oksels.

Betty keek naar zichzelf in de spiegel. Het was net alsof het meisje in de spiegel iemand anders was. Betty uit Åvik was verdwenen, dit was heel iemand anders. Ze dacht meteen aan Martin. Wat zou ze blij zijn geweest als ze vanmiddag naar Uppsala had kunnen gaan. Wat zou ze opgewonden zijn geweest over zijn reactie als hij haar afhaalde van de trein. Zijn bewondering. Ze knipperde en beet hard op haar lip om de tranen binnen te houden. Een halfjaar... Tot de zomer... Mijn hemel!

'Wat is er aan de hand? Voelt de juffrouw zich niet goed?' De kapster liet haar armen zakken en Betty kneep in haar hand en plakte een glimlach op haar gezicht, ook al was die geforceerd.

'Jawel, hoor. Ik herken mezelf alleen niet.' Verbaasd voelde ze aan de strakke krans van krullen om haar hals, keek naar de elegante schuine pony met prachtige golven, en schudde haar haar, dat over haar schouders danste. Het zag er lichter uit dan toen het in een wrong was opgestoken. Ze wierp een laatste blik op de vlecht die op het werkblad lag. Het leek alsof die uit een andere wereld kwam en ze miste hem niet.

Ze bleef zich onwerkelijk voelen toen ze betaalde en haar mantel aantrok. De hoed paste nog beter op haar krullen en ze moest nog even voor de spiegel blijven staan voordat ze naar buiten ging: het meisje in de spiegel zag er volwassen uit. Het was niet alleen het haar, maar haar hele gedaante. Ze was gewoon een ander mens.

Buiten regende het niet meer en er scheen een prachtige ster tussen de daken door. Het was bijna vijf uur en ze liep langzaam door de stad. Een knappe man in een grijs gemêleerde jas glimlachte op de Birger Jarlsgatan naar haar en lichtte zijn elegante hoed ter begroeting. Ze glimlachte verbaasd terug en keek naar haar versleten mantel. Er was duidelijk iets veranderd.

Jäger zuchtte bedroefd toen ze zich waste en omkleedde. Alsof hij wist dat hij alleen gelaten zou worden. Dus liet ze hem nog een keer uit, gaf hem wat extra lekkers te eten en liet hem daarna op haar bed slapen. Ze bleef bij de ladekast staan en bracht Martins foto naar haar gezicht. Ze wenste dat ze straks met hem had afgesproken. Maar ze was vanavond vrij en ze wilde niet thuis zitten met een hond als enige gezelschap. Ze kneep zacht in haar wangen om er wat kleur op te krijgen en bedacht vluchtig dat ze de hele dag nog niets had gegeten. Misschien moest ze op zijn minst een boterham eten? Maar het was al bijna zeven uur en dat beslechtte haar dilemma: ze zette haar hoed op, trok haar mantel aan en liep toen resoluut naar buiten om Viola te treffen.

32

Wat een avond!

Betty was al heel vaak naar dansfeesten geweest. Anna en zij gingen altijd naar het dorpshuis en naar het muziekpaviljoen op de Köpmanberget in Hudiksvall, maar ze had nog nooit zo'n modern jazzorkest meegemaakt, zo'n sfeer beleefd en zoveel mensen gezien als in de Sveahof. Iedereen had haar nieuwe kapsel bewonderd en ze had met minstens tien verschillende jongens gedanst, en gelachen om alle snedige grappen die ze op haar afvuurden. Toch had ze elk van hen zorgvuldig bedankt voor de dans en duidelijk gemaakt dat ze niet vrij was. Alleen Birger volgde haar als een schaduw en toen ze, duizelig, moe en uitgehongerd, tegen Viola zei dat ze naar huis ging, voegde hij zich bij haar.

'Ik loop met je mee naar je buitendeur.'

Ze glipte in haar mantel, zette haar hoed zwierig schuin en schudde haar hoofd naar hem. 'Zo laat het is helemaal niet, Birger. Ik kan prima alleen lopen. Wil je niet liever blijven en nog wat dansen? Anna-Lisa staat naar je te kijken.'

Hij schudde zijn hoofd en hield de deur voor haar open. Ze draaide zich om om te zien waar Viola was, maar daar stond Anna-Lisa, die zich ontmoedigd omdraaide en weer naar binnen ging.

Hij stak een sigaret op en bood haar er een aan, maar ze schudde zoals gewoonlijk haar hoofd en stak haar handen in haar zakken. Betty neuriede zacht en onzuiver 'Whispering' en zorgde er nauwgezet voor dat ze voldoende afstand tussen hen hield. Hij bleef zwijgen en ze voelde de drukkende stilte. 'Zoals ik al zei, Birger: heel erg bedankt voor het mooie kerstcadeau. Het was bijna te mooi voor me.' Ze glimlachte naar hem, maar hij gooide de peuk in de goot en lachte niet terug. Ze haalde nog eens adem: 'Mijn haar voelt erg vreemd. Ik heb niet meer zulk kort haar gehad sinds ik een klein meisje was.'

Hij schraapte zijn keel en knikte. 'Het is mooi geworden! Maar je bent altijd mooi, Betty, wat je ook...' Zijn stem stierf weg en onder een van de straatlantaarns aan de Sibyllegatan draaide hij zich met een ruk naar haar toe. 'Viola zegt dat je verloofd bent. Is het waar?' Hij pakte haar arm, zodat ze wel moest blijven staan.

Ze wrong zich los, maar knikte. 'Ja, ik ben verloofd. In het voorjaar gaan we trouwen.'

Hij ging voor haar staan en greep haar bij de schouders. 'Maar je zei me dat je te jong was om verkering te hebben. Dat je vond... dat jij en ik niet konden...'

Ze knikte naar hem. Zwijgend en licht beschaamd.

Hij verstevigde zijn greep op haar schouders, schudde haar zacht door elkaar en zei met gebroken stem: 'Wie is hij? En waarom ga je uit dansen als je verloofd bent? Hoe zit dat?'

Ze rukte zich weer los en draaide zich verontwaardigd om. 'Ik had Viola beloofd naar het bal te gaan en nu was het dan zover, is dat zo vreemd? Mijn verloofde is op reis en heeft er geen enkel bezwaar tegen dat ik plezier heb. En nee, je kent hem niet.'

Ze liep met snelle passen naar het Östermalmstorg en maalde er niet om of hij achter haar aan kwam of niet. De klok van de Hedvig Eleonora-kerk sloeg kwart voor twaalf en ze versnelde haar pas om vlug thuis te zijn. Ze hoorde dat hij achter haar aan liep, maar draaide zich niet om. Pal voor de kerk greep hij haar weer vast en draaide haar om.

'Betty! Ik dacht dat we verkering zouden krijgen. Waarom heb je niets gezegd? Waarom heb je me voor kerst niets verteld?'

Zijn pony was naar voren gevallen en hij keek haar zo ongelukkig aan dat ze zich schaamde.

'O, Birger, toen wist ik het nog niet. Ik wil graag goede vrienden met je zijn en het spijt me heel erg als je op iets anders hoopte. Ik vind het leuk om met je om te gaan en ik waardeer onze vriendschap zeer. Maar...'

Hij liet haar los en liep met hangende schouders naast haar verder.

Voor haar buitendeur bleef ze staan en ze stak haar hand uit. 'Bedankt voor deze fijne avond, Birger. Het spijt me als ik je teleurgesteld heb. Natuurlijk krijg je de broche terug als je wilt.'

Hij gaf haar een hand, maar liet de hare snel weer los en zei kortaf: 'Ik neem nooit cadeautjes terug.'

'Nou, tot ziens dan maar, Birger! Ik hoop je nog eens te zien bij een dansavond of een uitstapje naar Djurgården.'

Hij snoof, schopte tegen een ijsklomp en stak zijn handen in zijn jaszakken. 'Ik denk het niet. Ik blijf bij je uit de buurt...'

Ze wilde net iets zeggen toen hij zonder om te kijken haastig afsloeg naar de Hedvig Eleonora-kerk.

Betty voelde zich ongelukkig, neerslachtig en ongemakkelijk. De razende honger was veranderd in hoofdpijn en misselijkheid en ze haastte zich de trappen op.

Op Driekoningen bereidde ze een vroege avondmaaltijd voor de dokter, mevrouw en Carl-Axel. De entrecote was perfect en de dokter besloot dat ze er wijn bij zouden drinken. Maar hij las haar de les over haar kapsel.

'Je had zulk prachtig haar! Het is ronduit zondig om zulk mooi haar af te knippen.'

Ze glimlachte naar hem en probeerde hem koket milder te stemmen: 'Maar het is veel gemakkelijker te verzorgen. Vindt u niet dat het mooi is geworden?'

Hij trok de kurk uit de fles en schudde, met een opgetrokken mondhoek, zijn hoofd, dus ze begreep dat hij niet echt boos was. 'Je bent zo snoezig als een bloemknop, hoe je er ook uitziet. Maar dat prachtige haar was wel heel bijzonder.'

Mevrouw zei dat ze er elegant en keurig uitzag en Carl-Axel knikte instemmend. Ze bedankte hen voor de complimenten en hoopte dat Carl-Axel haar na het eten in de keuken goed nieuws zou brengen.

Maar dat deed hij niet. In plaats daarvan hoorde ze lawaai uit de eetkamer komen, de deur ging open en de dokter schreeuwde woedend: 'Als je 's nachts niet buiten zou rondslempen en een waardige echtgenote zou vinden, was je ons niet zo tot last! Er wachten tenslotte een flat en een bedrijf op je, als je je maar eens zou vermannen!'

Carl-Axel, die blijkbaar bij de keuken in de hal was blijven staan, antwoordde even woedend: 'U weet niets over mij en mijn leven! Laat me met rust!'

Er viel even een stilte en toen klonk de stem van de dokter, kouder en minachtender dan ooit tevoren: 'Op de dag dat je je onnatuurlijke, ongezonde levensstijl achter je laat, laat ik je met rust. Maar zolang je onder mijn dak woont, gedraag je je fatsoenlijk!'

De deur van de eetkamer ging met een klap dicht en Betty was plotseling doodsbang dat Carl-Axel de keuken in zou komen. Maar in plaats daarvan hoorde ze de voordeur dichtslaan en snelle stappen de trappen af gaan. Ze hoorde de droevige, beschuldigende stem van mevrouw, en de dokter die met boze geluiden de hond ging uitlaten.

Carl-Axel kwam de hele nacht niet terug, maar pas de volgende avond na zijn werk. Zelfs toen bracht hij haar geen nieuws.

De dagen gingen voorbij en ze wachtte elke dag op een brief. Er kwamen brieven van haar moeder en van Anna, zelfs van Edvin, maar niet van Martin.

Van buitenaf gezien leek alles normaal. Ze maakte ontbijt voor de dokter, kletste met hem, en als het niet te koud was, trof ze daarna Viola op de binnenplaats. 's Ochtends deden ze zoals gewoonlijk boodschappen en Viola vroeg niets over de verloving of over brieven. Het voelde een beetje vreemd, maar het was ook wel fijn om geen uitleg of excuses te hoeven geven.

Ze stofte, waste en kookte, en elke dag keek ze Carl-Axel vragend aan als hij van kantoor kwam. Had hij iets gehoord? En elke dag schudde hij bijna onmerkbaar en droevig zijn hoofd. Nee, geen teken van leven.

Ze besloot naar de flat aan de Skolgatan in Uppsala te bellen, maar daar nam niemand op.

Stockholm, 18 januari 1938

Lieve mama, lieve broertjes,

Jullie weten toch dat Gösta Ekman dood is? De dokter kwam eerder thuis van zijn werk en vertelde het op zeer serieuze toon, en mevrouw huilde toen ze het hoorde. Het voelt vreemd omdat je Gösta Ekman altijd in de film zag. De begrafenis is hier op het kerkhof van de Hedvig Eleonora-kerk. Van mevrouw mocht ik mee om naar de begrafenisstoet te kijken en vandaag werd hij begraven. O, mama, ik heb nog nooit zoveel mensen gezien! De dokter zei dat er bijna honderdduizend mensen op straat waren, veel meer dan toen Branting werd begraven. Mevrouw, Viola en ik liepen achter de kist aan over de Sibyllegatan en daar zag het zwart van de mensen. Het verkeer stond stil en de enige geluiden waren de paardenhoeven, het geratel van de katafalk en de gedempte trommels, en overal hingen zwarte sluiers. Volgens mij waren er minstens twintig koetsen met bloemen en kransen, en het leek wel een koninklijke begrafenis. Mevrouw heeft elke dag sinds het nieuws gehuild en toen de kist passeerde, huilde ze openlijk. Maar dat deden veel mensen. Het was heel mooi, dat kunt u wel geloven. Mooi en verdrietig en ik had graag gewild dat jullie er allemaal bij waren... Voor de rest is alles net als anders. Ik hoop dat ik snel een keer naar huis kan komen, en goed nieuws kan brengen...

Op 28 januari kwam Edla, de schoonmaakster. Betty was aan het koken en knikte haar alleen maar even toe. Ze had nog nooit zo'n zwijgzaam persoon ontmoet. Maar Edla werkte snel en goed en ze verdeelden de klusjes zonder veel met elkaar te praten. Edla dweilde, droogde de vloeren en klopte de tapijten. Ze nam de dagkanten af en schrobde zowel de keuken als de badkamers. Betty ruimde op, stofte en poleerde. Ze verschoonde het beddengoed en zette boeken en snuisterijen recht. Rond het middaguur kwam Edla altijd hijgend en bezweet de keuken binnen en knikte naar Betty. Dan dronken ze in stilte koffie met iets erbij, waarna ze weer aan het werk gingen. De eerste paar keer had Betty geprobeerd met haar te praten, maar ze kreeg alleen eenlettergrepige antwoorden terug, dus deed ze geen moeite meer. Tegenwoordig was een vriendelijke, waarderende glimlach het enige wat aangaf dat Edla tevreden was met het aangeboden eten en drinken.

Betty smeerde boterhammen, belegde ze met pekelvlees en kaas, en zette koffiekopjes en suiker klaar. 'Er is koffie als je wilt.' Ze ging aan tafel zitten en schonk voor hen beiden koffie in.

Edla spoelde haar handen af onder de kraan en pakte haar koffiekopje.

Betty zuchtte, zoals ze de afgelopen weken zo vaak had gedaan. Ze was net naar de gang geweest om de post te halen. Er was geen brief voor haar, noch voor Carl-Axel.

Edla kauwde op haar boterham, keek Betty lang en aandachtig aan voordat ze slikte en onverwacht zei: 'Heb je een verloofde of sta je er alleen voor?'

Betty keek op van haar koffiekopje. Wat bedoelde ze? 'Sta ik er alleen voor?'

Edla leunde achterover in haar stoel en keek haar aan, koffiekopje in de hand. Haar grijsbruine haar viel op haar voorhoofd en ze stopte het voorzichtig onder de hoofddoek. 'Heb je al iets tegen de dokter en mevrouw gezegd? Voordat het te zien is?'

Betty staarde haar aan, met wijd opengesperde ogen en haar koffiekopje halverwege haar mond.

'Iets gezegd...' Langzaam begon ze iets te begrijpen wat ze misschien wel vermoedde, maar niet onder ogen wilde zien. Maar het was te groot, angstaanjagend en moeilijk te bevatten. Ze zette het kopje voorzichtig neer op tafel en schoof het opzij. Daarom lustte ze geen koffie meer! Ze slikte een paar keer en keek omlaag naar het tafelkleed, waar plotseling tranen op vielen.

'Maar, liefje, wist je het niet?' Edla's stem klonk onverwacht vriendelijk en Betty sloeg haar handen voor haar gezicht en barstte wanhopig in tranen uit. Gelukkig was mevrouw niet thuis, die bleef altijd weg op schoonmaakdagen en kwam pas 's avonds terug. Betty haalde met moeite diep adem om op te houden met huilen, en ze slaagde er uiteindelijk in de smadelijke tranen te stoppen.

'Het spijt me, ik weet niet wat er met me aan de hand is. Normaal huil ik niet.'

Ze keken elkaar in stilte aan totdat Edla haar hand op de hare legde. 'Het is omdat je in verwachting bent. Ik huilde de hele tijd toen ik in verwachting was.'

Betty knikte en haalde haar neus op. 'Ik had het me niet gerealiseerd... maar natuurlijk is het zo.' De tranen welden weer op en ze zei met gebroken stem: 'We zijn verloofd... maar hij is weggegaan en... ik weet niet waar hij is.'

Edla gaf een klopje op haar hand. 'Lieverd, dan zul je het zelf moeten uitzoeken. Bedenk of je het gaat houden of dat je genoeg geld hebt om het weg te laten halen.'

Betty keek snel op, veegde haar ogen weer af en keek vertwijfeld naar de schoonmaakster. 'En mijn moeder! Hoe moet ik het in hemelsnaam aan mijn moeder vertellen? We zouden naar haar toe gaan... en trouwen... en...'

De schoonmaakster knikte en gaf weer een klopje op haar hand. ‘Maar dan is het misschien tijd dat je hem, de toekomstige vader van het kind, te pakken krijgt, zodat hij aan zijn verplichtingen kan voldoen. Anders zul je snel moeten beslissen wat je gaat doen, hoor je!’

Betty knikte en snoot haar neus in de zakdoek uit haar schortzak. Ze kon hier niet zitten huilen bij iemand die ze nauwelijks kende. Stel dat ze praatjes zou rondstrooien? ‘Mag ik je vragen niets te zeggen? Ik moet dit zelf uitzoeken, en het zou akelig zijn als de dokter en mevrouw dit via een omweg te horen kregen.’

Edla stond op, zette haar koffiekopje neer en keek Betty nors aan. ‘Wat denk je wel van me? Dacht je dat ik over zoiets zou roddelen? Nou, ik praat al niet veel en over dit soort dingen zwijg ik altijd.’

Betty probeerde te glimlachen en knikte en veegde haar neus weer af, die rood was van het huilen. ‘Dank je, Edla.’

De schoonmaakster zei niets meer, ze spoelde alleen haar kopje om en ging weer aan het werk.

Betty bleef aan de keukentafel zitten met haar handen gebald in haar schoot. Er gingen wel duizend gedachten door haar hoofd en eigenlijk wilde ze alleen maar tranen met tuiten huilen. Hoe was ze in deze situatie beland? Hij had gezegd dat hij voorzichtig was geweest en ze had hem geloofd. Maar waren ze dat beide keren geweest? Nee, de tweede keer niet. Zo was het dus gebeurd. De laatste maandelijkse bloeding was vlak voor Lucia geweest en nu was ze minstens twee weken over tijd. Dat was het dus: ze zou een kleintje krijgen. Daarom was ze zo misselijk en moe.

Ze werd verrast door de klok, die drie uur sloeg. Ze zat al een uur in dezelfde stoel. Er gingen allerlei gedachten door haar hoofd en ze had nog geen oplossing bedacht. Hij moest snel contact met haar opnemen. Hij had vanaf het begin gezegd dat hij uiterlijk 31 januari thuis zou zijn, misschien zou hij toch nog thuiskomen?

Ze legde haar handen op haar buik. Daar zat dus leven in. Een stukje van hem… Maar ze kon niet nu al een kind krijgen! In veel opzichten voelde ze zich zelf nog een kind. Een kind? Dat zou alles verpesten. O, was er maar een oplossing. Was hij maar hier, dan konden ze er samen uit komen.

Maar natuurlijk was het niet de bedoeling om te zitten dromen. Mevrouw kwam bijna thuis, en ze moest nog brood bakken en eten koken. Dan kon ze ondertussen nadenken.

33

En nadenken deed ze. Ze deed eigenlijk niets anders. Haar moeder schreef brieven waarin ze vertelde hoe flink haar broertjes waren en hoeveel gemakkelijker ze alles vond nu ze 's ochtends al licht boven de baai bespeurde. En dat tante Helmi wilde dat haar zus een tijdje vrij nam, naar haar toe kwam en dan naar Helmi's dokter ging. Misschien zou ze in het voorjaar komen. Zou Betty haar dan van de trein kunnen halen?

Betty lag op haar rug in bed en streelde stiekem haar buik, terwijl ze zich probeerde te herinneren hoe het ging toen haar moeder de kleine Pelle verwachtte. Wanneer begon je het te zien? Of eigenlijk: hoelang kon ze nog wachten?

Viola en zij troffen elkaar zoals gewoonlijk 's ochtends en praatten over ditjes en datjes, zelden over iets serieus. Viola wilde echter dat ze mee zou gaan naar een vergadering van de Vereniging van dienstmeisjes en ze had beloofd dat ze dat zou doen, maar tot nu toe was het haar niet uitgekomen.

'Ik denk dat je het aangenaam zou vinden. Het zijn heel degelijke en goede mensen en we praten over fantastische dingen. Ah, waarom kom je niet mee, Betty? Kun je aankomende woensdag?'

Betty glimlachte voorzichtig maar knikte toch: ja, ze kon proberen weg te komen van haar werk. Ze zou woensdagochtend zeggen of het lukte.

Ze deden de deurtjes achter zich dicht en Betty wilde net vertrekken toen Viola haar bij de arm pakte. 'Heb je de verloving verbroken? Ik heb sinds Kerstmis niets meer gehoord over jullie plannen.'

Betty stak haar kin in de lucht en probeerde te glimlachen. 'Nee, hij is weg met zijn broer. Naar het Europese vasteland. Volgens mij is de postbezorging niet geweldig.'

Viola glimlachte niet terug. 'Is hij verdwenen?'

Betty haalde haar schouders iets op. 'Nee, zeker niet! Zoals ik al zei, de postbezorging hapert. Hij komt binnenkort...'

'Betty! Is er iets met hem gebeurd of is hij er gewoon vandoor gegaan?'

Ze haalde weer haar schouders op, maar glimlachte niet meer. 'Ik weet het niet.'

Toen ze een paar uur later naar de Östermalmshal liepen, pakte Viola haar vast en zei nog voor ze bij de Storgatan waren: 'Je moet uitzoeken waar hij is! Is er niemand die je kan helpen? Zal ik het aan de redacteur vragen?'

Betty keek haar aan en schudde haar hoofd. 'Nee, nee. Ik denk dat ik iemand weet aan wie ik het kan vragen.'

Ze bedacht dat ze misschien toch met Carl-Axel moest gaan praten. Tot nu toe hadden ze elkaar ontweken. Hij verdween meestal 's avonds na het diner, dat vaak uitliep op onenigheid en ruzie met de dokter. Dan kwam hij laat en dikwijls dronken thuis. Hij gedroeg zich niet langer arrogant, maar ze wisselden alleen de hoognodige woorden.

Even overwoog ze Viola alles te vertellen, maar ze kon het niet opbrengen. Hoe kon ze iemand vertellen hoe zwaar ze in de knoei zat? In plaats daarvan plakte ze een glimlach op haar gezicht en wendde zich tot haar vriendin. 'Wat ga je kopen? Mevrouw had het over schelvis of kabeljauw voor het diner.'

VERENIGING VAN DIENSTMEISJES, VERGADERING IN ZAAL G, BUURTHUIS, stond op het bord, en Viola sloeg routineus de hoek om met een hoofdknik naar Betty. Het was bijna halfnegen en Betty was doodmoe. O, was ze maar thuisgebleven om te lezen. Boeken waren nu haar enige troost, en lezen het enige wat soms haar malende gedachten kon verdrijven. Januari was voorbij en het was al ver in februari. Haar jarretelgordel paste al niet goed meer en ze kreeg haar op één na beste jurk niet dicht over haar buste. De misselijkheid was wat afgenomen, maar de verlammende vermoeidheid bleef. Ze had ook een onstilbare eetlust, zo groot dat mevrouw haar vroeg wie alle restjes opat, omdat er de volgende dag zelden nog iets over was. Afgelopen herfst had Betty de dag erna vaak een vroeg diner van restjes aan de doktersvrouw kunnen voorschotelen als ze alleen was. Dan nam Betty meestal genoegen met een boterham of een bord pap, maar nu kon ze er niet van afblijven. Ze at spekpannenkoeken, slavinken en in koolblad gewikkeld, aangebraden gehakt met jus en soms aardappelen. Er bleef zelden iets over. Soms huilde ze van schaamte terwijl ze zich volpropte, maar ze kon het niet laten en zei vaag dat ze de volgende keer meer zou koken. Misschien dacht mevrouw dat ze iemand anders te eten gaf, want soms kwam ze onaangekondigd de keuken binnen en bekeek de vaat in de gootsteen.

Het zou niet lang meer duren voordat ze het hun moest vertellen. En ze had geen idee wat ze daarna zou doen. Het enige waar ze aan kon denken als ze ’s nachts piekerde en lag te huilen was teruggaan naar Hudiksvall en haar moeder tot wanhoop brengen.

‘Hier is het. Laten we hier aan de zijkant gaan zitten.’ Viola trok ongeduldig aan haar arm en ging zelf op een bankje tegen de muur zitten. Ze trok haar handschoenen uit, knoopte haar mantel open en knikte blij en met een blik van herkenning naar de andere vrouwen om haar heen. Betty keek hen onzeker aan, maar knikte ook en keek naar de vrouw die het spreekgestoelte betrad. Het was niet dezelfde die ze op de Drottninggatan had ontmoet, dit was een jongere vrouw.

'Kameraden! De kwestie van de dienstmeisjes is nu het grote gespreksonderwerp in alle kranten, aan alle koffietafels, zelfs in het parlement. Zweden is afhankelijk van goedkope arbeidskrachten zodat huisvrouwen hulp kunnen krijgen en zo alle werkende mannen in het land kunnen ondersteunen. Zweden heeft zijn dienstmeisjes nodig!'

Betty luisterde. De vrouw borduurde erop voort hoe belangrijk dienstmeisjes voor het land waren en hoe belangrijk het voor Zweedse vrouwen was om hulp te krijgen bij het zware en veeleisende huishoudelijke werk. En hoe belangrijk het was dat dienstmeisjes georganiseerd en opgeleid waren: 'Acht uur werken per dag, zelf over je vrije tijd kunnen beschikken, een leefbaar loon, een aaneengesloten vakantie met behoud van salaris, fatsoenlijke huisvesting – waarbij je voldoende salaris krijgt om die te betalen en de werkgever niet bepaalt waar je woont – en een gratis, veelzijdige beroepsopleiding om de beroepsstandaard verder te verhogen zijn enkele van de eisen die wij stellen!' De vrouw had rode blosjes op haar wangen gekregen en verhief tegen het einde haar stem.

Betty gaapte. Acht uur per dag en dan vrij zijn, dat klonk geweldig. En om weg te kunnen gaan van je werk wanneer je klaar was en niet altijd beschikbaar te hoeven zijn.

'Nou, wat vind je van onze eisen?' De vrouw van het spreekgestoelte was aan dezelfde koffietafel gaan zitten als Viola en Betty. Zo te zien was ze in de dertig, ze was mollig met een grote boezem en had vrolijke blauwe ogen die ze nu op Betty had gericht, die blijkbaar de enige nieuwkomer was.

Betty keek verlegen op toen ze besefte dat ze geacht werd te antwoorden. Maar ze nam een hap lucht. 'Het klinkt geweldig als het zo zou zijn, maar hoe kunnen mensen zich dat veroorloven?'

De vrouw snoof boven haar koffiekopje. 'Het belangrijkste is dat het een baan wordt als alle andere. Een gereguleerde baan waarbij je weet wat er van je wordt verwacht en waar je geen slaaf bent die naar believen gekoeioneerd kan worden. En Zweden heeft dienstmeisjes nodig om zijn huisvrouwen te ondersteunen.'

Betty keek haar verbaasd aan. 'Maar degenen die heel dringend huishoudelijke hulp nodig hebben, kunnen zich dat toch niet veroorloven? Integendeel, zij worden toch juist vaak hulp in de huishouding voor degenen met geld, ook al hebben ze het druk in hun eigen huishouden?'

De vrouw glimlachte en knikte enthousiast. 'Ja! Zo is het precies. Daarom moeten we ons inzetten voor een gratis beroepsopleiding voor dienstmeisjes en misschien ook een soort toeslag voor degenen die het niet kunnen betalen. En degenen die het wel kunnen betalen, moeten gewoon meer geld ophoesten.' Ze lachte, veegde haar mond af met een zakdoek en stak toen haar hand uit naar Betty. 'Je lijkt me een ondernemend meisje met waardevolle gedachten en opvattingen. Ik ben Ester Thulin en ik ben plaatsvervangend bestuurslid. Ik leid ook het koor van de dienstmeisjesvereniging, als je daarin geïnteresseerd bent?'

Betty nam haar stevige hand en groette haar beleefd, maar sloeg het aanbod af: 'Nee, zingen is niet iets waar Viola en ik goed in zijn, maar de organisatie lijkt me interessant.'

Viola dronk haar koffie op en knikte. 'Jazeker, ik heb veel geleerd. Maar het moeilijkste is om het de werkgever duidelijk te maken. De redacteur is in alle opzichten aardig en vooruitstrevend, maar toch zal hij me nooit een salaris geven waarmee ik me een flat in de stad kan veroorloven. En regulering van de werktijden… zeker niet. Zaterdagavond hebben ze gasten en dan begint mijn werk al om zeven uur 's ochtends. Als ik geluk heb lig ik ergens rond twee uur in bed, en mevrouw moet op zondag vroeg op, dus dan krijg ik ook niet veel slaap.'

Een vrouw met sproeten en een dikke bos haar leunde over de koffietafel en zei met zachte stem: 'Het ergste vind ik dat je soms bijna niet meetelt als mens. Ik kan reverences maken, bedienen, de tafel dekken en zo kruiperig mogelijk doen en nog steeds doen ze alsof ik niet besta. Gisteravond maakten meneer en mevrouw de hele avond ruzie, ze zeiden de meest gemene dingen over elkaar – zelfs de gênantste details over de intiemste kanten van hun huwelijk en ze negeerden me gewoon. Ik maakte extra geluid en schraapte mijn keel om gezien te worden, maar niemand lette op me. Het was net alsof ik er niet was en gewoon een machine was. Dat vind ik zo onaangenaam en vernederend!'

'Zoiets hoef je toch niet te slikken, Stina. Kun je er niets van zeggen?'

De vrouw haalde gelaten haar schouders op, maar Betty barstte los. 'Schoonmaken, koken en hard werken is minder vermoeiend dan steeds maar onderdanig doen en een knicks maken, vind ik. Ik vind het beschamend dat mensen zich niet fatsoenlijk kunnen gedragen tegenover een dienstmeisje.'

Steeds meer mensen vertelden verhalen over hun ervaringen, en bij elk verhaal klonken er lachsalvo's van herkenning en scherpe opmerkingen. Betty's vermoeidheid was als bij toverslag verdwenen en ze kwam met verschillende gevatte opmerkingen waar de anderen om moesten lachen: 'Als mevrouw op haar slechtst is, heb ik de neiging te denken aan hoe haar charmeuse ondergoed eruitziet als ik dat moet wassen. Mijn onderbroeken zijn niet zo smerig, ook al zijn ze van eenvoudig katoen.'

Ineens was het bijna tien uur en Viola en Betty wilden snel naar huis.

Ester Thulin liep met hen mee naar de deur en gaf Betty een boekje met informatie over de organisatie. 'Hier is ook het adres van ons kantoor. Ik ben daar een paar uur per week. Je bent altijd welkom als er iets is.'

Betty stopte het boekje in haar handtas, trok haar hoed schuin over een wenkbrauw en zei plotseling: 'Om welke redenen kun je ontslagen worden?'

Ester Thulin glimlachte en haalde haar schouders op. 'Het vaakst gebeurt het omdat je je werk niet goed doet. Of omdat je je ongepast gedraagt.'

'Wat telt als niet goed je werk doen en ongepast gedrag? Ik bedoel...'

Betty bleef in de deuropening staan en zowel Viola als Ester Thulin stonden haar zwijgend aan te kijken, totdat Ester Thulin glimlachte en haar hand op Betty's arm legde. 'Kom maar eens langs op kantoor op een dag dat we open zijn, dan kunnen we je vragen bespreken.'

Toen wendde ze zich tot de volgende vrouw, de deur sloeg dicht en de meisjes liepen de trap af en de avondkou in.

Viola zei meteen dat ze een beetje moeite had met die Ester Thulin. 'Ze was een dienstmeisje, net als wij, maar toen trouwde ze met de zoon des huizes en ze is nu eigenlijk meer een werkgever dan een van ons, ook al heeft ze zelf geen dienstmeisje.'

Betty keek Viola aan. 'Maar dat is toch juist goed? Iemand die weet hoe het was en in de mooie salons voor ons kan spreken?'

Viola haalde haar schouders op en zei dat het lastig was als mensen van plaats veranderden in de maatschappij, dan wist je niet meer wat je aan ze had. En Ester Thulin zou zeker een dienstmeisje aannemen als ze kinderen kreeg. Alle chique vrouwen namen dan een dienstmeisje.

Tijdens de wandeling naar huis zei geen van beiden meer iets, maar vlak voordat ze bij de buitendeur waren, pakte Viola haar stevig bij de arm. 'Wat zit je toch zo dwars, mens? Zeg het me voordat ik gek word!'

Betty keek haar vriendin aan, de tranen sprongen in haar ogen en ze schudde haar hoofd. 'Ik kan het niet, Viola...'

Viola keek haar teleurgesteld aan en duwde haar van zich af, waarna ze over de binnenplaats naar haar eigen dienstingang glipte.

34

De volgende ochtend, na weer een slapeloze nacht, was Betty zo misselijk dat ze zich half aangekleed naar de buitenplee haastte en overgaf. Ze braakte verschillende keren, tot haar maag leeg was en ze alleen nog gele gal overgaf. Ze snikte van wanhoop, veegde haar mond af, waarin ze een zure smaak had, en opende de deur naar de binnenplaats. En daar, met haar armen over elkaar en haar vest over haar schouders, stond Viola, die haar de weg versperde.

'Domoor! Waarom heb je niets gezegd? Ik dacht dat je iets gestolen had uit het huis of zoiets. In verwachting zijn is niet het einde van de wereld.'

Betty keek haar aan en opnieuw stroomden de tranen over haar wangen. 'Maar ik schaam me zo en ik weet niet hoe ik het mijn moeder moet vertellen. Ze zal zo vreselijk teleurgesteld in me zijn.'

Viola sloeg haar armen om haar heen, hield haar stevig vast terwijl Betty huilde, en mompelde vriendelijke, troostende woordjes, als tegen een klein kind. Toen het huilen wat afnam, zei ze: 'Dus hij is ervandoor gegaan? En heeft je hiermee achtergelaten?'

Betty keek, nog steeds snikkend, op en knikte en schudde haar hoofd tegelijkertijd. 'Er moet iets gebeurd zijn! Anders had hij wel iets van zich laten horen.'

Viola's mond verstrakte en ze kantelde haar hoofd iets achterover. 'Ja, dat zou best kunnen. Maar misschien is hij ook wel verdwenen omdat hij...'

Betty schudde opnieuw hevig haar hoofd. 'Nee! Ik weet dat er iets gebeurd is. Hij zou me nooit in de steek laten zonder me te schrijven!'

Ze leunde met haar hoofd op de schouder van haar vriendin en snikte zachtjes. Ondanks alles was het fijn om haar zorgen met iemand te delen en Viola's praktische manier om problemen te doorgronden beurde haar op.

'Ga nu naar boven en was je, kleed je aan en maak ontbijt. Eet zo snel mogelijk, anders moet je weer overgeven. Dan bereid je je werk van vandaag voor en om tien uur kom je naar mij toe. Mevrouw is bij haar zus in Eskilstuna en de redacteur werkt de hele tijd. Zeg tegen jouw mevrouw dat je wat recepten van me gaat overschrijven. Niet huilen, Betty. We lossen dit samen wel op.'

'Heb je naar zijn werk in Uppsala geschreven? Of naar de vrouw die zijn flat schoonhoudt? En waar werkt zijn broer? Misschien weten ze daar meer?'

Viola schonk melk in voor Betty en koffie voor zichzelf en schoof de versgebakken broodjes naar Betty toe. De keuken van de redacteur was kleiner, maar lichter en moderner dan die van de dokter en zijn vrouw. Viola's kamertje was licht, netjes ingericht en lekker warm. Betty nam een grote slok melk en nam een hap van het tweede broodje. Ze was niet meer misselijk en nu had ze weer razende trek.

'Ik weet gewoon niet wat ik moet schrijven zodat ze reageren. Wat als ze me uitlachen en de hele zaak negeren?'

Viola snoof. 'Daar moet je inderdaad wel rekening mee houden. Maar je moet voet bij stuk houden.'

Betty knikte, maar herinnerde zich toen iets en de tranen kwamen weer. 'Maar mijn moeder, wat moet ik tegen haar zeggen? En tante Helmi? En de dokter en mevrouw!'

Viola zuchtte. 'Wat een eeuwige huilebalk ben je toch. Kom kom, luister naar me: hoe ver ben je? Twee maanden? Dan zal het snel te zien zijn. Maar je kunt het zeker nog een maand zonder problemen verbergen. Als je nou eens niet zo vreselijk zou schransen...' Dat laatste zei ze half lachend en met een veelbetekenende blik op Betty die net een derde broodje wilde pakken.

Betty trok beschaamd haar hand terug en keek Viola aan.

'Moeders zien zoiets, ook als je nog geen dikke buik hebt, maar zelfs de dokter kan nog niet zien wat er aan de hand is. Je moet uit de buurt blijven van je moeder en misschien zelfs van je tante. Heb je eraan gedacht het weg te laten halen?'

Betty knikte en sloeg haar blik neer. 'Ja, dat zou het makkelijkste zijn, maar daar heb ik geen geld voor.'

'En de dokter? Kan hij het zelf niet of kent hij iemand die...'

Betty keek geschrokken op. 'Dat kan ik hem niet vragen!'

Viola trok haar neus op. 'Wat is dat toch met jullie twee? Ben je verliefd op dokter Molander? Hoeveel oude mannen heb je om je vinger gewonden?' Viola lachte en probeerde door haar haar te woelen.

Betty lachte niet, ze keek alleen maar weg en zei met tranen in haar stem: 'Hij is zo vreselijk aardig voor me geweest, maar dit kan ik hem nooit van mijn leven vertellen. Dat kan ik niet, Viola.'

Viola haalde haar schouders op en gaf haar een zakdoek. 'Snuit je neus en neem mijn receptenboek mee. Maak iets moderns en opwindends zodat mevrouw geen argwaan krijgt. Eet niet zoveel en probeer je buik en boezem in te houden. Je zult zien dat het op een of andere manier goed komt, schat. Je bent niet de eerste of de laatste die in verwachting is.' Ze sloeg ook haar armen om Betty heen, die natuurlijk haar tranen niet kon bedwingen, en Viola hief waarschuwend haar wijsvinger. 'Tsk, tsk, tsk. Nu niet meer huilen. Je moet aan de slag; niet huilen. Ik kom je morgenochtend om negen uur ophalen. Neem een theelepel kaneel als je je ziek voelt, dat doet mijn moeder altijd. Ga nu maar, huilebalkje.'

Dit laatste zei ze heel liefdevol en warm terwijl ze Betty's wang streelde. Betty probeerde terug te glimlachen, ze pakte het receptenboek, liep de trap af en de binnenplaats over. Het voelde nu allemaal niet meer zo erg, maar ze moest met Carl-Axel praten. Ze moest proberen hem een keer bij de voordeur de pas af te snijden als de dokter en mevrouw niet thuis waren.

Twee dagen later deed de gelegenheid zich voor. De dokter en mevrouw waren weg en Betty was in de keuken het zilverwerk aan het poetsen, met Jäger aan haar voeten. Plotseling stond hij in de keuken. Hij was afgevallen en zag er beroerd uit.

'Ik vroeg me af of hier hoofdpijnpoeder is? Het mijne is op.'

Ze stond op en opende het geneesmiddelenkastje naast de bezemkast, dat de dokter van tijd tot tijd aanvulde met verband en zwachtels en – dacht ze – hoofdpijnpoeder. En inderdaad, er lag een verpakking met envelopjes poeder en ze gaf hem er twee.

Terwijl hij ze aannam, haalde ze diep adem en waagde ze het haar mond open te doen. 'Alsjeblieft, weet je iets over wat er met hen gebeurd kan zijn?'

Hij keek naar haar op en ging hoofdschuddend aan de keukentafel zitten. 'Nee. Nee, ik weet niets. Ik heb gesproken met mevrouw Persson, met collega's en met Pauls beste vriend. Ik heb zelfs de naam van het advocatenkantoor in Kopenhagen achterhaald en erheen getelegrafeerd.'

Ze ging tegenover hem aan tafel zitten en keek hem gretig aan terwijl hij verder praatte.

'Maar niemand weet iets. Het advocatenkantoor had het adres van ene Blanche Fischer in Parijs, aan wie ik ook een telegram heb gestuurd. Maar ik heb geen reactie ontvangen. Ze hadden ook de naam van een ver familielid in Boston, maar helaas geen adres.'

'Boston? Waar ligt dat? In Amerika?' Zonder dat ze het zelf merkte, vouwde ze haar handen in haar schoot.

Hij knikte en likte zijn lippen af. 'Er moet onderweg iets met ze gebeurd zijn. Anders hadden ze toch wel geschreven?'

Ze knikte instemmend. 'Ja. Er moet iets gebeurd zijn. Martin zou nooit...'

Hij greep plotseling haar hand. 'Paul is zo onverantwoordelijk en onbezonnen. Ik heb hem wel duizend keer gezegd dat hij niet moet praten over alle compromitterende dingen die... maar hij luisterde niet.'

Ze trok haar hand niet los en knikte. 'Maar waarom moesten ze eigenlijk op reis?'

Carl-Axel haalde zijn hand door zijn donkere haar, stond op en stak een sigaret op. Hij nam een paar diepe trekken en blies de rook naar het plafond. Ze werd misselijk, maar ze slikte en probeerde door haar mond te ademen.

'Zoals ik al zei, die broers zijn anders dan anderen. Ze zijn al zo lang op zichzelf en hebben een muur om zich heen gebouwd. Daarom geloof ik gewoon niet dat ze zich vrijwillig verbergen. En ik weet niet waarom ze op reis gingen, Paul zei alleen maar dat ze wel moesten.'

Weer sprongen de smadelijke tranen haar in de ogen en ze moest ze afvegen. Ze keken elkaar aan en op dat moment voelden ze, ongeacht de omstandigheden, alleen maar sympathie voor elkaar.

Hij doofde zijn half opgerookte sigaret in de gootsteen en pakte het hoofdpijnpoeder. 'Mijn leven is in allerlei opzichten een hel, maar ik beloof je dat ik het je laat weten als ik iets ontdek over een van de gebroeders Fischer.'

Ze knikte met een zwakke glimlach en hij vertrok.

De misselijkheid nam af en ze voelde zich beter. Zo nu en dan vergat ze haar precaire situatie helemaal. Ze wachtte nog steeds op een brief van Martin en hoopte nog steeds dat alles goed zou komen. Viola was begripvol en zorgzaam, gaf haar goede raad en de adressen van verschillende instellingen die haar met haar probleem konden helpen. Maar alles was duur, minstens vierhonderd kronen, en geen van hen was een echte arts. Ze had ook gelezen dat het schadelijk kon zijn, zelfs dodelijk, om naar zo iemand toe te gaan. Ze nam de papiertjes aan, keek ze vluchtig door en verstopte ze dan in haar hoedendoos.

Op een dag eind februari, terwijl ze in de keuken vis aan het schoonmaken was, ging de telefoon. Omdat mevrouw thuis was, nam Betty aan dat ze zelf wel zou opnemen en ging ze gewoon verder met wat ze aan het doen was. Maar al snel werd de deur opengeduwd en riep mevrouw, zonder de keuken binnen te komen: 'Telefoon voor je! Volgens mij is het belangrijk.'

In een fractie van een seconde stroomde het bloed naar haar hoofd, en ze dacht dat ze zou flauwvallen van de duizeligheid. Daar had je het! Nu kreeg ze een teken van leven. Ze veegde haastig haar vingers af aan haar schort en haastte zich naar de telefoon.

'Hallo!' Maar zodra ze de telefoon opnam, wist ze dat het niet het gesprek was waar ze op had gewacht.

'Betty? Je spreekt met je oom Elof. Johanna, je moeder, is akelig gevallen in de zagerij en heeft zich bezeerd.'

Eerst hoorde ze niet wat hij zei. Door de teleurstelling dat het niet het gesprek was waar ze zo naar verlangde, was ze tijdelijk doof. Maar toen drong het tot haar door, en toen schaamde ze zich vreselijk dat ze niet had opgelet wat hij eigenlijk had gezegd en ze ernaar moest vragen. En oom Elof vertelde haar geduldig opnieuw dat haar moeder was gevallen, waarbij ze haar arm had gebroken en haar hoofd had gestoten, en dat ze nu in Hudiksvall in het ziekenhuis lag. En dat niemand nog precies wist hoe ze eraan toe was, maar dat de jongens waren opgevangen door hun oom en tante in Fiskarstan. En kon Betty tante Helmi op de hoogte brengen? Dat beloofde Betty natuurlijk en ze vroeg of haar oom de groeten wilde doen aan haar broertjes en haar moeder. Oom beloofde op zijn beurt om tante Helmi of Betty op de hoogte te houden hoe het ging met haar moeders gezondheid.

Betty bleef staan, met haar armen slap naar beneden hangend en de telefoon in haar hand. Haar moeder was gewond... Haar eigen zorgen leken onbeduidend en klein vergeleken met de angst die nu opwelde. Stel dat het ernstig was? Stel dat haar moeder niet meer beter werd?

'Betty? Heb je slecht nieuws gekregen?'

Ze ontwaakte uit haar verdoving door de woorden van de doktersvrouw, waarna ze de situatie uitlegde en ophing. Ze moest niet vergeten zo dadelijk de telefoon af te nemen zodat hij niet naar vis rook. 'Ik zou willen vragen of ik mijn tante Helmi op haar werk mag bellen. Is dat mogelijk?'

Mevrouw haalde haar schouders op en ging terug naar de salon. 'Dat is prima, zolang je het kort houdt. Ik verwacht een telefoontje.'

Tante Helmi raakte geagiteerd en begon zo hard te praten dat Betty de telefoon ver van haar oor moest houden.

'Ik wist het! Ze is niet echt sterk en ze heeft waarschijnlijk te veel op zich genomen. Ach, ach!'

Toen verscheen mevrouw weer in de deuropening en moest Betty ophangen. Tante Helmi zou echter later in de middag langskomen, wanneer ze hopelijk meer had gehoord van het ziekenhuis.

Betty schrobde haastig haar handen onder de kraan en had net de tijd om de hoorn met een doek af te nemen voordat hij weer overging en mevrouw opnam. Ze hoopte dat de hoorn niet meer naar vis rook.

Ze bleef de hele dag piekeren. Hoe zou de situatie zich ontwikkelen? Ze probeerde de angst dat haar moeder iets ernstigs was overkomen te onderdrukken. Ze zou toch niet nog een ouder aan de zagerij verliezen? Zou ze vrij krijgen om naar huis te gaan om voor haar broertjes te zorgen? Misschien kon ze maar beter direct ontslag nemen en naar huis gaan? Iedereen wist dat een ongeluk zelden alleen kwam. Maar het zou natuurlijk het beste zijn als ze het kind zou laten weghalen en dan naar huis ging, om haar moeder de wanhoop te besparen. Want Betty wist zeker dat ze wanhopig zou zijn. Ze had torenhoge verwachtingen van Betty gehad en heel veel opgegeven, zodat haar dochter een ander soort leven zou krijgen dan zijzelf.

Nadat ze mevrouw de lunch had geserveerd, moest ze even naar haar kamer gaan om haar hoedendoos open te maken. Ze had nog wat over van het geld dat ze van Martin had gekregen. En binnenkort zou ze misschien salaris krijgen. Maar ze kwam nog heel veel tekort om de bedragen te kunnen betalen die het volgens Viola's aantekeningen zou kosten. Misschien kon ze haar sieraden verpanden, de broche, misschien zelfs het horloge? Maar was het genoeg? Als haar moeder ziek was en niet kon werken zou ze binnenkort geld naar huis moeten sturen. Hoe kon ze dan het kind nog laten weghalen?

Ze werd duizelig en moest op het bed gaan zitten. Het laten weghalen? Het kind? Het kind van haar en Martin? Dat was misschien het enige wat ze nog van hem had. Snikkend sloeg ze haar handen voor haar gezicht en ze barstte uit in gejammer. O, was er maar een oplossing! Wist ze maar wat ze moest doen…

35

Toen tante Helmi later die middag bij de dienstingang verscheen, had Betty zich gewassen en opgefrist en kon niemand vermoeden dat ze eerder bittere tranen geplengd had. Tante Helmi op haar beurt was gekalmeerd na een telefoongesprek met het ziekenhuis in Hudiksvall.

'Ze heeft haar arm gebroken en een hersenschudding, maar geen inwendige verwondingen. Maar ze moet minstens een week in het ziekenhuis blijven.'

Betty schilde de aardappelen en schonk koffie in voor haar tante, die met een zucht aan de keukentafel ging zitten.

'Dank je wel, een half kopje is genoeg. Wat een geluk dat Elof en Brita de jongens een paar dagen kunnen nemen. Maar god mag weten hoe het daarna moet.' Ze liet een grote klont suiker in haar koffie vallen en roerde bedachtzaam in haar kopje. 'Ik heb volgende week vrij gekregen en ga erheen. Maar ik kan daar natuurlijk niet lang blijven, en jij ook niet, begrijp ik. Of denk je dat jij een tijdje vrij kunt krijgen? We zullen kijken of ze hulp kunnen krijgen met de was en het eten, dan kan Edvin misschien voor het noodzakelijke wat dan overblijft zorgen. Heb je geld gespaard? Ik denk dat we allemaal moeten bijdragen. Mijn hemel, wat een ellende. Ik ben natuurlijk ook de jongste niet meer, dus we boffen maar dat jij gezond en wel bent, meisje. Jij zult de verantwoordelijkheid waarschijnlijk moeten overnemen.'

Betty slaakte een zucht en knikte. Heel even overwoog ze om tante Helmi alles te vertellen, maar als het haar lukte het kind weg te laten halen – of nog beter, als hij thuiskwam – was het stom om haar ongerust te maken.

Tante Helmi stond op. 'Goed, ik moet gaan. Ben je trouwens aangekomen sinds Kerstmis? Volgens mij ben je veel molliger dan normaal, of niet?'

Betty slikte en haar maag kneep samen. Zou ze nu ontmaskerd worden? Ze glimlachte zo breed mogelijk naar haar tante. 'Oei, ik denk dat ik met de feestdagen te veel gegeten heb. Het wordt tijd om mijn figuur in de gaten te houden.'

Tante glimlachte vluchtig, trok haar jas aan en schudde ingetogen haar hoofd. 'Ik hoop dat ze Johanna nu grondig onderzoeken. Je moeder heeft echt niet alleen iets aan haar arm.'

Toen ze wegging, zakte Betty ineen en verborg haar hoofd in haar handen. Ze zou het niet veel langer kunnen verbergen. Het was slechts een kwestie van tijd voordat iedereen het zou zien. Voordat ze ontmaskerd zou worden.

'Betty? Ben je weer ziek?'

Mevrouw stond in de deuropening van de keuken en Betty sprong op. 'Nee, nee, ik ben gewoon bezorgd over mijn broertjes en hoe het met mijn moeder zal gaan. Wat kan ik voor u doen?'

De doktersvrouw keek Betty even argwanend aan, en draaide zich toen naar de buffetkast.

'Op zaterdag 12 maart om zeven uur geven we een diner voor acht personen. Ik wil soep, biefstuk en ijs serveren. Je hebt de vrije hand, maar ik wil het Russische servies met gouddecoratie gebruiken. Het is een zeer dierbaar erfstuk van mijn moeder zaliger en het is al een tijdje niet gebruikt, dus ik denk dat je het ruim van tevoren zult moeten afwassen.'

Betty knikte, dankbaar dat mevrouw geen belangstelling meer voor haar als persoon had.

'Misschien kan ik consommé met gepocheerde eieren maken? Kalfsbraadstuk met komkommersalade? En wilt u ijs uit de winkel of zal ik parfait maken?'

Mevrouw knikte en paste het menu iets aan. Ze leek Betty zelf helemaal vergeten te zijn en liep weg.

Op hun vrije woensdagmiddagen ging Viola met Betty wandelen. De lente hing in de lucht en in Djurgården keerden de meisjes hun bleke neus naar de zon. Ze stopten bij het Noords Museum en keken uit over het water van het Saltsjön. Viola, die de hele weg grapjes had gemaakt, keek haar nu serieus aan.

'Heb je al besloten wat je gaat doen? Het wordt nu wel hoog tijd.'

Betty knikte en stak haar handen diep in haar zakken. 'Dat weet ik!'

'Heb je een van de mensen gebeld van wie ik de naam had doorgegeven?'

'Nee, ik kan het niet betalen. Zelfs de goedkoopste niet.'

Viola legde gedecideerd haar hand op haar arm. 'Maar heb je wel besloten om het weg te laten halen? Oprecht? Als dat zo is, moeten we het op een of andere manier kunnen regelen. Voordat het te laat is, Betty.'

Betty keek haar wanhopig aan en barstte in huilen uit. 'Ik weet me geen raad, Viola! En ik kan niets tegen mama zeggen nu het zo slecht met haar gaat. En ik moet misschien voor de jongens zorgen... en het weinige geld dat ik heb moet ik naar mama sturen. Hoe kon ik zo stom zijn om mezelf zo in de nesten te werken?'

Viola nam haar in haar armen en wiegde haar. 'Het is niet altijd makkelijk om verstandig te zijn als je verliefd bent, dat is een ding wat zeker is. Lieve vriendin van me.'

Betty snikte en snotterde tegen haar schouder. Ze had nog nooit echt toegegeven hoe dom ze was geweest, zelfs niet tegenover zichzelf. En nu ze het openlijk tegen Viola deed, begonnen de tranen te stromen. Viola streelde haar rug en gaf haar haar zakdoek.

'Als je het wilt laten weghalen, dan regelen we dat, hoor je me? Dan zullen we het geld moeten lenen.'

Het was zo fijn om Viola zo gedecideerd te horen praten en Betty haalde diep adem en kalmeerde. 'Als ik maandag niets van hem heb gehoord, maak ik een afspraak. En als het dan te laat is, ga ik naar huis. Mama zal me er niet uit gooien. Ze zal verdrietig zijn, maar daar komt ze ook wel weer overheen.'

Viola streelde haar wangen en schudde haar hoofd. 'Je bent zo ontwikkeld en slim. Ik dacht altijd dat je juf of bibliothecaresse of zoiets zou worden.'

In een poging tot een glimlach verwrong Betty haar mond. 'Ach, ik red me wel. Het komt allemaal goed. En ik weet zeker dat hij terugkomt zodra hij kan.'

Viola liet Betty's hoofd niet los en schudde langzaam haar eigen hoofd. 'Denk je nog steeds dat hij terugkomt? O, Betty... Dan wil je het dus niet laten weghalen?'

Betty keek haar recht aan en voelde het antwoord heel duidelijk in haar buik voordat ze het zei. 'Nee.'

Viola zuchtte en keek uit over het water. 'Heb je nog met Birger kunnen praten? Hij wilde toch met je trouwen?'

'En hem voor de gek houden? Nee, dat kan ik niet.'

'Nee, niet voor de gek houden, je moet hem alles vertellen.'

Betty schudde haar hoofd. 'Nee! Stel dat Martin terugkomt en ik getrouwd ben?'

Viola pakte haar weer bij de schouders. 'Ben je niet goed bij je hoofd? Geloof je nog steeds dat hij terugkomt? Snap je niet dat hij zich verbergt?'

Betty schudde haar hoofd zo heftig en halsstarrig als een klein kind.

Viola zuchtte, liet haar los en leunde net als Betty tegen de zonverwarmde muur van het museum. 'Er gebeuren vreselijke dingen in de wereld, Betty. En Joden hebben het zwaarder dan anderen. Die Hitler is hun niet goedgezind. Jouw Martin komt niet terug, hij moet zich wel verborgen houden.'

Betty sloeg haar handen voor haar gezicht en barstte in tranen uit. 'O, goeie hemel!'

Viola nam haar in haar armen en liet haar huilen tot ze bedaard was. Ze wiegde haar en streelde haar vochtige wang. 'Je moet gewoon beslissen wat je gaat doen. Het ene of het andere. En dan schikken we ons naar de omstandigheden. Ik zal je helpen, Betty. Dat weet je toch?'

Het sneeuwde. Betty stond voor het keukenraam, volgde de sneeuwvlokken met haar ogen en dacht na. Ze moest een beslissing nemen. Met elke dag die voorbijging, leek ze er zekerder van te zijn dat ze de baby wilde houden. De baby die in haar buik groeide was van haar en Martin. Ze zou op hem blijven wachten en hopen, ook al zou het moeilijk zijn om alleen en ongetrouwd te zijn. En ze zou het haar moeder eerlijk vertellen, ook al zou het haar tot wanhoop drijven. Maar ze wist niet hoe alles in de praktijk zou uitpakken. Hoe zou ze zichzelf kunnen onderhouden? Betty kon werken, als het moest zelfs voor twee, maar wie zou een meisje met een onecht kind in haar buik in dienst nemen? En binnenkort zou ze het de dokter en mevrouw moeten vertellen. Iets wat ze gruwelijk en afschuwelijk vond...

Het weekeinde brak aan en tante Helmi belde met nieuws over haar moeder. Haar arm was inderdaad gebroken en er was zeker iets mis met haar hart, maar haar moeder zou eind volgende week naar huis komen. Natuurlijk kon ze zich thuis niet alleen redden.

'Ik neem vrij en ga naar Hudiksvall tot ze thuiskomt en blijf dan zo lang mogelijk. Misschien kan de thuiszorg daarna komen, als jij niet kunt? Anders moet ik er over een tijdje weer heen.'

Betty beloofde te proberen vrij te krijgen en haar tante beloofde te bellen als er iets gebeurde.

Betty piekerde. Zou ze nog een keer met Birger praten? Hem de waarheid vertellen en hopen dat hij de verantwoordelijkheid op zich wilde nemen? Zou dat niet de beste oplossing zijn? Als hij haar überhaupt nog wilde, nu ze zo gemeen tegen hem had gedaan. Maar iedereen zou het doorhebben. Zowel zij als Birger waren vlasblond en ze vermoedde dat Martins kind net zo donker zou zijn als hij. Nee! Ze kon niet met iemand anders trouwen, dat kon niet. Ook niet als ze daardoor haar problemen zou oplossen.

Maar het zou moeilijk zijn. Wat ze ook deed, het zou moeilijk zijn. De tranen welden op, maar ze knipperde ze weg en slikte, slikte. Ze zette haar kiezen op elkaar, stuurde een beterschapskaart met mooie bloemen erop naar Hudiksvall en wou dat ze haar moeder alles kon vertellen.

Op zaterdag 12 maart was ze in de keuken bezig, rood aangelopen en bezweet. Ze was het braadstuk nog een laatste keer aan het bedruipen en schilde de aardappelen.

Tijdens het aardappelen schillen dacht ze na. Zou ze vrij moeten vragen om naar huis te gaan? En dan niet meer terugkomen? Of moest ze meteen vertellen hoe het zat? Onwillekeurig ging ze met haar hand over haar buik, die nu nog maar een kleine bobbel was onder haar schort. Tot nu toe wist alleen Viola het, maar heel binnenkort zou ze het niet meer kunnen verbergen.

'Betty? Ik heb een telegram ontvangen.' Carl-Axel stond plotseling in de keuken en deed snel de deur achter zich dicht terwijl hij een velletje papier omhooghield.

Ze liet van schrik het mes in de gootsteen vallen en voelde dat haar benen het begaven, dus liet ze zich op een keukenstoel zakken en keek hem aan. 'Van hen?'

Hij trok de stoel tegenover haar naar achteren. Schudde langzaam zijn hoofd. 'Nee, van de CGT, Compagnie Générale Transatlantique, een Franse rederij. Zij schrijven dat op de ochtend van 14 januari de ss Normandie uit Le Havre is vertrokken en dat volgens de passagierslijst Paul en Martin Fischer aan boord waren.'

Ze slikte een keer en nog een keer, maar kon niets uitbrengen.

Hij vervolgde: 'Met als bestemming New York.'

Eerst was ze opgelucht. Hij was niet in het niets verdwenen. Hij had echt een besluit genomen. Hij was op weg ergens naartoe. Maar toen kwamen dat vreselijke gevoel en die eeuwige vraag omhoog die onophoudelijk door haar hoofd ging: 'Maar waarom hebben ze geen contact met ons opgenomen? Ze zouden nu toch al aangekomen moeten zijn?'

Hij knikte. 'Ja, het schip is op de aangegeven dag in New York gearriveerd.' Hij fronste en voegde eraan toe: 'Maar hun namen staan niet op de lijst met mensen die aan land zijn gegaan. Maar vast niet iedereen registreert zich.'

Ze klemde haar handen ineen voor haar buik en snikte heel zachtjes.

Hij keek haar aan, beet op zijn lip, stond op en zei met een stem die troostend kon zijn: 'Maar misschien hebben ze wel geschreven en zijn de brieven zoekgeraakt. Dat gebeurt wel vaker met brieven uit Amerika.'

Ze knikte en veegde haar neus af met haar schort waarna ze opstond en verder ging met aardappelen schillen.

Hij bleef staan, met het telegram in zijn hand. 'Betty? Hoe is het met je?'

Bij zijn vriendelijke toon welden de tranen op in haar ogen en ze slikte moeizaam, om niet te gaan huilen. Ze keek hem ernstig aan en deed haar mond open om te antwoorden. Ze zag dat hij het begreep.

'Ach, Betty. Misschien kan ik helpen? Ik weet een manier om...'

Ze schudde haar hoofd en haalde nog eens diep adem, trok haar schouders naar achteren en schilde verder. 'Het gaat goed met me. Bedankt dat je het me hebt verteld. Alles is beter dan de onzekerheid.'

36

De dinergasten druppelden binnen en mevrouw rende heen en weer tussen de keuken en de hal om hen te ontvangen. De dokter stond aan de keukentafel, waar hij flessen wijn opende en tot ergernis van Betty van de canapés at die ze had gemaakt. Hij nipte van zijn cognac en glimlachte naar Betty, terwijl zij probeerde water voor de gepocheerde eieren aan de kook te krijgen. Eigenlijk wilde ze hem vragen te vertrekken en ze was opgelucht toen mevrouw boos vanuit de hal riep dat hij de gasten moest komen ontvangen. Hij sloeg zijn glas achterover en nam nog een canapé terwijl hij Betty over haar wang streelde, waarna hij naar de gasten toe ging. Betty probeerde vriendelijk te lachen terwijl ze bedacht hoe ze het bord met canapés opnieuw kon opmaken. Vanuit de hal hoorde ze Liljenberg met zijn nasale stem luidkeels de jurk van de doktersvrouw prijzen.

Ze diende de consommé op en zag tot haar ontzetting dat twee gepocheerde eieren waren uitgelopen. Ze was enorm opgelucht toen ze hoorde dat een van de gasten had afgezegd. Ze zette discreet het tweede bord soep met uitgelopen ei voor Carl-Axel neer, in de hoop dat hij het zou begrijpen. Hij zat ook het verst weg van mevrouw. En tot haar onbeschrijfelijke opluchting leek hij in een gesprek verwikkeld, hij stak onmiddellijk zijn lepel in het ei en roerde het om. Niemand had het gemerkt en ze hield het laatste bord hoog, zodat mevrouw het niet zou zien.

In de keuken at ze haastig de overgebleven soep op, want ze was overvallen door de honger toen de borden allemaal voorbijkwamen. Het zou nog wel even duren voordat ze het hoofdgerecht moest opdienen.

Aan tafel stond Liljenberg op en zong ongewoon hard: '... en in kleine syncopen wipt zijn staartje, zijn staartje...' Tijdens het zingen maakte hij elegante dansbewegingen op de hit van Karl Gerhard, terwijl iedereen luid lachte. Mevrouw moest zo hard lachen dat de wijn uit haar mondhoeken liep.

Er hing een vrolijke sfeer, de grappen vlogen over de eettafel en iedereen behalve Carl-Axel lachte. De dokter moest zo hard lachen om de grappen van dokter Sandberg, een studievriend en intussen collega van hem die nu bij Serafen werkte, dat hij naar adem hapte. Sandberg had een middenscheiding in zijn haar en dikke lippen, die hij, net als mevrouw, onophoudelijk likte. Betty wist van eerdere diners dat hij haar, zodra hij een bepaalde mate van dronkenschap had bereikt, onder haar rokken zou betasten en bleef zo ver mogelijk bij hem uit de buurt toen ze de tafel afruimde. Sandbergs echtgenote zat stilletjes in haar soep te roeren zonder ervan te eten. Ze was aan de magere kant en wisselde af en toe een woordje met Carl-Axel aan haar linkerzijde. Plotseling riep de man aan haar andere kant, een man die ze herkende van eerdere diners, met een dwalende blik in zijn blauwe ogen en kortgeknipt haar: 'Axel! Vertel het verhaal nog eens dat je gisteren vertelde! Over hoe je aan twee meter koperdraad komt!'

Betty boog naar voren en pakte het laatste bord op, dat van Sandbergs echtgenote. Omdat er bijna niet van de soep was gegeten, zette ze dat bord boven op de stapel. Er werd bulderend gelachen toen de dokter de pointe vertelde: 'Nou, je laat twee Joden vechten om een koperen munt!'

Carl-Axel was de enige aan tafel die niet lachte, en Betty liep achteruit door de deur de eetkamer uit. Misschien verstapte ze zich, of misschien kwam het door de sfeer in de kamer, of gewoon door haar onhandigheid, maar ineens lagen alle borden op de grond. De consommé spatte tegen de muur en alle borden, op één na, waren kapot. Ontsteld sloeg ze haar handen voor haar gezicht en ze bukte zich om de scherven in haar schort te verzamelen.

De vrolijke stemming was in één klap vervlogen en mevrouw sprong op en riep met luide stem: ‘Onhandige griet! Dat was het mooie Russische servies van mijn moeder.’

Betty keek wanhopig naar de vrouw des huizes en bood stamelend haar excuses aan: ‘Het spijt me zo, het was niet mijn bedoeling, het was een ongelukje... Ik... ik...’

Het gezicht van de doktersvrouw was knalrood en haar ogen gloeiden van dronkenschap en woede. Zonder nog een woord te zeggen gaf ze Betty met open hand een klap in haar gezicht, wat een kletsend geluid tegen haar wang maakte en waar haar oor van ging piepen.

Betty liet vervolgens de scherven weer op de grond vallen en het laatste bord versplinterde. Maar ze stopte met stotteren, legde rustig haar vrije hand tegen haar felrode wang en keek roerloos naar beneden.

‘Ellendig mens, je kunt ook niets goed doen... Ik zal...’

De doktersvrouw hief haar hand weer, maar werd tegengehouden door de dokter en Sandberg. De laatste legde zijn handen stevig op haar armen en zei gespeeld grappig: ‘Rustig maar, Louise. Ik begrijp je frustratie. Dierbare bezittingen zijn je lief en natuurlijk wil je niet dat ze kapotgaan. Maar een ongelukje kan gebeuren en lijfstraffen voor het personeel zijn in ons land allang afgeschaft.’ Hij bracht haar terug naar de tafel en ze ging zitten zonder haar gasten aan te kijken.

Betty keek om zich heen en wilde net weer bukken om de scherven op te rapen, toen de kamer ineens begon te draaien en ze op het vieze tapijt viel.

'Kijk, ze komt bij. Kom, meiske, word wakker!'

Betty zat tegen de kussens op de mooie cretonnen bank bij het raam, met dokter Sandberg naast zich. De andere gasten stonden er in een halve cirkel omheen en keken haar aan, waardoor ze zich uiterst opgelaten voelde. Hij gaf haar een glas water en ze dronk een paar slokken. Toen gaf hij haar een klopje op haar arm en hielp haar overeind. 'Nou, mejuffrouw moet haar verloofde maar snel om een trouwring vragen, voordat haar buik te veel opbolt. Na de zomer is het klaarblijkelijk wiegeliedjes en luiers wat de klok slaat in plaats van feestelijke diners...'

Betty keek hem verstijfd van schrik aan. Hoe wist hij dat nou? O ja, hij was natuurlijk arts, misschien zo'n vrouwenarts die extra kennis had? Ze hoorde de dokter naar adem happen en mevrouw stond zo abrupt op dat haar stoel omviel. Ze riep: 'Zwanger? Ben je zwanger? Wie is in hemelsnaam de vader van dat kind? Is het die boodschappenjongen?'

Betty keek ongelukkig om zich heen en wist niet wat ze moest zeggen. In plaats daarvan veegde ze haar haar opzij en keek naar haar handen, waar sneetjes in zaten van de scherven. Ze schudde haar hoofd en stond met bibberige benen op. Het gebraad moest worden gesneden en de aardappelen afgegoten, voordat ze helemaal kapotgekookt waren. Ineens stond de dokter zelf voor haar en ze werd wanhopig door de blik in zijn ogen. Er was geen woede, geen afkeer of afstand, alleen diepe teleurstelling en verdriet te zien.

'Betty!'

Ze schudde opnieuw haar hoofd en wendde zich naar de deur, maar mevrouw hield haar tegen.

'Je kunt onmiddellijk je spullen pakken. Je hoeft je geen zorgen te maken over de rest van het diner. In dit huis willen we fatsoenlijke mensen.'

Haar wang prikte nog steeds, maar de woorden van mevrouw deden nog meer pijn. Net zoals de schande dat ze daar stond met een bevlekt schort, bebloede handen en een gloeiende wang, terwijl alle gasten haar met een blik vol afgrijzen aankeken. De tranen van wanhoop begonnen te stromen en ze knikte en wendde zich weer naar de deur. En weer werd ze tegengehouden, maar nu door een heel andere stem.

'Wacht! Betty, blijf! Je hoeft je nergens voor te schamen. Ik had gehoopt dit op een andere manier te vertellen, maar nu de situatie nou eenmaal zo is...'

Mevrouw had zich omgedraaid en staarde uitzinnig naar haar zoon, die aan het eind van de tafel zat. Haar gezicht was niet langer felrood, maar ze was wit weggetrokken en fluisterde: 'Carl-Axel? Wat zeg je?'

Betty keek hem aan. Hij had rode wangen en schraapte zijn keel, hij liep naar haar toe, sloeg zijn arm om haar schouders en vervolgde tegen het verbijsterde gezelschap: 'Betty en ik zijn verloofd en willen zo snel mogelijk trouwen. Ik zou het daarom op prijs stellen als moeder een aardiger toon zou aanslaan tegen mijn aanstaande echtgenote. Kom, lieve Betty, we gaan naar mijn kamer om je wonden te verzorgen, dan kan moeder het eten opdienen voor de anderen. Kom mee, mijn liefste.'

Hij zag er volkomen serieus uit, en toen hij naar zijn moeder keek, kreeg hij weer die spottende uitdrukking om zijn mond. Het duizelde Betty. Zou ze protesteren? Zou ze ertegenin gaan? Dat moest ze natuurlijk doen, maar ze kon zich er niet toe zetten. In plaats daarvan liet ze zich meevoeren, langs het gezelschap, naar zijn kamer aan het eind van de gang. Hij sloot de deur achter hen en trok het gordijn dicht om al het geluid te weren. Ze deed haar mond open om te protesteren, maar hij legde zijn vinger tegen zijn lippen en duwde haar naar het raam, dat het verst mogelijk van de deur en van eventuele luisterende oren verwijderd was.

'Betty, ik begrijp dat je denkt dat ik niet goed wijs ben, maar vertrouw me. Dit is het beste. Ga hier maar liggen en rust wat uit.'

Hij bood haar zijn eigen bed aan en spreidde de deken uit over haar voeten. Hij ging er op een stoel naast zitten en kneep in haar hand. Ze grimaste vanwege de snee door het serviesgoed. Hij haalde een zakdoek en wikkelde die eromheen. Hij pakte opnieuw haar hand en vertelde met zachte stem, bijna fluisterend, hoe hij het allemaal bedacht had. 'Betty, net als jij heb ik wanhopig behoefte aan stabiliteit en een huwelijk.' En hij legde uit dat hij op de dag dat hij trouwde en kinderen kreeg een flat in Vasastan en het grootste deel van het bedrijf van zijn oom zou verkrijgen. 'Maar we blijven alleen getrouwd totdat de gebroeders Fischer terugkomen, dat zweer ik!'

Ze zou kunnen scheiden op het moment dat ze dat wilde. En hij zou Fischers kind verzorgen als zijn eigen kind, aangezien het nauw verwant was aan de persoon die hij liefhad. 'Jij en ik zullen goede vrienden en kameraden zijn en ik zal nooit andere verwachtingen van je hebben dan vriendschap. Is het geen goed idee? Zal dat niet ook jouw probleem oplossen?'

Ze verwierp zijn idee natuurlijk. Ze kon niet met hem trouwen, dat moest hij begrijpen. Ze hield met heel haar hart van Martin en wilde op hem wachten. Ze ging rechtop zitten en schudde heftig haar hoofd. Martin was degene met wie ze zou trouwen.

'Maar hij komt niet terug, zeg ik je, dat weet ik gewoon, Betty. En als hij wel terugkomt, geef ik je je vrijheid. Dat is toch veel beter dan met een bastaard teruggaan naar Hälsingland.'

Ze stond op en ijsbeerde door zijn kleine slaapkamer. Het was zo krankzinnig en idioot wat hij voorstelde dat ze niet geloofde dat het waar was. Waarom wilde hij met haar trouwen?

'Omdat ik móét trouwen, Betty. En omdat je mijn geheim al kent. En omdat je een mooie en flinke jonge vrouw bent die ik graag als eega zou willen hebben. Zeg alsjeblieft ja.'

'Nou... Nee... Ik moet nadenken. Geef me de tijd om na te denken...'

Hij streek enthousiast zijn haar van zijn voorhoofd, knikte en glimlachte bemoedigend. Natuurlijk mocht ze nadenken. Hij ging een wandeling maken en zou haar hier om halftwaalf treffen. Dat zou haar bijna tweeënhalf uur geven. Zouden ze het zo afspreken? Ze knikte en hij vertrok.

Er klonk nog steeds geroezemoes in de salon en ze vroeg zich af of iemand anders zich ertoe had gezet om op te dienen. Of iemand anders het gebraad naar buiten had gebracht en of die aan de komkommersalade in de provisiekast had gedacht. En het ijs... Zou iemand de ingemaakte peren achter de compote vinden?

Opeens besefte ze dat haar leven als dienstmeisje bij de dokter en zijn vrouw voorbij was. Wat ze ook besloot, het was voorbij. Ze stond op en keek uit het raam. In de ruit zag ze haar eigen spiegelbeeld en ze voelde de tranen langzaam over haar wangen biggelen. Hoe was het toch allemaal zo gelopen? Zo gek, zo verdrietig, zo verkeerd... De fantastische liefde, het mooiste wat Betty in haar hele leven had meegemaakt, was veranderd in vuil en gebroken scherven. Net zo vuil en triest als het servies zojuist in de eetkamer.

Betty huilde.

Toen ze uitgehuild was, want ze had echt het punt bereikt dat de tranen op waren, strekte ze haar rug en haalde diep adem, in de hoop dat ze er redelijk uit zou zien als hij terugkwam. Ze dacht ook diep na over wat hij haar had aangeboden. Hij had gelijk dat het in veel opzichten haar problemen oploste. Maar niet in alle.

Toen hij terugkwam, rook hij naar drank en sigaretten, en ze moest hem vertellen over haar moeder en broertjes en dat ze dringend geld nodig had. En dat ze wilde werken. Met boeken. Hij glimlachte weer, knikte instemmend en beloofde haar dat alles goed zou komen als ze maar ja zei en beloofde met hem te trouwen.

Dus zei ze ja. En beloofde het.

En hij kwam met de gouden ring met rode stenen van zijn overleden tante Honorine en deed die aan haar vinger. Ze pakten elkaars handen en toen was Betty Lind uit Åvik in Hudiksvall verloofd met Carl-Axel Molander uit Östermalm in Stockholm, de zoon van dokter Axel Molander en mevrouw Louise, née Schimmel. Hij deed zijn kandidaats aan de Handelshogeschool in Stockholm en werkte in de drukkerij van zijn oom Mauritz. Ze zouden zo snel mogelijk met elkaar trouwen.

Zijn donkere, met pommade ingesmeerde haar hing over zijn voorhoofd, hij had klamme handen en hij glimlachte onzeker maar bemoedigend naar haar. 'Betty, je zult zien dat het goed komt. Het zal niet makkelijk zijn, zo waar ik hier sta. Maar het komt goed, op een of andere manier komt het goed.'

Nee, gemakkelijk was het niet. Helemaal niet.

Toen ze de volgende ochtend wakker werd in haar bed in de dienstbodekamer was alles anders. Nadat ze zich had aangekleed wist ze niet wat ze moest doen, dus begon ze toch maar met het ontbijt, terwijl ze een paar restjes van het diner van de vorige avond opat. Toen kwam de dokter de keuken binnen. Die keek haar met een kille blik aan.

'Wat doe je hier? Voor zover ik het begrepen heb, heb je je plaats in ons huishouden opgegeven.'

Ze liet de pan los die ze aan het afwassen was, droogde langzaam haar handen en beet op haar lip. 'Alstublieft, dokter!'

Hij keerde haar de rug toe, deed de koelkast open, haalde er boter, biefstuk en melk uit en maakte een boterham.

Ze bleef staan, zonder te weten wat ze moest doen, en hij keek haar weer even kil aan. 'Blijf daar niet zo staan. Ga je spullen pakken. Je beseft toch zelf ook wel dat je onder deze omstandigheden niet in de keuken kunt blijven werken?'

Ze deed haar mond open om iets te zeggen, maar wist niet wat. In plaats daarvan sprongen de tranen haar ergerlijk genoeg in de ogen, en ze hield ze met haar pols tegen. Op dat moment kwam Jäger de keuken binnen, die vrolijk haar andere hand likte. Dankbaar voor die uiting van vriendelijkheid aaide ze hem over zijn kop.

De dokter bukte zich en trok de hond aan zijn halsband bij haar vandaan, waardoor de hond verward voor zijn baasje ging zitten. De dokter stopte de laatste hap van zijn boterham in zijn mond en wendde zich weer tot haar.

'Wat je gedaan hebt en met wie, god mag het weten. Maar mijn sodomiet van een zoon is niet de vader van het kind dat je blijkbaar draagt, dat weet ik zeker. Ik stel voor dat je je spullen pakt en met Carl-Axel uitzoekt wat jullie nu gaan doen. Misschien kun je naar huis gaan en je beslissing overdenken? Hier zijn honderdvijftig zilveren rijksdaalders. Het is het laatste geld dat je ooit van mij zult krijgen. Vaarwel, Betty.' Hij sleepte de hond met zich mee de hal in en verdween naar buiten.

Ze bleef staan met het geld in haar hand en de tranen als een brok in haar keel.

37

Om één uur stond ze op het Östermalmstorg met haar tassen in haar handen. Ze had de keuken schoongemaakt, de dienstbodekamer opgeruimd en haar weinige bezittingen ingepakt. Carl-Axel had geprobeerd haar te troosten en ze hadden afgesproken dat ze haar spullen zou achterlaten in een pension, waar ze kon verblijven tot ze in de flat aan de Västmannagatan mochten. Ze zou naar huis bellen en dan zouden ze in ondertrouw gaan. Ze hadden morgenochtend om tien uur afgesproken. Zodra alles klaar was, zouden ze naar Hudiksvall gaan om haar moeder op te zoeken. Ze had het adres van het pension aan het Odenplan in haar hand.

Ze draaide zich om en keek in de richting van de Hedvig Eleonorakerk. Ze keek uit over het plein, waar morgen een levendige handel in kleurrijke paasversiering van berkentwijgen en veren zou plaatsvinden, naar de Östermalmshal waar ze zo vaak met Viola had gewinkeld.

Viola was niet onvriendelijk geweest, alleen verbaasd en vreemd kortaf. Ze had haar onderzoekend aangekeken en Betty, die zich het liefst om de nek van haar vriendin had willen werpen voor troost, moest stamelend uitleggen hoe de situatie nu was. Ze kon natuurlijk niet de hele waarheid over Carl-Axel vertellen, dus besefte ze dat de situatie vreemd overkwam. Viola had er met haar armen over elkaar bij gestaan en had woensdag met Betty afgesproken. Betty hoopte maar dat het dan makkelijker zou zijn om met haar te praten.

Ze liep over de Humlegårdsgatan naar de Sturegatan en vervolgens naar de Kungsgatan. Er waren nog niet veel zondagse flaneurs en in elke etalage ving ze een glimp van zichzelf op. Iets na de torenflats Kungstornen stond er een spiegel in een jassenwinkel en ze bleef staan. De hoed waar ze afgelopen herfst zo blij mee was geweest, zag er plat en saai uit en haar haar was gewoontjes, het leek op dat van iedereen en had al zijn glans verloren. En had ze niet een verveelde, ontevreden trek om haar mond die er eerder niet was geweest? Een uitdrukking van berusting en vreugdeloosheid? Was ze niet vreselijk lelijk? Plotseling werden haar gelaatstrekken vervormd door een huilbui en ze sloeg haar handen voor haar gezicht en snikte.

Wat was ze in een vreemde situatie beland. Verkeerd, totaal verkeerd en anders dan ze had verwacht dat haar leven zou zijn. Wat had het allemaal nog voor zin? Ze had het gevoel alsof alles zijn betekenis had verloren. Misschien kon ze het maar beter opgeven, er een eind aan maken.

'Hoe gaat het? Kan ik je ergens mee helpen?' Iemand raakte zacht haar arm aan en ze moest haar ogen wel opendoen en zich omdraaien naar degene met de vriendelijke stem. Het was een vrouw die ze onmiddellijk herkende, maar die ze eerst niet kon plaatsen. Haar blauwe ogen en mollige figuur waren heel bekend, maar Betty moest de zakdoek uit haar jaszak halen voordat ze echt durfde te kijken, en dus was de vrouw haar voor: 'Jij bent het! Je was vorige week op de bijeenkomst. Ik vroeg me al af wanneer je op kantoor zou verschijnen. Hoe heette je ook alweer? Was het niet Betty?'

Ze snoot haar neus, keek opnieuw naar de vrouw en herkende haar als degene die bij de Vereniging van dienstmeisjes had gesproken. Hoe heette ze ook alweer…

'Ken je me nog? Ester Thulin?'

Betty knikte en nam de uitgestoken hand van de vrouw aan.

'Kan ik je helpen, Betty? Zullen we ergens koffie gaan drinken?'

Het was heerlijk om wat vriendelijkheid te ervaren, en daarom knikte ze.

Ester Thulin legde haar hand tegen haar onderrug en achter het Hötorget vonden ze een cafeetje dat open was.

Ze kregen een tafel vrij ver achterin en bestelden een kan koffie. Ook namen ze allebei een boterham. Ester Thulin vertrouwde haar toe dat ze meer moest bewegen van de dokter, dus maakte ze op zondag stevige wandelingen naar Djurgården. 'Maar het ergste is dat ik alleen maar meer honger krijg van wandelen, en het is zeker niet de eerste keer dat ik hier naar binnen glip om wat te eten. Maar daar weet mijn man natuurlijk niets van.'

Zwijgend dronken ze hun koffie en Betty, die bij de dokter en mevrouw thuis niet had kunnen ontbijten, verslond de boterham in een paar happen.

Ester liet zich ook niet onbetuigd en toen ze de laatste hap had doorgeslikt, veegde ze de kruimels van haar blouse en richtte haar blauwe ogen op Betty. 'Zoals ik al zei: ik heb op je gewacht. Ik had het gevoel dat je dringend ergens over wilde praten.'

Betty leunde achterover in haar stoel en keek door het halflege café. Zonder nadenken haalde ze diep adem en begon te vertellen. Wat was het heerlijk om het te vertellen. Niet alles natuurlijk, maar bijna alles. Alles wat Carl-Axel betreft moest ze in bedekte termen overbrengen en laten doorschemeren.

Ester Thulin onderbrak haar niet, stelde geen vragen en wendde zich ook niet af. In plaats daarvan luisterde ze ernstig, met haar kin op een hand geleund.

Toen Betty klaar was, sloeg ze haar blik neer en zuchtte diep, en ineens was het helemaal stil.

Ester schonk een bodempje koffie in haar kopje en dronk het op, waarna ze zei: 'Nou, lieverd, dat was inderdaad een heel verhaal. Maar het komt wel goed, dat weet je toch?'

Toen zei ze dat Betty niet met Carl-Axel hoefde te trouwen als ze dat niet wilde, en als ze hulp wilde om het kind te laten weghalen, had ze informatie over hoe dat moest. Maar als ze had besloten het kind te houden, was deze verloving toch de beste optie? Als Betty het gevoel had dat ze op de zoon Molander kon vertrouwen? En zij, Ester Thulin, wist natuurlijk alles over hoe het was om te trouwen in de familie waarvoor ze had gewerkt. 'Het is niet gemakkelijk geweest, dat kan ik beamen. Maar het kan wel, als man en vrouw respect voor elkaar hebben en één geheel zijn.'

Betty glimlachte ineens, en het was zo fijn om niet de hele tijd verdrietig te zijn dat ze impulsief Esters mollige hand greep en die drukte. 'Dank je wel! Ik denk echt dat je mijn leven hebt gered. Zojuist wilde ik me nog voor de trein gooien…'

'Nonsens! Dit kan opgelost worden, lieverd. Eerst drinken we onze koffie op, dan kom je met me mee naar huis en maak ik voor vanavond het bed in de logeerkamer voor je op. Je moet niet alleen zijn in een sjofel pension als je zo verdrietig en kwetsbaar bent. Kom!'

Betty trok haar mantel aan en liep achter Esters kranige gestalte het café uit. Voor het eerst sinds lange tijd voelde ze zich kalm en zeker. Op een of andere manier zou het wel goed komen.

Ester Thulin woonde op de tweede verdieping in een driekamerflat met dienstbodekamer vlak bij de Sveavägen. Hij was maar een paar straten van de Stadsbibliotheek vandaan en had uitzicht op zowel de straat als de binnenplaats. De flat was licht, modern en gemakkelijk schoon te maken, zag Betty wel.

Esters man was mager en rossig. Hij werkte als boekhouder en glimlachte vaak. Hij groette Betty vriendelijk voordat hij zich, gezeten op de bank in de zonnige woonkamer, weer op zijn zondagskrant richtte, en hij leek helemaal niet van slag door het feit dat zijn vrouw na haar zondagse wandeling een logee had meegenomen.

Betty werd geïnstalleerd in de dienstbodekamer, die met zijn bed, wastafel en ladekast niet veel verschilde van de kamer aan de Jungfrugatan waar ze had gewoond. Deze was echter moderner en veel warmer.

'Wil je misschien in bad? Daarbinnen liggen handdoeken en alles wat je verder nog nodig hebt.'

Eerst sloeg ze dit aanbod af, omdat ze geen problemen wilde veroorzaken en Ester al zo aardig was geweest, maar toen ze aandrong, gaf Betty toe. Ze wilde heel graag in bad.

De badkamer was modern en brandschoon en Ester liet zien hoe alles werkte en wees zeepjes, handdoeken en shampoo aan, waarna ze naar de keuken ging om het eten voor te bereiden.

Betty kleedde zich uit en keek in de spiegel naar haar buik, die nu fiks begon uit te puilen. Door de aanblik van haar buik was ze tevreden met haar beslissing. Ze had de juiste beslissing genomen. De baby zou geboren worden. Ze zou blijven wachten op Martin en dus met Carl-Axel trouwen.

Na haar bad trok ze schoon ondergoed aan, borstelde haar natte haar tot het bijna droog was en ging toen naar Ester, die bezig was de tafel in de woonkamer te dekken. Er was biefstuk met ui en Betty kreeg razende honger door de geur van gefruite uitjes. Zonder nadenken of vragen bond ze een schort om en nam het bereiden van de komkommersalade over van Ester, die glimlachte en de aardappelen in een schaal deed. De vrouwen zetten het eten op het witte tafelkleed en het verbaasde Betty dat Esters man, Sven, servetten vouwde en naast de mooie borden legde. Hoewel ze pas voor de eerste keer in de keuken van de Thulins bezig was, was ze ontspannen en voelde ze zich thuis. De spullen lagen op logische en praktische plekken en Ester en zij bewogen zich als oude collega's, zonder iets anders uit te wisselen dan korte vragen en antwoorden. Het was rustig en ontspannen in huize Thulin en ze ging aan tafel zitten met hetzelfde prettige gevoel dat ze thuis in Hudiksvall gewend was.

Tijdens het eten zaten ze gezellig te kletsen. Sven bleek een echte boekenwurm te zijn en kende Pär Lagerkvist goed. Hij had bovendien in zijn jeugd ook enige tijd in Hudiksvall gewoond en somde tearooms en bezienswaardigheden uit de stad op. Ester op haar beurt vertelde kostelijke verhalen over hoe ze als meisje vanuit Enköping naar Stockholm was gekomen en over de huishoudens waar ze had gewerkt.

Betty keek verbaasd naar haar gastheer en -vrouw, die daadwerkelijk een hechte band leken te hebben. Tijdens het gesprek streelde Ester af en toe Svens arm en hij raakte haar wang aan en glimlachte trots naar haar toen ze Betty vertelde over haar werk bij de Vereniging van dienstmeisjes.

Na het eten ruimden ze als vanzelfsprekend met z'n drieën de tafel af. Betty wilde gaan afwassen, maar werd door Ester naar de boekenkast in de woonkamer gestuurd, waar Sven enthousiast de boeken pakte die hij haar wilde lenen. Het lukte haar wel om te helpen met afdrogen, waarna ze aan de keukentafel ging zitten en door de boeken bladerde.

'Heb je al met je familie thuis gesproken?'

Betty keek op en schudde haar hoofd, met een steelse blik naar Ester. Nee, dat had ze nog niet gedaan, dat vond ze het moeilijkste.

'Wil je onze telefoon gebruiken en vanavond naar huis bellen?'

'Nee, we hebben zelf geen telefoon, mijn moeder gebruikt die van de buren. Ik wil niet dat ze bij de buren in de keuken staat en dit hoort...'

Ester knikte begripvol. 'Schrijf dan een brief! Of ga zo snel mogelijk naar huis.'

Dat vond Betty een goed idee. Zo moest ze het doen. Ze moest haar moeder alles vertellen voordat tante Helmi erachter kwam. Dus misschien was het het beste om zo snel mogelijk naar huis te gaan en het haar daar te vertellen. 'Maar ik heb morgenochtend om tien uur met Carl-Axel afgesproken, dan nemen we alle verdere beslissingen.'

Ester knikte, klopte haar op de schouder en stelde voor dat ze lekker zou gaan liggen lezen. 'Dat ben ík in elk geval van plan. Morgen ontbijten we om halfacht, en je kunt gezellig met ons mee-eten.'

Betty knikte. Ze voelde hoe moe ze was na alles wat er de afgelopen dagen was gebeurd en bedankte hen nogmaals voor hun buitengewone vriendelijkheid.

'Onzin! Natuurlijk helpen we elkaar. Als dank kun je mij of iemand anders misschien een keer helpen. En je bent hier altijd welkom, dat moet je weten.'

Het was pas negen uur, maar Betty kleedde zich uit en kroop in het zachte bed met een detective uit de stapel die ze te leen had gekregen: *Lord Edgware sterft*. Het was een spannend boek en tot haar schrik las ze meer dan de helft uit voordat ze het om halfelf gapend dichtsloeg. Ook al was er eigenlijk niet echt iets veranderd, toch had ze het gevoel dat de situatie nu beter en makkelijker te dragen was, en ze dankte haar gelukkige gesternte dat haar naar Ester Thulin had geleid.

Betty werd zoals gewoonlijk om kwart over zes wakker. Eerst wist ze niet waar ze was, maar toen schoot het haar weer te binnen. Het was aangenaam warm in de kamer en ze voelde zich uitgeslapen. Ze maakte haar bed op, kleedde zich aan en las wat in het boek, maar om kwart voor zeven besloot ze aan het ontbijt te beginnen. Ze wist de weg al in Esters keuken en durfde pap, eieren en koffie te maken op het fijne gasfornuis, dat zoveel gemakkelijker te gebruiken was dan dat in de Jungfrugatan. Ze vond ook boter, kaas en brood en dekte de keukentafel voor drie. Iets zei haar dat de Thulins waarschijnlijk vooral in de keuken aten.

'Malle meid, heb je ontbijt voor ons gemaakt?' De Thulins kwamen om tien voor halfacht de keuken binnen en deden alsof ze boos waren dat ze het ontbijt al had gemaakt. 'Je zou toch uitslapen?'

Betty lachte, schonk koffie in en legde uit dat ze heerlijk geslapen had, maar dat ze op haar gebruikelijke tijd wakker was geworden.

Ester at met smaak en Betty zag dat ze blij was met het ontbijt. En Betty voelde het als een vriendelijk gebaar voor een vriendin die gul van alles had gedeeld en niet als de onderdanige verplichting van een dienstmeisje.

Na het ontbijt vertrok het echtpaar Thulin, nadat ze Betty hadden laten zien hoe ze de deur achter zich dicht moest trekken als ze wegging. Ze deed de afwas, las haar boek uit en nam twee andere boeken mee toen ze het huis verliet. Ze glimlachte naar zichzelf in de spiegel in de gang voor ze vertrok. Ondanks alles zag ze er gelukkig en vastberaden uit toen ze naar de afspraak met haar aanstaande echtgenoot ging.

38

Hij keek ongerust om zich heen, wierp nerveuze blikken in de richting van de Gustaf Vasa-kerk en nam korte, onregelmatige trekjes van een sigaret. Ze kwam schuin achter hem vanaf de Stadsbibliotheek aan en hij zag haar pas toen ze vlak naast hem stond. Hij had net de peuk in de bosjes achter zich gegooid en de rand van zijn hoed strakgetrokken toen ze voor hem stond. Plotseling geneerde ze zich. Hoe moest ze hem aanspreken?

'Hier ben ik...'

Er brak een opgeluchte glimlach door op zijn gezicht, die de geïrriteerde, spottende trek om zijn mond uitwiste.

'Betty! Ik was net bij het pension om je op te halen, maar ze zeiden dat je daar vannacht niet had geslapen... Ik dacht...'

Ze glimlachte terug en nam hem onverschrokken bij de arm; als ze verloofd waren, moesten ze zich ook zo gedragen. 'Ik kwam gisteren precies op het juiste moment een vriendin tegen, die me bij haar thuis uitnodigde. Daar was het een stuk aangenamer.'

Hij nam haar tas in zijn andere hand en ze wandelden weg. Hij zei dat ze over een paar minuten een afspraak met zijn oom hadden in diens kantoor en ze vroeg of ze voor die tijd nog iets moesten doorspreken. Moesten ze vertellen hoe ze elkaar ontmoet hadden? Wat hun toekomstplannen waren en wanneer ze gingen trouwen? Hij glimlachte verrast, maar beaamde dat ze dit soort dingen het beste op elkaar konden afstemmen.

'En je moet mee naar huis komen om mijn moeder te ontmoeten. Dit weekend al, als we nu in ondertrouw gaan.'

Hij knikte en ze maakten haastig plannen.

Het kantoor was op de eerste verdieping en bood uitzicht op het Vasapark. Een jonge kantoorbediende glimlachte stralend naar Carl-Axel, nam zijn jas en haar mantel aan en liet hen binnen. Ze liepen verder, naar een grote ruimte aan de andere kant. Daar waren minstens tien kantoormeisjes van haar eigen leeftijd aan het schrijven, ze bladerden door mappen of liepen snel heen en weer. De meisjes glimlachten en knikten en zij knikte verwonderd terug. De deur van het kantoor ging wijd open en een oudere, boomlange heer met grijs haar keek hen aan met een doordringende blik in zijn ogen. Ze nam Carl-Axels arm steviger vast en voelde tot haar ergernis dat ze trilde.

'Calle, wat geweldig! Welkom, welkom allebei...' Hij tikte zacht met zijn linkerhand op Carl-Axels schouder terwijl hij zijn rechterhand naar haar uitstak. 'Dus dit is die lieve Betty? Mauritz Schimmel. Kom binnen.'

Zijn handdruk was stevig en warm en zijn ogen leken erg op die van de doktersvrouw, maar dan met een geamuseerde sprankeling die haar ogen ontbeerden.

Hij gebaarde dat ze konden plaatsnemen en ze voelde haar hart bonzen. Schimmel trok met een elegant gebaar zijn broekspijpen op en ging op zijn bureaustoel zitten, bood haar en Carl-Axel een sigaret aan, die ze allebei afsloegen, stak er zelf een op en keek haar strak aan.

'Ik zal meteen ter zake komen, juffrouw. Ik ben zakenman en ga binnenkort met pensioen. Omdat mijn vrouw zaliger en ik geen kinderen hebben gekregen, ben ik veel van mijn neef Carl-Axel gaan houden, vooral omdat hij veel interesse heeft getoond in mijn zakelijke activiteiten. Ik wil mijn bedrijf zo langzamerhand overdragen aan Calle, maar omdat ik niet wil dat hij in dezelfde situatie belandt als ikzelf, heb ik als voorwaarde gesteld dat hij moet trouwen en kinderen moet krijgen voordat ik het bedrijf op zijn naam zet.'

Hij stond op, steunde met beide handen op het bureau en keek uit over de bleke lentekleuren in het Vasapark. Hij nam een laatste trek van zijn sigaret, drukte hem uit en vervolgde: 'Nu heb ik gehoord dat Calle van plan is om zo snel mogelijk te trouwen en daarom heb ik een vraag aan mejuffrouw... Pardon, ik heb uw achternaam niet verstaan?'

Ze hief haar hoofd op en keek hem recht aan voordat ze antwoordde: 'Lind. Betty Lind.'

'Mejuffrouw Lind. Ik moet u vragen of u op de hoogte bent van deze clausule en of u ook onmiddellijk wilt trouwen?'

Ze wierp een snelle blik op Carl-Axel voordat ze antwoordde: 'Jazeker, we houden allebei niet van een lange verloving en we willen gewoon zo snel mogelijk trouwen.'

Er verscheen een glimlachje om zijn lippen en hij ging weer aan zijn bureau zitten. 'Nou, dan hebben we elkaar goed begrepen. De overeenkomst heeft ook betrekking op de flat in Vasastan die ik van mijn moeder heb geërfd. Aangezien ik van plan ben me terug te trekken in mijn villa in Viggbyholm, zal ik ervoor zorgen dat de flat zo snel mogelijk beschikbaar komt. Ik heb van Calle begrepen dat de kleine juffrouw Lind plotseling zonder onderdak is komen te zitten en daarom onmiddellijk moet verhuizen?'

Betty knikte. Natuurlijk wist hij wat er gebeurd was. De doktersvrouw had waarschijnlijk haar gal over haar gespuwd.

Alsof hij haar gedachten had gelezen, keek hij haar weer recht in de ogen. 'Betty, mag ik je Betty noemen?' Ze knikte opnieuw en hij vervolgde: 'Je moet niet denken dat ik naar geroddel luister. Mijn zuster en ik brengen niet veel tijd met elkaar door en praten zeer zelden met elkaar. Ik ben ervan overtuigd dat elk mens de schepper is van zijn eigen geluk en dat hij ook zijn eigen geschiedenis creëert.'

Hij pakte een stapel papieren, bladerde erdoorheen en keek weer op. 'Heel goed, jullie gaan vandaag in ondertrouw en vertellen me de dag waarop jullie gaan trouwen. Op jullie trouwdag maak ik een groot bedrag over op je rekening, Calle. Op de eerste werkdag na de geboorte van je eerste kind kom je in dienst als directeur. Ik kom nog bij je terug voor wat betreft de flat. Het moet geen probleem zijn dat jullie die uiterlijk op 15 april krijgen. Tot die tijd moeten we een andere oplossing vinden voor Betty.'

'En voor mij ook, oom Mauritz. Ik kan niet meer thuis wonen.' Carl-Axel stond op en haalde als een ongelukkige schooljongen zijn handen door zijn haar.

De oudere man keek hem met een scherpe blik over zijn bril heen aan. 'O? Waarom zijn mijn zus en zwager zo kwaad? Zijn ze niet blij met de keuze van je verloofde?'

Betty bloosde en sloeg haar blik neer. Ze voelde hoe haar hals rood werd van schaamte en ze slikte terwijl ze deed alsof ze onzichtbare stofdeeltjes van haar rok veegde.

Carl-Axel schraapte zijn keel. 'U moet begrijpen dat... Wel, het is niet gemakkelijk voor...'

Schimmel stak nog een sigaret op en hoestte terwijl hij een tabakssliertje uit zijn mondhoek plukte. 'Nee, het kan niet makkelijk zijn voor kleine Betty om zulke schoonouders te hebben. Een pompeuze, zelfingenomen narcist en een lallende, nietszeggende nazi...' Hij blies rook uit en knipoogde naar Betty.

Carl-Axel onderbrak hem: 'Nou, ik bedoelde eigenlijk dat...'

'Ik weet wat je dacht, Calle. Je houdt van je oude moeder, en nu ben je verdrietig omdat je in ongenade bent gevallen. Nou, ik zal zien wat ik met de flat kan doen. Voorlopig zullen jullie zelf een oplossing moeten vinden. Ik zal een cheque uitschrijven.'

Betty keek met vuurrode wangen op en zei: 'Mijn moeder heeft een ongeluk gehad en ik wil naar huis om haar te helpen. Carl-Axel, ik vind dat je mee moet komen om haar te ontmoeten. Dan kom ik weer terug als het tijd is voor de huwelijksvoltrekking.'

Haar aanstaande man knikte zwijgend en Mauritz Schimmel drukte zijn sigaret uit.

'De huwelijksvoltrekking. Dus je gaat in alle eenvoud trouwen? Geen societybruiloft met foto's in de kranten?'

Ze schudde heftig van nee en Carl-Axel viel haar bij.

De oudere man lachte, schoof de stapel papier opzij en stond op. Hij keek hen aan. 'Ja, ja. Als je niet beter wist, zou je kunnen denken dat er haast bij was. Dat het een moetje is.'

Betty voelde woede opflakkeren, wie was hij dat hij hen belachelijk kon zitten maken? Hij wist niets van hun redenen en motieven af. Ze keek op. 'Ik heb geen idee hoeveel u over ons weet. Evenmin weet ik waartoe dit zal leiden, maar ik kan u dit zeggen: het is niet nodig dat u zich amuseert ten koste van ons. Carl-Axel en ik hebben een sterke band. We helpen elkaar. We...' Betty zweeg en keek naar haar schoot. Ze was waarschijnlijk veel te heftig tegen hem uitgevaren. Misschien zou Mauritz Schimmel zijn aanbod nu intrekken en daarmee alles wat ze gepland hadden onderuithalen. Maar als dat zo was, dan zij het zo. Ze liet zich niet beledigen.

Carl-Axel keek hen beiden onzeker aan en slikte.

Maar tot haar grote verbazing klonk er luid gelach van de andere kant van het bureau, Schimmel schoof zijn bureaustoel naar achteren, zodat die bijna omviel, liep om het bureau heen en pakte haar hand. 'Betty, Betty, wat een pareltje ben je. Je zult een uitstekende echtgenote zijn voor onze lieve Calle. Stevig en pittig. Vergeef me mijn lompe grap. Ik zweer dat ik zoiets nooit meer zal zeggen. Maar je moet ophouden met dat gemeneer. Vanaf nu ben ik Mauritz, of misschien oom Mauritz, als we elkaar ontmoeten. Begrepen?'

Ze knikte en keek onzeker naar de man, die hoog boven haar uittorende met haar hand in de zijne, glimlachend en met borstelige wenkbrauwen boven zijn intense ogen. Was hij serieus of was het weer een grap?

'Nou, laat maar eens horen dat we vrienden zijn en dat je mijn naam kent.'

Ze rechtte haar rug, waagde zich aan een glimlach en zei met heldere stem: 'Heel erg bedankt, lieve oom Mauritz. Het was prettig je te ontmoeten, maar nu moeten mijn verloofde en ik naar de pastoor om in ondertrouw te gaan.'

Hij lachte weer en liep met hen mee naar de gang, langs alle kantoormeisjes, en ze glimlachte naar hen zonder er ook maar één te zien. Ze had het gevoel dat ze voor het eerst echt begreep welke veranderingen er zouden plaatsvinden in haar leven.

's Avonds, toen ze in het kleine pension aan het Odenplan in haar wankele bed lag, stond ze zichzelf toe om voor het eerst in lange tijd aan Martin te denken. Als uit een glimmende glazen bol haalde ze de herinneringen op aan de uren die ze samen hadden doorgebracht. Op de keper beschouwd had ze nog geen vierentwintig uur met hem doorgebracht en toch hadden die uren haar leven voorgoed veranderd. Het was al een tijd geleden dat ze hem voor het laatst had gezien, maar ze kon zich met gemak hun zoenen voor de geest halen en hoe heerlijk het was geweest door hem gestreeld te worden, in zijn ogen te kijken waarin een warme blik lag. En ze liet de tranen stromen toen ze bedacht hoe heerlijk het zou zijn geweest als hij en zij vandaag voor de priester hadden gestaan om in ondertrouw te gaan en hun huwelijk te bespreken. Als Martin en zij samen naar Hudiksvall zouden gaan. Hoe trots en gelukkig ze zou zijn geweest op de treinreis erheen en hoe beleefd en knap hij zou zijn geweest. Ze streelde rustig haar bolle buik en probeerde zich voor te stellen dat er een mensje in zat met zijn gelaatstrekken. De priester had vandaag aandachtig naar haar taille gekeken en ze had koppig teruggestaard en zich niets aangetrokken van zijn toespelingen dat ze haast leken te hebben. Carl-Axel had gebloosd en stamelend verzonnen dat ze een reis gingen maken en daarvóór getrouwd moesten zijn.

Morgen ging ze met de ochtendtrein naar huis. En morgen moest ze het haar moeder vertellen.

39

Tante Helmi stond in de keuken te strijken toen Betty de deur opendeed en binnenkwam. Tante Helmi's ogen werden groot van verbazing toen Betty haar valies op de grond liet vallen en de kleine Pelle opving, die zich in haar armen wierp.

'Betty! Ik wilde net bellen of je vrij kon krijgen en van de week kon komen.'

Betty kuste haar broertje op zijn wangen en genoot van zijn warme, liefdevolle knuffels. Het voelde als een eeuwigheid geleden dat iemand haar liefdevol had geknuffeld.

'O, Betty, ik hoopte zo dat je thuis zou komen voor mijn verjaardag. En nu ben je er echt. Ik kan niet geloven dat je er bent!'

Betty voelde wroeging toen ze besefte dat ze geen cadeautje uit Stockholm had meegenomen voor haar broertje, dat overmorgen jarig was. Maar in plaats daarvan gingen ze hier naar de stad, en mocht hij zelf iets uitkiezen.

'Hallo, tante. Hoe gaat het met mama?'

Tante Helmi knikte naar het slaapkamertje en ging weer verder met strijken. 'Nou, het is niet meer zo erg. Ze rust veel en heeft best wat gegeten. Ga maar naar binnen en vraag het haar zelf. Je komst is een geschenk uit de hemel. Ik moet morgenochtend terug en heb nog geen thuiszorg kunnen regelen. Hoelang kun je blijven?'

Betty glimlachte en deed alsof ze het laatste deel van de vraag niet hoorde, maar nam haar broertje bij de hand en ging het kamertje in.

Haar moeder lag te dommelen, met haar handen op haar buik. Ze was aangekleed, maar lag onder een deken te rusten. Haar hoofd leek klein en kleurloos tegen het witte kussen, haar oogleden hadden een blauwe glans. Haar arm die in het gips zat, was grotesk vergeleken met haar andere, slanke arm en Betty schaamde zich dat ze zich zo had laten overmannen door haar eigen situatie, terwijl haar moeder er zo slecht aan toe was.

'Mama? Ik ben het, Betty...'

Haar moeder deed langzaam haar ogen open en knipperde een paar keer voordat de warme blik weer in haar ogen verscheen en ze weer op zichzelf leek.

'Meisje van me! Ik heb over je gedroomd. Over toen je klein was en we in het weiland bloemen gingen plukken voor midzomer. Je had die blauwe jurk aan die ik voor je gemaakt had en je haar stond als een korenblonde wolk om je hoofd. Laat me je eens bekijken... Heb je je haar geknipt, liefje?' Ze stak haar gezonde hand uit naar Betty, die op de rand van het bed ging zitten en hem met beide handen omvatte. Vervelend genoeg begonnen de tranen te stromen toen ze haar moeders hand in de hare voelde.

'O, mama.' Ze drukte haar moeders hand tegen haar vuurrode wang en deed haar best er een glimlach uit te persen. 'Ik was zo bezorgd om u. Hoe kon het zo misgaan...'

Haar moeder probeerde overeind te komen en Betty stond op om de kussens achter haar op te schudden. Haar moeder slaakte een zucht en belandde in een halfzittende houding.

'Wat ben je mooi geworden, Betty, ook met korter haar. Een schoonheid kan alles hebben.' Haar moeder glimlachte en haalde kort en snel adem. 'Het gaat nu goed met me. Sinds ik uit het ziekenhuis ben, lig ik hier als een prinses. Helmi heeft voor me gezorgd en de jongens zijn zo aardig en doen boodschappen voor me. En nu ben jij er ook nog! Maar hoe heb je vrij gekregen?'

Betty glimlachte zonder te antwoorden en pakte de gezonde hand van haar moeder weer. 'Helmi zei dat er ook iets met uw hart was?'

Haar moeder knikte zacht. 'Hartfalen, zei de dokter. Maar ik heb medicijnen gekregen, dus het wordt vast beter. Op dit moment ben ik alleen zo moe... Maar vertel eens hoe het met je gaat in Stockholm.'

Betty deed haar mond open. Nu moest ze het zeggen. Het zou niet beter worden als ze bleef wachten. Maar het was zo moeilijk om een begin te maken. En stel dat wat ze ging zeggen te zwaar was? Voor haar hart? Misschien was het toch beter om het wat later te vertellen?

Op dat moment riep tante Helmi vanuit de keuken: 'Ik ga boodschappen doen! Pelle gaat mee en helpt me dragen. We zijn zo terug.'

Het werd stil in het slaapkamertje toen ze van de trap af liepen en verdwenen.

Betty keek naar haar moeder, die daar met halfdichte ogen lag, en besefte dat ze het nu moest vertellen. Voordat de anderen terugkwamen. 'Mama, ik moet je iets vertellen.'

Haar moeder deed haar ogen open en pakte haar hand steviger vast. Alsof ze iets vermoedde.

'Ik ga trouwen. Over een paar weken al.'

Haar moeder hees zich nog rechterop in het bed en liet Betty's hand los. 'Wat zeg je nou? Ga je trouwen?'

Betty knikte en slikte voordat ze verder ging: 'Ja. We gaan trouwen, Carl-Axel Molander en ik. Dat vindt u toch niet erg?'

'Molander? De zoon des huizes?'

Ze knikte bevestigend. 'Ja. Hij neemt het bedrijf van zijn oom over en we krijgen een flat in Vasastan. Dan kunt u bij ons op bezoek komen en blijven logeren. En wanneer...'

Haar moeder bleef haar vragend aankijken. 'En wanneer... wat?'

Er viel een stilte en haar moeder keek haar aandachtig aan en vervolgde: 'Wanneer de baby komt? Ben je in verwachting?'

Betty voelde de tranen opwellen en ze wenste met heel haar hart dat ze alles had kunnen vertellen, maar ze had een verhaal gekozen waar ze zich aan moest houden, dus knikte ze en keek naar haar knieen. 'Ja. In september, denk ik.' De tranen drupten langs haar neus en maakten vlekjes op haar mantel, die ze nog niet had uitgetrokken.

'O, Betty, mijn kleine meisje...' Haar moeder klonk verdrietig en Betty leunde tegen haar aan en stond zichzelf toe even te snikken. Ze wisten allebei wat dit zou betekenen. Welke deuren nu gesloten waren.

Uiteindelijk hield ze op met huilen.

Haar moeder gaf haar een bemoedigend klopje op haar rug. 'Kom, kom. Helmi en Pelle komen zo terug. Dan moet je geen rood behuild gezicht hebben. Met je geweldige nieuws.'

Betty droogde haar ogen en wangen, ging naar de keuken, spatte water in haar gezicht en trok haar mantel uit. Ze wierp een blik in de spiegel en zette een glimlach op. Nee, ze zou niemand laten merken dat dit niet was wat ze echt wilde. Integendeel, nu zou ze er trots op zijn in een chique familie uit Stockholm te trouwen, en niemand zou ooit vermoeden dat ze dit totaal niet wilde. Haar moeder knikte haar bemoedigend toe en klopte op de rand van het bed om aan te geven dat ze daar moest gaan zitten. Ze glimlachte warm en streelde de rug van haar dochter toen tante Helmi en Pelle de trap op kwamen. Haar moeder knipoogde naar Betty en riep zo hard ze kon naar de keuken: 'Helmi! Kom eens hier, dan kun je het grote nieuws horen! Betty gaat trouwen!'

Pelle was er als eerste en staarde naar Betty alsof hij een spook had gezien. 'Trouwen? Met wie ga je trouwen, Betty?'

Tante Helmi was er ook al snel, ze had haar schoenen nog niet eens uitgetrokken en keek haar argwanend aan. 'Wablief? Ga je trouwen? Maar je zou toch in een boekhandel gaan werken? Met wie ga je in hemelsnaam trouwen?'

Betty gooide trots het hoofd in de nek, niemand kon vermoeden dat ze zojuist in de armen van haar moeder had gehuild. 'Carl-Axel komt vrijdag. Hij wil natuurlijk dat we alles op de juiste manier doen.'

Tante Helmi plofte neer op een stoel en staarde Betty aan, met haar handen op haar knieën. 'Carl-Axel? Molander?'

Betty knikte en glimlachte zo vrolijk mogelijk. 'Zondag wordt ons huwelijk in de kerk afgekondigd en met Pasen gaan we trouwen.'

Tante Helmi deed haar mond open om iets te zeggen, maar schudde alleen haar hoofd en sloot haar mond weer. Toen stond ze langzaam op en liep naar Betty. 'Wel heb ik ooit! In de familie Molander trouwen, in de familie Schimmel!'

Ze leek oprecht onder de indruk. Ze keek Betty aandachtig aan en zei: 'En ik wilde nog wel pap maken voor het avondeten. Dat is vast niet goed genoeg meer voor je?'

Iedereen lachte en Betty verzekerde haar dat ze vanavond graag pap at. Pelle bleef op de keukenstoel zitten en staarde Betty aan alsof ze van een andere planeet kwam. Ze moest hem omhelzen, door zijn haar woelen en beloven dat ze zichzelf zou blijven, ook als ze zou trouwen. Toen kwam Edvin binnen en kreeg hij het grote nieuws ook te horen.

Tijdens het avondeten vertelde ze dat ze van plan was hier te blijven tot de periode van ondertrouw voorbij was en dan af te reizen naar de huwelijksplechtigheid in Stockholm.

'Maar ga je dan niet hier in de kerk trouwen, Betty? Zodat je moeder en ik je als bruid kunnen kleden en je vrienden kunnen komen?' Tante Helmi was over haar verbazing heen en verheugde zich nu op het feest dat ze verwachtte.

Betty schudde haar hoofd en schonk meer pap op haar bord. 'Nee, we houden een heel eenvoudige bruiloft. Geen gasten. We hebben geld nodig voor de flat en voor...'

Gelukkig begon Pelle te vertellen hoe goed hij was met de jojo die hij had gekregen, zodat niemand hoorde dat Betty haar zin niet afmaakte. Binnenkort zou bekend worden dat er een kindje op komst was, maar voor nu was het nieuws van de bruiloft genoeg.

De jongens vertelden over de verschrikkelijke storm die hier slechts een paar weken geleden had gewoed. Het dak van het schuurtje van hun oom was enkele honderden meters verderop bijna tegen een winkelruit gevlogen.

'Bij de vuurtoren op Gran waaide het wel negenendertig meter per seconde! En de schepen gingen naar de noodhaven van Hölick...' Edvin had de krant gelezen en verteld over alle vreselijke dingen die de mensen langs de kust van Hälsingland die nacht van 6 maart waren overkomen. Betty probeerde zich te herinneren of ze iets van de storm had gemerkt of er zelfs maar iets over had gehoord, maar waarschijnlijk werd ze toen te zeer in beslag genomen door haar eigen lotgevallen. Zowel haar moeder als tante Helmi vulde de verhalen aan met anekdotes over buren en kennissen die in die stormachtige nacht dingen waren kwijtgeraakt of op een andere manier pech hadden gehad.

Later, nadat ze haar moeder in bed had geholpen, de jongens had geknuffeld die daarna naar de buren holden en water voor de afwas had opgewarmd, ging tante Helmi aan tafel zitten met een kop opgewarmde koffie.

'Wat vinden de dokter en mevrouw ervan?' Tante Helmi keek aandachtig naar haar terwijl ze de afwas deed en Betty vermoedde dat haar blik bleef hangen bij haar buik onder haar schort.

'Tja, dat weet ik niet zo goed...'

'Niet enthousiast, dus. Ik vraag me af waarom?'

Betty haalde haar schouders op en keek alsof het haar niets kon schelen. Maar ze wist dat het slechts een kwestie van tijd was.

'Aha, op die manier, het is een moetje. Nou, dan begrijp ik de tegenzin van mevrouw wel. Haar enige kind. Dat zal trouwen met een sloof...'

'Ik ben geen sloof!'

'Het scheelt niet veel.'

Het stak haar, maar ze wist dat haar moeder in het kamertje meeluisterde en ze was vastbesloten aan haar verhaal vast te houden. 'Ik heb geen idee wat de dokter en mevrouw van het huwelijk vinden.

Carl-Axel en ik zijn in elk geval gelukkig en ik hoop dat ik mama en de jongens beter kan helpen dan toen ik als sloof werkte.' Ze waste zo woest af dat het water in de rondte spatte en keek haar tante bokkig aan.

Tante Helmi zweeg en slikte haar laatste slok koffie door voordat ze haar lege kopje naar de gootsteen bracht. 'Hoe dan ook, ik moet morgen terug en het is echt een godsgeschenk dat je hier nu bent, Betty. De rest komt zoals het komt.' Ze gaapte, rekte zich uit en boog zich over de radio op de plank. 'Ik wil het nieuws nog horen voor ik naar bed ga. Die schreeuwlelijk uit Duitsland schijnt Oostenrijk te hebben geannexeerd. Er komt oorlog, let op mijn woorden.'

Betty schrok. Oorlog? En Martin was ergens in het buitenland! Hoe kon hij nu nog thuiskomen? Bah, wat akelig. In plaats daarvan probeerde ze zich Carl-Axel Molander hier in de keuken voor te stellen. Nee, ze zou hier alleen koffie serveren, dan kon hij eten in het Stadshotel, waar hij zou verblijven. Ze voelde dat hij hier in Åvik in de keuken uit de toon zou vallen. Het liefst had ze alles afgelast. En tegelijkertijd wilde ze dat alles goed zou verlopen.

'Wat een waanzin! In Oostenrijk hebben ze alle ambtenaren van Joodse afkomst ontslagen. Ik vraag me af wat de volgende stap is. Gaat hij ze allemaal vermoorden?' Tante Helmi zette met boze bewegingen de radio uit, stond hijgend op van de keukenstoel en reikte naar een haarnetje dat in het keukenkastje lag. Ze stopte elke haarlok zorgvuldig in het netje en draaide zich toen om naar Betty, die het laatste servies in de kast zette. 'Wanneer zei je dat je terugging?'

Betty haalde haar schouders op en klapte de zitting van de klepbank omhoog. 'Ergens rond Pasen. 13, 14 april.'

Tante Helmi knikte en sloot de deur naar het kamertje. 'Dan is het gips eraf. Ik hoop dat we tegen die tijd een oplossing hebben. Je moeder wil niet naar Stockholm verhuizen.'

'Nee, dat begrijp ik. Maar hoe zal het daarna gaan?'

Tante Helmi schudde haar hoofd en maakte afwezig de knopen van haar jurk los. 'Tja, als iemand het eens wist. Het lukt haar nauwelijks om één keer per dag naar de plee te gaan. Als iemand een watercloset nodig heeft, is zij het wel…'

Betty knikte. 'Ik zal iets bedenken. Ik kan vast wel aan wat geld komen.'

'Waarom vraag je het niet aan je chique verloofde. Misschien kan hij iets regelen…'

Betty keek snel op naar haar tante. Zag ze nou een valse glinstering in haar ogen? 'Wat bedoelt u?'

Tante krabbelde terug en zei afwerend met een brede glimlach: 'O, ik bedoelde er niets mee, hoor. Ik hoop alleen dat je gelukkig wordt met die dandy. Goh, met Kerstmis dacht ik nog dat er iemand anders was die… Nou goed, ik hoop gewoon dat we iets voor haar kunnen regelen. Welterusten, Betty. Je bent een lichtpuntje en een zegen voor je moeder, wat je verder ook uitspookt.'

Betty zei welterusten, krulde zich op in de klepbank en probeerde niet te rillen van de kou. Het beddengoed was kil en muf en ze voelde zich vreemd melancholiek. Even stond ze zichzelf toe aan Martin te denken en hoe ze bijna gebarsten zou zijn van trots om over hem te vertellen. Hoe ze voor hem zou hebben gekookt in haar eigen keuken en hoe haar broertjes zich zouden hebben verwonderd over hem en zijn manier van vertellen. Ze wist zeker dat haar broertjes en Martin elkaar zouden hebben gemogen. En haar moeder zou gecharmeerd zijn geweest van zijn prettige en hoffelijke manier van doen en van zijn warme ogen. Maar ze was er niet zo zeker van dat Carl-Axel in hun familie op zijn plek zou zijn. Ze trok de deken over haar hoofd en liet de tranen even stromen. Geschiedde er maar een wonder, en kwam Martin maar opdagen. Als er maar geen oorlog uitbrak.

40

'Hoe ziet je verloofde eruit, Betty? Is hij knap?'

Pelle was die dag al een keer naar het station geweest. In alle vroegte was hij met tante Helmi meegegaan naar de trein en nu huppelde hij naast Betty en stuiterde zodra het mogelijk was op de heuvel met zijn nieuwe bal. Betty was op zijn verjaardag met hem naar speelgoedwinkel Ljungberg gegaan, en hij had zelf een bal en een blikken autootje mogen uitkiezen. Hij was dolblij geweest en hij had de bal de hele tijd onder zijn arm, terwijl het nieuwe autootje op een plank stond om een keer rustig mee te spelen.

Ze lachte hem toe en zei dat zij vond van wel, en hij vroeg of ze misschien eindelijk zou thuiskomen als ze getrouwd was. Ze woelde door zijn haar en ging op het bankje voor het stationsgebouw zitten. 'Nee, Pelle. Ik ga met Carl-Axel in Stockholm wonen. Maar je kunt ons daar komen opzoeken.'

Hij ging naast haar op het bankje zitten en keek bezorgd naar zijn stoffige schoenen. 'Maar gaan jullie daar wonen, alleen jij en hij?'

Ze knikte, keek op haar horloge en zag dat de trein van Stockholm over een paar minuten zou aankomen.

'Maar alleen jullie tweeën? Je kent hem toch helemaal niet?'

Ze moest lachen, maar voelde de lach in haar keel stokken. Hij had gelijk, maar dat zei ze niet. In plaats daarvan slikte ze en glimlachte ze. 'Misschien krijgen we later ook kinderen, weet je.' Eigenlijk was het stom om iets tegen Pelle te zeggen. Hij kon nooit iets voor zich houden. Maar ergens wilde ze hem voorbereiden op wat komen ging.

Hij keek haar ongelovig aan en deed net zijn mond open om iets te zeggen toen de trein eindelijk puffend en hijgend het station binnenreed. Toen Pelle dat zag, gooide hij zijn pet in de lucht en stuiterde de bal gevaarlijk hard tegen de deur van het stationsgebouw, net toen een heer de deur opendeed. De heer schreeuwde iets tegen Pelle en ze schaamde zich dat ze niet beter op haar broertje had gelet.

Carl-Axel stapte als een van de eersten uit de trein. Hij reisde waarschijnlijk eerste klas. Zijn goed gesneden jas, elegante hoed en glanzend gepoetste schoenen staken af tegen de kleding van alle andere reizigers, en ze voelde zich ineens opgelaten toen ze hem zag. Waarom had ze Pelle meegenomen? Het zou veel gemakkelijker zijn geweest als ze geen toneelstukje had hoeven opvoeren. Hij stak zijn hand op ter begroeting en ze glimlachte naar hem op een manier waarvan ze hoopte dat die zowel vriendelijk als uitnodigend was.

'Betty!' Hij boog zich voorover en drukte een lichte kus op haar wang. Zij gaf hem een luchtige kus op zijn wang. Ze zag dat de mensen naar hen keken. Ze kon de praatjes maar beter meteen op gang brengen. Pelle boog met zijn pet in de hand en Carl-Axel keek haar verward aan. Ze moest uitleggen wie Pelle was en hij stak zijn hand uit om zijn aanstaande zwager te begroeten. Pelle drukte hem de hand en gaapte hem aan. Betty's verloofde zag er heel anders uit dan hij had verwacht.

'Heb je een goede reis gehad?' Betty zag de blikken om zich heen en legde haar gehandschoende hand op Carl-Axels arm.

Hij verzekerde haar dat de reis probleemloos was verlopen en ze vroeg hem of hij eerst naar het Stadshotel wilde gaan of meteen met haar mee wilde naar de Bagargatan. Hij keek haar opnieuw verward aan en ze probeerde uit te leggen dat het hotel precies de andere kant op was en dat hij het beste meteen mee naar haar huis kon komen.

Dan kon ze hem later de weg naar het hotel wijzen. Ze hoopte dat hij zou snappen dat het niet gepast was om haar pas tegen de avond te bezoeken. Gelukkig leek hij haar te begrijpen en stelde hij voor om meteen naar haar moeder te gaan.

Pelle kon nog steeds geen woord uitbrengen en liep rustig en zwijgend naast hen mee de heuvel op richting Åvik zonder één keer met de bal te stuiteren.

Al op de trap voelde de situatie ongemakkelijk. Carl-Axel wilde zijn glimmende schoenen, die vuil waren geworden in de modder in het Åvikpark, niet uitdoen. En er was geen goede kleerhanger om zijn mooie jas aan op te hangen. Ze ging voorop en hoopte dat de keuken nog net zo netjes was als toen ze was vertrokken. Ze had vanochtend de hele keuken geschrobd, een cake gebakken, een nieuw tafelkleed op tafel gelegd en wat klein hoefblad geplukt. En ze had haar moeder helpen opstaan, haar geholpen haar mooie jurk aan te trekken en geprobeerd haar haar te doen. Ja, Betty had echt haar best gedaan om haar ouderlijk huis zo gunstig mogelijk te presenteren. Maar het was duidelijk waar ze vandaan kwam, het was duidelijk dat ze arm was, en nog nooit was het zo duidelijk geweest dat hij beneden zijn stand ging trouwen. In Stockholm waren die dingen niet zo opgevallen. Ze beet op haar lip en wou dat hij al in de trein terug zat en dat dit alles voorbij was. Ze zou hem nooit meer hierheen brengen. Ze zou haar schaamte nooit meer blootgeven.

Edvin stond ernstig en met nat, gekamd haar bij de tafel en stak buigend zijn hand uit naar Carl-Axel, die hem lusteloos en onverschillig begroette. Haar moeder stond glimlachend aan de keukentafel en hield zich vast aan het tafelblad, en alleen haar duizeligheid en het gips om haar arm weerhielden haar ervan diep te buigen voor de chique heer die de keuken was binnengebanjerd zonder zijn schoenen of overjas uit te trekken.

Carl-Axel begroette haar moeder en Betty zag dat hij haar hand met zijn vingers schudde, en dat haar moeders glimlach verbaasd verdween toen ze amper een reactie kreeg. Haar moeder liet zich uitgeput aan tafel zakken en wees naar de stoelen. 'Betty, neem de jas van meneer Molander eens aan en ga dan met z'n tweeën hier tegenover me zitten.'

Carl-Axel keek verward om zich heen en liet zich door Betty uit zijn overjas helpen alsof hij in de garderobe van een chic restaurant was. Ze vouwde hem zorgvuldig op en legde hem op de kussens van de klepbank, met zijn hoed erbovenop. Hij ging op een veelgebruikte houten stoel zitten en keek onderzoekend de keuken rond. Ze volgde zijn blik en opeens viel elke onvolkomenheid haar op. Haar moeder keek ook rond, en Betty vond het afschuwelijk om te zien dat haar moeder een beschaamde blik in haar ogen kreeg. Maar ze zette haar tanden op elkaar en zwoer dat ze zich niet zou laten ontmoedigen.

'Ik ga koffie inschenken. Kom op jongens, jullie krijgen sap. Mama hoeft toch geen meneer Molander te zeggen, maar kan je toch Carl-Axel noemen?' Dat laatste zei ze met een blik op Carl-Axel, die verward opkeek.

'Ja, ja, natuurlijk. En ik hoop dat ik schoonmoeder mag zeggen?'

Haar moeders glimlach kwam terug en de oude twinkeling verscheen weer in haar ogen. 'Zeg maar Johanna, zo heet ik. Juist ja, dus jullie gaan trouwen...'

Carl-Axel bloosde plotseling en boog zich met een hoofdknikje over zijn koffiekopje. 'Ja! Ja, Betty heeft me de eer bewezen mijn vrouw te willen zijn en ik ben haar daar zeer dankbaar voor.' Hij glimlachte snel naar Betty en pakte haar hand, die ze aannam. Zijn hand was klam van het zweet en ze besefte meteen dat hij even nerveus was als alle anderen. Daardoor werd ze merkwaardig kalm, en ze bood iedereen heel vriendelijk een stukje cake aan.

Het gesprek ontdooide langzaam en bij het derde kopje koffie sprak haar moeder met Carl-Axel over de Finse regio Österbotten en Vaasa. Het bleek dat de grootmoeder van Carl-Axel uit Vaasa kwam, de stad in Österbotten die het dichtst bij het dorpje lag waaruit Johanna, Helmi en hun vader aan het einde van de vorige eeuw waren vertrokken. Johanna had er niet veel herinneringen aan, maar herkende wel iets van wat Carl-Axel beschreef, hoewel Betty het sterke vermoeden had dat de plaats waar Carl-Axels grootmoeder vandaan kwam ver verwijderd was van het vissershutje aan de scherenkust waar Vaasa lag en dat Johanna en Helmi hadden verlaten.

En Edvin vertelde stralend over zijn belangstelling voor auto's en treinen, die Carl-Axel onverwacht vol enthousiasme deelde en waar hij duidelijk graag over praatte. Carl-Axel beloofde dat Edvin de volgende keer mocht meerijden in zijn zwarte Ford Eifel. Ze keek weg en zei niet dat de auto eigenlijk van de dokter en zijn vrouw was en niet van Carl-Axel. Maar aan de andere kant, misschien zou hij wel een auto kopen nu hij directeur van een eigen bedrijf werd, wat wist zij nou?

De kleine Pelle pakte zijn speelgoedautootje van de plank om het te laten zien, en tot haar verbazing zag ze dat Carl-Axel met Pelle en het autootje speelde, waarbij ze wegen maakten op het pasgestreken tafelkleed.

Haar moeder was vreemd levendig en had koortsige blosjes op haar wangen terwijl ze allerlei vragen afvuurde op Carl-Axel. 'Hoe oud ben je? Aha, in juni word je zesentwintig? En hoe heet het bedrijf dat je overneemt? Aha, Förenade Tryck. En de flat waarin jullie gaan wonen, is die groot? Op die manier: vier kamers en een keuken, en een dienstbodekamer...'

Betty keek angstig naar Carl-Axel om te zien of hij geërgerd zou zijn over het verhoor, maar hij gaf gehoorzaam antwoord op alle vragen terwijl hij met Pelles autootje over de geweven wegen op het tafelkleed reed. Hij zag er gelukkig en warm uit en had zijn jasje over de rugleuning van de stoel gehangen. Uiteindelijk vond ze het genoeg. Er zat een grens aan alle vragen en het spelen, en ze wees naar de keukenklok.

'Ik moet je snel naar het Stadshotel brengen, Carl-Axel, het is al laat.' Hij knikte bijna schuldbewust naar haar en haalde zijn hand door zijn pony, die over zijn voorhoofd was gevallen. Opnieuw zag ze sporen van de dokter in hem, ook al leek hij nog zoveel op zijn moeder.

Haar broertjes protesteerden en hielden daar pas mee op toen Carl-Axel beloofde om de volgende dag nog een keer langs te komen voordat hij de trein terug naar Stockholm nam.

Carl-Axel trok zijn jasje aan, haalde een vel papier uit zijn binnenzak en legde het voor haar moeder neer. 'Kijk eens, aangezien Betty niet meerderjarig is, moet mijn schoonmoeder hier tekenen.' Hij wees naar een stippellijn en Betty beet op haar lip. Haar moeder keek Betty vragend aan, ze knikte zo bemoedigend mogelijk en haar moeder boog zich over het papier en zette haar handtekening.

Ze bracht hem naar het hotel. Hij had zijn aktetas in zijn ene hand en zij stak haar hand door zijn vrije arm. Ze kwamen een paar mensen tegen, een stel buren, haar vaders collega, haar oude schooljuf en de oudere zus van Edvins beste vriend. Betty keek hen allemaal nadrukkelijk in de ogen en begroette hen, Carl-Axel knikte vriendelijk en nam zelfs zijn hoed af voor haar juf en de buren. Ze voelde de verbaasde blikken en het geklets toen ze langsliepen, maar dat was prima. Ze wilde dat het bekend werd in de stad, zodat iedereen het wist en de roddels vrijelijk rondgingen. Ze vulde haar longen met frisse lentelucht en ademde langzaam uit. Wat een opluchting dat ze deze stap had gezet en eindelijk een oplossing had, na al die wanhopige, onzekere weken. Ze verstevigde haar greep op zijn arm en lachte naar hem toen hij verbaasd naar haar keek.

'Nou, wat vind je, Betty? Heb ik me een beetje goed gedragen?' Nadat hij zijn haar had gekamd zag hij er weer net zo stijlvol en mondain uit als eerder en hij had weer die ongelukkige trek om zijn mond. Maar zijn ogen glansden vriendelijk in het straatlicht en ze knikte.

'Absoluut! Mijn moeder en broertjes waren helemaal weg van je. Gelukkig wonen we niet in Hudiksvall, anders zouden ze je nooit met rust laten.'

Ze lachten en hij deed de deur van het Stadshotel open. Hij haalde haar over om mee te eten en hoewel ze wist dat ze eigenlijk naar huis moest om pap te maken voor haar moeder en broertjes, bleef ze toch. Hij stond erop dat ze iets at en hij bestelde champignonsoep en een paar lekkere kaaspasteitjes voor haar. Hij nam een biefstuk met uitjes en dronk in zijn eentje een hele fles rode wijn, terwijl Betty vossenbessenlimonade dronk. Een van de serveersters was Gerda Axelsson, die een klas boven haar had gezeten op de Åviksskolan, en die deed poeslief en sloofde zich uit en deed alsof ze een goede kennis was, maar Betty herinnerde zich haar stiekeme geknijp en hooghartige manier van doen tijdens hun schooltijd nog goed. Waarschijnlijk rook ze dat ze van Carl-Axel een goede fooi kon krijgen en wilde ze bij hen in de buurt blijven, ook al zaten ze niet in haar wijk. Betty deed alsof ze het niet zag, maar glimlachte vriendelijk naar alle onbekenden in de bediening. Ze moest aardig zijn zonder te overdrijven. Een gast was een gast en een serveerster was een serveerster. Maar ze wilde het met niemand aan de stok krijgen en wees er daarom niet op dat de soep veel te zout was en dat de biefstuk van Carl-Axel bijna oneetbaar taai was.

Het was gemakkelijker dan ze dacht om met Carl-Axel te praten. Hij was opgewekt als hij dat wilde en maakte grapjes over van alles en nog wat. Ze moest een paar keer lachen om zijn gekke grappen over acteurs en films, en hij imiteerde op kostelijke manier Edvard Perssons brouwende accent uit Skåne en het Göteborgse accent van Emy Hagman. Ze probeerde over boeken te praten, maar hij schudde zijn hoofd en zei dat hij geen tijd had om te lezen.

'Auto's, film en muziek zijn mijn interesses. En zakendoen en schoonheid.'

Hij volgde met zijn blik een van de jongere kelners die naar de keuken liep, lachte luid en dronk zijn glas leeg. Zijn vriendelijke blik was plotseling beneveld geworden en ze wenkte hun kelner en vroeg hem de rekening op Carl-Axels kamernummer te zetten.

'Kom, Carl-Axel, ik breng je naar je kamer.'

Nog steeds lachend sloeg hij zijn arm om haar schouders. Niemand in de eetzaal kon om Betty Lind en haar verloofde heen. Voor de zekerheid drukte ze haar wang tegen zijn schouder en ze verlieten lachend het restaurant. Misschien klonk haar lach wat gekunsteld.

De kamer waarin hij logeerde was niet de mooiste, maar aangezien het maar voor één nacht was, vond ze dat hij er wel mee door kon. Carl-Axel ontnuchterde toen ze de kamer binnenkwamen en ze stak hem haar hand toe.

'Bedankt voor vandaag. Ik hoop dat je hier lekker slaapt. Ik beloof dat je nooit meer naar Hudiksvall hoeft te komen.'

Hij glimlachte, veegde zijn pony opzij en trok haar de kamer in. 'O, het was een heel leuke dag, Betty. Het is zo aandoenlijk dat je broertjes me zo graag willen leren kennen. Ik verheug me erop hen uit te nodigen in Stockholm en hun de hoofdstad te laten zien. En we moeten een oplossing vinden voor je moeder. Wil je dat ze bij ons komt wonen?'

Betty lachte nu echt, van pure vreugde. Wat was hij vriendelijk! Dat had ze nooit gedacht. Ze bleef bij de deur van de eenpersoonskamer staan, terwijl hij zich op zijn rug op het bed liet vallen. Ze zou zo gaan.

'O, Carl-Axel, mijn broertjes zouden dol zijn op Stockholm. Maar mijn moeder wil niet. Tante Helmi heeft het een aantal keer geprobeerd. Maar ik vraag me af of we een goede naaimachine voor haar kunnen kopen, zodat ze thuis naaiwerk kan doen? En misschien kan ik een buurmeisje vragen haar een dag per week te helpen met het zwaarste werk, zodat ze niet meer naar de zagerij hoeft.'

Hij glimlachte en haalde een sigaret uit het zilveren doosje in zijn binnenzak. 'Een fragiele vrouw die op de zagerij moet werken. Wat een waanzin.' Hij stak de sigaret aan en blies de rook uit via zijn neus terwijl hij tabakssliertjes uit zijn mondhoek plukte.

Ze wilde net instemmen toen hij vervolgde: 'Kan ze niet gewoon alleen maar voor de kinderen zorgen?'

Betty glimlachte omdat ze dacht dat hij een grapje maakte. 'Ja, dat zou wel het beste zijn.'

Hij ging overeind zitten en keek uit het raam naar het Rådhuspark. Er stak een jongeman het gras over naar het meertje Lillfjärden. Zijn ogen stonden plotseling kil en hij drukte zijn sigaret uit. 'Ze moet gewoon thuisblijven. Bedankt voor vandaag, Betty.'

Ze keek hem verbaasd aan en knoopte haar mantel dicht. 'Ja, maar ze heeft geld nodig. Snap je dat niet?'

Hij had een geïrriteerde frons tussen zijn wenkbrauwen gekregen en liep voor haar uit naar de deur, die hij openhield. Als ze niet beter wist, zou ze denken dat hij haar eruit gooide.

'Nou, welterusten, Betty. Ik kom morgenochtend om tien uur, dan kan ik de jongens gedag zeggen voordat ik op de trein stap.'

Ze keek hem verbaasd aan. Wat was dit? Waarom veranderde hij ineens van onderwerp en duwde hij haar bijna de deur uit? 'Goedenacht, Carl-Axel. Maar je begrijpt toch wel dat mijn moeder moet werken om zichzelf en de jongens te onderhouden, dat het niet zo eenvoudig is?'

Hij knikte en beet op zijn onderlip terwijl hij ongeduldig naar haar keek. 'Het komt wel goed, Betty. Dat weet je toch. Goedenacht.'

Ze deed haar mond open om antwoord te geven, maar hij sloot de deur achter haar en ze stond beteuterd in de gang van het hotel. Ze liep zo onopvallend mogelijk het hotel uit, knikte en glimlachte naar de nachtportier en haastte zich door de verlaten stad naar huis. Op de kerkklok zag ze dat het bijna halfnegen was. Ze kwam niemand tegen, maar midden op het kerkhof voelde ze het voor het eerst. Een beweging, een schopje, in haar binnenste. Ze bleef staan en legde verwonderd haar hand op haar buik. De baby! Haar baby bewoog.

De lenteavond leek plotseling intenser, krachtiger en stralender. De geuren van de zagerij en de tuinen stroomden haar tegemoet en maakten haar sterk en tegelijk zo teergevoelig. Ze had het juiste besluit genomen. De baby zou geboren worden. Martins kind bewoog in haar en liet merken hoe graag het wilde leven. Ze glimlachte stralend van vreugde in de aprilavond.

41

De volgende dag kwam Carl-Axel langs, zoals hij beloofd had. Hij leek vreemd afwezig, maar glimlachte vriendelijk naar haar moeder en broertjes toen ze hem met nieuwe vragen bestookten. Vragen die hij kort beantwoordde, vaag en onbegrijpelijk maar toch geduldig. Hij hoefde geen ontbijt of koffie, maar nam wel een krakeling die Betty had gebakken en at die in twee happen op. Ze trok haar mantel aan om met hem mee te gaan, hoewel hij haar verzekerde dat hij zelf de weg naar het station kon vinden. Hij draafde met grote passen de heuvel af en zij moest rennen om hem in te halen. Ze had het gevoel dat er veel te bespreken viel, maar Carl-Axel wilde gewoon weg.

'Wacht! Ik kan je niet bijhouden.'

Hij stopte en wachtte even, maar leek aan iets anders te denken. Toen ze bij hem was, liep hij weer even snel verder en raakte ze weer achterop.

Op het perron haalde ze hem buiten adem in en ze pakte hem bij de arm. 'Carl-Axel! Ik moet je iets vragen.' Ze keek opgelaten naar hem op en veegde haar neus af, die een beetje was gaan lopen na de snelle wandeling. Eigenlijk vond ze dit afschuwelijk, maar het kon niet anders. 'Ik heb geld nodig. Ik blijf hier tot een paar dagen voor de bruiloft en ik moet voor mijn moeder en de jongens zorgen.'

Hij keek haar uitdrukkingsloos aan en zij begon ergerlijk genoeg te stotteren. 'Ik ga natuurlijk werken zodra we in Stockholm zijn. Ik zal meteen overal rondvragen naar een baan, totdat te zien is dat ik in verwachting ben. En dan krijg je je geld terug… wat… ik bedoel…'

Hij trok zijn mondhoeken op en klopte verstrooid op haar arm. 'Ja, ja, dat komt wel goed. Natuurlijk heb je geld nodig. Je moet toch ook bruidskleding hebben?'

Hij stak een sigaret op en nam een paar trekjes, waarna hij zijn portefeuille uit zijn binnenzak pakte. Met de sigaret in zijn mondhoek en één oog dichtgeknepen gaf hij haar zonder te tellen een stapel bankbiljetten. 'Hier. Dit is ook om voor je moeder te zorgen, zodat je je daar niet druk om hoeft te maken. En koop wat kleren, zodat je je in Stockholm als mijn vrouw kunt gedragen.'

Ze nam de briefjes aan en stopte ze zo snel mogelijk in haar zak. Ze wilde ze niet hier tellen met al die mensen om haar heen, maar het leek een behoorlijke stapel.

Hij keek haar aan, rookte zijn sigaret op en drukte hem uit tegen zijn hak. Daarna gaf hij haar een hand. 'Zorg goed voor jezelf, Betty. Ik ben heel dankbaar dat je dit voor me doet.'

Ze schudde hem de hand. Hij boog zich ook voorover om haar op de wang te kussen en zij boog zich iets naar hem toe. Hij rook naar scheerlotion, tabak en iets zoets wat ze niet kon omschrijven. Voor de schijn zwaaide ze de trein na.

Nog dezelfde dag kocht ze een naaimachine. Ze liet hem bezorgen en naar de keuken brengen, waar hij bij het raam tegen de muur werd gezet. Haar moeder was stomverbaasd en kwam met moeite overeind om het mirakel te bewonderen. Betty zoomde Pelles broek om en iedereen verwonderde zich erover hoe fijn de steken waren en hoe snel het klaar was. En toen ze alles uit de verstelmand had gedaan, trok ze haar mantel aan en ging naar Manuffen om stof te kopen. Een lichtblauwe stof van dunne wol om een mantelpakje te maken en nog wat coupons. Ze kocht ook een patroon, nog meer garen en een naaischaar.

Haar moeder schudde haar hoofd toen ze zag wat ze allemaal had gekocht. 'Heb je ergens een geldboom, Betty? Hoe kun je dat allemaal betalen?'

Ze glimlachte naar haar en mat alles op voor ze de stof knipte. Als haar moeder eens wist hoeveel geld ze nog had. Betty had al een budget opgesteld en wist precies waaraan ze het de komende weken zou uitgeven. Het zou leuk zijn om een paar weken voor haar moeder en de jongens te zorgen zonder over geld na te hoeven denken. Daarom ging ze zelf haar trouwkleding maken en bovendien zou er genoeg overblijven om een van de buurmeisjes te laten helpen tot haar moeders arm weer helemaal hersteld was. Het zou een verrassing zijn, had ze bedacht.

Voor het avondeten maakte ze karbonades, en Edvin at zoveel dat hij bijna barstte. Hij zou dit voorjaar van school gaan en bijna elke middag bij zijn oom in Fiskarstan gaan werken. Oom zei dat hij aanleg had voor auto's en motoren en dat hij al goed mee kon komen in de werkplaats. Maar door het werk en doordat hij groeide als kool had hij voortdurend honger. Hij kon het niet geloven toen Betty zei dat hij twee karbonades mocht als hij ze op kon. Hij schepte ook nog drie aardappelen op, en wortelen en jus. En natuurlijk at hij alles op. Betty en haar moeder deelden één karbonade en zaten toen al vreselijk vol. Als toetje had ze abrikozencrème gemaakt en Pelle at er twee porties van, waarna hij op de grond gleed en languit op zijn rug ging liggen.

'Ik zit helemaal vol, Betty. Zo lekker hebben we sinds Kerstmis niet meer gegeten.'

Na de maaltijd deed ze de afwas en hielp de jongens met hun huiswerk. Pelle kreunde en probeerde eronderuit te komen, maar ze was bikkelhard. 'Ieder mens heeft een taak en een missie. De jouwe is om het goed te doen op school en je huiswerk te maken.'

Hij wrong zich in allerlei bochten, zei dat hij naar zee ging als hij groot was en dus niet zo lang naar school hoefde.

'Maar als je naar school gaat en het goed doet, kun je zeekapitein worden. Dat is toch veel beter?'

Hij zuchtte, richtte zich weer op zijn huiswerk en moest met tegenzin toegeven dat ze gelijk had.

Edvin was ijverig en mopperde niet. Hij boog zich ernstig over zijn rekensommen en ze had grote bewondering voor zijn intelligentie en studiehoofd. Hij was slim, veel slimmer dan zij ooit was geweest. Pelle was niet zo pienter en moest harder werken om succes te boeken. Ze prees hen beiden en liet hen voor het slapengaan nog even naar de tuin gaan. De avonden werden al lichter en de sneeuw was uit de tuinen verdwenen. Ze hadden de knikkers en ballen weer tevoorschijn gehaald, en ze wist nog goed hoe verlokkelijk die waren.

Ze naaide wanneer ze maar kon. Haar moeder zat erbij en gaf haar goede raad, en leerde intussen zelf alle fijne kneepjes van de naaimachine. Ze haalde Betty over om de genaaide stukken door haar met haar gezonde hand te laten persen. Die werden precies zo netjes en verzorgd als altijd. Het was net als vroeger, toen ze samen het huishouden deden. Ze kletsten over ditjes en datjes, luisterden naar de radio, zongen en neurieden. Betty legde haar naaiwerk soms neer om te koken, want ze zorgde er nauwgezet voor dat haar moeder drie maaltijden per dag kreeg plus koffie met iets lekkers. Soms ging ze even naar de winkel voor een boodschap en één keer per week maakte ze alles schoon en deed ze de was.

Toen ze op een dag thuiskwam met haar mand vol eten, zat haar moeder achter de naaimachine en voerde met haar gezonde arm naad na naad onder de naaivoet door, met de arm in het gips als steun. Betty moest met tegenzin toegeven dat haar moeder ondanks haar gebroken arm beter naaide dan zijzelf. Dus maakte haar moeder haar mantelpak van lichtblauwe wollen crêpe af. En ze ging nog een keer naar Manuffen en kocht paarlemoeren knopen voor het jasje en de manchetten, ripsband in dezelfde lichtblauwe kleur als het mantelpakje en een strik voor de hoed.

Op vrijdagavond paste ze alles voor het eerst en ze bekeek zichzelf in de spiegel op de kaptafel in het slaapkamertje.

'Wat ben je mooi, Betty. Je bent de mooiste bruid van allemaal.'

Haar moeder keek bewonderend naar haar toen ze een rondje draaide en zichzelf probeerde te zien in de kleine spiegel.

Betty zag dat het mantelpak goed paste. Het jasje hing een stukje over de rok heen en verborg op zeer ingenieuze wijze haar heupen en buik. Het was niet te zien dat ze zwanger was, ze zag er gewoon flink en gezond uit. Ze tilde de zoom van de rok op en bekeek die.

'Ik heb hem wat ruimer gehouden, zodat je hem kunt uitleggen als dat nodig is. Hoewel ik niet denk dat je de komende weken veel zult groeien. Maar hier ga ik nog wat veranderen...'

Haar moeder haalde spelden uit haar mond en rimpelde met haar gezonde hand de achterkant van het pakje iets. Toen ze klaar was en op de stoel voor Betty ging zitten, zag ze er ook vrolijker uit en ademde niet meer zo stoterig en zwaar als eerder. 'Zo. Nu zal niemand ook maar iets vermoeden.'

Betty glimlachte en duwde haar hoed gewaagder schuin. 'Nee, dat klopt.'

'Maar wil je dit echt, Betty?'

Betty's glimlach verdween, ze zette haastig haar hoed af en hing hem naast zich. 'Hoezo?'

'Ik bedoel gewoon dat je niet hoeft te trouwen als je dat niet wilt. We hadden hem toch wel kunnen laten betalen? En dan hadden we ons best op een of andere manier kunnen redden...'

Betty knoopte haastig haar jasje open en stapte uit haar rok. 'Hoe dan? Hij had nooit betaald... want... En zonder geld hadden we allebei in de zagerij moeten werken, mama.'

De fijne sfeer was verdwenen en haar moeder keek haar ongelukkig aan toen ze het pakje aan een hanger hing.

Betty trok haar daagse jurk aan en ging naar de keuken om het eten voor morgen voor te bereiden. Ze keek naar de regen, die natte sporen trok op het vensterglas. Met geoefende bewegingen maakte ze een tarwedeeg, dat ze 's nachts zou laten rijzen. Ze was neerslachtig en een beetje rillerig, en ze schaamde zich ook een beetje dat ze tegen haar moeder was uitgevallen, die natuurlijk alleen maar het beste met haar voorhad.

'Hoe laat ging je nou naar Anna?' Plotseling stond haar moeder op blote voeten in de keuken, en ze probeerde met haar vrije hand haar haren uit te borstelen. Ze legde haar gegipste hand op de bos haar over haar schouder, maar dat werkte niet zo goed. Haar moeders haar was bruin en niet zo dik. Meestal had ze het in een wrong in haar nek, maar nu haar arm in het gips zat, hing het meestal gewoon samengebonden met een lint over een schouder.

Betty zuchtte, spoelde haar handen af en nam de haarborstel over van haar moeder. 'Laat mij maar even.' Met efficiënte slagen borstelde ze haar moeders haar netjes. Haar moeder leunde genietend tegen haar aan en plotseling herinnerde Betty zich de keer afgelopen herfst toen ze ziek was en de dokter haar haar had geborsteld. Ze bloosde bij de herinnering. Die herinnering had iets gevaarlijks, iets verbodens, en ze schudde haar van zich af. Toen vlocht ze haar moeders haar in een stevige, lange vlecht die de volgende dag ook nog zou blijven zitten en hielp haar met het aantrekken van haar nachtjapon.

'Wanneer ging je nou, zei je?'

Betty glimlachte en maakte de knoopjes bij de hals vast. 'Na het ontbijt. Pelle heeft beloofd je te helpen. Ik neem op zijn laatst de bus van drie uur terug.'

'Je kunt er zo lang blijven als je wilt, hoor je me? Ik red me wel. Sinds je thuis bent en het hier zo geweldig regelt, voel ik me een heel stuk beter.' Haar moeder legde haar ongedeerde hand tegen haar wang en die avond werd er niets meer gezegd. De jongens kwamen bonkend de trap op en Betty moest hen er met stemverheffing toe zetten zich te wassen en hun kleren klaar te leggen voor ze naar bed gingen.

Bij de tweesprong stapte ze uit de bus en ze wist meteen om welke Forsagård het ging. Groot, rood en imposant met veel bijgebouwen en glooiende weides tot aan het Kyrksjön-meer. Ja, hier zou Anna een goed leven krijgen, ook al moest ze hard werken. Misschien hadden ze haar al door het raam zien komen aanlopen in de zonneschijn, want Anna stond al op het erf te zwaaien toen ze naderde.

'Betty! Wat leuk dat je er bent. Kom binnen, kom binnen!' Anna zag er huiselijk en gelukkig uit met een sjaaltje om haar krullende haar en een donkerrode wollen jurk met een schort. Ze bewoog zich zelfverzekerd en ontspannen, heel anders dan ze thuis aan de Köpmangatan in Åvik deed.

Betty werd in de keuken gelaten, waar een oudere vrouw bij het fornuis stond, die naar de meisjes knikte.

'Dit is mijn jeugdvriendin Betty, uit Åvik.'

Betty stak haar hand uit en neeg naar de oudere vrouw, die even met haar mond trok.

'Ik ben de boerin. Ik ben Arnes moeder en ik heet Jenny. Je eet met ons mee, hoop ik? De mannen komen zo van het land en hebben honger.'

Betty neeg opnieuw en bedankte voor de uitnodiging. Ze at graag mee.

'Kan ik Betty een rondleiding geven? Dan kom ik zo terug om de tafel te dekken.'

De boerin bij het fornuis glimlachte nog eens nors en knikte.

En Anna sleepte Betty mee door de grote, prachtige boerderij met al haar kamers. Maar alleen de slaapkamers, de woonkamer, kleedkamer en keuken waren verwarmd. Alle andere kamers waren koud en werden alleen gebruikt voor feestjes.

'We hebben besloten om in september te trouwen. Als de oogst binnen is. In de kerk hier in Forsa, Betty. Beloof me dat je erbij bent!'

Betty glimlachte naar haar, maar kon het niet over haar hart verkrijgen om haar te vertellen dat ze in september een kind zou krijgen, dus liep ze gewoon mee en sprak haar bewondering voor alles uit. De stal stond vol met prachtige koeien, met schapen en twee varkens. Er zaten kippen in een hok en er waren stallen met hokken voor paarden.

Toen kwamen de arbeiders van de akker met een paard, dat ze losmaakten en voerden. Een jonge man met bijna sneeuwwit haar en vrolijke blauwe ogen snelde naar hen toe en nam Anna in zijn armen. Hij kuste haar lachend op de wang en zij keek hem zo liefdevol aan dat iedereen die hen zag wel moest glimlachen. Dus dit was de veelbesproken Arne?

Betty werd aan de ene zijde van de tafel gezet met naast haar de boerenknechten Sven en Östen. Ze glimlachten verlegen en vriendelijk naar haar en zij probeerde terug te lachen. Maar Anna, die niet ook aan tafel zat, zag haar ring toen ze de melk inschonk, en Betty moest blozend vertellen dat zij ook verloofd was en binnenkort zou trouwen. De boerin, die bij het fornuis zat te eten, bekeek haar aandachtig en trok licht een mondhoek op. Betty moest haar blik wel neerslaan en lachte vervolgens hard om Östens grapjes om niet nog roder aan te lopen.

Arne keek onafgebroken naar Anna terwijl ze tussen het fornuis en de tafel met eten heen en weer liep. Ze ging niet zitten, maar at van een bordje dat naast het fornuis stond. Het voelde vreemd dat Betty als enige vrouw aan tafel met de vier mannen zat te eten. Arnes vader was pezig en had een bochel, die hem blijkbaar voortdurend pijn bezorgde. Hij zei niet veel, knikte alleen naar Betty voordat hij een bescheiden portie van het broodbeleg en daarna van het stoofvlees en de aardappelen nam. Daarna at hij in stilte en wierp slechts af en toe een blik op Arne, die zijn bord veel voller laadde. Betty vroeg voorzichtig naar de voorjaarsbewerking van het land en de veestapel op de boerderij en Arne en de boerenknechten gaven om de beurt antwoord. Anna drong haar kalfsvlees in gelei op, rörost en pekelvlees bij het fijne versgebakken ronde brood en gele, vers gekarnde boter. Ze at heel veel en slaagde er nog in daarna het stoofvlees met de mierikswortelsaus naar binnen te werken. Het was zo fijn om eten geserveerd te krijgen dat je niet zelf gekookt had en hoewel ze zo vol zat dat ze er bijna van ging hijgen, at ze toch een portie van de machtige, maar zachte kwarktaart met vruchtensaus.

Na het eten duwde ze de protesterende Anna aan de kant en bond een schort om, en ze hielpen met opruimen terwijl de jongere mannen terugkeerden naar het land. De boerin ging met haar pezige man naar de slaapkamer voor een middagdutje en de meisjes bleven in de keuken achter met de afwas.

Anna wilde weten wat ze van Arne vond en ze prees hem zo veel mogelijk, gebaseerd op de weinige tijd die ze samen hadden doorgebracht. Anna smulde als een tevreden kat van Betty's loftuitingen en vertelde hoe waanzinnig sterk Arne was.

'Hij kan met gestrekte armen een steen ter grootte van een zeug optillen. En mij tilt hij op alsof ik een veertje ben. Ik ben zo dol op hem, Betty.'

Betty knikte glimlachend en droogde de laatste pan af die Anna haar had aangegeven.

'Maar hoe zit het met jou? Je gaat dus trouwen met je mysterieuze verloofde? Vond hij de pen mooi?'

Betty haalde diep adem en keek de keuken rond voordat ze zei: 'Ja, hij vond hem mooi. Maar hij is niet degene met wie ik ga trouwen.'

Anna keek haar stomverbaasd aan, met grote ogen. 'Niet met hem? Nu begrijp ik het niet meer. Ga je met iemand anders trouwen dan de man op wie je zo verliefd was?'

Betty knikte.

'Maar waarom?'

'Omdat ik dat wil.'

Anna plofte, nog steeds met grote ogen, neer op een stoel. 'Maar, Betty...'

Betty hing de droogdoek op het haakje bij het fornuis en wendde zich tot Anna, die haar zat aan te staren en uiteindelijk zei, zo zacht dat ze het bijna fluisterde: 'Ben je zwanger, Betty? God helpe ons – is dat zo?'

42

Op haar laatste avond thuis had Betty een heerlijke stoofschotel met goed rundvlees bereid. Ze had zoveel gemaakt dat haar moeder en broertjes er nog een aantal dagen na haar vertrek van konden eten en had brood en verschillende soorten cake gebakken. Dagny, de veertienjarige dochter van de nieuwe onderburen, had beloofd één keer per dag te komen helpen met eten en afwassen totdat Betty's moeder beter was en haar gips eraf was. Ze werd door Betty betaald voor haar moeite en ze liep helemaal rood aan toen ze het biljet van vijftig kronen aannam. Betty moest om haar lachen en herinnerde zich hoe zijzelf een even trotse veertienjarige was geweest die met haar eerste salaris thuiskwam. Haar moeder en Dagny kregen te horen waar ze de cakes had verstopt, zodat ze niet meteen zouden worden opgegeten door haar altijd hongerige broertjes.

Die waren echter vooral bezig met de nieuwe telefoon die in de keuken was geïnstalleerd en die ze aan iedereen die maar wilde lieten zien. Pelle nam steeds maar weer de telefoon op en zei met gemaakt diepe stem: 'Ja, hallo, met de familie Lind, in Åvik!'

Edvin plaagde hem en ze kibbelden over wie de telefoon mocht opnemen als die ging. Betty was blij dat ze haar familie kon bereiken wanneer ze maar wilde en haar moeder schudde haar hoofd om de zoveelste uitgave die ze niet echt nodig vond.

De laatste avond, toen ze net in de klepbank was gekropen om te slapen, werd ze plotseling wakker van haar moeder, die de keuken binnenkwam om water te drinken.

'Sorry, Betty, ik kreeg zo'n dorst na het eten. Ik doe zo het licht uit en ga weer naar bed.'

Ze glimlachte naar haar moeder, die water dronk en nog een houtblok in het fornuis legde. Onderwijl neuriede ze zachtjes en Betty glimlachte naar haar, met haar armen boven haar hoofd op haar kussen. 'Wat fijn om te zien dat u weer op de been bent. Binnenkort gaat het gips er ook af.'

Haar moeder ging op de rand van de klepbank zitten en probeerde zich zo goed mogelijk in evenwicht te houden. Ze glimlachte en streelde Betty's haar met haar ongedeerde hand. 'Mijn meisje. Ik hoop dat je gelukkig wordt.'

Plotseling kon Betty haar tranen niet meer inhouden.

Haar moeder gaf haar een klopje op haar hand. 'We gaan niet naar de bruiloft, lieverd. Dat is beter. Laat het me maar weten als je alles op orde hebt, dan komen de jongens en ik je opzoeken. Dat wordt leuk, Betty. Pelle zal heel Stockholm op stelten zetten, zodat de koning hoofdpijn krijgt en het parlement moet aftreden.' Ze lachte, en Betty's mond trilde nu ook. 'En Edvin zal zich vergapen aan alle trams, auto's en rijtuigen. En ikzelf zal waarschijnlijk in zwijm vallen bij de aanblik van al die mooie jurken in de etalages.'

Betty droogde haar tranen en omhelsde haar moeder. Daarna lag ze nog lange tijd in het donker en probeerde het neerslachtige, onheilspellende gevoel in haar buik weg te drukken.

Ze stapte uit de trein en liep zonder aarzelen of om zich heen te kijken rechtstreeks het centraal station uit. Wat was het anders dan afgelopen herfst, toen ze met tante Helmi was uitgestapt. Toen was ze een naïef meisje geweest dat niets van het leven wist. Nu voelde ze zich ervaren, volwassen en werelds. Bijna volwassener dan ze wilde.

Viola had bij de hoofdingang met haar afgesproken en ze zouden koffie gaan drinken en, hopelijk, weer goede vriendinnen worden. Ze had haar vanuit Hudiksvall een paar brieven gestuurd, maar ze had slechts één briefkaart van Viola gekregen, waarop ze hadden afgesproken en waarop Viola toch beloofde getuige te zijn bij het huwelijk. Ze miste haar vriendin en haar vrolijke gezelschap. Viola wist ook beter dan de meesten hoe de vork werkelijk in de steel zat en Betty verlangde er na al die weken thuis naar om met iemand over Martin Fischer te praten.

Viola droeg een nieuwe modieuze groene hoed, die elegant ver naar achteren op haar hoofd stond en die paste bij de groene blouse onder haar mantelpakje. Ze glimlachte niet naar Betty, maar zwaaide zwakjes.

Betty sloeg stralend van vreugde haar armen om haar vriendin. 'O, Viola, wat heb ik je gemist!'

Viola omhelsde haar kort voordat ze haar van zich afduwde. 'Je ziet er fantastisch uit, Betty. Is dat een nieuwe mantel? En een baret?'

Dat moest ze toegeven en ze vertelde dat ze de lentemantel zelf had genaaid, met hulp van haar moeder, en dat ze de baret in Hudiksvall had gekocht, net als de nieuwe schoenen, die vreselijk knelden.

Viola knikte. 'Ik heb ook nieuwe lentekleding gekocht. Is de hoed niet prachtig? Uitverkoop bij PUB, dat warenhuis.'

Betty moest haar vragen zich om te draaien en toen ze de fijn bewerkte achterkant van de hoed en het lange rugpand van Viola's jasje zag, gaf ze haar ook een compliment, terwijl ze de tearoom op de Vasagatan binnengingen en een fijne tafel met een bankje vonden. 'Heel mooi, Viola.'

Viola roerde in haar koffiekopje en deed er nog een suikerklontje in. 'Weet je dat ik bij de dokter heb geserveerd? Twee keer zelfs. Wat is die Sandberg een akelige vent. Hij zit de hele tijd aan je. Hoe ben je aan hem ontsnapt?'

Betty glimlachte en nam een slok. 'Och, ik keek gewoon goed welke kant ik me op draaide tijdens het serveren. Hoe was het? Hebben ze al een nieuw iemand gevonden?'

Viola schudde haar hoofd. 'Nee, ze hebben nog niemand. Mevrouw probeerde me over te halen om bij hen te komen werken, maar ik zei dat ik het te veel naar mijn zin had bij de redacteur. Ze hebben een kokkin als er een feestje is, een paar dagen per week komt de schoonmaakhulp en ze halen eten bij Östermalmskällaren. Ik ken een van de serveersters bij dat restaurant. Ze vertelde me dat ze vorige week een keer varkensworstjes en aardappelen hadden besteld. Wat? Het enige wat je daarvoor hoeft te doen is worstjes opwarmen en aardappelen koken!'

Betty lachte. Vreemd genoeg gaf het haar een warm en fijn gevoel in haar buik dat ze er niet in geslaagd waren haar te vervangen.

'Maar vertel eens, Betty: wanneer ga je trouwen? En hoe gaat het met je moeder?'

Betty hield op met lachen en vertelde dat haar moeder nog steeds goed vooruitging, dat het gips er binnenkort af mocht en dat ze dan serieus zou kunnen naaien. En ze vertelde dat Edvin binnenkort het vormsel zou ontvangen en dat haar mantelpakje zo mooi was geworden. En dat de bruiloft op paasmaandag in het zijkoor zou plaatsvinden. Viola keek haar aan en nam zonder iets te zeggen een hap van haar boterham.

'Ik verhuis vandaag naar de flat. Ik heb om vijf uur afgesproken met Carl-Axel en dan gaan we er samen heen.'

Viola's blik werd anders. Er veranderde iets aan de schittering. 'Je zei toch dat er vier kamers waren?'

Betty knikte en keek in haar koffiekopje. 'Vier kamers naast elkaar en een dienstbodekamer.'

Viola ademde diep in en hief haar kin op. 'Dan heb je een kindermeisje en een hulp in de huishouding nodig. Mijn zusje Iris zoekt een goede plek. Ik vind dat je haar in dienst moet nemen.'

Betty hief haar hoofd op en keek haar vriendin verbaasd aan.

Maakte ze nou een grapje? Ze zette haar kopje met een klap op het schoteltje. 'Huishoudelijke hulp? Ben je gek? Ik heb geen huishoudelijke hulp nodig.'

Viola sloeg snel haar blik neer, verkruimelde het laatste stuk van haar boterham op het bord en zei zacht en indringend: 'Vier kamers plus een dienstbodekamertje is veel om bij te houden als je een kleine hebt. Ik dacht niet nu, maar later, in de herfst. Iris heeft een fijne plek nodig, ze is pas vijftien.'

Betty keek naar Viola en wilde nogmaals afwerend reageren. Maar ze sloot haar mond weer. Ze besefte meteen dat het Viola veel moeite had gekost om de vraag te stellen en glimlachte zo overtuigend mogelijk. 'Ik weet het niet, Viola. Maar als ik iemand wil hebben, is Iris zo te horen precies de juiste persoon. Ik zal het je laten weten. Maar kan ze niet bij de dokter en zijn vrouw solliciteren? Bij jou in de buurt en zo?'

Viola keek weer omhoog en ze lachte onbehouwen. 'O, nee! De doktersvrouw met haar lijst mag wel een tijdje naar iemand zoeken. Ik laat Iris niet de stuipen op het lijf jagen door haar, zoals bij jou is gebeurd. Zullen we gaan?'

Ze trokken hun mantel aan en Betty pakte haar valies. Die was nogal zwaar, maar als ze korte afstanden liep en tussendoor even rustte, zou ze het waarschijnlijk wel redden tot aan de Drottninggatan.

'Je moet niet zo zwaar tillen. Je bent immers...' Viola nam de valies van haar over en liep naar de Vasagatan. 'Ik loop wel even met je mee. Ik heb zo met iemand afgesproken.' Ze wierp een stralende, flirterige blik achterom en Betty haastte zich om haar in te halen.

'Met een jongen? Iemand die je hebt ontmoet? Maar hoe zit het dan met Valle?'

Viola zette hijgend de koffer neer, knikte en glimlachte zuinigjes. 'Die gaat met anderen om. Ik heb het uitgemaakt met hem.' Ze tilde de koffer op met een ondeugende glimlach om haar lippen en liep weer verder. Betty moest het handvat pakken om haar te dwingen de koffer weer neer te zetten en ze moest het opnieuw vragen.

'Zeg nou! Wie is het?'

En het hele verhaal borrelde zo naar buiten: dat ze zo verliefd was, zo verliefd op een schoorsteenveger uit Solna die waanzinnig grappig en knap was en die haar mee uit had genomen naar een restaurant en wilde gaan dansen in Skansen. Viola was al bij hem thuis geweest om kennis te maken met zijn moeder en broertjes en zusjes en hij kuste zo heerlijk, maar als ze elkaar hadden gezien moest ze zich 's avonds goed schoonschrobben. 'Want het roet gaat er niet meer uit, hoe vaak hij zich ook wast. Maar als je eens wist hoe knap hij is. Mijn hart zingt als ik aan hem denk, Betty.'

Betty glimlachte. Ze was verrukt over hoe blij Viola was en herinnerde zich het gevoel precies. 'O, wat kijk ik ernaar uit om hem te ontmoeten. Wat ben ik blij voor je. Tot paasmaandag!'

Ze gingen bij het zwembad Centralbadet uit elkaar en Viola liep met lichte tred naar de Sveavägen, waar ze zo had afgesproken met haar schoorsteenveger, Stig.

Betty pakte haar valies en liep hijgend de heuvel van de Drottninggatan op.

43

Op paasmaandag werden ze in het zijkoor getrouwd door pastoor Erik Bergman van de Hedvig Eleonora-parochie. Hij was zwaar verkouden en nieste tijdens de korte ceremonie een paar keer. De koster, Mauritz Schimmel en Viola waren de enige andere aanwezigen. De dokter en zijn vrouw vierden Pasen in Nyköping en wilden de ceremonie niet bijwonen. Daarom had Betty noch tante Helmi, noch iemand anders uitgenodigd. Ze had het echtpaar Thulin willen uitnodigen, maar was er niet aan toegekomen. Het was zo kort dag dat het onbeleefd zou zijn.

Carl-Axel had klamme handen en hij liet de ring op de grond vallen, waarna die wegrolde. Toen hij zich bukte om hem op te rapen, zag Betty dat de zoom van zijn pantalon los was en zijn overhemd niet helemaal schoon. Bovendien was zijn haar niet geknipt en hing het lager dan normaal over zijn voorhoofd, en hij had blauwzwarte kringen onder zijn ogen, alsof hij lange tijd niet goed geslapen had.

Ze keek eerst omhoog naar het prachtig geschilderde sterrenhemelplafond en probeerde toen naar Viola te glimlachen. Maar zij, die heel ernstig het bruidsboeketje van lelietjes-van-dalen en viooltjes voor Betty vasthield terwijl ze knielden, keek strak naar de priester. De verkouden pastoor meende zijn zegening heel serieus, en

Betty wenste dat ze tenminste iets religieus had kunnen voelen. In werkelijkheid voelde ze helemaal niets, geen flintertje. Ze keek naar Carl-Axel naast zich. Hoewel ze al vijf nachten onder hetzelfde dak woonden, hadden ze amper een woord met elkaar gewisseld. Hij had haar begroet, haar rondgeleid en haar de sleutels gegeven. Daarna mompelde hij dat hij een boodschap moest doen en vertrok, om pas 's nachts terug te komen. En zijzelf had in de flat rondgelopen en geprobeerd te begrijpen dat dat nu haar thuis was.

De flat was donker, vuil en onpraktisch. Het rook er muf, stoffig en naar iets onaangenaams dat ze niet herkende. Carl-Axels trotse uitspraak dat hij gemeubileerd was en een volledige keukenuitrusting had, bleek maar half waar te zijn. Ja, er waren meubels. Oude meubels, sleets en soms kapot. Meubels met opgedroogde vlekken en versleten, pluizige zitvlakken. En de apparatuur in de keuken was gebarsten, versleten en veel van de glazen waren beschadigd. Er waren een paar pannen en wat keukengerei. Er was niet eens een garde. Ze vermoedde dat de vorige eigenaars de waardevolle spullen hadden meegenomen en de dingen die weggegooid konden worden, hadden achtergelaten. Wat natuurlijk prima was voor een pasgetrouwd stel dat zelf nog niets had gekocht.

Er stond wel een mooi oud, uitgebreid servies in een van de kasten, er waren dunne kristallen glazen en verschillende glanzende gemangelde linnen tafelkleden. De boekenkast in de salon stond vol oude boeken en de tapijten waren prachtig en echt, zij het versleten.

Maar de rest. Betty wilde er bijna niet aan denken wat een gigantische klus het zou zijn om alles schoon te maken en op te ruimen. En ze had geen idee hoeveel geld er was om nieuwe dingen te kopen.

Pastoor Bergman lachte vriendelijk naar het bruidspaar en wendde zich af om zijn neus te snuiten. Carl-Axel keek verwachtingsvol naar zijn oom en zei: 'Zo, ik ben getrouwd, oom!'

Mauritz Schimmel trok elegant één wenkbrauw op en glimlachte mild. 'Ja, dat heb ik begrepen. Het geld zal morgen op de bankrekening staan, want dan is de bank weer open. Maar vandaag is je trouwdag, Calle, en ik wil jullie mee uit eten nemen op de Dalagatan. Kom op, dames, laten we een taxi zoeken.'

Met een elegant gebaar bood hij Viola en Betty elk een arm. Ze moesten allebei lachen om het humoristische hiervan en grepen zijn arm. Betty keek naar Carl-Axel, die met een zakdoek zijn glimmende gezicht afveegde en daarna meeliep. Haar echtgenoot. Ze was getrouwd en Carl-Axel was haar echtgenoot.

Omdat het paasmaandag was, was het rustig in restaurant Tennstopet en ze kregen een mooie tafel in een rustig hoekje, waar Betty en Viola samen op de bank gingen zitten. Viola stond half op en bood Carl-Axel haar plaats naast Betty aan, maar hij wuifde afwerend en ging in plaats daarvan op de stoel naast zijn oom zitten.

Garnalensoep, zwezerik, witte asperges in hollandaisesaus, sole meunière, kalfsfilet à la Oscar en parelhoen. Betty en Viola aten en proefden met veel enthousiasme. Mauritz Schimmel leek geamuseerd te zijn door de eetlust van de meisjes en bestelde nieuwe gerechten zodra ze lieten doorschemeren dat ze iets nog nooit hadden gegeten. Carl-Axel at met lange tanden van zijn kalfsfilet en leek met zijn gedachten ergens anders te zijn. Betty probeerde tijdens de maaltijd naar hem te glimlachen, maar het lukte haar niet zijn blik te vangen. Misschien was er iets mis? Ze genoot echter zo enorm van het eten en het gezelschap van Viola en oom Mauritz dat ze haar gedachten wegdrukte.

Viola giechelde onophoudelijk om de grapjes van Mauritz Schimmel, hij schonk haar wijnglas steeds met verve bij en deed zijn uiterste best een beleefde tafelheer te zijn, op de charmante manier van een oude man. Betty glimlachte en leunde achterover op de bank. Ze was verzadigd, er kon geen lekkernij meer bij. Ze had nog nooit zo lekker gegeten in een restaurant en het was haar opgevallen dat de kok de boter voor de tong op een zeer verfijnde manier bruin had laten worden, waardoor die een ronde, nootachtige smaak had gekregen en de smaak van de vis benadrukte. Dat zou ze de volgende keer ook proberen, in plaats van de boter gewoon te laten smelten en eroverheen te gieten, zoals ze meestal deed. En de kalfsfilet was inderdaad geserveerd op een O van choronsaus, met de witte asperges als het Romeinse cijfer twee, als verwijzing naar de Zweedse koning Oscar II waarnaar het gerecht vernoemd was. Met die fantastische ingrediënten moest het wel een droom zijn om zulke mooie borden op te maken en te serveren.

'Het is tijd voor het dessert. Meisjes, wat willen jullie? IJs? Soufflé? Karamelpudding? Appelcompote?'

Viola klapte in haar handen en lachte onstuimig om alle suggesties van Mauritz Schimmel, wat hem ertoe bracht alle zes verschillende desserts op het menu te bestellen. Betty liet zich overhalen om het ijs met nougatine en saus te proberen, terwijl Carl-Axel zijn hoofd schudde en wegkeek toen ze hem probeerden te verleiden met de soufflé van gedroogde pruimen. De anderen deelden de taart met appelcompote, het lillende stuk karamelpudding en de bladerdeegtaart met abrikozen en citroenmousse. Nu was het Viola's beurt om achterover te leunen op de bank en steunend uit te brengen: 'Mijn hemel, wat zit ik vol. Maar het was heerlijk!'

Ze namen afscheid en Viola bedankte het bruidspaar dat ze te gast had mogen zijn, boog zich toen naar voren en gaf oom Mauritz tot zijn grote vreugde een hartelijke kus op zijn wang als dank voor het diner. Hij boog licht en grinnikte toen ze met wiegende heupen wegliep naar de tram op het Odenplan.

Betty wendde zich ook tot haar oom en stak haar hand uit om hem te bedanken. 'Wat een zalig diner. Volgens mij heb ik nog nooit zo lekker gegeten. De volgende keer moet je bij ons thuis komen eten, oom Mauritz. Ik wil die manier van boter bruinen proberen.'

Hij lachte naar haar en schudde vol warmte haar hand. 'Welkom in de familie, Betty. Ik weet zeker dat je ons tot grote vreugde zult zijn. En ik kijk natuurlijk uit naar een zelfgemaakt diner.'

Hij glimlachte zo vriendelijk naar haar dat het in haar opkwam om te vragen: 'Zeg, oom, weet jij misschien een geschikte plek waar ik een baan zou kunnen krijgen? Het liefst iets met boeken, maar iets anders is ook goed.'

Hij liet haar hand los en trok zijn wenkbrauw weer op. 'Een baan? Ga je buitenshuis werken?'

Ze keek bezorgd naar hem en naar Carl-Axel, die haar aanstaarde zonder iets te zeggen. 'Ja, ik dacht... alleen zolang het niet te zichtbaar is. Of is het misschien niet gepast?' Ze zweeg. Ze had iets totaal verkeerds gezegd.

'Ga het je eerst maar eens gemakkelijk maken in de flat, dan kan ik erover nadenken... Maar de voornaamste taak van een vrouw is zorgen voor haar familie, huis en kinderen, toch?'

Ze knikte ongelukkig. Natuurlijk, zij was degene met gekke gedachten. Ze was nu getrouwd. Voor de meeste dingen moest ze toestemming vragen aan haar echtgenoot.

Nadat oom Mauritz met de taxi was vertrokken, bleven ze zwijgend staan. Ze had het koud in haar dunne mantelpakje, en het bruidsboeket was gaan hangen.

'Misschien kunnen we...' Ze knikte naar de Västmannagatan en hij knikte instemmend.

'Ja, natuurlijk.'

Hij stak een sigaret op en rookte die op tijdens de korte wandeling naar huis. Geen van hen zei iets.

Hij hield de deur voor haar open en zij liep de twee trappen op naar hun flat en had de deur al van het slot voordat hij er was.

'Ik zou je over de drempel tillen...' Hij glimlachte schuin en streek zijn gepommadeerde lok opzij.

Ze glimlachte terug en schudde haar hoofd. 'Doe niet zo dwaas. Ik kan zelf wel lopen.'

Hij ging meteen naar de salon en schonk een groot glas cognac in. Zij bleef in de deuropening staan en hij hield de fles vragend omhoog. 'Wil je ook wat?'

Ze schudde haar hoofd.

'Kom verder en ga zitten, Betty. We moeten praten.' Hij klopte naast zich op de bank en ze ging voorzichtig aan het uiteinde op de rand van de sleetse bank zitten. Zonder met zijn ogen te knipperen sloeg hij het volle glas cognac achterover. Hij schonk er meteen nog een in, waarna hij achteroverleunde.

'Het wordt fantastisch als oom Mauritz het bedrijf opgeeft. Als ik directeur word, Betty.' Hij liep steeds roder aan en met een hoofdbeweging schudde hij zijn pony naar achteren. Hij sloeg zijn ene been over het andere en keek de kamer rond.

'Ik draag de verantwoordelijkheid voor deze flat van harte aan jou over. Hij moet geschilderd worden en er moeten nieuwe spullen gekocht worden. De keuken en badkamer moeten gerenoveerd worden. Ik geef je de nummers van enkele vaklieden met wie ik afspraken heb gemaakt en de gegevens die je nodig hebt om op rekening te kopen. Je moet keukengerei, meubels en dergelijke bij NK kopen en dan vraag je of ze het komen bezorgen. Koop goede spullen, Betty, we kunnen het ons veroorloven. En als alles klaar is, gaan we dinertjes geven.'

Ze knikte voorzichtig en hij vervolgde: 'Ik lunch meestal bij Stopet en ik eet zelden een avondmaaltijd. Je hoeft wat mij betreft niet elke dag te koken. Ik laat je van tevoren weten of ik er 's avonds ben. Sommige nachten slaap ik hier niet.'

Ze bloosde lichtjes en ook hij sloeg zijn blik neer en keek in zijn cognacglas. 'Ik kan mezelf niet veranderen.'

Ze knikte weer, schraapte haar keel en keek hem aan. 'Maar hoe zit het dan met Paul?'

Zijn gezicht vertrok en hij keek weg. 'Ze komen niet terug, Betty. Er is iets gebeurd, iets wat...' Zijn stem brak en hij nam een grote slok cognac voordat hij haar weer aankeek. Zijn ogen glansden, maar hij deed zijn uiterste best om naar haar te glimlachen. 'Zo zie ik het in elk geval. Ik probeer er niet aan te denken. Maar ik moet gewoon leven...'

Ze slikte en slikte en probeerde de tranen die dreigden te gaan stromen tegen te houden. Ten slotte lukte het haar om iets te zeggen. 'Maar ik weet zeker dat hij terugkomt. Martin heeft het me beloofd.'

Carl-Axel zuchtte, stond op en ging naar het raam. Hoewel het een heldere aprilavond was, was het donker in de flat. 'We moeten proberen op een of andere manier door te gaan. Ik heb er alle begrip voor als je een minnaar wilt nemen, zolang je het maar discreet doet natuurlijk. Praat erover met me als je niet zeker weet hoe je het moet aanpakken. Nu zul je het natuurlijk een tijdje druk hebben met de baby, maar daarna...'

Eerst dacht ze dat hij een grapje maakte, maar al snel besefte ze dat hij het meende en ze bloosde toen tot haar doordrong wat hij wilde zeggen. Een minnaar? Was hij niet goed wijs? Ze schudde heftig haar hoofd en draaide zich om. 'Ik wacht op hem. En als hij terugkomt, laat je me gaan.'

Hij schoot in de lach. 'O, Betty, wat ben je toch nog een kind. Ja, ik beloof dat als Fischer komt opdagen, we onmiddellijk zullen scheiden. Maar hij komt echt niet meer, begrijp je dat niet?'

Ze voelde de ergerlijke tranen weer en stond op.

Hij draaide zich om en dronk zijn cognac op. 'Goedenacht, Betty. Ik weet zeker dat dit goed komt. Als ik 's avonds thuis kom eten, bel ik je uiterlijk om twee uur 's middags. Het hoeft niets bijzonders te zijn. Maar als ik niet bel, kom ik niet. Ik leg geld op de keukentafel en een lijst met namen van de bedrijven waar we een rekening hebben. Je kunt maar het beste meteen beginnen het hier gezellig te maken.' Hij boog zich voorover en drukte een lichte kus op haar voorhoofd, pakte zijn jas en verdween.

Toen de deur dichtviel en ze alleen achterbleef, sloeg ze haar handen voor haar ogen en huilde bitter en hard. Ze had zich nog nooit zo alleen gevoeld.

44

De volgende dag ging ze aan de slag. Eerst trok ze alle vloerkleden in de gang eruit en daarna haakte ze de gordijnen los. Het was natuurlijk gekkenwerk dat ze op een krukje ging staan en zich zo uitstrekte. En dat ze met zware kleden en meubels ging zeulen, maar wat moest ze anders? De flat moest schoongemaakt worden. Toen ze alles had weggehaald, werd ze ineens zo vreselijk moe dat ze niet meer verder kon. Bovendien had ze geen bezem, dweil, borstels en zeep. Of waspoeder.

Ontsteld drong tot haar door dat ze niet was opgewassen tegen deze klus.

Ze ging naar de keuken, schonk een glas water in en deed de deur van de provisiekast open. Er was geen eten in huis, de kraan lekte en het warme water leek het niet te doen. In plaats van snikkend voorover te gaan liggen op de keukentafel en in te storten, zoals ze het liefst wilde doen, pakte ze de bundel bankbiljetten en het vel papier met de bedrijfsnamen erop. Ze maakte een grove schatting, schreef een lange lijst, ging toen naar de gang waar de telefoon stond en begon te bellen.

Net toen ze haar laatste telefoontje naar een schildersbedrijf op de Wallingatan aan het afronden was, werd er aangebeld en moest ze snel de kleden in de hal opzijschuiven zodat ze de deur kon openen. Buiten stonden twee jonge jongens met een grote mand met spullen tussen hen in. Ze waren ongeveer van Edvins leeftijd en maakten een buiging toen ze naar hen glimlachte.

'Mevrouw heeft boodschappen besteld en wij komen ze bezorgen!'

Ze vroeg of ze de mand naar de keuken konden brengen en ze hielpen de spullen uit de mand te halen. Betty wou dat ze hun iets lekkers had kunnen aanbieden, maar vroeg naar hun namen en gaf hun elk een muntstuk van twee kronen. Zowel 'De Lange' als 'De Korte' boog zo diep dat hun pony bijna de grond raakte en ze glimlachte naar hen terwijl ze met de mand tussen hen in wegliepen. Nu had ze tenminste eten en schoonmaakspullen in huis. En twee nieuwe vrienden van de kruidenier om de hoek. Maar er stond haar nog een enorm karwei te wachten. Ze maakte een boterham, die ze staand opat, daarna nam ze de kasten en laden in de keuken zo goed mogelijk af met een sopje en luchtte de keuken. Ze probeerde de vloer op haar knieën te schrobben, maar haar maag speelde plotseling op en bij het zwakke licht dat door het raam viel, kon ze niet de hele vloer goed zien. In de plafondlamp zat geen peertje, maar ze durfde niet zo hoog op de stoel te klimmen.

De klok in de salon sloeg drie uur en ze keek om zich heen. Het was overal zo vies, zo somber, bedompt en stoffig. Morgen zou er een loodgieter komen en donderdag een schilder. Ze wilde het licht in huis hebben, dus alle donkere gordijnen moesten ook vervangen worden.

Betty zuchtte. Stel dat Martin en zij nu samen waren. In Uppsala. Ze probeerde zich te herinneren hoe het er in de flat aan de Skolgatan uitzag en probeerde voor zich te zien hoe ze in hun flatje zou hebben schoongemaakt, geschilderd en gordijnen zou hebben genaaid. Hoe Martin haar zou hebben opgebeurd en hoe leuk het zou zijn geweest als ze samen plannen hadden kunnen maken.

Ze keek om zich heen. Ze moest opschieten. De hoeveelheid werk was schier eindeloos.

Had ze maar hulp, iemand om mee te praten en die niet bang was om de handen uit de mouwen te steken. Iemand die net zo hard werkte als Betty zelf en met wie ze goed kon opschieten. Ze had Viola natuurlijk, maar die was al de hele dag bezig en wilde natuurlijk niet ook nog eens werken als ze vrij was. En haar moeder; maar dat ging niet. Had ze nog iemand anders? Ze slaakte een zucht en besefte dat Carl-Axel niet had gebeld en dus vanavond niet thuis zou eten. Nou ja, dan at ze zelf de lamskoteletjes op die ze had gekocht omdat ze honger had. Die zou ze lekker bakken, met aardappelpuree en wortelen erbij. Wat krankzinnig losbandig om zelf te bepalen wat je at. Maar eerst zou ze het tafelblad schrobben en het fornuis schoonmaken. Ze herinnerde zich dat dit haar donderdagse taak was. Dit deed ze altijd op donderdag, en daarna serveerde ze koffie en boterhammen voor zichzelf en voor Edla als ze aan het schoonmaken waren.

Plotseling bleef ze staan. Ze keek rond in de keuken. Ze stak haar hand in haar zak en voelde het geld.

Ja, dat zou ze kunnen doen. Ze zou het in ieder geval kunnen vragen…

Haar vinger draaide het nummer vanzelf. Ze kende het uit haar hoofd en ze glimlachte even toen de telefoon heel vaak overging, waarna iemand met een barse, maar heel zachte stem opnam.

Betty schraapte haar keel en legde opgelaten de situatie uit. Aan de andere kant klonk geen enkel geluid, het was helemaal stil, zo stil dat ze bijna dacht dat Edla had opgehangen. Maar toch dwong ze in de stilte de vraag over haar lippen: 'Ik bedoel zoals vroeger, dat we elkaar helpen. Maar je krijgt natuurlijk betaald. Meer dan bij de dokter.'

Na een eeuwigheid antwoordde Edla dat ze zou komen. De volgende dag al, omdat dat het beste uitkwam. Deze keer zou op proef zijn. Daarna zagen ze wel. Edla schreef het adres op en beloofde om negen uur te komen.

Betty ging met een glimlach naar bed. De dag was toch veel beter verlopen dan ze had verwacht. Ze moest gewoon niet meer verwachten dat iemand haar zou helpen. Ze moest alles zelf regelen. Ze had geld, een positie en mogelijkheden. Niemand hoefde met haar te doen te hebben. Behalve vanwege het feit dat haar geliefde verdwenen was.

Edla besloot terug te komen. Ze had rondgekeken in de flat en haar hoofd geschud bij alle viezigheid en vervolgens haar schort voorgebonden. Daarna hadden ze het werk verrassend snel verdeeld, op de oude vertrouwde manier, en in een paar uur tijd hadden ze bijna alles schoongemaakt. Edla keek evenveel uit naar de koffiepauze als altijd, die gewoontegetrouw in stilte verliep, en ze had geen woord gezegd over de twee slaapkamers met eenpersoonsbed of over haar salaris.

Betty had haar goed betaald. Voor dat geld had ze wel twee schoonmaaksters kunnen inhuren, maar ze wilde heel graag dat Edla zou komen en ze wilde ook dat Edla dat wist. Dus voordat Edla vertrok, liet ze haar beloven elke donderdag terug te komen. Niet zoals bij de dokter en zijn vrouw, waar ze alleen hoefde te komen als ze belden.

Het was een genot om door de naar zeep ruikende flat te lopen. De matten waren geklopt en de kussens gelucht. Ze zou nieuwe gordijnen naaien en morgen zou ze stof en nieuwe dekens kopen en misschien wat bloemen voor in de vensterbank. Carl-Axel belde om te zeggen dat hij thuis zou komen eten en ze ging boodschappen doen. Ze herinnerde zich wat hij lekker vond en bereidde het. Toen ze klaar was, ging ze naar de boekenkast en haalde er lukraak een boek uit. Het was een oud boek met ouderwetse drukletters, die moeilijk te lezen waren, dus zette ze het terug en vond een gedichtenbundel van Fröding. Ze nam het boek mee naar de keuken, zette koffie en las.

Stel je voor, ze kon lezen wanneer ze maar wilde! Ze raakte bijna bedwelmd door dit gevoel en besloot onmiddellijk naar de Stadsbibliotheek te gaan om wat modernere boeken te lenen. Het kwam echter niet in haar op dat ze het boek dat ze had willen lezen ook had kunnen kopen. In plaats daarvan genoot ze ervan dat de ronde zaal van de Stadsbibliotheek zo dichtbij was en ze dwaalde er lange tijd rond, waarbij ze romans en een boek over kinderverzorging uitkoos. Ze was vooral blij met *Katrina* van Sally Salminen. Daar had ze alleen nog maar over gehoord. Het duurde maar een paar minuten om van de bibliotheek naar huis te lopen en ze ging neuriënd de trap op.

Ze kon twee hoofdstukken lezen voordat ze de tafel ging dekken voor het avondeten. Carl-Axel kwam thuis en ze aten een ovenschotel met bloemkool, ham en aardappelen en kletsten wat.

Hij bewonderde de nette staat van de flat en zij aanvaardde zijn loftuitingen. Hij vertelde haar over zijn werk op kantoor en hoeveel bestellingen er waren binnengekomen. Ze glimlachte en vroeg of ze de volgende dag wat stof voor gordijnen kon kopen. Hij knikte en vroeg of ze meer geld nodig had. Daarna zei hij dat hij een late avondwandeling ging maken en dat ze voor hem niet op hoefde te blijven. Ze glimlachte opnieuw en was blij dat ze zich in de hoek van de bank kon opkrullen met haar boek, zachte radiomuziek en thee met een beschuitje voor ze naar bed ging – wanneer ze daar maar zin in had.

Haar slaapkamer keek uit op de Västmannagatan. Door het raam hoorde ze 's ochtends auto's en rijtuigen ratelend voorbijrijden en zag ze mensen die zich naar hun werk haastten. Maar zij hoefde pas op te staan wanneer ze wilde. Ze las vaak nog een tijdje in bed voordat ze opstond. Carl-Axel ontbeet nooit, maar verliet de flat in stilte om zeven uur, als hij thuis sliep. Ze wist pas als ze even later het bed ging opmaken of hij het bed had gebruikt of niet. Ze hoorde hem niet en het kon haar niet schelen.

Ze kocht voor zichzelf precies dezelfde naaimachine als voor haar moeder en naaide delicate, lichte katoenen gordijnen voor alle kamers. Behalve voor de kamer van Carl-Axel. Daar hing ze de roodfluwelen gordijnen terug nadat ze ze had uitgeschud, gelucht en afgenomen met azijn. Van de oude woonkamergordijnen maakte ze een sprei voor zijn bed en ze kocht een modern herenbureau dat paste bij de boekenkasten uit de woonkamer, die ze in zijn kamer zette. Ze zette een pot met een aspidistra neer en verplaatste de jachttaferelen van de muren van haar eigen slaapkamer naar de zijne. De kamer zag er nu mannelijk en behaaglijk uit en toen hij thuiskwam bedankte hij haar glimlachend voor de moeite.

Haar eigen kamer werd nog mooier. Ze bestelde een comfortabele fauteuil van gebloemd cretonne en een staande lamp. Een tafeltje ernaast, en een secretaire van licht berkenhout met een schrijfonderlegger. Lichtblauwe gordijnen en een glanzende sprei met zachte kussens. Een blauw kleed en dezelfde geraniums die haar moeder altijd voor het keukenraam had staan.

Ze maakte de derde kleine slaapkamer net zo licht als die van haarzelf. Deze kamer was voor gasten, en later voor de baby.

De woonkamer en keuken richtte ze sober, koel en eenvoudig in. Een moderne eetkamertafel van met was behandeld berkenhout. Nieuwe boekenkasten en moderne dichte kasten in dezelfde stijl. Een groot kleed met gekleurde geometrische patronen. Nieuwe kussens op de bank en een groot lichtgroen linnen kleed over de donkere mahoniehouten tafel. Alles was onderhoudsarm en gemakkelijk schoon te maken.

Toen ze een paar weken getrouwd was, de schilders klaar waren met hun werk, ze zelf vier romans, twee dichtbundels en drie boeken over kinderverzorging had gelezen en de flat ook nog zo goed mogelijk had ingericht, wilde ze iemand uitnodigen op de koffie. Viola lag voor de hand, maar die kon pas de week daarop. Tante Helmi zou zaterdagmiddag komen, maar vandaag om halfdrie zou Ester Thulin haar allereerste bezoekster zijn. Betty had zandkoekjes met cacao, vanillebroodjes, kruimelkoekjes en cake gebakken. Ze had ook brieven naar haar moeder en Anna gestuurd en bij het hoofdpostkantoor gecontroleerd of haar adres inderdaad veranderd was, zodat alle brieven die naar haar werden gestuurd niet bij de dokter terecht zouden komen, maar op haar nieuwe adres. Uit voorzorg schreef ze een brief aan zichzelf geadresseerd aan Molander, Jungfrugatan. Gewoon om er zeker van te zijn dat het goed ging.

In de nieuwe spiegel in de gang bekeek ze zichzelf, met haar nieuwe positieblouse die mooi over haar rok klokte. Hij was prachtig. Met een lint om de knoop kon ze haar rokken nog steeds dragen. Ze had bollere wangen en haar gezicht zag er rozig en ontspannen uit.

De klok sloeg twee uur en het schoot door haar hoofd dat Carl-Axel niet had gebeld. Ze zou vanavond in haar eentje kabeljauw eten en ze besefte dat ze daar eerder blij over was dan teleurgesteld. Als ze in haar eentje at, dekte ze de keukentafel en liet ze het boek dat ze las tegen de melkkan leunen tijdens het eten. Niemand vroeg haar om te stoppen met lezen en ze verslond alles wat ze tegenkwam. Ze nam aan dat sommige van de romans die ze in de bibliotheek vond van een niet al te hoog literair niveau waren, maar zolang ze haar boeiden en haar de boekenwereld in zogen, was het goed.

Om kwart voor drie ging de deurbel. Ester Thulin gaf haar een mooi boeket anjers in een papier. 'Gefeliciteerd met je nieuwe huis!' Ze liep meteen de flat binnen en sloeg haar handen tegen elkaar terwijl Betty vertelde wat ze had gedaan en hoe het er vroeger uitzag. 'O, wat mooi! Ik zie dat je hard gewerkt hebt. Ik weet hoe zulke flats er vaak uitzien. Mijn schoonouders wonen in zo'n flat aan de Wallingatan.'

Ze gingen in de woonkamer zitten en Betty schonk koffie in het mooie, geërfde koffieservies en zette de schaal koekjes neer. Trots keek ze toe hoe Ester haar koekjes enthousiast in de koffie doopte en bewonderend rondkeek.

'Wat heb je het prachtig gemaakt. Dat het je allemaal is gelukt!'

Betty lachte en legde uit dat ze zelfs nog meer had gedaan: gewassen, boodschappen gedaan en talloze boeken gelezen.

'Hoe voel je je? Beter nu?'

Ester nam met een vrolijke glimlach om haar rode lippen een hap van haar tweede plakje cake en kauwde met een vragende uitdrukking, voordat ze hem doorslikte en Betty antwoordde: 'Ja. Ik voel me veel beter nu. Ik heb het hier zo goed, ongelooflijk.'

Ze vertelde over haar dagen en vertrouwde haar vriendin toe dat ze zich bijna verheugde op de avonden waarop ze ongestoord alleen kon eten en lezen.

Ester Thulin fronste lichtjes en kneep haar lippen op elkaar. 'Maar is dat niet eenzaam? Ik bedoel 's avonds? Durf je alleen te slapen?'

Betty verzekerde haar dat dat geen enkel probleem was.

'Maar waarom komt hij niet thuis? Werkt hij elke avond over?'

Betty lachte, schonk voor hen allebei nog een kopje koffie in en wilde net zeggen dat hij niet eens thuis sliep, toen ze zich realiseerde dat ze dat niet kon vertellen. Ze kon de waarheid niet vertellen. Nu besefte ze pas hoe het leven als vrouw van iemand als hij zou verlopen. Dat het verlies dat ze met hem dacht te delen voor hem niet hetzelfde voelde als voor haar. Dus lachte ze nog wat en zei dat hij inderdaad vaak overwerkte. En vervolgens vroeg ze naar de Vereniging van dienstmeisjes en haar betrokkenheid bij het koor, waardoor Ester enthousiast uitriep: 'Nu heb je tijd! Waarom kom je niet mee, Betty? We oefenen bij het Observatorielunden.'

Betty sloeg het aanbod af en zei dat haar zangstem niet echt geschikt was voor koorzang.

'Maar je kunt me helpen op kantoor. Kom vanavond maar met me mee als je man toch pas laat thuiskomt.'

Ze keek Ester verbaasd aan. Meende ze het? 'Helpen? Hoe? Wat zou ik kunnen...'

Ester slikte het laatste kruimelkoekje door en vertelde wat ze kon doen, en even later had Betty beloofd mee te gaan.

45

Toen Betty 's avonds laat de deur van de flat opendeed, was ze vermoeid maar vrolijk. De andere vrouwen van de Vereniging van dienstmeisjes waren aardig en geïnteresseerd geweest. Niemand had haar raar aangekeken, ook al had ze een bolle buik. Zelfs Hanna Grönvall was er geweest en had haar vriendelijk begroet. En Betty had enveloppen geschreven en drukwerk gesorteerd, ze hadden samen theegedronken en Hanna Grönvalls heerlijke zoete broodkrans gegeten. Betty had al beloofd de volgende week terug te komen.

Gapend legde ze haar hoed op de kapstok en hing haar mantel aan een kleerhanger. Ze wilde net naar de badkamer gaan toen ze sigarettenrook uit de woonkamer rook, ook al was het er donker.

'Carl-Axel?' riep ze voorzichtig in de duisternis. Eerst dacht ze dat ze zich vergiste, totdat ze iemand op de bank zag zitten. 'Carl-Axel? Ben je thuis? Ik dacht dat je...' Ze kwam de kamer binnen en deed het licht aan. Hij zat voorovergebogen op de bank en ze zag meteen dat hij dronken was.

Hij keek naar haar op en knipperde door het licht. 'Nee maar, wie hebben we daar? Het behaagt mijn dienstmeisje om thuis te komen. Ik zit hier al sinds zes uur te wachten op eten.' Hij barstte in lachen uit en pakte een bijna lege karaf cognac, die hij leeggoot in een glas.

Betty stond in het midden van de kamer met haar handtas in haar armen. Eigenlijk wilde ze naar bed, maar ze maakte aanstalten naar de keuken te gaan. 'Je had niet gebeld, dus ik dacht dat je niet... Dat had je gezegd.'

Hij lachte en dronk zijn glas leeg. Hij keek haar aan en kon daarbij slechts met moeite zijn hoofd stilhouden. 'Nee, ik heb niet gebeld. Ik moest eigenlijk naar een vergadering. Maar weet je... die ging niet door. Haha, hij werd afgelast. Omdat de andere deelnemer besloot naar een andere... haha... vergadering te gaan!'

Carl-Axel vertrok zijn mond en hij zette het glas met een klap neer. Ze zag dat het lelijke kringen had gemaakt op de pas gepoetste berkenhouten tafel. Eigenlijk wilde ze direct een doekje gaan halen, maar in plaats daarvan probeerde ze naar hem te glimlachen toen hij wankel opstond. 'Ik zal wat eten voor je opwarmen. Kom maar mee naar de keuken, dan doe ik het even.'

Zonder op antwoord te wachten ging ze naar de keuken en pakte de kabeljauw en koude aardappelen. Ze schilde de aardappelen en sneed ze in kleine stukjes terwijl ze peterseliesaus opzette en die zachtjes verwarmde. Daarna deed ze de aardappelen erbij en toen die warm waren voegde ze ook de kabeljauw toe.

Hij kwam wankelend de keuken in en leunend op het tafelblad plofte hij op de stoel neer. Zonder vragen schonk ze melk in een groot glas en hij goot het net zo bezeten als de cognac van daarnet naar binnen. Toen zette ze het bord voor hem neer en hij pakte de vork en at als een kind met zijn rechterhand zonder zijn mes te gebruiken.

Ze bleef bij het fornuis staan en keek hoe hij alles opschrokte. Zijn haar hing slap en tussen de happen door maakte hij af en toe een boze hoofdbeweging om zijn pony naar achteren te zwiepen. Toen hij klaar was, duwde hij zijn glas en bord weg en veegde hij met de rug van zijn hand zijn mond af, ook al had ze een servet neergelegd. Hij had nog slechtere tafelmanieren dan Edvin en Pelle. Maar ze zei niets en bracht zijn bord en glas naar de gootsteen, waar ze zich omdraaide.

‘Ga maar naar bed, Carl-Axel.’ Als om haar woorden te benadrukken sloeg de nieuwe keukenklok elf uur.

Hij tilde zijn hoofd op, streek zijn pony weer weg en keek haar aan.

Ze beet op haar lip en zette de melkkan weg.

‘Waar was je?’ Hij klonk beschuldigend en agressief.

Ze draaide zich om en zei op neutrale toon: ‘Ik ben met een vriendin naar de Vereniging van dienstmeisjes geweest, we gingen…’

Hij onderbrak haar: ‘De Vereniging van dienstmeisjes? Hahaha, je bent toch getrouwd nu? Of ben je nog steeds een dienstmeisje?’

Ze schudde haar hoofd en probeerde het uit te leggen: ‘Nee, dat niet. Mijn vriendin is ook getrouwd, maar…’

Hij stond op en greep haar hard bij haar arm. ‘Je bent nu mijn vrouw! Waag het niet ’s avonds weg te gaan!’

Ze rukte zich los, liep achteruit tot ze tegen de muur stond en zei zacht: ‘Ga naar bed, Carl-Axel. Je bent jezelf niet.’

Hij lachte en pakte haar nog steviger bij haar nek. ‘Het is gedaan met mensen die me uitlachen, Betty. Begrepen? Het is al erg genoeg. Je gaat het niet nog erger maken.’

Ze probeerde zijn woordenvloed met consumptie te ontwijken en probeerde te ontsnappen aan zijn klauwachtige greep op haar nek, maar hij praatte verder.

‘Niemand zal me meer uitlachen of bespotten. Hoor je me?’

Ze voelde dat de tranen begonnen te stromen, dat haar benen het bijna begaven en ze probeerde te knikken en in te stemmen zodat hij haar zou laten gaan. ‘Nee, niemand lacht je uit, Carl-Axel. Ik beloof het. Alsjeblieft.’ Ze snikte en smeekte hem om haar los te laten, en hij ging door met zijn dronken tirade dat niemand hem meer zou uitlachen. Ze zakte in de foetushouding op de grond en probeerde huilend haar zwangere buik zo goed mogelijk te beschermen.

Hij leek nog kwader te worden van haar tranen, want hij schudde haar zo hard door elkaar dat ze met haar mond tegen een keukenla sloeg en ging bloeden.

‘Alsjeblieft, Carl-Axel, stop. Alsjeblieft…’ Hij liet haar even los en misschien ontwaakte hij uit zijn roes door het bloed dat nu over haar kin liep. Ze rolde zich nog steviger op, met haar armen boven haar hoofd, en het werd stil in de keuken. Alleen haar zachte, snikkende ademhaling was te horen, die ze probeerde te smoren om hem niet nog meer te ergeren. Maar hij was op een keukenstoel gaan zitten en liet zijn hoofd in zijn handen rusten. Ze sleepte zich naar het aanrecht en stond langzaam en met moeite op. De wond bij haar mond bloedde nog steeds en ze kreeg bloed op haar handen toen ze onderzoekend haar gezicht betastte. Ze snikte nog steeds, maar er stroomden geen tranen meer. Ze jammerde alleen zachtjes terwijl ze haar handen afspoelde onder de kraan.

Hij gooide zijn hoofd achterover en riep uit: 'Wat ben ik toch een miezerige vent! En niets gaat zoals ik het wil, Betty. Niets!'

Haar lichaam deed pijn omdat hij haar zo hard had vastgegrepen en door de klap tegen haar mond. Ze wilde alleen maar naar de badkamer om zich te wassen en dan gaan slapen. Maar ze durfde niet weg te gaan voor het geval hij haar weer zou aanvallen.

'Oom Mauritz geeft zijn zaak niet op zoals hij had gezegd. Pas als ik eraan toe ben, zegt hij. En mijn ouders zeuren om hier op bezoek te komen. En ik weet dat ze alleen maar komen om me belachelijk te maken. Vader is zo… O!'

Hij zweeg, keek naar zijn handen en toen naar haar. 'Ik kreeg gisteren ook nog een telegram van de rederij. Ze corrigeerden zichzelf en zeiden dat ze zich hadden vergist over de gebroeders Fischer. Ze zijn in januari helemaal niet aan boord gegaan van de Normandie in Le Havre.' Hij gooide een verfrommeld stuk papier voor haar op de grond, dat ze langzaam oppakte en gladstreek. Het was opgesteld in een vreemde taal waarvan ze aannam dat het Frans was, maar ze herkende 'ss Normandie' en de namen Martin Fischer, Paul Fischer.

Hij stond op en liep naar de slaapkamer, maar bleef in de deuropening staan, hief zijn handen ten hemel, sloeg ze toen in een wanhopig gebaar tegen zijn hoofd en zei kreunend: 'En degene van wie ik dacht dat hij me alles kon laten vergeten wil niets meer met me te maken hebben.' Hij keek haar moedeloos aan. Maar hij verontschuldigde zich niet. Hij deed alleen de deur iets harder dan noodzakelijk achter zich dicht.

Ze stond even als versteend, met een enorme last op haar schouders, en sleepte zich toen naar de badkamer, waar ze zich afspoelde. Haar lip was gebarsten en achter haar oor zat een rode plek in haar nek. Haar haar zat helemaal in de war, maar het deed zo'n pijn om het te kammen dat ze het nu niet kon ontwarren. Haar ogen waren verwijd en glansden, en haar mooie nieuwe blouse zat onder het bloed en was gescheurd bij de hals. Haastig glipte ze haar slaapkamer binnen. Ze aarzelde even, maar deed toen de deur van binnenuit op slot.

Was hij dan toch niet naar Amerika gegaan? Was hij daar niet? O, Martin. Ze wilde huilen, maar kon het niet. In plaats daarvan haalde ze kranig de kasteelroman tevoorschijn die ze eerder die week had geleend. Ze trok haar nachtjapon aan en wikkelde zich in de deken om niet te rillen van de kou, waarna ze probeerde alle gedachten opzij te zetten en te lezen.

De dagen gingen voorbij. Betty en Carl-Axel ontliepen elkaar zoveel mogelijk. Hij belde elke dag naar huis om te zeggen dat hij van plan was mee te eten en ze at zelf snel voordat hij thuiskwam. Ze zette eten voor hem klaar in de woonkamer en sloot zich op met haar boeken. Tijdens het bezoek van tante Helmi op zaterdag bleef hij weg en zette zij eigengebakken lekkers op tafel en schonk koffie in, terwijl ze deed alsof ze een gelukkige pasgetrouwde vrouw was.

Tante Helmi was onder de indruk en keek vol verbazing de flat rond. 'Het lot is je goedgezind geweest. Wat heb je een onbegrijpelijk geluk, meisje. Je zult toch zulke mooie spullen om je heen hebben.'

Betty knikte en deed alsof ze het ermee eens was, en lachte zo veel dat er bijna barstjes in haar wangen kwamen.

En tante Helmi leek niets te merken. Ze praatte verder over Betty's moeder en de jongens thuis. 'Die naaimachine is een zegen, lieverd.

Het gips is van je moeders arm en ze heeft bestellingen tot ver na de zomer. En Edvin gaat na zijn examen serieus werken. Maar misschien moet je ze toch nog wat geld sturen? Edvin groeit zo hard dat hij geen kleren meer heeft.'

En Betty beloofde geld te sturen, knikte opnieuw, glimlachte en schonk de koffie bij, terwijl tante Helmi de broodjes erin doopte.

Toen tante Helmi weg was en Carl-Axel terugkwam, was hij dronken. Ze maakte snel zijn avondeten klaar en paaide hem met pils. Ze zei dat ze een brief moest gaan posten en hij wuifde haar gewoon weg zonder dat het hem interesseerde. Hij had zijn hand niet tegen haar opgeheven, niet tegen haar geschreeuwd en zelfs niet over die ellendige avond gesproken. Ook hadden ze niet over de gebroeders Fischer of het telegram gepraat. Betty had besloten alle gedachten daaraan opzij te zetten en gewoon haar karweitjes te doen. Ze naaide een positiejurk en een babyuitzet volgens de aanwijzingen in het verzorgingsboek en verder las ze. Op een dinsdag kwam de brief terug die ze via de dokter naar zichzelf had gestuurd. Iemand had het adres veranderd. Dan zouden alle andere brieven voor haar, die aan de dokter waren geadresseerd, ook worden doorgestuurd.

'Betty, wat heb je veel lekkers gemaakt. Ik zit vol.' Viola leunde achterover op haar stoel en rekte zich uit. Ze keek weer rond in de woonkamer en naar de gebleekte linnen gordijnen. 'Wat heb je het toch mooi gemaakt. Je hebt het vast heerlijk overdag. Dan ben je vrij en je hoeft alleen voor jezelf te zorgen. Wat een geluk.' Ze gaapte luid en Betty glimlachte. 'Hemel, wat ben ik moe. Stig was gisteravond bij mij thuis koffie aan het drinken en we waren zo lang aan het praten dat hij de laatste tram naar huis miste. Dus die arme jongen is waarschijnlijk nog vermoeider dan ik, hij moest nog teruglopen naar zijn huis in Råsunda.'

Betty bleef glimlachen en was blij dat de aandacht niet meer op haar was gericht.

Viola stond op en bracht het koffiekopje en het bordje waar de boterham op had gelegen naar de gootsteen. Toen haastte ze zich terug om het gebaksbord en de koffiekan te halen, zodat Betty de rest kon meenemen.

Nadat ze het meeste hadden opgeborgen, gingen ze terug naar de woonkamer. Viola plofte nonchalant neer op de bank met haar lange slanke benen over de armleuning.

'O, Betty, wat fijn dat je hier zo gerieflijk en lieftallig woont. Dat het uiteindelijk zo goed heeft uitgepakt. Je bent nu toch gelukkig?'

Ze knikte met een gemaakte glimlach naar Viola en liet zich op de leunstoel zakken. 'Vertel me eens wat meer over Stig, Viola. Hoe oud is hij?'

Viola schudde haar donkere haren naar achteren en ging overeind zitten. Er stroomden bijna twintig minuten lang liefdevolle details over de geweldige schoorsteenveger Stig Melin over haar lippen, en Betty kwam te weten dat hij vijfentwintig jaar oud was, geheelonthouder en goed kon dansen. Dat hij vier zusjes en een vader en moeder in Hagalund had, en een zonnig en vrolijk karakter. Viola was verliefd, zo 'smoorverliefd' dat ze bijna buiten zichzelf was als ze niet samen waren. 'Deze zaterdag en zondag heb ik vrij gekregen en gaan we naar Norrtälje om zijn familie te ontmoeten. En als hij me ten huwelijk vraagt, denk ik wel dat ik meteen ja zeg, hoewel ik niet van plan was om te trouwen. Stig zegt dat we een tweekamerflat kunnen krijgen en dat ik thuis kan blijven als ik dat wil.'

De woorden borrelden naar buiten en het kostte Betty geen enkele moeite om te glimlachen om de blijdschap van haar vriendin en zichzelf even te vergeten. En Viola's wrok tegen Betty leek totaal verdwenen. Ze omhelsden elkaar en besloten om de volgende keer dat Viola een vrije dag had af te spreken op het Hötorget.

Viola's voetstappen weerklonken nog lang in het trappenhuis en Betty haastte zich naar de keuken om te zwaaien, maar ze kon de straat niet helemaal zien. Met een grimas om haar snikken in bedwang te houden, begon ze aan het avondeten. Ze wilde het niet toegeven aan zichzelf, maar ze was jaloers op Viola, die dolverliefd was en haar hele leven nog voor zich had.

Betty ging aan de keukentafel zitten en keek zonder iets te zien naar het tafelkleed. Ze voelde zich neerslachtig, vreemd, verward. Wat was het eigenlijk? Plotseling drong het tot haar door dat ze boos was. Ja, boos. Op wie? Op Martin? Ja, op Martin die bij haar was weggegaan toen ze hem het meest nodig had. Die haar alleen had gelaten, en haar had gedwongen besluiten te nemen die haar pijn deden.

Maar wat bracht die woede haar? Martin was nog net zo weg als altijd, en als ze kwaad werd had ze niet eens de prachtige herinneringen aan hun liefde om haar te troosten. Ze wilde huilen. Maar dat deed ze niet.

Op een donderdagavond kondigde Carl-Axel aan dat zijn ouders zondag kwamen eten. Ze staarde hem aan zonder het echt te begrijpen.

'Hier? Komen ze hierheen? Moet ik erbij zijn?'

Hij stond op van de keukentafel, snoof en nam zijn koffiekopje mee naar de woonkamer. 'Natuurlijk moet je erbij zijn. Je kunt iets maken waarvan je weet dat vader en moeder het lekker vinden. Ik koop de sterkedrank en jij zorgt voor de rest.'

Ze deed haar mond open om antwoord te geven, maar kon zich er niet toe zetten. In plaats daarvan ruimde ze de tafel af en liet heet water in de gootsteen lopen. Tijdens het afwassen vroeg ze zich af hoe ze in hemelsnaam een diner zou moeten koken en opdienen waarvan zijzelf de gastvrouw was.

46

'Dank je, Betty. Het kalfsbraadstuk was uitstekend. Alleen was de saus misschien een beetje te zout.'

De doktersvrouw, of schoonmoeder zoals ze nu geacht werd te zeggen, glimlachte zuurzoet naar haar toen ze de tafel afruimde. Betty lachte terug en probeerde zich niets aan te trekken van de speldenprikjes die haar vroegere vrouw des huizes her en der gaf. Ze had al opmerkingen gehoord over de 'onpraktische' gordijnen, de te licht geverfde muren, de moderne gril dat er rauwe groenten bij het eten werden geserveerd, en het feit dat Betty geen rode wijn of bier dronk, maar vossenbessenlimonade. En natuurlijk het feit dat ze haar zwangerschap niet fatsoenlijk verborg, maar dat Betty 'pronkte' met haar buik.

'Dat was in mijn tijd nooit zo gegaan. Je bleef binnen en voelde je schuldig. O, ik wil graag nog wat wijn, lieve Betty.' Ze stak haar glas uit over de tafel naar de lege wijnfles en Betty moest opstaan om een andere uit de keuken te halen.

De dokter zei niet veel. Hij keek nauwelijks op van zijn bord, maar at met veel smaak. Zijn haar was grijzer geworden sinds de laatste keer dat ze hem zag en hij leek gebukt te gaan onder zorgen, wat ze zich niet herinnerde van vroeger. Als hij dacht dat niemand het zag, keek hij naar haar. Ze probeerde zijn blik te vangen en te glimlachen, maar hij wendde zich altijd af zodra ze hem aankeek. Carl-Axel keek hem met een geïrriteerde blik aan. Dus waren alleen de doktersvrouw en Carl-Axel aan het praten, en dat gesprek verliep nogal traag.

Betty ruimde de tafel af en bracht het dessert, een pruimensoufflé die hoog en perfect was gerezen. Carl-Axel was verrukt en prees haar, en de dokter was het met hem eens. Ineens hadden ze het over de zomer en ze hoorde Carl-Axel zeggen dat Betty en hij 'zoals gewoonlijk' in het zomerhuis aan de scherenkust zouden verblijven. De doktersvrouw lachte luid en vertelde een anekdote uit Carl-Axels jeugd, toen ze naar een eilandje waren geroeid om bloemen te plukken en schipbreuk hadden geleden toen de boot was losgeraakt en in de vaargeul was weggedobberd.

'Weet je nog, Carl-Axel, hoe we schreeuwden en riepen tot Axel ons hoorde en ons met de boot van de buren kwam ophalen?'

Hij knikte, slikte een grote hap soufflé door en zei met een schamper lachje: 'Ja, en die lieve vader besefte eerst niet wat er gebeurd was, maar dacht dat we hem voor de gek hielden en ging naar bed.'

De dokter mompelde verontwaardigd dat hij niet naar bed was gegaan, maar een telefoontje van een patiënt had beantwoord. Maar hij lachte om het verhaal, en Betty voelde meteen wat een buitenstaander ze was en hoe weinig ze eigenlijk gemeen had met deze mensen.

Plotseling draaide de dokter zich naar haar toe. 'Het zal fijn voor je zijn, Betty, om aan het eind van je zwangerschap aan de scherenkust te zijn. Daar kun je ontsnappen aan de hitte, het lawaai en het stof van de stad en je ontspannen in de buitenlucht.' Ze keek naar hem op en hij glimlachte naar haar. Maar hij glimlachte alleen met zijn mond, niet met zijn ogen, en ze knikte woordeloos als antwoord en slikte het laatste stukje soufflé dat op haar bord lag door. Ze kon zich niet voorstellen dat ze weer maandenlang onder hetzelfde dak zou wonen als de dokter en zijn vrouw. Hoe zou dat gaan? Zou ze weer hun sloof worden?

Alsof de doktersvrouw haar gedachten kon lezen, zei ze triomfantelijk: 'We hebben eindelijk een nieuw dienstmeisje. Tora, een meisje uit Dalarna dat niet zo lang is, maar fantastisch schoonmaakt. Axel is echter niet zo dol op haar kookkunsten, maar je kunt niet alles hebben.'

Carl-Axel leunde achterover in zijn stoel, nam een paar trekjes van zijn sigaret en vroeg, al zwaaiend met zijn armen: 'Dan nemen Betty en ik toch de Sjöstuga, het huisje aan het meer? Dan kan het dienstmeisje mijn kamer gebruiken.'

Er brak een discussie los over hoe je de zomer moest doorbrengen en Betty, die geen flauw idee had waar ze het over hadden, stond op en verzamelde de borden. Ze wilde echt niet met de dokter en zijn vrouw naar de scherenkust, laat staan er de hele zomer verblijven, maar ze besefte dat ze er weinig over te zeggen had. In de keuken was het stil en rustig, en ze deed snel water in de gootsteen om de borden te laten weken. Ze hoorde de doktersvrouw – haar schoonmoeder – en Carl-Axel luid en dronken al grappend kibbelen over welk lied ze op de grammofoon moesten draaien, en ze nam aan dat de doktersvrouw had gewonnen omdat 'En röd liten stuga' plotseling door het appartement galmde. Betty was moe en misselijk en wenste vurig dat ze naar bed mocht. Maar ze zette koffie en plaatste net de kopjes op het dienblad toen de dokter plotseling in de keuken stond. Hij had een paar lege flessen bij zich, die hij op het aanrecht bij de gootsteen neerzette. Toen draaide hij zich om.

'Ben je nu zo gelukkig als je dacht, lieve Betty?' Voor het eerst vanavond keek hij haar in de ogen en ze keek strak terug en antwoordde: 'Wat bedoelt u? Gelukkig?'

Hij deed zijn handen in zijn zakken en wiegde heen en weer, met een lichte glimlach om zijn mondhoeken. 'Ja, gelukkig. Want je was niet zoals ik dacht, Betty: een toegewijde, hardwerkende vrouw van het juiste ras, met bescheiden behoeften en een dienend karakter.' Hij keek haar ernstig aan en ze deed verbaasd haar mond open om te antwoorden toen hij zachtjes verder praatte om te voorkomen dat iemand anders hem hoorde: 'Ik werd misleid door je heerlijke blonde krullen en onschuldige blauwe ogen. Je was sluw en berekenend, net als iedereen. Je...' Hij maakte de zin niet af. De grammofoonplaat was afgelopen en de stilte werd plotseling tastbaar.

Ze haalde diep adem en antwoordde hem met een zo vast mogelijke stem: 'Denkt u dat ik dit wilde en hiervoor gekozen heb?' Ze lachte verbitterd, pakte de koffiepot van het fornuis en keerde hem de rug toe. 'Ik probeer gewoon te overleven.'

Hij wilde haar net antwoorden toen 'En röd liten stuga' weer werd opgezet en er af en toe gelach klonk. Ze knikte aansporend naar het dienblad en liep zonder om te kijken de woonkamer binnen met de koffiekan en de vruchtencake in haar handen. De dokter kwam erachteraan met het dienblad met koffiekopjes.

Ten slotte begon ze zich te vervelen. Elke week verliep hetzelfde: elke dag opruimen en schoonmaken. Koken. Soms bakte ze, meestal om zich te herinneren hoe het moest. Carl-Axel leek niet erg dol op zoetigheid, dus nodigde ze tante Helmi, Viola en Ester Thulin uit om koffie te komen drinken. Maar tante Helmi praatte zo veel over irrelevante dingen dat ze er vaak een zwaar hoofd van kreeg en het was moeilijk om andere gespreksonderwerpen te vinden dan de familie. Daarna voelde ze zich weer schuldig omdat ze haar vriendelijke tante niet kon velen en nodigde ze haar opnieuw uit, met hetzelfde resultaat.

Haar vriendschap met Viola bleef, maar omdat zij gewoonlijk met haar Stig afsprak wanneer ze vrij was, zagen ze elkaar maar heel af en toe.

Ester Thulin bleef haar vragen om te helpen bij de Vereniging van dienstmeisjes en Betty zocht allerlei uitvluchten omdat ze niet wilde vertellen dat ze er niet meer heen kon. Ook durfde ze een uitnodiging van het echtpaar Thulin niet elke keer aan te nemen, ook al zou ze graag willen gaan. Ze gingen dus niet zoveel met elkaar om als ze wilde en daar werd ze verdrietig van.

Edvin ontving het vormsel en daar had ze graag bij willen zijn, maar haar moeder zei dat ze beter thuis kon blijven tijdens haar zwangerschap. Misschien schaamde ze zich voor Betty? In plaats daarvan gaf Betty een mooi, ingepakt polshorloge mee met tante Helmi. Achteraf hoorde ze dat haar moeder dat voor Edvin verstopte totdat hij 'genoeg verstand had om er zuinig op te zijn'.

Eens per week kwam Edla, maar voor beiden was het zo duidelijk dat ze niet zo vaak hoefde te komen dat ze zich bijna schaamde als ze haar betaalde. Meestal had ze zelf vooraf de vloer geveegd en gedweild. Ze wist gewoon niet hoe ze onder hun afspraak uit moest komen. Toch was het fijn als ze er was, ook al zei ze nauwelijks iets.

Zelfs het lezen van boeken werd saai. Bijna elke dag ging ze naar de Stadsbibliotheek om de eenvoudige liefdesromannetjes om te wisselen. Ze had nu alle boeken van Pär Lagerkvist en Heine gelezen. In het begin had ze nauwgezet aantekeningen gemaakt en opmerkingen en gedachten opgeschreven die ze met Martin wilde bespreken, maar daar was ze mee gestopt. Vaak sliep ze midden op de dag een hele poos. Of ze ging gewoon rusten.

Op een middag, toen ze op bed lag en eigenlijk alleen maar naar het plafond staarde, ging de bel. Ze stond zo snel mogelijk op en keek in de spiegel. Als ze geen bezoek verwachtte, kleedde ze zich meestal maar halfslachtig, zonder jarretelgordel en in smoezelige kleren. Gelukkig wilde ze later die dag nog naar de schoenmaker, dus ze was aangekleed en gekamd, zij het gekreukt en een beetje verfomfaaid door het rusten.

Oom Mauritz stond voor de deur. Dat verbaasde haar zo dat ze eerst niets kon uitbrengen, maar uiteindelijk hervond ze zich en ze vroeg hem binnen. Hij begroette haar, legde gewoontegetrouw zijn hoed op het hoedenrek en ze nam snel zijn jas aan.

'Carl-Axel is niet thuis. Wil je dat ik hem bel?' Ze moest haar keel schrapen, want ze had sinds gisterochtend met niemand meer gesproken.

Hij schudde zijn hoofd en liep gewoon door naar de woonkamer.

'Als ik Carl-Axel zocht, dan was ik hier niet gekomen, liefje. Jeetje, wat heb je het hier mooi gemaakt! Een vrouwenhand kan wonderen doen.'

Ze haastte zich om koffie en versgebakken cognackransjes te pakken. Met de koekjes van vorige week en de week daarvoor had ze nu acht soorten. Trots dekte ze de salontafel met het fijne porselein. Zelfs de angstaanjagende oom Mauritz was een welkome afwisseling.

Hij liet het zich goed smaken en prees haar koekjes. Hij doopte ze in de koffie, dronk een paar kopjes en praatte over het weer. Ook vroeg hij naar haar mening over de Anschluss en de zogenaamde volksraadpleging van de heer Hitler. Wat dacht ze, zou het echt waar zijn dat 99,75 procent van de Oostenrijkers voor de vereniging met Duitsland had gestemd? Ze moest beschaamd toegeven dat ze het niet wist en zelfs geen mening had.

'Maar je houdt de kranten toch bij? Je hebt toch een krant?'

Ze zette voorzichtig haar kopje neer en schudde haar hoofd. 'Ik luister soms naar de radio.'

Hij keek haar direct verontrust aan en sloeg zacht met zijn vuist op tafel. 'Maar ik had tegen hem gezegd... Nou, ik zal een abonnement op de *Dagens Nyheter* regelen. Je moet elke dag de krant lezen en naar het nieuws luisteren. Dat is belangrijk, hoor je? Er zijn nu zelfs vrouwelijke nieuwslezers op de radio.' Hij dronk zijn koffie op en veegde zijn snor af met het servet dat ze had neergelegd. 'Het zijn onrustige tijden, Betty. Ik ben bang dat er oorlog uitbreekt en wat er dan met de zaken zal gebeuren, nou ja – wat er met ons allemaal zal gebeuren...'

Ze keek hem aan en uitte haar eigen zorgen: 'Denk je dat er oorlog komt? En wat gebeurt er dan met iemand die in het buitenland is? In Parijs of Amerika bijvoorbeeld?'

Hij keek haar onderzoekend aan en haalde zijn schouders op. 'Nou, er dreigt nog geen direct gevaar, maar ik zou waarschijnlijk de mogelijkheid onderzoeken om naar huis te gaan als ik in het buitenland zou verblijven. Maar Amerika is er op geen enkele manier bij betrokken, men maakt zich zorgen om Duitsland en de buurlanden. Heb je les gehad in Europese geschiedenis? Zodat je begrijpt wat er aan de hand is?'

Betty glimlachte eerst opgelucht en knikte toen wat aarzelend. Natuurlijk had ze geschiedenis gehad op school, maar ze wist niet goed waar oom Mauritz op doelde. 'Ja, dat heb ik gehad. Maar ik herinner me misschien niet alles.'

'En, ben je gewend om boeken te lezen? Lees je misschien zelfs snel?'

Betty keek naar hem op. Wat bedoelde hij? Was er nog iets waar hij niet blij mee was? 'Ja, ik lees veel. Ik lees minstens drie of vier boeken per week. Maar ik heb alleen lagere school gehad.'

Hij wuifde met zijn hand naast zijn hoofd en zei: 'Tss, dat vraag ik niet. Alleen of je een lezer en een snelle denker bent?'

Betty veegde kalm wat kruimels van het tafelkleed, keek hem in de ogen en zei met een knikje: 'Ja, ik ben een fervent lezer. Of ik een snelle denker ben, weet ik niet.'

Hij schraapte zijn keel en zette zijn aktetas op zijn schoot. 'Ik vroeg me af of je een aantal korte manuscripten zou kunnen lezen. Ik druk wat populairwetenschappelijke essays en andere teksten. Maar ik vind het lastig om alles bij te houden en te zien of ze het drukken waard zijn, en het lukt me ook niet om alles grondig te proeflezen. Ik wil graag dat je ze leest en me vertelt welke goed zijn.'

Ze keek hem met open mond aan. Wat bedoelde hij in hemelsnaam? 'Waar zou ik ze dan lezen? Bij Carl-Axel op kantoor?' Ze vond het niet aanlokkelijk om nog meer tijd door te brengen in Carl-Axels ongeïnteresseerde nabijheid.

Hij wuifde weer. 'Nee, nee. Je zou ze hier thuis lezen. Daarna zouden we elkaar ontmoeten en dan zou je me vertellen welke goed zijn en welke niet en dan zou je natuurlijk betaald krijgen. Contant, bij deze besprekingen. Wat vind je ervan?'

Ze keek hem stomverbaasd aan. Bood hij haar werk aan?

'Ik vind het lastig te geloven dat je tijdgebrek hebt. Je bent toch iemand die graag werkt? Dat zei je toch zelf na de bruiloft?'

Ze knikte. 'Ja... ja, natuurlijk.'

'Dan is dit perfect voor je. Dit is een baan in het familiebedrijf en kan vanuit huis gedaan worden. Je kunt het in elk geval proberen? Kijk, ik heb korte manuscripten voor boekjes die doorgelezen moeten worden. Je merkt meteen of de stijl boeiend is en of het goed geschreven is. Noteer wat je ervan vindt en ik zie je volgende week. Nou? Is dat geen goed voorstel?'

Ze glimlachte onzeker. Meende hij het? 'Het klinkt heel spannend, maar weet je zeker dat ik het kan? Zou het niet beter zijn als een van de kantoormeisjes of Carl-Axel het deed?'

Hij keek haar aan met zijn armen over elkaar geslagen en iets opgetrokken mondhoeken. 'Nee. De drukkerij is iets anders dan dit. Carl-Axel houdt zich bezig met het eigenlijke drukwerk, hij heeft geen verstand van tekst. Maar iets zegt me dat je hier wel oog en talent voor hebt. En dit is geheel mijn deel van het bedrijf.'

Hij klemde de sigaar tussen zijn lippen, haalde wat papieren uit zijn aktetas en schoof ze zonder verder omhaal over de tafel. Op de eerste bladzijde las ze: *Aantekeningen van een ongewone reis naar Portugees-India.*

'Maar hoe moet ik...'

Hij stond op en klapte de aktetas dicht. 'Probeer het gewoon! Ik kom volgende week woensdag om twee uur langs. Een zelfgebakken versnapering wordt op prijs gesteld!'

Hij drukte haar de hand en ze liep met hem mee naar de gang, waar hij snel zijn jas aantrok zonder op haar hulp te wachten. Hij pakte zijn hoed van het hoedenrek en lichtte hem iets voordat hij het trappenhuis in liep. 'Bedankt voor de koffie. Tot volgende week!'

Ze stond met de stapel papier in haar armen en ving plotseling een glimp van zichzelf op in de gangspiegel. Haar buik stak naar voren, maar haar ogen straalden en ze stond ineens met rechte rug. Zonder zich te bekommeren om het afruimen van de tafel pakte ze haar pen en notitieblok, ging aan tafel zitten en begon te lezen.

47

De volgende dag had ze alle vijf de korte manuscripten al gelezen. Twee ervan waren heel goed. Het ene was het reisverslag van India en het andere was een amusante beschouwing over het op moderne manier opvoeden van kinderen. Daarin had ze alleen een paar kleine typefouten gevonden. Een van de andere ging over de aardappelteelt in het noorden van het land en was goed geschreven, zij het misschien een beetje droog en saai. De andere twee waren nauwelijks leesbaar. Ze noteerde de voor- en nadelen van elk manuscript en maakte lange lijsten van taalkundige eigenaardigheden waar misschien iets aan moest worden gedaan. Ze keek echt uit naar aanstaande woensdag, wanneer oom Mauritz zou komen.

Toen ze haar wekelijkse telefoontje naar huis pleegde, merkte haar moeder op dat ze fris en vrolijk klonk en vroeg ze of ze eerder misschien een beetje hangerig was geweest.

Betty zei lachend dat ze een vervelende verkoudheid had gehad, die nu gelukkig eindelijk over was.

'Ik heb nu zoveel naaiwerk dat ik nauwelijks weet hoe ik het moet bijhouden. Maar ik ben je zo dankbaar dat je de naaimachine voor me hebt gekocht, meissie. Daardoor hoef ik me niet meer af te beulen op de zagerij.'

Haar moeder zei verder dat ze mettertijd het geld dat Betty voor de naaimachine had uitgegeven zou terugbetalen, maar dat weigerde Betty natuurlijk.

'Stel je voor! Moet ik me door mijn moeder laten betalen? Nee, dat was een cadeautje en ik ben dolgelukkig dat u er blij mee bent.'

Haar moeder bleef nog een tijdje volhouden dat ze haar zou terugbetalen. Betty liet haar haar gang gaan en vroeg uiteindelijk naar de jongens. Edvin was bij zijn oom in Fiskarstan, maar Pelle kwam aan de telefoon en mocht even met haar praten voordat ze moesten ophangen. Ze vermaakte hem door op te sommen welke auto's, bussen en trams ze allemaal had gezien en lachte vriendelijk om zijn verlangende gezucht als ze de pont naar Djurgården, de Katarinalift en de verkeerspolitie bij knooppunt Slussen beschreef.

'Maar binnenkort moet je echt op bezoek komen, Pelle. Je moet met mama bij me op bezoek komen.' Hij beloofde die avond met hun moeder te praten en ze glimlachte in zichzelf toen ze ophing. Ze zag hen al voor zich in de keuken thuis in Åvik. Zijn gezeur en geroep en haar moeder lachend en hoofdschuddend achter de naaimachine.

Carl-Axel begon weer af te zeggen voor het eten en ze had de lichte meiavonden weer vrij. Ze liep naar het Vasapark, Tegnérlunden en Observatorielunden, ging daar op een bankje zitten en genoot van de bloeiende bomen en de hard fluitende merels. Eén keer ging ze met de tram helemaal naar Haga en wandelde heel gelukkig door het groen naar huis met een zelfgeplukt boeket bloemen in haar hand. Ze miste de natuur en vond Stockholm tijdens die aangename voorzomer zowel mooier als ondraaglijker. Er was iets met de geur van bloeiende lindebomen en de witte 'kaarsen' van de stralende kastanjebomen. De flat aan de Västmannagatan voelde nu donkerder en nog beslotener aan, dus was ze veel buiten.

Haar hoogtepunt van de week was de afspraak met oom Mauritz. Ze deed haar best en had altijd zelfgebakken versnaperingen, die ze heel graag eerst samen in de koffie doopten, terwijl ze de buitenlandse politiek en ander nieuws dat ze uit de krant had opgepikt bespraken. Oom Mauritz stond, in tegenstelling tot de dokter, zeer sceptisch tegenover de Duitse politiek en uitte openlijk zijn afkeer van Hitler. Zij begreep ook steeds beter waar het nationaalsocialisme en het hoekige zonnewiel voor stonden.

Daarna gingen ze naast elkaar aan de eetkamertafel zitten en namen de manuscripten door die ze die week had gelezen en de aantekeningen en opmerkingen die ze in haar notitieboekje had gemaakt.

Ze was niet meer bang voor hem. Hij had inspirerende vragen en tips, en ze kreeg blosjes op haar wangen wanneer ze de schijnbaar eindeloze stroom korte manuscripten doornamen die werden ingediend voor verschillende series. Sommige werden gebruikt op avondscholen en andere voor studieactiviteiten van allerlei organisaties. Het was verbazingwekkend hoeveel ze al lezend leerde. Over aardrijkskunde, politiek en geschiedenis. En over natuurkennis, geneeskunde en verschillende talen en gebruiken. Elke keer vroeg oom Mauritz wat ze had geleerd, en als ze hem iets bijzonder boeiends vertelde, bleek het vaak uit het leesbaarste deel van de manuscripten te komen.

'Als het goed geschreven is, is bijna alles interessant.' Ze glimlachte met stralende ogen en verslond elke bladzijde.

Hij lachte, was het met haar eens en bracht nieuwe stapels mee die ze moest lezen. 'Ik vind echt dat je hier oog voor hebt, Betty.'

Met Pinksteren gingen de dokter en zijn vrouw naar de scherenkust. Carl-Axel, die zo graag mee had gewild, aarzelde plotseling heel erg. Hij stond er echter op dat Betty erheen zou gaan, maar ze ging er vol overtuiging tegenin en zei dat ze dat echt niet wilde. Ze hadden allebei het hemelvaartweekend daar doorgebracht en voor Betty was dat meer dan genoeg. Het huis, Villa Louiselund, was een klein vervallen gebouw met vier slaapkamers, een salon en een grote keuken. Er was alleen koud water en er waren houtfornuizen. Mooi, absoluut, maar ongelooflijk onpraktisch. De kleine Tora uit Dalarna beulde zich af toen ze het huis, dat vies was van de winter, schoon moest maken. Ze schrobde de muizen- en vogelpoep in de salon weg, haalde de vastgekoekte etensresten in de keuken weg en klopte het stinkende beddengoed. Het deed Betty pijn om te zien hoe hard het meisje werkte terwijl de heren op de veranda zaten te roken en grog te drinken. Uiteindelijk kon ze zich niet inhouden en hielp ze haar met het kleed in de salon en de vuile beddenspreien. Dit leverde haar een hondachtige, onderdanige blik van dankbaarheid op van Tora en een boze preek van de doktersvrouw dat Betty voortaan haar plaats moest weten.

Dus vluchtte ze naar de Sjöstuga, dat een piepklein huisje bij de steiger bleek te zijn met twee slaapkamertjes, een kamertje met een stoel en een tafel en een weergaloos uitzicht op de vaargeul en het schitterende water. Aan de buitenkant van het huisje, onder een overkapping, bevond zich een heel eenvoudige keuken, bestaande uit een gootsteen en een primusbrander. Een wit, zelfgemaakt tuinmeubel en een versleten rieten stoel met een dik kussen op de steiger boven het klotsende water waren de bekroning van het geheel. En vanuit Villa Louiselund kon niemand je zien. Zonder het te vragen schrobde ze de Sjöstuga, ze luchtte en maakte de bedden op. Ze plukte een bosje viooltjes en zette die in een roomkannetje op het schone tafelkleed. Als ze dan echt aan de scherenkust moest zijn, dan moest het maar in de Sjöstuga.

Ze klaagde haar nood bij oom Mauritz. Dat ze gevangenzat aan de scherenkust zonder boeken, werk en mogelijkheid om zich af te zonderen. Hij lachte, propte een heel cognackransje in zijn mond en beloofde haar per boot boeken en werk te sturen. En bovendien was hij van plan daar midzomer te vieren, zoals hij altijd deed.

Dus in het weekend na Pinksteren, op 10 juni, ging Carl-Axel met haar mee naar het zomerhuis aan de scherenkust, met bagage voor de hele zomer. Ze voelde zich nu dik en zwaar. Toch duurde haar zwangerschap nog drie maanden. In haar bagage zaten twee dozen met boeken en zes kleine manuscripten van oom Mauritz.

Carl-Axel was weer zijn oude, licht ontvlambare zelf en reageerde kortaf op haar mededeling dat ze alleen maar naar de Sjöstuga ging en niet naar Villa Louiselund.

'Anders ga ik met de eerste de beste boot terug naar huis.' Ze wist niet waar ze de moed vandaan haalde.

Hij knikte grimmig en gooide zijn peuken over de reling.

Ze waren elkaar rond vier uur 's ochtends in de hal tegengekomen, zij omdat ze weer moest plassen en hij omdat hij net thuis was gekomen. Ook al waren ze daarna allebei nog in slaap gevallen, had hij niet veel geslapen en was hij chagrijnig. Hij zou maar tot de volgende ochtend blijven.

Het weer was echter schitterend. Het was een aangename voorzomer en alles was weelderig groen. Alle loofbomen, zelfs de knoestige eiken, zaten in het blad en het bos hier was zoveel lieflijker dan thuis. Maar daar was de begroeiing intenser en overdadiger. Bij de gedachte aan de voorzomer thuis in Hudiksvall sprongen de tranen haar in de ogen. En die deed haar aan nog iets anders denken waardoor ze uit haar humeur raakte. Ze zou niet op dezelfde informele manier naar Åvik kunnen bellen zoals ze in het voorjaar had gedaan. Ze kon alleen brieven schrijven.

Ze liet Carl-Axel eerst alle bagage naar de Sjöstuga brengen, waar ze het meeste in het linkerkamertje duwde. Hij haalde met een grote melkkan drinkwater en pas daarna gingen ze naar de villa.

Liljenberg was op bezoek bij de dokter en zijn vrouw. Het was de eerste keer sinds het vreselijke diner dat ze hem zag en ze moest haar uiterste best doen om haar hoofd omhoog te houden toen ze Villa Louiselund binnenkwamen. Majoor Liljenberg zat met zijn dunne benen over elkaar in een van de tot op de draad versleten fauteuils een sigaret met zilveren mondstuk te roken. Hij stond langzaam en, vond ze, bijna onwillig op en begroette Carl-Axel en haar afgemeten. Ze keek hem strak aan en probeerde haar kin tegen haar borst te drukken om niet te beven.

'Kijk de jongedame eens. Dat is lang geleden. Ik heb op een uitnodiging van het echtpaar gewacht, maar ik begrijp dat u geen tijd had. Misschien in de herfst als de kleine er is?'

Zijn knokige hand sloot zich met een slappe greep om haar hand en hij duwde haar weg terwijl ze vriendelijk probeerde te glimlachen en een kneepje terug te geven. Ze zou ook nooit leren hoe chique mensen elkaar begroetten!

Jäger kwam aangerend en begroette haar kwispelend en luid blaffend. Ze boog zich dankbaar over zijn warme, vrolijke hondenlichaam en hoefde daardoor niet na te denken over hoe ze haar schoonouders moest begroeten.

De doktersvrouw boog zich ver naar voren, drukte voor een duizendste van een seconde haar hoofd tegen dat van Betty en gaf haar een luchtkus. De dokter knikte naar haar over de halsband heen terwijl hij de onwillige Jäger wegduwde en hem aan een ketting in de tuin legde.

Ze gingen op de veranda zitten en Tora serveerde gepocheerde zalm met aardappelen en asperges. Het meisje was rood aangelopen, had natte plekken onder haar armen in haar serveersterjurk en kromp ineen onder de zure opmerkingen van de doktersvrouw dat de aardappelen hard waren en de asperges bijna kapotgekookt. Betty had er een heel karwei aan om de hollandaisesaus te prijzen. Die was romig en glad, zij het misschien een beetje smakeloos, maar dat hing ze de doktersvrouw natuurlijk niet aan haar neus.

Het was warm en krap op de veranda, en dus moeilijk voor Tora om goed te bedienen. Ze moest zich met haar kleine mollige, bezwete lichaam langs de dokter, Carl-Axel en haar wringen. Liljenberg en de doktersvrouw waren zo mager en zaten zo handig dat dat bij hen niet nodig was. Tot overmaat van ramp stotterde het meisje heel erg. En haar gestotter werd nog erger doordat ze bang was dat ze iets fout deed.

Toen het tijd was om het dessert, rabarbercrème, op te dienen, liet

Tora bijna de kan met vette melk in de schoot van de dokter vallen. De kan werd echter elegant opgevangen door Carl-Axel, die knikte en glimlachte naar de ontzette Tora, die hem op tafel zette. Niemand anders scheen opgemerkt te hebben wat er gebeurde en Tora glimlachte kort dankbaar naar Carl-Axel.

'En, hoe gaat het nu met je bedrijf, Carl-Axel?' Liljenberg had zijn sigaar al aangestoken, ook al waren Betty en de doktersvrouw nog niet klaar met eten. Hij pafte stevig en keek Betty onderzoekend aan terwijl hij Carl-Axel de vraag stelde.

'Dank u, dat gaat prima. Ik heb het alleen een beetje druk, dus ik ga morgen alweer naar huis.'

'En heb je het naar je zin in de flat van neef Mauritz?'

Carl-Axel knikte en beet op zijn lip. Betty zag dat hij zenuwachtig was over de richting waarin het gesprek zich kon ontwikkelen.

'En de jongedame voelt zich ook thuis? Ze is gelukkig, zie ik?' Zijn toon was sarcastisch en honingzoet tegelijk en ze hapte naar adem en glimlachte zo breed ze kon.

'Hartelijk dank, majoor Liljenberg. Het gaat geweldig.'

'Lieve Betty, laten we de titels vergeten. Je bent nu familie en het is niet goed om titels te blijven gebruiken. Ik heet Egon, misschien kun je oom Egon zeggen? Is dat niet het beste, Betty-lief?'

Haar glimlach was zo breed dat haar mondhoeken pijn deden en ze antwoordde met de opgewektste stem die ze kon opbrengen: 'Natuurlijk, oom Egon. Heel graag.' Ze bespeurde een zweem van irritatie in zijn ogen. Misschien had hij gedacht dat hij haar in verlegenheid had kunnen brengen.

Na het diner gingen de dokter en zijn vrouw in de salon zitten, van waaruit je ver over de vaargeul uitkeek, en Liljenberg opende de ramen zodat de bedwelmende geur van seringen naar binnen zweefde.

Carl-Axel zakte nukkig weg in een rieten stoel en sloeg de koffie en cognac af. Liljenberg en de doktersvrouw legden de benodigdheden voor canasta klaar en de dokter pakte een krant. Betty stond op, mompelde dat ze even naar buiten moest en liep de trap af. Op weg naar beneden nam ze een dienblad met lege glazen mee.

In de keuken was Tora aan het afwassen op muziek van de radio en ze hoorde Betty's voetstappen pas toen die al in de keuken was. Ze werd knalrood toen ze Betty zag met het dienblad in haar hand. 'Neem me niet kwalijk. Ik wist niet dat het al tijd was... Ik... ik... ik dacht...' Ze stamelde angstig, veegde haar handen droog en nam het dienblad over van Betty.

'Ach meid, ik nam het gewoon mee toen ik naar beneden ging. Als iedereen iets meenam, zou het veel makkelijker zijn. Laten we elkaar helpen.' Ze pakte de droogdoek, droogde snel de wijnglazen af en zette ze in de kast, terwijl ze van alles vroeg over de achtergrond van het meisje.

Tora keek haar verlegen en angstig aan en antwoordde met weinig woorden dat ze uit Orsa kwam, zeventien jaar was en dat ze een oudere zus had, die in Södertälje op kantoor werkte. Maar Betty besefte uiteindelijk dat ze het meisje alleen maar onzeker maakte. Dus hing ze de droogdoek op en wendde zich tot het meisje.

'Dit is ongemakkelijk. Ik ga wel weg. Maar vergeet niet, Tora: als je een keer hulp nodig hebt of gewoon wilt praten, kun je altijd bij mij terecht. Ik weet hoe het is.'

Tora stond er met open mond van verbazing bij, maar knikte en zei: 'Dat... dat zal ik onthouden, mev-v-v-vrouw.'

'Niet mevrouw, Tora, maar Betty. Ik heet Betty.'

Het meisje knikte opnieuw en draaide zich naar het fornuis.

48

Buiten was het een zoele voorzomeravond. De geur van seringen was hier nog sterker en het vogelgezang bijna oorverdovend. Jäger sprong, hevig kwispelend, op van de grond, en ze ging naar haar oude vriend toe en maakte hem los van de ketting. Enthousiast springend en snuffelend sleurde hij haar mee over het pad langs de zomerhuisjes. Ze had geen hoed op of mantel aan, en aan haar voeten had ze linnen schoentjes, maar de temperatuur was aangenaam en ze had behoefte aan beweging. Ze liep helemaal naar de aanlegsteiger en het restaurant, dat al vol zat met zomergasten. Ze knikte en glimlachte naar de mensen die ze tegenkwam en merkte op dat ze hier gemoedelijker leken dan in de stad. De kleding was eenvoudiger en de manier van doen onconventioneler. Niemand gaf erom dat ze misschien niet helemaal gepast gekleed was. Jäger liep rustig naast haar en ze genoot ervan om in de schemering te lopen.

Na ruim een uur kwam ze terug. Door de open ramen hoorde ze het gelach en geklets van Liljenberg en de doktersvrouw, die blijkbaar nog steeds aan het kaarten waren. Ze gaf Jäger een klopje en vulde zijn lege bak met water uit de put. Hij dronk gulzig en likte haar hand als dank.

'Je wordt gemist! Door de hond, bedoel ik.'

Ze keek op. De dokter was naar buiten gekomen en stond met zijn handen in zijn zakken bovenaan de trap.

'Ja, ik heb hem ook gemist. Fijn dat hij me nog herkent.'

Ze aaide Jäger en deed toen een stap in de richting van het paadje naar de Sjöstuga. Ze wilde hier niet blijven staan met de dokter. Ze wilde het liefst gaan slapen, nu haar lichaam moe en warm was van de wandeling. Maar ze glimlachte en wees naar de weg. 'Als het mag, wil ik graag met hem wandelen als we hier zijn. Als het uitkomt?'

De dokter deed een stap dichterbij en zij ging onbewust nog verder achteruit naar het pad. 'Neem hem maar mee wanneer je wilt. Ik probeer een beetje te jagen, maar daarvoor moet hij wel getraind zijn. Hij blijft hier als ik naar de stad ga om te werken. Misschien wil je hem 's nachts in de Sjöstuga hebben als Carl-Axel op reis is? Voor het geval je niet alleen durft te slapen?'

Ze glimlachte naar hem. 'Och, ik durf best alleen te slapen. Maar het is leuk om hondengezelschap te hebben. Hij mag zeker bij me komen.'

Hij glimlachte terug. De eerste vriendelijke glimlach in tijden. Ze spraken af dat ze met Carl-Axel naar de boot zou gaan die de dokter ook zou nemen en Jäger daar zou ophalen.

'Tora komt morgen naar je toe met verse etenswaren. Dan kun je zelf het huishouden doen. Volgens mij wil je dat, toch?' Hij knipoogde en knikte veelbetekenend naar de kaartspelers.

Ze glimlachte opnieuw. 'Dat zou ik graag willen. Dank u, dokter!'

Hij schudde langzaam zijn hoofd, de glimlach om zijn lippen verdween langzaam, zijn ogen werden zwart en hij zei zacht: 'Niet "dokter"; Axel of eventueel schoonvader…'

Ze maakte plagend een knicks en knipoogde, net als hij zojuist had gedaan. 'Nou, bedankt en goedenacht dan, beste… schoonvader.'

Toen draaide ze zich om en keek niet om. Waarom ze hem plaagde, wist ze niet.

Ze kroop in het koude bed en trok een extra deken over zich heen. Het was juni, dus het was nog licht en de vogels gaven een concert. Onder de vloer klotste het zacht en zelfs hier was de geur van de grote sering bij de hoek van de villa door de kier van het raam te ruiken. Anders dan ze had verwacht, had ze het gevoel dat het haar hier aan de scherenkust wel zou bevallen. Het deed haar denken aan het leven thuis in Hälsingland en de zomers in het huisje van haar oom op Maln.

Betty geeuwde en rekte zich uit. De wekker op het tafeltje bij het bed tikte en ze glimlachte in zichzelf, omgeven door de geur van seringen. Voor het eerst in lange tijd was ze echt blij. Net toen ze op het punt stond in slaap te vallen, flitste het beeld van Martin in haar gedachten. Zijn donkere, warme ogen... Ze voelde de tranen prikken en duwde de herinnering aan hem heel stevig weg. Nee, ze kon niet aan hem denken. Daar werd ze alleen maar ongelukkig van. Toen was toen, nu was nu.

De dagen gingen voorbij. Zij en Jäger kampeerden samen in de Sjöstuga. Hij sliep opgekruld aan haar voeten en maakte haar wakker als de visser 's ochtends met zijn vangst terugkwam in de baai. Dan trok ze een oude jurk en veterschoenen aan, deed Jäger aan de riem en wandelden ze helemaal tot aan de landtong. Als het 's ochtends zonnig was, ging ze weleens naar het zandstrand om te zwemmen. Dat wilde ze niet op dagen dat de zomergasten er waren, maar ze gaf de voorkeur aan de vroege ochtenden, als de zee rustig was en alleen de meeuwen wakker waren.

De maand juni was ongewoon warm dit jaar.

Ze ging elke dag naar het grote huis om restjes en verse etenswaren op te halen. Dat deed ze vaak als de doktersvrouw met Liljenberg op stap was. Tora was intussen wat ontspannener geworden en zette nu vaak een kopje koffie voor hen beiden voordat Betty weer naar haar huisje ging. Ze sprak haar tenminste niet meer aan met 'mevrouw', hoewel ze haar ook geen Betty noemde.

's Middags zat ze in de rieten stoel in de schaduw te lezen. Zowel korte manuscripten als romans. Betty deed rustig aan, zodat ze voldoende te lezen had tot midzomer, wanneer oom Mauritz met nieuwe boeken en manuscripten zou komen.

Jäger en zij aten samen. Meestal waren het restjes van het diner in Villa Louiselund van de avond ervoor. Gepocheerde zalm, kalfskoteletjes, biefstuk, aspic van vis en allerlei andere lekkernijen. Ze gaf extra jeu aan de gerechten, deed er andere kruiden bij en voegde een toefje room of een klontje boter toe terwijl de aardappelen kookten. Het voelde alsof ze elke dag in een restaurant at.

Jäger kreeg restjes en aardappelschillen en likte alle borden en pannen af, waarna ze ze op het strand afwaste met zand en zeep. Niemand hoefde iets te zien of te denken van haar eetgezelschap of manier van huishouden.

Soms kwam Tora naar het huisje om een uitnodiging voor de thee van de doktersvrouw over te brengen, en dan kleedde Betty zich netjes aan met een jarretelgordel en een hoed en doorstond een uur lang de ijzige, scherpe opmerkingen van haar schoonmoeder, waarna ze opgelucht weer naar de Sjöstuga ging. Daarna maakte ze een avondwandeling met Jäger en ging dan heel vroeg naar bed. Ze las vaak een uur voordat ze in slaap viel, schreef brieven naar huis en lag met haar handen op haar buik zodat ze haar kindje kon voelen schoppen, en ze probeerde de hartslag van de baby te voelen.

Door zichzelf te verbieden aan Martin te denken had ze zichzelf in zekere zin ook belet om aan het kindje in haar buik te denken. Het was moeilijk voor te stellen dat het een mensje zou zijn met een lichaam, ingewanden en gevoelens.

Slechts één keer stond ze zich toe zijn brieven te lezen, van de allereerste tot de laatste. En naar zijn foto te kijken. Ze huilde niet meer als ze dat deed. In plaats daarvan voelde ze steeds meer een vaag vibrerende woede die haar beangstigde en verbaasde. Waarom had ze zich zo laten bedotten? Waarom ging hij weg toen ze hem het hardst nodig had? En waarom was ze in hemelsnaam met Carl-Axel Molander getrouwd? Maar de woede en het gepieker leidden nergens toe.

Ze kwamen op, brachten haar uit balans en vloeiden weer weg. En dan was ze weer alleen in de zomernacht.

Zo werd het midzomer.

Het was heerlijk weer en ze kleedde zich in de mooiste zomerjurk waar ze zich nog in kon wurmen.

Ze stond met een stapeltje brieven in haar hand bij de aanlegsteiger te wachten op Carl-Axel en oom Mauritz. Ze had een brief geschreven aan Anna, tante Helmi en haar moeder. En ook een brief aan Viola, wier laatste brief bruiste van vreugde. Zij en de schoorsteenveger waren verloofd en zouden van de winter trouwen. Ze was blij om het geluk van haar vriendin, maar treurde tegelijkertijd om hun eigen, eerder zo hechte en intieme, vriendschap.

De boot was prachtig met groen versierd, was vol zwaaiende passagiers, en hij toeterde extra lang toen hij in de glinsterende zon de baai binnenvoer. De steiger stond vol met zomers geklede mensen die niet aflatend terugzwaaiden. Betty stond onder een esdoorn in de schaduw te wachten, met Jäger aan haar voeten. Hij speurde de menigte af naar zijn baasje en rukte en trok aan zijn riem toen hij de dokter, als een van de eersten over de loopplank, naar zich toe zag komen.

De dokter, die er blij en ontspannen uitzag, lichtte elegant zijn lichtgekleurde zomerhoed en kuste haar lichtjes op de wang. 'Fijne midzomer, Betty! Ik hoop dat mijn goede kameraad je niet tot last is geweest?'

Ze schudde haar hoofd en verzekerde hem dat ze het alleen maar leuk hadden gehad. Ze wilde hem net vertellen over hun dagelijkse routines toen een klein gezelschap zich bij hen voegde.

'Betty! Wat heerlijk om je zo gebruind en gezond te zien.'

Oom Mauritz nam haar in zijn armen en ze kuste hem op zijn wang. Ze was oprecht blij hem te zien en glimlachte stralend. Tegelijkertijd klonk de stem van Carl-Axel: 'Betty, dit is een goede vriend van me, Georg. Georg Lindgren.'

Ze draaide zich om en daar stond Carl-Axel, blij en glimlachend zoals ze hem lang niet had gezien. Ze boog zich iets naar hem toe, hij gaf haar een luchtkus en draaide zich toen om naar degene die hij had voorgesteld. Het was een jongeman van haar leeftijd. Hij was lichtblond en had felblauwe ogen met donkere, dikke wimpers waarvan ze zou zweren dat er mascara op zat. Hij was mooi gekleed en glimlachte breed toen hij zijn hand naar haar uitstak.

'O, bent u mevrouw Molander? Ik heb zoveel over u gehoord.'

Ze schudde hem de hand en zag dat hij een open en geïnteresseerde blik in zijn ogen had. Er was iets zachts en vriendelijks aan hem, bijna zoals bij Anna.

Ze hervond zich en zei dat haar man niet had gemeld dat hij een vriend meebracht, maar dat hij natuurlijk welkom was. Ze vroeg zich echter af waar Carl-Axel dacht dat zijn vriend zou slapen. Voor zover ze wist, waren alle bedden bezet. Maar toen het gezelschap op weg ging naar Villa Louiselund met de dokter en Jäger voorop, legde Carl-Axel uit dat hij en Georg van plan waren met slaapzakken en tenten naar het uitzichtpunt op de rotsen te wandelen en daar tijdens de midzomernacht in de open lucht te overnachten.

Oom Mauritz bood haar zijn arm aan. Ze liepen achteraan en praatten over manuscripten die ze had gelezen en over de teksten die hij mee had. Ze was blij hem weer te zien. Hoe ontspannend de lange luie dagen in de Sjöstuga ook waren, ze miste iemand om een echt gesprek mee te voeren.

'Kom op, neef Egon, jij bent aan de beurt. Probeer de bal maar eens te raken.'

Oom Mauritz bleek heel goed te zijn in croquet en hij en Betty gingen met overmacht aan de leiding. De doktersvrouw en Liljenberg waren laatste, terwijl de dokter en Tora Mauritz en Betty op de hielen zaten. Carl-Axel en Georg liepen vooral rond met een glas grog in hun hand en sloegen lukraak, maar vaak met succes tegen de ballen. Liljenberg keek met een duistere blik naar zijn neef en richtte, maar zijn slag belandde ver naast het veld.

Ze hadden haring, snoekbaars en asperges gegeten. Ze hadden bier en borrels gedronken en iedereen, behalve Betty en Tora, was in meer of mindere mate dronken. De buurjongen, de visserszoon, kwam langs en speelde een tijdje accordeon voordat hij naar de dansvloer bij de steiger ging.

Betty geeuwde. Ze had naar bed willen gaan, maar besefte dat ze eerst het croquetspel moesten afmaken. Ook Tora keek met een schuin oog naar de steiger, waarvandaan de muziek over het water te horen was. Zonder Betty had Tora nog een gigantische afwas moeten doen. Maar Betty had voor de grap van de afwas een proeve van volwassenheid en een wedstrijd gemaakt. Georg Lindgren was niet te evenaren in de afwaswedstrijd en Tora en Betty hadden hem tot winnaar uitgeroepen. De prijs was een bladerdeeggebakje, dat hij in één hap op had.

Uiteindelijk sloeg oom Mauritz de laatste bal tegen de eindspies en werden de winnaars gefeliciteerd. De dokter probeerde de anderen over te halen verder te spelen om te bepalen wie op de tweede en derde plaats zouden eindigen, maar dat wilde niemand. Liljenberg raapte snel alle ballen van de anderen op, zodat er niet verder gespeeld kon worden.

Tora glipte in de richting van de keuken en Betty nam aan dat ze even naar de dansvloer zou gaan. Zijzelf droomde van koele lakens en stilte. En van de nieuwe doos boeken die oom Mauritz had meegebracht.

Carl-Axel en Georg Lindgren waren druk bezig hun rugzakken in te pakken. Carl-Axel lachte en giechelde als een uitgelaten kind, terwijl Lindgren bierflesjes en broodjes in de buitenste vakken propte. De dokter zat op het bankje in het prieel en rookte chagrijnig een sigaar terwijl hij naar zijn zoon en diens vriend keek. Hij was zichtbaar aangeschoten en zijn hoofd wiebelde heen en weer alsof hij het amper in evenwicht kon houden op zijn nek. Hij mompelde iets onhoorbaars in zichzelf.

Betty deed Jäger aan de riem en nam hem zonder het te vragen mee naar de Sjöstuga. Ze kleedde zich gapend uit en realiseerde zich, toen ze de accordeonmuziek over de baai hoorde, dat ze totaal geen zin had om te gaan dansen. Wat vreemd... Vorig jaar waren zij en Anna op midzomeravond in het dorpshuis geweest en ze kon zich nog precies herinneren hoe intens het gevoel was geweest om te gaan dansen. En hoe ze had genoten van het dansen. Ze deed de deur op slot en aaide Jäger over zijn kop toen hij zich aan het voeteneind van het bed had opgerold.

Was Martin een goede danser? Dat was een van de vele dingen die ze nooit over hem te weten was gekomen. Zou ze zich vanavond in zijn armen hebben vermaakt als ze samen waren geweest? Ze werd overspoeld door verlangen en woede en diep vanbinnen voelde ze ook iets wat misschien verdriet was. Ze perste haar lippen stevig op elkaar om het gevoel buiten te sluiten en probeerde diep te ademen, terwijl ze afwisselend slikte en glimlachte. Slikte. Glimlachte. Slikte. Glimlachte. Uiteindelijk ademde ze weer gewoon en ze kroop onder de lakens. Jäger sliep zo diep dat hij snurkte en de muziek klonk op een prettige afstand. Ze lag heel lang nietsziend in de zomernacht te staren. Ja, zo was haar leven nu. Gewoon zo.

Toen ze wakker werd, was ze ervan overtuigd dat ze maar een paar minuten had geslapen, maar na een snelle blik op de wekker zag ze dat het halfvier was. Ze had dus minstens een paar uur geslapen. Maar waardoor was ze wakker geworden? Ze ging langzaam overeind zitten. Ja, daar was het weer. Jäger en zij draaiden zich naar het raam van de tweede slaapkamer. Boven het bed van Carl-Axel. Iemand klopte op het raam.

Jäger sprong van het bed en gromde zachtjes. Betty pakte zijn halsband stevig beet en liep erheen. Ze zag een gezicht en ze zou doodsbang zijn geweest als ze niet meteen Tora's opengesperde ogen en zwaaiende hand had gezien. Ze deed snel de deur open. 'Tora! Wat is er in hemelsnaam aan de hand?'

Het meisje viel bijna door de deuropening naar binnen en stortte zich, snikkend en brullend, in Betty's armen. Ze wiegde en streelde het meisje lange tijd, totdat ze gekalmeerd was en kon vertellen wat er gebeurd was. Onsamenhangend en stotterend vertelde ze over de dansavond en over een van de zomergasten uit het pension, die knap en wereIds was en wilde dat ze met hem meeging naar zijn kamer. Toen ze weigerde en naar huis rende, was hij haar gevolgd. Om te ontsnappen was ze zo snel naar huis gerend dat ze haar voet had bezeerd. En toen ontdekte ze dat alle deuren van Villa Louiselund op slot waren en niemand wakker werd toen ze klopte. Dus had ze zich ruim twee uur lang in de provisiekelder verstopt, totdat ze zich weer naar buiten had gewaagd en rillend van de kou naar de Sjöstuga was gestrompeld.

'Ik wilde mevrouw niet w-w-w-wakker maken, echt niet, want ik weet dat mevrouw met de baby moe-moe-moet slapen en zo. Maar ik w-w-was ten einde raad, dus ik...' Haar dialect was zwaarder en ze stotterde erger dan ooit, en Betty trok haar snel mee naar Carl-Axels slaapkamer.

'Sst, stil maar. Je had eerder moeten komen. Ga hier maar op het bed liggen, dan ga ik een paar dekens halen. Jäger, plaats!' Ze wees naar het voeteneinde van het bed van het meisje en de hond liep gehoorzaam naar het andere bed en ging zachtjes op Tora's ijskoude benen liggen, waarbij hij voorzichtig was met haar voet. Vervolgens legde Betty nog een extra deken over hen neer, zodat alleen de kop van de hond nog naar buiten stak. 'Wil je iets warms drinken?'

Het meisje schudde al klappertandend van nee. Ze snikte nog steeds met droge snikken, zoals Pelle ook altijd deed als hij lang had gehuild.

'We moeten nu gaan slapen. Ik kom morgenochtend met je mee om het uit te leggen. Wacht, ik zal je een stukje voorlezen...'

Ze keek in de doos met boeken die oom Mauritz had meegebracht en haalde er een boek met slappe kaft uit van Hjalmar Bergman, waarvan ze zich herinnerde dat ze het enkele jaren geleden zelf had gelezen: *Het meisje in rokkostuum.*

Tora kroop diep onder de dekens en luisterde met grote ogen naar de eerste bladzijden van het boek over Katja Kock uit Wadköping, die in rokkostuum naar het eindbal ging. Betty las de eerste paar hoofdstukken en zag toen dat Tora's ademhaling rustiger was geworden en haar oogleden zwaar waren geworden. Binnen een paar minuten sliep ze diep.

Het vogelgezang was oorverdovend en de zon stond al hoog aan de hemel. Betty legde haar boek weg en deed de deur open. De meeuwen vlogen kibbelend boven de baai en onder de steiger klotste het water rustig. Hoewel het pas halfvijf was, werd de zon al warm. Midzomerdag zou warm en zonnig worden.

Tora murmelde iets in haar slaap in het andere kamertje, Jäger gromde in zijn slaap naar een haas of iets dergelijks, op zijn rug met zijn buik omhoog en zijn poten naar het plafond.

Ze ging op het bed liggen en had het gevoel dat ze waarschijnlijk wel weer in slaap kon vallen. Ze vroeg zich af hoe laat ze naar het grote huis kon gaan. Bijna niemand stond vroeg op, maar ze wilde ook niet dat Tora een uitbrander zou krijgen. Maar als iemand een uitbrander verdiende, dan was het de doktersvrouw wel. Ze was er vrij zeker van dat zij degene was die alle deuren op slot had gedaan, ook al wist ze dat het meisje nog niet terug was. Betty zou haar schoonmoeder de waarheid vertellen. Ze zette de wekker op halfacht.

49

Carl-Axel en Georg Lindgren waren op midzomerdag in alle vroegte teruggekeerd en maakten het hele huis wakker toen ze op de deur klopten. Carl-Axels boze stem was helemaal in de Sjöstuga te horen, en toen de twee vrouwen zich bij hem voegden, vertelden ze hem over Tora's nare ervaring en hij werd alleen maar kwader op de slaperige bewoners van het huis. Alleen Betty's versgezette koffie en haastig opgewarmde roggebroodjes brachten hem in een betere stemming.

Het meisje werd onderzocht door de dokter, die rode ogen had en knorrig was, en hij constateerde dat ze haar voet had verstuikt en rust nodig had. Ondanks het gesnuif van de doktersvrouw werd Tora in een ligstoel op de veranda gezet, en Betty bracht ontbijt en haalde *Het meisje in rokkostuum* voor haar uit de Sjöstuga. Eerst protesteerde Tora, maar ze kon de zalige rust niet weerstaan en lag algauw als een klein kind te slapen, met de deken opgetrokken tot aan haar neus.

Georg Lindgren verraste Betty opnieuw toen hij de keuken binnenkwam en aanbood samen met Betty een late lunch te maken nu de dienstmeid het niet kon. Ze nam zijn aanbod met genoegen aan en kwam erachter dat hij zijn weg in de keuken aardig kon vinden. Samen bekeken ze de restjes van gisteren en de inhoud van de provisiekast en besloten eerst een buffet voor te bereiden en daarna gepocheerde snoek met mierikswortel te serveren. Ze keek naar Tora, die in haar ligstoel lag te dommelen en besloot haar niets te vragen, maar haar te verrassen. Carl-Axel hing eerst rond in de keuken, alsof hij jaloers was op Betty, maar toen Georg hem probeerde te verlokken de aardappelen te schillen, betrok zijn gezicht en ging hij naar de tuin, waar de doktersvrouw, Liljenberg en oom Mauritz zaten te praten. De dokter was nergens te bekennen. Betty bond een schort zo goed mogelijk om haar buik en glimlachte naar Georg, die net de resten van de gepocheerde zalm van gisteren had ontgraat en op een bord legde. Het was leuk om samen te werken en ze hield van zijn zachte en vriendelijke manier van doen. Als vanzelfsprekend tutoyeerden ze elkaar en hij praatte gemakkelijk en schertsend, nam eigen beslissingen zonder iets te vragen maar overlegde wel. Het was net als werken met Viola. Het was wel moeilijker om gespreksonderwerpen te vinden buiten het koken om, maar Betty deed erg haar best.

'Was het vannacht koud in de tent?' Ze bloosde zodra ze de vraag stelde, want ze besefte wat het antwoord zou zijn en wat dat betekende.

Hij lachte wat, sneed het roggebrood in dunne plakjes en maakte het bord op. 'Nee, we hadden het niet koud. Maar we werden vanochtend vroeg gewekt door het akelige geblaf van een vos en toen konden we niet meer in slaap komen.' Hij glimlachte alsof hij echt wilde voorkomen dat ze zich schaamde en ze knikte dankbaar bij zijn antwoord.

'Hoe komt het dat je zo goed kunt koken?'

Hij lachte en waste zijn handen voordat hij met de snoek begon. 'Mijn moeder was kokkin voor feesten en ik ging altijd met haar mee toen ik nog thuis woonde, in Norberg. We hielpen elkaar en ze leerde me alles wat ze kon.'

'O, dan heb je een betere lerares gehad dan ik. Ik heb het mezelf geleerd.'

'Maar je bent er heel handig in, dat is te zien. En Carl-Axel zegt dat je goddelijke maaltijden bereidt.'

Ze schrok even. Had Carl-Axel met Lindgren over haar gesproken? Wat vreemd.

'Officieel ben ik naar Stockholm verhuisd omdat ik restaurantkok wilde worden, maar...' Hij schubde de vis met behendige halen.

Betty keek hem aan, met het aardappelmesje in de hand. 'O, jee. "Maar" en "officieel", hoe moet ik dat zien?'

'Nou, "officieel" omdat het voor mij de enige manier was om naar de grote stad te verhuizen en "maar" omdat ik niet paste in een restaurantkeuken. Het was enerzijds te hectisch en anderzijds te eentonig voor me. Ik wilde koken, geen loopjongen zijn.' Hij zwiepte zijn goed geknipte, gepommadeerde haarlok naar achteren en draaide de snoek om.

Betty ging verder met schillen en zweeg even voordat ze vroeg: 'En wat zei je moeder? Toen je stopte met koken?'

Hij legde de vers geschubde snoek in een ovenschaal. 'Ze zei niets. Ze weet namelijk niet dat ik gestopt ben. En nu werk ik in de bar van het Rendez-vous, dus...'

Betty glimlachte, ze begreep hoe Carl-Axel en Georg elkaar hadden ontmoet. 'Wat fijn, dan hoef je niet te liegen!' Ze lachte met hem mee, verbaasd over hoelang het geleden was dat ze zo onbekommerd had gelachen.

'Wanneer komt de kleine?' Hij knikte veelbetekenend naar haar buik en ze streelde er zachtjes overheen.

'Half september, zeggen ze.' Eigenlijk wilde ze hem vragen hoeveel hij echt wist, maar op dat moment kwam de doktersvrouw de keuken binnen en stokte het gesprek. Ze wilde weten hoe het met het eten stond en hoe het geserveerd zou worden. Betty wilde net een knicks maken zoals ze eerder altijd deed en vragen of het goed genoeg was, toen Georg met zijn vrolijke manier van doen de doktersvrouw zachtjes de keuken uit duwde en beloofde dat het een verrassingslunch zou worden waar iedereen van zou genieten. Betty lachte dankbaar naar hem toen hij terugkwam.

En natuurlijk prees iedereen de lunch en aten ze allemaal met smaak. Het eten werd, heel modern, op tafel gezet en rondgegeven. Niemand serveerde.

Later die middag, toen ze vermoeid haar vest pakte om naar de Sjöstuga te gaan, stond Georg plotseling naast haar, in zijn reiskleding en klaar om te vertrekken, en stak zijn hand uit.

'Bedankt voor de fijne samenwerking, Betty. We moeten vaker samen koken, het was me een genoegen.' Ze glimlachte naar hem, stemde in en liep met haar man en zijn jonge vriend mee naar de boot, waar ze hen uitzwaaide. Carl-Axel keek haar chagrijnig aan en zij glimlachte slechts ten antwoord.

Na die midzomernacht was Tora haar trouwste vriendin. Elke dag, en vooral op de dagen dat Betty niet met de dokter en zijn vrouw in het grote huis at, stond er als ze terugkwam van haar wandelingen een stuk versgebakken cake, een schaaltje wilde aardbeien, net gebakken kalfslapjes of iets anders lekkers op tafel in de Sjöstuga. En Tora kwam graag naar haar toe om boeken om te ruilen en wat over het boek te praten dat ze net uit had. Het meisje was nog steeds niet erg spraakzaam, maar wat ze zei was verstandig en duidelijk. Ze stotterde zelden als ze alleen waren. In de buurt van de doktersvrouw deed ze het altijd.

Betty werd met de dag zwaarder en haar wandelingen gingen steeds langzamer. Maar ze voelde zich luchthartig en piekerde niet meer zo vaak. Ze dacht bijna nooit meer aan Martin. Het was alsof ze elkaar in een ander leven hadden ontmoet. Toen was ze een andere Betty geweest.

Oom Mauritz, die weer naar huis was gegaan, stuurde geen manuscripten meer, maar zei dat ze moest rusten en zich voorbereiden op de bevalling. En ze rustte vaak. Haar enkels zwollen op en ze lag minstens één keer per dag op bed, waar ze romans probeerde te lezen, maar daar had ze vaak de concentratie niet voor. Brieven kreeg ze wel, dus las ze die. Haar moeder, tante Helmi en Anna schreven elke week, en ze antwoordde zo goed als ze kon, maar veel korter dan gewoonlijk. Meestal lag ze op bed naar het fladderende gordijn te kijken en naar de klotsende golven onder de steiger te luisteren en dacht na over wat er in de brieven stond. Anna schreef over het hooien, de koeien en de bruiloft die bijna zou plaatsvinden, en zij probeerde te schrijven over het vreemde, luie leven dat ze zelf leidde zonder het te laten overkomen als de hooghartige levenswijze van de hogere klasse. En door de brieven van tante Helmi, die schreef over de stoffige, lawaaierige en hete stad, schaamde ze zich voor haar koele nachten en frisse wandelingen naar de glinsterende baai.

Haar moeders brieven maakten haar weer verdrietig en ongelukkig. Haar moeder naaide onafgebroken en kreeg veel opdrachten. Maar tussen de regels door las ze dat het haar moeder moeite kostte om het werk vol te houden, terwijl ze geen enkele opdracht kon weigeren omdat ze het financieel nu al nauwelijks redden. 'Pelle mag met de buren en met zijn oom mee naar Maln om te zwemmen als hij er de tijd voor heeft, en Edvin werkt hele dagen. Als ik naar bed ga, ben ik zo moe dat het me voor de ogen draait en toch slaap ik niet goed.'

Ze legde de brief opzij en dacht na. Hoe kon ze dit in hemelsnaam oplossen? Haar moeder en de jongens naar Stockholm halen? Ja, dat leek de enige oplossing. Ze zou zo snel mogelijk met Carl-Axel praten.

Op een dag kwam er onverwacht bezoek van een dierbaar persoon. Ze zat met haar zware, bezwete lichaam in de schaduw een misdaadroman te lezen die ze in het grote huis had gevonden. Ze had net gezien hoe de pont aanmeerde en weer de vaargeul in voer. Omdat ze geen bezoekers of spullen verwachtte, had ze er verder niet op gelet, maar toen ze snelle voetstappen op het grind hoorde en Jäger plotseling ging zitten, besefte ze dat er iemand aan kwam. Ze herkende de mollige, energieke persoon in een donkerblauwe zomerjurk en strohoed onmiddellijk.

'Ester!' Ze was zo blij om haar vriendin te zien dat ze haar armen om haar heen sloeg, haar op de wang kuste, en haar in de schaduw naast zich op de bank trok.

'Ik wilde je verrassen.'

'Dat is dan heel goed gelukt!'

Ester was op weg naar huis vanaf haar zomerhuisje op het kleine eiland Gräskö en moest hier overstappen op een grotere boot. Tijdens het wachten had ze bedacht dat ze zou gaan kijken of ze de plek kon vinden waar Betty in de zomer verbleef. Want dat was toch hier? En gelukkig had ze haar hier in de Sjöstuga gevonden.

'Wat leuk dat je er bent, Ester!'

Ester Thulin nam haar hoed af en wuifde zich er koelte mee toe. Ze vertelde meteen dat Sven en zij in de herfst naar Göteborg gingen en dat ze daarom van de gelegenheid gebruik wilde maken om fatsoenlijk afscheid van Betty te nemen voordat ze vertrok.

Betty's ogen glansden plotseling van de tranen toen ze besefte dat ze elkaar lange tijd niet zouden zien. Ze veegde opgelaten haar ooghoeken af en probeerde te lachen. 'Oef, ik huil tegenwoordig overal om. Het is zo ergerlijk!'

Ester streelde haar wang en trok haar schoenen uit. 'O, ik weet het. Toen ik zwanger was van mijn zoontje huilde ik om alles.'

Betty keek verward op. 'Zoontje?'

Ester bewoog genietend haar tenen in het gras voor de bank en keek toen glimlachend naar haar op. 'Ja. Als hij nog had geleefd, zou hij nu vier jaar oud zijn. Ik heb je toch over hem verteld?'

Betty schudde haar hoofd en schaamde zich dat ze het tijdens hun ontmoetingen zo vaak over haar problemen hadden gehad en zo weinig over die van Ester.

Ze trokken hun schoenen aan, zetten hun hoed op en wandelden toen arm in arm over de kleine grindweggetjes, tussen prachtige rozen en hoogzomerbloemen door. En Betty hoorde over het jongetje dat geboren was met een hartafwijking en maar een paar weken geleefd had. Maar Ester ging er niet diep op in en zei dat Betty er nu niet aan moest denken, want dan zou het nog verkeerd gaan vlak voor de bevalling. Bovendien kwamen hartkwalen bij Sven in de familie voor en kon je een goed leven leiden zonder kleine kinderen in huis. Dus het gaf niets. Ester glimlachte, maar ze had rimpeltjes van verdriet om haar ogen.

Voordat Ester de boot terugnam, dronken ze koffie in het grote huis. Ze praatte zo gemakkelijk en vrijuit met de doktersvrouw dat Betty gewoon jaloers was. Ester bedacht gespreksonderwerpen, schonk haar eigen koffie in en gaf de pot daarna natuurlijk door aan de doktersvrouw, die dan haar eigen kopje moest bijvullen, met nerveus trillende handen. De doktersvrouw kende Esters schoonmoeder, die getrouwd was met professor Thulin, natuurlijk van het damescomité, en Ester vroeg of ze haar de groeten wilde doen en grapte heel ongekunsteld en natuurlijk met de doktersvrouw.

'Hoe kun je zo vrijuit en gemakkelijk praten? Ik ben altijd zo onzeker, dan kan ik geen stom woord uitbrengen en hoor ik alleen maar haar scherpe toon.' Betty probeerde Ester bij te houden op weg naar de boot.

'Ach, dat moet je gewoon leren. Voel wie je bent en wie je wilt zijn en hou je daar dan aan, dan hoef je je niet af te vragen of je wel het juiste doet. Dan kan ze je nooit meer onzeker maken.'

Betty glimlachte verward. 'Is het echt zo eenvoudig?'

Ester lachte en zei dat het zo eenvoudig was. Betty moest gewoon meer aan zichzelf denken en minder aan de doktersvrouw, dan kwam alles goed.

Aan de kade toeterde de boot en ze moesten zich het laatste stukje haasten zodat Ester hem nog kon halen, want ze trokken de loopplank al in.

Betty sloeg kort haar armen om haar heen, Ester liep naar de boot en ze beloofden elkaar dat ze zouden schrijven.

'En bellen. Misschien kunnen we elkaar eens bellen?' Lachend wenkte Ester een flinke zeeman, die haar hielp op de boot te springen, en ze zwaaide met haar zakdoek toen ze aan boord stapte.

Betty glimlachte en zwaaide totdat de boot de landtong rondde en verdween. Het voelde vreselijk leeg toen Ester weg was. Betty besefte dat ze helemaal niet naar de Vereniging van dienstmeisjes had gevraagd.

Begin augustus ging ze naar de stad. Dokter Björklund, de vrouwenarts, had haar gezegd dat ze voor de bevalling nog minstens één keer langs moest komen, dus had ze in een week dat het regende een afspraak bij de verpleegster gemaakt. Bovendien had ze daarna ook met tante Helmi afgesproken en het plan was dat ze ook de zaken voor haar moeder zou regelen.

Na zo'n lange tijd aan de scherenkust voelden het autoverkeer, de trams en de haastige mensen heel onwennig. Ze was van plan een taxi te nemen van de kade naar de praktijk in Lärkstan, maar toen het ophield met regenen en ze merkte dat ze nog genoeg tijd had, besloot ze te lopen.

Maar al bij Humlegården had ze het warm en was ze moe. Ze moest even op een van de bankjes gaan zitten en ze deed haar uiterste best om het regenwater met haar zakdoek weg te vegen. Toch werd de achterkant van haar bovenbenen vochtig toen ze ging zitten. Maar daar was niets aan te doen. Ze moest even rusten voordat ze verder kon.

Ze keek om zich heen. Een paar honderd meter verderop had ze afgelopen herfst op hem gewacht. Ze kon zich nog goed het enthousiaste, bijna koortsachtige gevoel herinneren dat ze had gehad toen ze daar stond.

Stel dat ze hier nooit naartoe was gegaan? Stel dat ze zijn verzoek om af te spreken had genegeerd? Dan was alles anders gelopen. Dan was zij degene geweest die kookte en schoonmaakte in Villa Louiselund, zich liet koeioneren door de doktersvrouw en misschien buitengesloten was op midzomernacht. Eerlijk gezegd was dat niet iets om naar terug te verlangen.

Maar ze zou vrij zijn geweest. Ze had ontslag kunnen nemen en elders een baan kunnen nemen. Misschien had ze avondcursussen kunnen volgen, bibliotheekhulp kunnen worden...

'Betty? Jij bent het toch, Betty?'

Een stem uit het verleden trok haar terug naar het heden en ze keek op.

Hoewel het nog maar iets meer dan een halfjaar geleden was dat ze hem voor het laatst had gezien, herkende ze hem nauwelijks. Zijn haar was kortgeknipt, alleen de lichtgekleurde pony krulde iets onder zijn hoed. Ja, hij droeg nu een hoed, geen pet. De rusteloosheid had plaatsgemaakt voor kalmte, waardoor hij ouder leek. Zijn bruine ogen hadden weer een warme gloed, niet meer zoals de laatste keer dat ze elkaar hadden ontmoet op Driekoningen, toen hij boos en teleurgesteld bij haar was weggelopen.

'Birger, ik herkende je bijna niet!' Ze stond zo snel ze kon op en zag zijn snelle blik op haar zware lichaam voordat hij haar hand in de zijne nam.

'Betty, wat leuk je te zien!'

Het gesprek verliep soepeltjes. Ze vertelde waar ze heen ging en ze liepen verder in de richting van het Jarlaplan. Hij bood haar zijn arm aan en maakte zijn passen korter, zodat ze hem kon bijhouden. Hij vroeg een paar keer of hij een taxi voor haar moest roepen, maar dat weigerde ze. Ze kon prima lopen.

Hij stelde vragen over haar huidige leven en ze hoorde aan de manier waarop hij praatte dat hij het meeste eigenlijk al wist. Ze vroeg zich af wie hem had ingelicht. Had Viola dat gedaan of iemand anders?

'En jij, Birger?'

Hij schraapte zijn keel en vertelde trots over zijn werk bij een ingenieursbureau in Hornstull. 'Ingenieur Boman is zo'n verduiveld geschikte kerel! Hij zegt dat ik het waard ben om in te investeren. Ik mag tekeningen maken en handleidingen en instructies schrijven omdat ze vinden dat ik zo goed ben in Zweeds en tekenen. Snap je dat nou, Betty?'

Ze glimlachte op haar oude manier naar hem. De jongensachtigheid die hij zo hard probeerde te verbergen scheen door en ze herkende hem steeds meer. 'Doe je nog steeds een avondstudie?'

Hij knikte enthousiast en vertelde dat hij de middenschool had afgerond en bezig was met zijn eindexamen voorbereidend wetenschappelijk onderwijs.

'Dus je hebt het druk?'

Hij knikte weer en zei dat hij ook nog een flatje had weten te bemachtigen.

Toen wilde ze vragen naar zijn verloofde, maar durfde niet. Was het Anna-Lisa? In plaats daarvan zei hij uit zichzelf: 'Ik ben ook verloofd. Ze heet Ingeborg en we zijn even oud. We zijn van plan om in de herfst te trouwen.'

Ze glimlachte hem warm toe. 'Wat leuk, Birger. Je verdient een fijne echtgenote.'

Daarna hadden ze het er niet meer over. Carl-Axel en Ingeborg werden niet meer genoemd. In plaats daarvan maakten ze als vanouds grapjes en kissebisten ze met elkaar, en Betty vergat helemaal dat ze moe was. Warm en blij bleef ze voor de dokterspraktijk staan en ze stak haar hand uit.

'O, Birger, ik ben zo blij dat we elkaar tegen het lijf zijn gelopen. Dat we weer samen kunnen lachen.'

Hij nam haar hand en hield die langer vast dan nodig was. Zijn gezicht was weer serieus en volwassen geworden. 'Ik ook, Betty. Heel blij.' Hij spreidde zijn handen, net zoals vroeger.

Omdat ze zich enigszins opgelaten voelde door zijn plotse uitbarsting van emotie glimlachte ze, ze knikte en trok de zomerhandschoenen aan die ze zojuist had uitgetrokken. Ze draaide zich impulsief om en gaf hem zo goed en zo kwaad als het ging met haar dikke buik een kusje op zijn wang. 'Veel geluk, Birger!'

Ze deed de deur open en ging de praktijk van dokter Björklund binnen. Toen ze zich omdraaide om de deur dicht te doen, zag ze dat hij er nog stond.

50

Tante Helmi zette boterhammen en een versgebakken cake neer. Ze bewoog niet meer zo snel als afgelopen winter en klaagde over pijn in haar heup. Betty probeerde te helpen door de koffie te serveren, maar werd op de stoel geduwd. 'Ga zitten, meisje. Jij moet rusten.'

Betty slaakte een zucht, liet zich weer op haar stoel zakken en nam een grote hap van de boterham met ham. Zoals gewoonlijk had ze honger en voordat tante Helmi kon gaan zitten had ze haar boterham al op.

'Nou, wat zei dokter Björklund? Hoe ging het met de baby?' Haar tante liet zich hijgend aan tafel zakken en nam een grote slok koffie.

Betty haalde haar schouders op en pakte nog een boterham. 'Goed. Hij zei dat alles in orde was, maar dat ik misschien snel terug moet komen naar de stad.'

Haar tante knikte. 'Ja, je wilt toch niet dat de baby daar geboren wordt? Als de dokter erbij was zou het natuurlijk wel kunnen…'

Betty's ogen werden groot. 'De dokter? Ik zou nooit willen bevallen met hem in de buurt. Trouwens, hij is er maar zelden. Hij is altijd in de praktijk.'

'En hij houdt bijeenkomsten…' Tante Helmi stond moeizaam op, trok een krant van het aanrecht naar zich toe, vouwde hem open en legde hem voor Betty neer, terwijl ze met haar vinger naar een artikel wees. 'Je kunt Duitsgezind zijn, maar als ik had geweten dat hij zo bruin was, had ik daar nooit een baan voor je geregeld.'

Bij het artikel stond een foto van een groep mannen die allemaal opzijkeken, waar een vaandel met het gedraaide kruis wapperde in de wind. De dokter stond helemaal aan de zijkant. Hij glimlachte alsof hij ergens gelukkig over was, terwijl de anderen een grimmig gezicht hadden. 'De NSAP heeft een bijeenkomst gehouden in het huis van Ragnar Edman in Nacka. De Lindholm-beweging heeft een buitengewoon succesvol jaar achter de rug.'

Betty duwde de krant weg. 'Ach, zo is hij niet, hij is aardig en ongevaarlijk. Maar ik wil nog steeds niet aan de kust bevallen. Ik ga in het ziekenhuis bevallen. Daar zijn Carl-Axel en ik het over eens.'

Tante Helmi knikte, nam een hap cake en slikte die door. 'Ja, dat is heel modern, heb ik gehoord. En daar kun je ook uitrusten. Maar daarna moet je toch nog wel iemand inhuren? Of komt Johanna?'

Betty schudde haar hoofd. Nee, ze wilde niet dat haar moeder kwam. Haar moeder moest het rustig aan doen.

'Nee, je hebt gelijk. Maar ik weet niet hoe we haar situatie kunnen verbeteren. Ze wil geen hulp. En volgens mij neemt ze de medicijnen voor haar hart ook niet zoals het hoort.'

Tante Helmi stond weer op en waggelde naar het keukenblok in de kleine tweekamerwoning waar ze al bijna dertig jaar woonde. Betty keek rond: het was er verouderd en uitgeleefd. Maar het was er brandschoon. Ook tante Helmi verdiende het om rustig aan te doen, bedacht ze nu pas. Voor zover ze wist, had haar tante haar hele leven hard gewerkt en nooit geklaagd. Ze had weliswaar voor niemand verantwoording hoeven dragen en voor niemand hoeven zorgen, maar ze was altijd zorgzaam en gul geweest voor haar zusje en haar familie. Tante Helmi pufte terwijl ze weer ging zitten met haar tweede kop koffie en Betty vroeg plotseling: 'Zeg eens, tante Helmi, hebt u er nooit over gedacht om te trouwen?'

Haar tante lachte en glimlachte wrang. 'Trouwen? Nee, bewaar me, waarom zou ik dat doen? Mannen zijn alleen maar lastig.'

Betty lachte en streelde haar buik. 'U bedoelt zeker dit?'

Tante Helmi dronk koffie en lachte. 'Ja, dat bijvoorbeeld.' Maar toen werd ze serieus en ze keek even naar het fijn geborduurde tafelkleedje, waarna ze weer opkeek met een zweem van een glimlach om haar mond. 'Er was wel iemand. Heel lang geleden...'

Betty keek haar tante verbaasd aan. Hier had ze nog nooit iets over gehoord. Ze hield haar adem in en hoopte dat haar tante verder zou gaan.

'Toen ik voor het eerst naar Stockholm kwam. Het zal rond de eeuwwisseling zijn geweest. Hij was iets jonger dan ik en heel vrolijk. We wandelden altijd langs het Norr Mälarstrand.'

Tante Helmi keek op, beet hard op haar lip en lachte geforceerd. 'Maar toen moest ik naar huis om te helpen en toen ik terugkwam was hij met iemand anders getrouwd.'

Het werd doodstil in tante Helmi's flatje. Alleen de tram reed ratelend voorbij. Betty keek haar tante strak aan. Ze deed net haar mond open om door te vragen toen haar tante zelf verder vertelde.

'En toen stierf hij in Spanje en liet een vrouw en kinderen achter. Dus zie je, Betty, aan mannen heb je niets. Je moet voor jezelf zorgen. Zal ik je bijschenken?'

Ze bedankte ervoor en zei dat ze naar de boot moest, maar beloofde terug te komen als ze weer in de stad was.

Tante verdween naar haar slaapkamer, waar ze wat rommelde en Betty had haar buitenkleding al aan toen ze terugkwam.

'Kijk hier eens! Een foto van ons.'

Ze stak Betty een oude, harde kartonnen foto toe van het soort dat ze herkende uit haar moeders album. Op de foto stond een jong stel. Ze zaten lachend naast elkaar met een hek achter zich. Hij had krullend haar met een lok over zijn voorhoofd en een breedlachende mond. Tante Helmi had haar haar in een knot en een ontsnapte haarlok die naar beneden hing. Alsof ze elkaar net gezoend hadden en door elkaars haar gewoeld. Ze zag er jong en gelukkig uit. Ze had geen zweem van de gedecideerdheid en norsheid die ze nu had. Betty streelde de twee op de foto zachtjes en gaf de foto toen terug aan haar tante.

'Hoe heette hij?'

'Filip. Filip Andersson uit Grödinge.' Het werd doodstil in de hal en Betty wilde meer vragen, maar wist niet hoe. Ze deed haar mond open om iets te zeggen maar haar tante was haar voor: 'Je moet snel gaan, meisje, anders mis je de boot! Tot ziens, het was fijn je te zien.'

Betty werd zachtjes het trappenhuis in geduwd en ze stapte in de krakende lift.

Pas toen ze aan boord van de boot was en zich op een bankje had laten zakken, besefte ze dat ze niets hadden afgesproken over haar moeder Johanna en de jongens. Er was nog steeds reden voor bezorgdheid. Maar op dit moment had ze geen puf om zich ongerust te maken. Nu was het van belang dat ze terugging naar de stad.

'Waarom kun je niet in de Sjöstuga blijven?'

Carl-Axels stem klonk zeurderig en tegendraads aan de telefoon en ze slaakte een zucht en herhaalde: 'Omdat de baby elk moment kan komen en ik wil in het ziekenhuis bevallen, zoals we hadden afgesproken.'

Hij kreunde en voegde er dreinerig aan toe: 'Over een week mag je komen, eerder niet.'

Ze wilde vragen waarom, maar kon het niet opbrengen. Ze spraken alleen af welke boot ze zou nemen. Hij bood niet aan om haar op te halen en zij vroeg er niet om.

Ze hing op en keek om zich heen. De doktersvrouw was vandaag in de stad en werd 's avonds samen met de dokter thuis verwacht, en Tora was naar de kruidenierswinkel in de veerponthaven. Ze kon net zo goed nog een paar mensen bellen.

Haar moeder nam pas op nadat de telefoon heel vaak was overgegaan. Ze had geen tijd om te praten, maar bood aan naar haar toe te komen. Betty weigerde opgewekt en verzekerde haar ervan dat de schoonmaakster zou komen. Ze hingen op.

Edla nam al bij de tweede keer overgaan op. Zoals gewoonlijk luisterde ze rustig en wachtte even met antwoord geven, alsof ze nadacht. 'Ik kan waarschijnlijk een paar uur per dag komen, maar ik heb ook andere dingen te doen. Wil je niet liever de hele tijd iemand bij je hebben?'

Betty verzekerde haar ervan dat een uurtje of wat genoeg was, en Edla beloofde te komen, maar zei toen snel nog iets wat ze blijkbaar liever had verzwegen: 'Ik heb sinds afgelopen dinsdag niet schoongemaakt, mijnheer zei dat ik niet hoefde te komen. Wanneer kom je naar huis?'

Betty vertelde over de middagboot en Edla beloofde om voor die tijd schoon te maken.

De laatste dagen werd ze vroeg wakker van de hitte en dan ging ze met Jäger naar de zwembaai. Zelfs de hond zwom in zee en ze genoot ervan hoe licht, vrij en koel ze zich voelde in het water. Haar haar, bijna wit gebleekt door de zomerzon, was weer aangegroeid en ze vlocht het in een korte, dikke vlecht die ze over haar schouder legde.

Doordat ze zo weinig sliep, werd ze steeds vermoeider en vanwege de hitte dommelde ze voornamelijk, met de ramen wijd open. Jäger ging in het boothuis liggen, waar de vloer vochtig was van het water door de golven die naar binnen sloegen.

Ook had ze niet veel trek en overdag moest ze zich dwingen een paar lepels soep of een schaaltje dunne yoghurt te eten. Doordat ze zo weinig at werd ze nog vermoeider. Als het 's avonds koeler werd, had ze een razende honger en plunderde ze de kasten op zoek naar eten. Op een van haar laatste avonden ging ze naar Villa Louiselund om eten te halen. Dat deed ze niet graag, ze ging liever zelf naar de winkel, maar door de hitte kon ze niet naar buiten als die open was. Tora had een vrije middag, maar ze had eten klaargemaakt en het in de keuken laten staan. Tora was goed bevriend geraakt met een van de serveersters van het pension en de meisjes zwommen wanneer het maar kon, en doken vanaf de rotsen bij de vaargeul. Betty was er blij om, want ze wist als geen ander hoeveel leuker het werkende leven was als je vriendinnen had.

51

De doktersvrouw zat in de schaduw op de veranda te lezen. Naast haar stonden een leeg wijnglas en een lege karaf. De dokter was in de stad en Liljenberg was naar huis gegaan, dus keek ze vol verwachting op toen ze voetstappen op het grind hoorde. Betty bespeurde een flits van teleurstelling toen de doktersvrouw zag dat zij het was die naar het huis kwam waggelen. Ook al was het al zeven uur, het was nog steeds warm en Betty veegde de straaltjes zweet van haar voorhoofd. Het was vergeven van de muggen en vliegen en ze voelde dat haar jurk aan haar rug plakte. 'Ik kwam wat eten halen. Tora zei dat er een gegratineerde bokking in de keuken was.'

De doktersvrouw legde het boek op haar schoot en keek, ondanks haar lichte roes, plotseling vol verwachting. 'Heb je al gegeten?'

Betty schudde haar hoofd en liep moeizaam verder naar de keuken.

'Waarom eten we dan niet samen? Hier op de veranda?'

Ze riep Betty na, die nu in de keuken was. Ze wilde echt niet alleen met de doktersvrouw eten, dus deed ze eerst alsof ze het niet hoorde. Ze zag de heerlijk geurende gegratineerde bokking pruttelen op de restwarmte van het fornuis en er stond versgebakken brood op het aanrecht. Het water liep haar in de mond en ineens had ze enorme honger. Ze nam snel een stuk van het brood en stopte het in haar mond.

'Dat is toch veel gemakkelijker dan dat je het eten meeneemt naar de Sjöstuga?'

Plotseling stond de doktersvrouw achter haar en Betty kauwde snel en beschaamd op het stuk brood en knikte terwijl ze slikte. 'Ja, misschien wel...' Ze hoopte dat de doktersvrouw door haar zielige stem en neerslachtige blik begreep dat ze dit niet echt wilde, maar het was tevergeefs.

'Kom, als jij het eten op de borden legt, neem ik het bestek en de drankjes mee. En neem alsjeblieft ook boterhammen met die oude kaas mee. Je drinkt toch wel een glas wijn met me?'

Betty deed haar mond open om te protesteren, maar het was al te laat. Dus zocht ze een dienblad waarop ze de borden met de geurige bokking neerzette. Ook zette ze voor ieder een bordje met een boterham neer. Op het laatste moment haalde ze de fles tafelbier uit de ijskast en bracht alles naar de veranda. De doktersvrouw nam het dienblad van haar over en zette het met een zachte klap op de tafel neer.

Het zweet liep nu in straaltjes over haar rug, Betty liet zich op de stoel zakken, schonk een glas bier in en dronk gulzig. Vanuit haar ooghoek zag ze dat de doktersvrouw een zuinig gezicht trok, maar intussen wel de borden op tafel zette. Ze was niet van plan te serveren of af te wassen. Ze wilde gewoon zo snel mogelijk eten en dan terug naar de koelte van het huisje aan het meer.

Ze wachtte niet tot de doktersvrouw begon te eten, maar sneed een stuk van de bokking af en stopte het in haar mond. De zoute smaak was hemels. Ze slikte opnieuw en nam nog een slok bier voordat ze zich dapper tot haar schoonmoeder wendde.

'Ik krijg zo'n honger na dagen als deze. Deze hitte is dodelijk voor me.'

De doktersvrouw nam een slok wijn, kauwde ingespannen en slikte na lange tijd haar hap door. Daarna veegde ze haar gestifte lippen grondig af met een zakdoek die ze kennelijk in haar zak had en antwoordde: 'Ik kan goed tegen de hitte. Het geheim is om niet te veel te bewegen, je gewoon zo stil mogelijk te houden.'

Betty moest zich diep over haar bord buigen om niet te laten zien wat ze dacht. Tora had de was gedaan, schoongemaakt, gekookt en brood gebakken in de hitte terwijl de doktersvrouw op het terras zat en 'zich zo stil mogelijk had gehouden'.

Misschien voelde ze aan wat Betty dacht, want ze probeerde haar uitspraak te vergoelijken. 'Nou ja, als dat kan, natuurlijk. Niet iedereen heeft die mogelijkheid. Hoe gaat het met de baby?'

Betty, die nog een hap had genomen, moest tot haar verontwaardiging opnieuw stoppen met eten en haar bestek neerleggen. Ach, had ze maar in de koelte van de Sjöstuga gezeten met Jägers zwijgende, majestueuze gezelschap. 'Goed, naar wat me is verteld, dank je. Het duurt nu niet lang meer.'

'Dus je gaat maandag terug naar de flat?' Aan de trillende mond van de doktersvrouw was te zien dat ze dronken was, ook al had ze door jarenlange oefening geleerd het goed te verbergen.

Betty nam nog een hap en knikte.

'In mijn tijd was er geen sprake van iets anders dan een thuisbevalling. Carl-Axel is thuis in de slaapkamer aan de Jungfrugatan geboren. De arts van de toenmalige kroonprinses was erbij en het duurde allemaal vreselijk lang. Daarna kon ik een maand lang niet lopen. Daarom hebben we daarna geen kinderen meer gekregen. Ik kon het niet aan.'

Betty knikte. Vooral omdat ze niet wist wat ze moest zeggen.

'De onthouding heeft ons huwelijk geen goed gedaan.'

Betty keek weer naar haar bord. Ze voelde dat ze rood aanliep en was blij dat haar wangen door de warmte al rood waren geweest. Het was meer dan gênant om de intiemste vertrouwelijkheden van haar schoonmoeder te weten te komen. Dus schraapte ze haar keel en stond moeizaam op van de tafel. 'Ik ga even wat water halen.'

Maar de doktersvrouw trok haar aan haar arm terug op de stoel. 'Ga zitten. Ik haal het wel.'

Ze stond op en verdween met enigszins onvaste tred naar de keuken. Betty at snel verder en werkte genietend in een paar happen het grootste deel van het voedsel op haar bord weg.

Haar schoonmoeder kwam terug met een kan water en een nieuwe beslagen fles rijnwijn. 'Waarom neem je niet een klein glas, Betty? Wijn is rustgevend en goed.'

Ze ging met een plof aan tafel zitten en hield de fles boven Betty's glas. Maar die legde haar hand erop en schudde haar hoofd.

'Bedankt, ik pas.'

De doktersvrouw snoof gekrenkt en schonk een groot glas in, dat ze half opdronk voordat ze verder at. Betty schraapte haar bord schoon en hoopte vurig dat ze snel van tafel kon. Maar toen de doktersvrouw een paar happen had gegeten, legde ze het bestek neer, nam nog een slok wijn en leunde achterover in de rieten stoel. 'Dus de familie wordt binnenkort uitgebreid met een baby?'

Betty beet op haar lip. Ze voelde dat het gesprek vanaf nu niet meer vriendelijk zou verlopen.

'Wat verbaasde het ons toen je nieuws bekend werd. Een kind? Met onze Carl-Axel? Wie had dat kunnen denken?'

Betty sloeg haar blik neer. Ze wilde niets meer horen, maar durfde niet op te staan.

Op dat moment klonk er gerommel achter het bos en betrok de lucht. Het ging onweren. Ze wilde gewoon snel naar de Sjöstuga gaan en de deur achter zichzelf en Jäger op slot doen. Maar de doktersvrouw vervolgde: 'Carl-Axel heeft nog nooit de geringste interesse in meisjes getoond. Wie had kunnen denken dat hij verliefd zou worden op een dienstmeisje?'

Betty slikte en keek naar het bos, waar weer een donderklap klonk. 'Het gaat onweren. Ik denk dat ik de ramen van de Sjöstuga dicht moet gaan doen. Misschien kunnen we...'

Ze stond voorzichtig op en wees naar haar lege bord. Maar de doktersvrouw dronk haar glas leeg, schonk er meteen weer een in en zei: 'Dus met het oog op wat ik je net vertelde over mijn man en mijn zoon vermoed ik dat je me verkeerd hebt ingelicht over wie de vader van het kind is.'

De doktersvrouw glimlachte nu met half dichtgeknepen ogen naar haar. De glimlach was echter niet vriendelijk, maar arglistig.

Betty legde haar servet naast haar bord en keek bezorgd naar het wolkendek, dat heel dicht was geworden. 'Bedankt voor het eten. Ik ga naar het huisje en doe alles dicht zodat de regen niet...'

'Het is van Axel, nietwaar?'

De doktersvrouw stond ook op en hield zich met beide handen vast aan de rieten stoel. Haar gezicht was ongemakkelijk dichtbij, en Betty rook een vleug wijn en bokking toen ze uitademde. 'Geef antwoord! Is het van Axel?'

Betty liep achteruit naar de deur en slaakte een diepe zucht voordat ze antwoordde: 'Nou, ik begrijp niet wat u bedoelt. Bedankt voor het eten. Ik ga er snel vandoor, voor de storm losbarst.'

De doktersvrouw keek haar ingespannen aan en greep haar bij de arm. Ze keek haar onderzoekend aan, alsof ze antwoorden zocht in Betty's gezicht. 'Je bent niet dom, dat weet ik. Van wat ik heb begrepen, heeft Mauritz een hoge dunk van je. En Axel was afgelopen herfst toen je aankwam helemaal verkikkerd op je. Ik zie persoonlijk niet wat er zo opmerkelijk aan je is. Ik zie een plattelandsmeisje zonder opleiding dat sluw genoeg is om haar mooie gezichtje te gebruiken om hogerop te komen.'

'O, schoonmoeder, ik denk dat we...'

'Hou je mond, laat me uitspreken. Ik ben de hele zomer vernederd terwijl jij...' Plotseling vulden de ogen van de doktersvrouw zich met tranen, en een hevige donderslag deed het hele huis schudden.

'Waarom zou Carl-Axel je anders beschermen? Hij kan vrouwen niet uitstaan. Ik was de enige die hij kon verdragen, zei hij altijd! Alleen mij kon hij verdragen!' Ze snikte zonder enige terughoudendheid. Ze had Betty nu bij de schouders gegrepen en schudde haar heftig door elkaar. 'Als ik Egon niet had, had je ze allemaal van me afgepakt, jij klein kreng!'

Ze snikte luid en bleef Betty heen en weer schudden tot die zich wist te bevrijden. De vrouwen keken elkaar buiten adem aan en toen schreeuwde de doktersvrouw plotseling met een gebroken stem: 'Is het van Axel? Je kunt me in ieder geval vertellen of hij het is!'

Betty schudde heftig haar hoofd, draaide zich haastig om en rende het verandatrapje af, waar het nu stortregende. Een bliksemflits verlichtte de donkere hemel, zodat die zo licht was als midden op de dag, en Betty haastte zich over het grindpad naar de stenen trap die naar zee leidde. De grond trilde door de donderklappen en plotseling verloor ze haar evenwicht en viel pardoes van de trap. Ze gilde toen ze viel en dacht dat haar laatste uur geslagen had. Instinctief rolde ze zich op en probeerde de baby en haar hoofd te beschermen, maar tijdens de val raakte ze iets en ze belandde bewusteloos onderaan het trapje, terwijl de stortregen op haar neerkletterde.

Toen ze bijkwam, wist ze niet waar ze was. Ze herkende de gesloten gordijnen niet. En eerst herkende ze het behang of de vrouw ook niet.

'Ben je wakker?'

Betty probeerde te knikken, maar haar hoofd deed pijn, en ze kon het slechts een klein beetje bewegen. Ze had een droge keel, maar probeerde iets te zeggen. Het gezicht van de doktersvrouw was grauw en haar haar viel in natte slierten over een schouder toen ze Betty een glas water gaf.

'Er komt een boot om je naar het ziekenhuis te brengen. Maar die laat nogal op zich wachten.'

Betty nam een slok en probeerde te gaan zitten. Dat lukte, ook al voelde ze zich geradbraakt.

'We moeten je uit die natte kleren krijgen. Kijk hier eens, dit is een van mijn nachtjaponnen.'

Betty ging duizelig op de rand van de chaise longue zitten. Ze was blijkbaar in de slaapkamer van de doktersvrouw, en die stak haar een katoenen nachtjapon toe, terwijl ze haar met haar andere hand probeerde te helpen de doornatte jurk uit te trekken.

'Ik moest hulp inroepen van Rosén en zijn knecht om je binnen te krijgen. Voel je de baby nog?'

Betty legde haar hand op haar bolle buik. Net op dat moment schopte de baby fel tegen haar hand en ze knikte. De jurk belandde op een hoopje op de grond en de koele nachtjapon gleed om haar uitpuilende lichaam.

De doktersvrouw legde een deken om haar heen. 'En het doet geen pijn? Je hebt geen weeën?' De bezorgdheid in de ogen van de doktersvrouw leek oprecht en Betty probeerde haar hoofd te schudden. Maar ze moest zich inhouden omdat het zo'n pijn deed.

'Alleen mijn hoofd. Ik heb mijn hoofd gestoten.'

De doktersvrouw knikte en wees op de linnen doek die om haar voorhoofd was gebonden. 'Ja, ik denk dat het gehecht moet worden.'

Betty keek om zich heen. Het voelde vreselijk gênant om na die hele scène hier in de slaapkamer van de doktersvrouw te liggen. Ze wilde gewoon naar de Sjöstuga en die hele vreselijke avond vergeten. Hoe kon ze ooit nog normaal met haar schoonmoeder praten? De doktersvrouw pakte haar bij de schouder en schudde haar lichtjes door elkaar. 'Je bent niet de schoondochter die ik wilde, Betty, maar het was niet mijn bedoeling...'

Haar gezicht was verwrongen en verstijfd in een grimas.

Toen werd ze door geschreeuw en gebonk op de deur uit haar verstarring gewekt. 'Die zijn van de boot. Ik ga de deur opendoen.'

52

Twee dagen later, op vrijdagmiddag, werd Betty uit het ziekenhuis ontslagen. Ze bleek een lelijke wond op haar voorhoofd te hebben, een hersenschudding en een verstuikte arm en moest volkomen roerloos blijven liggen, maar toen er geen tekenen waren dat ze zou gaan bloeden, vonden de artsen dat ze niet langer in de gaten gehouden hoefde te worden.

Ze had bloemen gekregen van de dokter en zijn vrouw, lag in een eigen kamer en kreeg eten bezorgd uit Östermalmskällaren. De ziekenhuisarts had Betty vaak onderzocht en daarna met de dokter gesproken, die haar op schoonvaderachtige manier klopjes op haar hand had gegeven en had gezegd dat ze zich geen zorgen hoefde te maken, maar dat ze het de rest van haar zwangerschap 'zonder uitzondering rustig aan' moest doen. Ze begreep dat ze eigenlijk opgesloten zou zitten in de flat.

De taxi stopte voor het woongebouw aan de Västmannagatan en omdat hij vooruitbetaald was, stapte ze gewoon uit zonder een woord met de chauffeur te wisselen. De dokter en zijn vrouw hadden beloofd ervoor te zorgen dat haar bagage naar de stad zou worden gestuurd, en met trillende benen stapte ze de lift in. Ze had geen sleutel, dus hoopte ze dat er inderdaad iemand in de woning zou zijn.

Ze had de deurklink nog niet eens vastgepakt of de deur ging open en daar stond Edla met haar gebruikelijke schort voor. Ze zei niets, stak alleen haar arm uit en Betty liet zich omhelzen. Ze kon haar tranen niet tegenhouden.

'Ach, lieverd. Arme meid...' Edla duwde haar weg en veegde met haar ruwe handen de tranen weg die over Betty's wangen liepen. 'Kom mee, dan krijg je soep met knoedels.'

Betty snikte trillend, maar ze werd zachtjes op de keukenstoel geduwd en kreeg de soep geserveerd. De flat was schoongemaakt, op het bed lagen schone lakens, en Edla ging tegenover haar zitten en sloeg haar armen over elkaar.

Toen ze gehoorzaam de soep op had, boog Edla zich naar voren. 'Als de baby geboren is, kom ik hier niet meer terug om schoon te maken. Je kunt me bellen als je behoefte hebt aan een grote schoonmaak, maar laten we niet meer doen alsof je elke week een schoonmaakster nodig hebt. Zet dat geld liever opzij voor je kind. Er kan een dag komen dat je het nodig hebt. Het geld.'

Betty deed haar mond open om te protesteren, maar Edla ging verder en legde met meer woorden dan ze haar ooit eerder had horen zeggen uit: 'Ik kwam omdat ik medelijden met je had, maar het is niet juist om iets in rekening te brengen wat al gedaan is. En tijdens de zomer heb ik ontdekt...'

Ze zweeg en keek naar haar handen.

'Ik bemoei me niet met hoe mensen hun leven leiden, echt niet. Maar weet je hoe je man leeft als je niet thuis bent?' Nu keek Edla op en haar ogen stonden intens ontdaan. 'Met mannen... En dat hij... hij...'

Betty liet haar hoofd zakken en gaf een knikje. Ze wist het niet echt, maar ze had het wel vermoed.

'Dus daarom heb je hem genomen? Ik dacht dat hij je zwanger had gemaakt, maar nu snap ik hoe het in elkaar zit.'

Betty stond op. Ze wilde huilen, maar perste haar lippen zo hard op elkaar dat haar wangen pijn deden. 'Dank je wel, Edla, dat je bent gekomen. Ik ga liggen, ik verlang enorm naar mijn eigen bed.'

Edla maakte haar schort los en hing het op zijn plaats. 'Dit is veel erger dan alleen zijn, geloof me.'

Betty glimlachte weer, maar het was een verwrongen lach en ze wendde zich af. 'Nogmaals bedankt voor de soep. En al het andere. Ik moet nu echt gaan slapen.'

Edla trok haar mantel aan en knikte. Het was alsof haar welsprekendheid haar uitgeput had en ze werd weer haar zwijgzame zelf: 'Ik ben er morgen weer.'

Later, toen Betty in bed lag, dacht ze na over Edla's woorden. Was dit erger? Was het beter geweest om naar huis te gaan met een buitenechtelijk kind?

Zuchtend trok ze de deken om zich heen. Wel, ze had gekozen en van het alternatief zou ze nooit iets weten.

Laat in de ochtend werd ze wakker van Edla, die de voordeur opendeed. Haar lichaam voelde zwaar en het was onmogelijk om uit bed te komen. Ze probeerde een aantal keer haar benen over de rand van het bed te krijgen, maar het lukte haar niet. Ze had de afgelopen nacht uren door de flat gedrenteld zonder te kunnen slapen. Uiteindelijk was ze, voor de duizendste keer, blijven hangen in de gedichten van Heine. Voor het eerst hadden ze niet de troost geboden die ze eerder wel boden. Ze had de gedichten niet eens mooi gevonden, alleen maar ironisch en gekunsteld. Hoe had ze dat over het hoofd kunnen zien? Ze wist niet eens zeker of 'Lorelei' over de nimf op de rots ging. En alle gedichten over liefde die hij uit zijn hoofd had voorgedragen, gingen die echt wel over de liefde? Vlak voor vijven was ze in slaap gevallen. Nu bonkte haar hoofd en voelde ze zich doodongelukkig.

Edla kwam de kamer binnen met haar mantel aan en hoed op. 'Nou, ik heb een stoofschotel met rundvlees op het fornuis gezet. Aardappelen en bieten staan in de provisiekast. Of zal ik de aardappelen opzetten?'

Betty kwam moeizaam uit bed en schudde haar hoofd. Het zou haar wel lukken om wat aardappelen te koken. 'Ik moet me alleen even wassen en aankleden.'

Edla keek alsof ze aarzelde. 'Ik blijf tot je weer uit de badkamer bent.'

Omdat haar hoofd echt tolde en de grond onder haar voeten deinde, knikte ze dankbaar.

Toen ze zich gewassen en aangekleed had, voelde ze zich beter en ze zei tegen Edla dat ze kon vertrekken.

'Maar ik vind dat je niet alleen moet zijn. Kan er niet iemand hierheen komen?'

Betty schudde haar hoofd en ging naar de keuken. Ze ging aardappelen schillen en misschien deeg maken. 'Ik red me wel. Carl-Axel komt thuis eten en vanavond bel ik mijn moeder.'

Edla keek haar grimmig aan en schudde haar hoofd voordat ze wegging. 'Nu je in een chique familie getrouwd bent en alles, is het niet juist dat je alleen bent in dit donkere hok.'

Ze vertrok zonder verder iets te zeggen en sloot de deur met een zachte klap.

Betty schilde aardappelen en keek de keuken rond. Donker hok? Ja, het was ongewoon donker in de flat. Ze zag op tegen de winter als het helemaal moeilijk was voor het licht om een weg naar binnen te vinden.

Toen Carl-Axel thuiskwam, was hij vrolijk en beleefd. Hij had een grote mand met bloemen meegebracht die hij in de eetkamer zette, waarna hij de tafel dekte met het mooie servies. Hij inspecteerde de wond op haar voorhoofd, vroeg hoe het in het ziekenhuis was en gaf haar een klopje op haar hand, waarna hij haar op de stoel duwde en de stoofschotel opdiende.

'Nu ga ik voor mijn vrouwtje zorgen, zodat ze snel weer hersteld is. En over een paar weken komt de kleine!'

Hij floot, schonk tafelbier in de glazen en streelde voorzichtig haar wang. Ze glimlachte zwak naar hem en besloot hem niet te vragen waarom hij er gisteren, toen ze thuiskwam uit het ziekenhuis, niet was. Tijdens het eten praatten ze over de kleine gebeurtenissen van de zomer en ze vroeg hem Georg Lindgren de groeten te doen. Hij knikte minzaam alsof het gewoon een wederzijdse kennis was en zij vroeg naar de drukkerij. Plotseling legde hij het bestek neer en vouwde een stuk papier open.

'Kijk eens, Betty. Als de kleine er is en de zaken wat beter lopen, kopen we een huis buiten de stad. Een villa waar de zon naar binnen valt, met een mooie tuin voor de kleine om in te spelen.'

Hij schoof het papier naar haar toe, waarop een huis in moderne stijl getekend was, met een tuin met een appelboom.

'Dit huis staat aan de Bergaliden in Sundbyberg, waar je gelukkig zou zijn... Het is landelijk, maar toch relatief dicht bij de stad.'

Ze trok het papier naar zich toe en bekeek de tekening. Het was een groot, licht en mooi huis met een veranda en grote ramen. Ze deed haar mond open om vragen te stellen toen hij enthousiast nog een stuk papier tevoorschijn haalde.

'En dit is een flatje aan het Odenplan dat ik wilde kopen om in te overnachten, als ik tot laat moet werken.'

'Tot laat? Bedoel je dat je dan niet thuiskomt?'

Hij glimlachte en nam een trek van zijn sigaret. 'Jawel, jawel. Soms.'

Voordat ze nog meer vragen kon stellen, vouwde hij de beschrijving van de villa weer uit en vertelde haar beeldend hoe groot en mooi het huis was, en dat het veel kamers had. En ook dat er genoeg ruimte in het huis was voor haar moeder en broertjes. En ze knikte en besefte dat ze in de toekomst meestal apart zouden wonen. Zonder dat het zou opvallen.

Op een of andere manier kwam Betty de laatste periode door. Slapen ging moeilijk en het was zwaar om alleen in de flat te zijn, dus gaf ze uiteindelijk toe en stemde ermee in dat Viola's zus Iris bij hen kwam wonen. Iris was vrolijk, vlot en flink en ze was Betty echt tot hulp. Daardoor kon Betty rustig koken en – hopelijk, zo langzamerhand – weer manuscripten gaan lezen. Maar ze schaamde zich voor het feit dat ze hulp had. Haar moeder had het tenslotte altijd gered zonder. Betty zou elke nacht rustig kunnen slapen zonder gestoord te worden door kindergehuil. Op dat punt was Carl-Axel namelijk onvermurwbaar geweest: het kind mocht niet huilen en hem storen, dus lag ook de beslissing over Iris buiten haar bereik. Haar moeder had intussen verschillende keren aangeboden om te komen helpen, maar toen ze hoorde dat Iris bij hen woonde, bood ze het niet meer aan. Betty verlangde echter naar hen. Naar haar broertjes en moeder. Oom Mauritz kwam weer op bezoek, ook al was Betty nu minder mobiel en kon ze niet meer bakken voor hun afspraken op woensdag. Ze kreeg ook niet veel manuscripten meer te lezen, waar oom Mauritz onvermurwbaar in was, waardoor ze zowel onrustig als lui werd.

53

Ze werd al rond zes uur wakker doordat de baby bewoog. Omdat ze vergeten was de gordijnen dicht te doen, zag ze dat de zon opkwam en dat de lucht diep grijsroze van kleur was. Ze ging naar de badkamer en spoelde het laagje zweet dat zich nu elke nacht opbouwde van haar gezicht. Betty verlangde intens naar koelte en frisse lucht. Kon ze na het ontbijt niet een kleine wandeling maken naar het Observatorielunden? Als ze langzaam liep en luchtig gekleed was? Ja, ze ging gewoon. De dokter kon zeggen wat hij wilde, ze moest gewoon lucht hebben.

Het leek een mooie septemberzaterdag te worden. Op dagen als deze miste ze de zomer en haar bedgenoot Jäger en de fijne tijd die ze had gehad. Maar ze miste ook haar vriendinnen, familie en een vorm van contact. Soms kwam Viola langs, maar de weinige vrije tijd die ze had, wilde ze natuurlijk doorbrengen met Stig. Ester Thulin was nog in Göteborg en zou pas met Kerstmis thuiskomen. Betty zuchtte, zette water op voor de thee en haalde de krant van de deurmat.

Ze smeerde een snee roggebrood, belegde hem met een dikke plak kaas en kauwde met smaak. Ze hoorde niets van Carl-Axel. Voor zover ze wist, was hij ergens vannacht thuisgekomen.

De kranten berichtten vooral over Hitler en de Sudeten en over de

Zeppelin 2. Betty snapte niet hoe iemand nog met een zeppelin durfde te reizen na het vreselijke ongeluk met de Hindenburg vorig jaar. Maar het was natuurlijk fantastisch om door de lucht de Atlantische Oceaan over te steken. Ze bladerde door de krant, ze kon er niet tegen alles over die Hitler te lezen. Maar ze had oom Mauritz beloofd dat ze elke dag de krant zou lezen, dus bladerde ze er in elk geval doorheen.

Het ging natuurlijk ook over de verkiezingen en over waar je kon stemmen. Zuchtend keek ze uit het raam. Er werd van haar verwacht dat ze het wel zou klaarspelen om moeder te worden, te trouwen, verantwoordelijkheid te nemen en zowel zichzelf als het kind te onderhouden. Maar stemmen mocht ze nog niet, omdat ze nog geen drieëntwintig was.

Om negen uur was ze klaar. Door de zon zag het er warm uit buiten en ze pakte een dunnere mantel. Ze kreeg hem niet meer dicht, maar haar positierok en wijde blouse waren van dunne wol en wel warm genoeg. Ze worstelde met haar hoed, maar gaf het uiteindelijk op. Er was iets met de verhoudingen waardoor de mooie hoed er vooral kinderachtig uitzag. In plaats daarvan zette ze een baret op en trok die over haar voorhoofd.

Toen ging de deur van Carl-Axels slaapkamer open en stond hij daar in een kamerjas met zijn haar door de war en wallen onder zijn ogen. 'Waar ga je heen?'

'Gewoon wat frisse lucht happen. Ik heb het zo warm, ik wilde even naar het Observatorielunden.'

Hij pakte haar bij de arm. 'Maar de artsen zeiden dat je de laatste periode thuis moest blijven en moest rusten! Je mag echt niets riskeren met de baby, Betty!'

Ze rukte zich los en trok haar handschoenen aan. 'Ik doe bijna niets anders en ik heb gewoon wat lucht nodig.'

Hij pakte haar arm weer vast. 'Wacht even, dan ga ik met je mee. Je moet niet in je eentje buiten lopen.'

Hij liet haar arm los en ging weer naar zijn kamer. Ze nam aan dat het een eeuwigheid zou duren voor hij zich had aangekleed en ze was al rood aangelopen en had het warm.

'Weet je, ik ga alvast. Ik zie je in het Observatorielunden. Bij de centaur.'

Ze haastte zich de deur uit zonder te luisteren naar zijn antwoord.

Het was echt een prachtige septemberzaterdag. De zon scheen aan een felblauwe, heldere hemel. Ze zoog haar longen vol frisse lucht en voelde hoe de bedomptheid van de flat werd weggevaagd. Ze liep zo snel ze kon over de Observatoriegatan en de Upplandsgatan. Een paar boodschappenjongens met karren en fietsen, groepjes schoolkinderen en af en toe een dame liepen richting het Hötorget, maar over het geheel genomen was het vrij rustig.

Toen ze de hoek aan het begin van de Drottninggatan omsloeg en het park binnenging, was ze toch een beetje buiten adem. Ze ging langzamer lopen en zette koers naar de Observatoriumkullen. Misschien hadden ze beter in het Vasapark kunnen afspreken? Dan had ze de hellingen niet op hoeven lopen. Maar ze was gek op de hoge heuvel waar het observatorium stond, de lucht koel was en de bomen nu hun stralende herfsttooi droegen. Toen ze bijna boven was, ging ze hijgend op een bankje zitten. De baby bewoog niet meer zoveel als eerder, waarschijnlijk omdat er geen ruimte meer was. Slechts af en toe werd er een schop uitgedeeld tegen haar middenrif en had ze het gevoel dat de lucht uit haar longen werd geslagen. Op dit moment wilde de baby blijkbaar extra hard schoppen, en ze moest ver achteroverleunen om te voorkomen dat het erg veel pijn deed.

Ze zag het hoge dak en de toren van de Engelbrektskerk, die zich voorbij de daken van Vasastan uitstrekten naar de lucht. Aan de andere kant werd de lucht omlijst door de torenspitsen van de Sint-Johanneskerk. De Stadsbibliotheek aan haar voeten maakte haar gelukkig. Zodra ze kon, ging ze er weer naartoe. De baby schopte weer en ze aaide liefdevol haar buik en keek weer uit over de helling. Martin, o, Martin... Ze had hem bijna negen maanden geleden voor het laatst gezien en ze wist eigenlijk niet meer hoe hij eruitzag. Ze had alleen de foto van hem en die leek niet erg op het beeld dat ze zelf had van haar geliefde. Ze herinnerde zich zijn geur niet meer, of hoe zijn handen voelden. Soms wist ze met veel moeite hoe zijn stem klonk, maar die herinnering was vluchtig en kon ze niet altijd oproepen.

Wat was haar leven toch anders geworden. Heel anders dan ze gedacht had en zich voorgesteld had toen ze nog geen jaar geleden uit Hudiksvall was vertrokken. Ze slaakte een zucht. Ze had helemaal niet met zichzelf te doen, ze had alles wat ze wilde en kreeg alles waar ze om vroeg. Maar ze miste iemand. Iemand die er was als ze het nodig had, iemand die betrouwbaar en trouw was. Natuurlijk had ze Viola en Ester Thulin, maar die leidden hun eigen leven en hadden slechts af en toe tijd voor Betty. Even dacht ze aan Anna en ze overwoog of ze haar moest vragen haar gezelschap te komen houden, maar toen realiseerde ze zich dat Anna ook haar eigen leven had. Ze kon elk moment trouwen en haar nieuwe leven beginnen als boerin in Forsa, ze kon geen gezelschapsdame voor Betty zijn. Ze stond op en liep voorzichtig naar het beeld van de centaur. Het was net nieuw en ze vond de figuur Cheiron en de plek erg mooi, vanwaar ze de hele bibliotheek en de mensen beneden bij de vijver kon zien. Ze streelde het achterbeen van het standbeeld en boog zich iets naar voren om naar beneden te kijken.

Ze verloor bijna haar evenwicht en moest het beeld bij de staart grijpen.

Daar beneden zag ze Martin. Zijn grijze jas, zijn snor en zelfs zijn hoed waren hetzelfde. Ze schreeuwde zo hard ze kon. Heel vaak. Heel hard. 'Martin! Martin!' Maar blijkbaar hoorde hij het niet, hij liep gewoon snel voorbij en verdween. Ze liet zich in het grind zakken, met haar rug tegen de muur en haar gezicht in haar handen. Wat deed hij hier? Waarom had hij niets van zich laten horen? Ze snikte luid.

'Betty, waar was je nou? Waarom schreeuw je en waarom zit je op de grond?' Carl-Axel stond plotseling voor haar en stak zijn handen uit. Ze liet zich overeind trekken. Op dat moment voelde ze iets in haar knappen en haar ondergoed en schoenen werden plotseling kletsnat. Verbaasd stopte ze midden in haar uitleg en keek verward naar de natte plek onder haar. Hij volgde haar blik en ze greep zijn armen vast.

'Ik zag hem, Carl-Axel. Martin. Ik zag hem daar beneden!' Ze haalde één hand van zijn arm en wees naar de helling toen de eerste wee haar overspoelde. Met haar wang tegen zijn schouder kreunde ze: 'O, god, Carl-Axel, volgens mij is het begonnen!'

De klok aan de muur gaf kwart voor negen 's avonds aan. De weeën kwamen om de paar minuten en ze zweette, hoewel haar voeten ijskoud waren. Elk kwartier kwam er een blonde verpleegster met blozende wangen binnen die met de toeter naar de hartslag luisterde en tussen haar benen voelde, waarna ze haar hoofd schudde en wegliep. Betty had vanaf het begin geprobeerd met haar te praten, had haar gesmeekt te blijven, haar hand vast te houden, maar de verpleegster antwoordde kortaf en deed wat ze moest doen, waarna ze weer wegging. Een nieuwe wee overspoelde Betty, ze kermde tot hij zijn hoogtepunt bereikte en gilde toen.

De bezorgde Carl-Axel had haar uit het park kunnen krijgen en een taxi aangehouden die hen naar het ziekenhuis had gebracht. Geen van hen had het over Martin gehad of over haar uitspraak dat ze hem had gezien. In het ziekenhuis was ze vriendelijk ontvangen, maar Carl-Axel mocht niet mee naar binnen en moest terug naar huis. Ze beloofden te bellen als alles achter de rug was en namen haar mee naar binnen om haar te scheren en te wassen. Zodra de weeën begonnen, had ze er spijt van dat ze niet naar Hudiksvall was gegaan toen het nog kon, om thuis in het kamertje te bevallen, net als haar moeder, met de hulp van mevrouw Wallinder, de vroedvrouw. Dan had ze Martin nooit hoeven zien. Maar nu was het te laat. Het enige wat ze kon doen was het doorstaan.

Een nieuwe wee overviel haar en ze zweette zo erg dat de druppels in haar ogen liepen. Nu waren de weeën bijna ondraaglijk en ze gilde al toen de wee begon. In de korte pauze voordat de volgende wee opkwam, merkte ze dat er meer mensen in de kamer waren. Handen raakten haar aan, draaiden haar om, tilden haar onderbenen hoog op en legden ze in de beugels. De weeën volgden elkaar steeds sneller op en ze gilde. Ze riep haar moeder, Martin, God, alles en iedereen. Iemand suste haar terwijl iemand anders een masker over haar gezicht deed waarin ze kon ademen. Ze probeerde het weg te duwen, maar een stevige hand hield het vast en eindelijk voelde ze de piek van de wee een beetje afvlakken. Daarvoor in de plaats kwam een sterk en intens verlangen om te persen. Betty hees zich op haar ellebogen en negeerde de armen die haar probeerden neer te duwen. Bij de volgende perswee sloeg ze het masker af en schreeuwde: 'Ik moet... nu... O, Martin!'

De verpleegster met de rode wangen ving haar blik en zei dat ze bij de volgende wee niet meer moest schreeuwen en juist voorzichtig moest ademen, zodat het persen niet te snel zou gaan. Maar deze keer hield ze Betty's hand vast. De weeën rolden als een wals over haar heen. Ze kon ze niet tegenhouden, ze kon de oerkracht niet stoppen die over haar heen, en door haar lijf golfde. Een andere verpleegster hield haar benen vast en iemand drukte hard op haar buik. En met een schreeuw waarvan ze niet wist waar die vandaan kwam, totdat Betty besefte dat hij uit haar eigen mond kwam, was alles voorbij. Ze liet zich tegen het kussen zakken en hijgde. Ze vergat alles.

Toen klonk er zwak gejammer. Gejengel dat al snel escaleerde tot boos gebrul en door de mist van vermoeidheid keek ze op. In het halfduister vermoedde ze iets rood-blauws dat in een laken werd gewikkeld. De verpleegster met rode wangen pakte haar schouder.

'Gefeliciteerd, mevrouw Molander, u hebt een prachtig dochtertje gekregen.'

54

Ze keek verward om zich heen. Mevrouw Molander? De doktersvrouw? Toen besefte ze dat ze tegen haar praatten. Een dochter? Had ze een dochter gekregen? Het gebrul nam af en ze probeerde overeind te komen, maar werd neergedrukt tegen de kussens.

De vreemde handen bleven bezig met haar onderlijf. Het liefst wilde ze gewoon slapen, maar er moest blijkbaar nog iets uit haar komen. Ze voelde zwakke weeën waar de baby net nog had gezeten. Net zo indringend, maar het ging toch gemakkelijker. Ze sloot haar ogen en liet het gebeuren. Er werd hardhandig iets gedaan en het deed pijn en brandde.

'Mevrouw Molander, nu moet u stil blijven liggen, want we moeten u hechten. U bent een beetje uitgescheurd, maar u bent gezond en zo te zien hebt u goed geneesvlees, dus dat gaat wel lukken.' De verpleegster klopte op haar arm en ze sloot haar ogen en bleef liggen.

Betty voelde zich leeg. Wat moest ze voelen? Hoe moest ze zich gedragen? Als een gelukkig mens waarschijnlijk, stralend van vreugde?

Ze wasten haar, kamden haar haar en verschoonden haar lakens en nachtjapon. De verpleegster bracht een bundeltje en legde het in haar armen.

Betty durfde zich nauwelijks te bewegen en duwde voorzichtig de deken opzij.

Daar lag het mooiste kindje dat ze ooit had gezien. Ze had dik zwart haar en grote donkerblauwe ogen met dikke, donkere wimpers waarmee ze haar onderzoekend aankeek. Stevige handjes met beeldschone nageltjes van paarlemoer waarmee ze over haar donzige wangetjes wreef. Haar rechte neusje was perfect, haar mondje leek wel een kers. De vroedvrouw stond glimlachend naast het bed.

'Nou, mevrouw Molander, op wie lijkt ze het meest? Op haar vader of haar moeder?'

Betty glimlachte en sloeg de deken nog wat verder open, zodat ze de babygeur goed kon opsnuiven. 'O, dat weet ik niet. Maar ik denk dat ze de donkere ogen en het donkere haar van haar vader krijgt. En misschien mijn werkhanden.'

'Directeur Molander is onderweg. Maar u hebt veel bloed verloren en moet zo gaan slapen, het is al erg laat. Maar natuurlijk mag directeur Molander moeder en dochter eerst even bezoeken.'

Betty drukte voorzichtig een kus op het zachte hoofdje van haar dochter. Vaag herinnerde ze zich Pelle toen hij net geboren was en een nichtje in Fiskarstan, maar die waren allebei niet zo betoverend mooi geweest als haar dochter. De dochter van haar en Martin. Haar ogen waren ineens nat van de tranen. Martin...

'Betty, wat geweldig! Een kind...' Carl-Axels vreugde leek oprecht. Hij deed zijn muts en sjaal af, trok zijn handschoenen uit en sloeg de deken opzij om de kleine te bekijken. 'Wat zoet. Onze dochter...'

Ze knikte stijfjes.

'Mag ik haar vasthouden?'

Ze knikte opnieuw en legde de kleine met tegenzin in zijn armen. Het was moeilijk haar los te laten.

Hij tilde haar eerbiedig op en keek in haar heldere ogen. 'Wat een schoonheid. Net als haar moeder.'

Betty glimlachte met stroeve lippen. Waarom zei hij dat? Ze wisten allebei dat het gespeeld was.

'Nu zal oom Mauritz eindelijk tevreden zijn. Nu ik huisvader ben.' Hij stond toe dat de kleine zijn grote vinger pakte met haar vingertjes.

Voor hem ging het om het bedrijf, en niets anders. Ze stak haar handen uit naar het meisje, dat nu een beetje aan het jengelen was.

Hij gaf haar terug en ging op de rand van het bed zitten. 'We moeten haar nog een naam geven. Louise spreekt bijna voor zich. Hoe heette jouw moeder ook alweer?'

Betty legde het meisje goed in haar armen en keek hem strak aan. 'Mijn dochter heet Martina. Haar tweede naam kan Louise of Paulina zijn, dat mag jij beslissen. En haar derde naam wordt Elisabeth, net als haar moeder en grootmoeder.'

Hij keek haar verbaasd aan, maar knikte. 'Ik begrijp het... Ik zal nadenken over de tweede naam.'

De verpleegster die de beddenlakens goed had getrokken bleef bij de deur staan. 'Directeur Molander, u moet nu gaan. Het is heel erg laat en het moet hier nu helemaal stil zijn. Bovendien is mevrouw Molander moe, ze moet rusten.' De verpleegster deed met een ferme knip het licht uit en draaide zich om. Carl-Axel beloofde te vertrekken nadat hij afscheid had genomen van zijn familie.

'Ik kom morgen terug met bloemen.'

Ze knikte en legde de kleine voorzichtig in het bedje naast zich. Hij sloeg zijn sjaal om zijn hals en wilde net zijn hoed opzetten toen ze zijn arm vastpakte. 'Ik zag hem, Carl-Axel. Je moet me helpen hem te vinden.'

Hij probeerde zich los te trekken en keek opgelaten om zich heen. 'Te zijner tijd, mijn liefste. Nu moet eerst alles met het bedrijf worden afgehandeld.'

Ze beet hard op haar lip. Wat bedoelde hij? Was hun overeenkomst niet geldig?

Toen ging de deur weer open en de verpleegster drukte haar vinger tegen haar mond. 'U moet nu gaan, directeur Molander. Uw vrouw moet slapen.'

Hij knikte en keek monter naar Betty en de baby, waarna hij zijn hoed op zijn hoofd zette en in de gang verdween.

Het was stil. Er scheen alleen een zwak nachtlampje. De verpleegster sloeg de deken om de kleine heen en fluisterde dat ze suikerwater zou krijgen als ze te veel honger bleef houden.

'Ga nu maar slapen, mevrouw Molander, ook al is dat moeilijk. Als je zo gelukkig bent is het zelfs voor de beste slaper moeilijk om in slaap te vallen. Maar u zult wel merken dat er zwaardere dagen komen.'

Toen nam ze het kind mee en verdween in de gang.

Betty's lichaam deed pijn en schreeuwde om slaap en rust. Haar onderlijf schrijnde en brandde en haar hoofd voelde als verdoofd. Eigenlijk zou ze moeten slapen, maar ze lag met droge, nietsziende ogen te staren naar het zwakke licht dat tussen het gordijn door piepte.

Ze had een dochter. Martins dochter, geboren op dezelfde dag dat Betty had gezien dat hij eindelijk was teruggekeerd. De vraag was alleen waarom hij haar niet had opgezocht. Was hij haar vergeten? Betekende ze niets meer voor hem?

Ze schudde haar hoofd in de duisternis, alsof ze alles van zich af kon schudden. Nee. Dat kon niet waar zijn. Ze had hem gezien. Vanaf de centaur. Martin zou haar nooit vergeten, nooit in de steek laten, dat had hij beloofd.

Ze nam nog eens door hoe hij gelopen was, van de Stadsbibliotheek langs de vijver naar de Sveavägen. Hij was het. Ze had het zelf gezien. Zodra ze hersteld was, zou ze hem opzoeken. Ze zou naar de Skolgatan bellen. Schrijven.

Als ze het goed had gezien... Maar dat had ze. Toch? Betty sloot haar ogen en probeerde te slapen.

Maar het was moeilijk. Ze speelde de bevalling af in haar gedachten, de blik van het wezentje dat nu voor altijd een deel van haarzelf zou zijn. Martina. Haar dochter Martina. Er gingen talloze vragen door haar hoofd: hoe zou ze de kleine kunnen beschermen en verzorgen? En zou Carl-Axel zijn belofte houden? En Martin, waar was Martin?

Er kwam een gestage stroom bezoekers naar de flat aan de Västmannagatan om de kleine te bewonderen.

De dokter en zijn vrouw waren zo verrukt van het meisje dat ze niet lieten merken dat er iets vreemds aan de situatie was. De vrouw van de dokter bracht zijden kruippakjes mee en de dokter een grote teddybeer van schapenvacht. Betty, die nog steeds zwak was en op de bank lag met de kleine in haar armen, kreeg een bos rozen.

De vrouw van de dokter beweerde dat het meisje de ogen en de neus van Carl-Axel had, en Betty stemde er vriendelijk mee in, hoewel de dokter met een ongelovige blik protesteerde. Hij hield de kleine echter heel teder en ontroerd in zijn armen en kreeg het meisje zelfs aan het lachen. Betty voelde een steek van jaloezie; zij had Tina's eerste glimlach zelf willen zien. Misschien zag de dokter het, want hij troostte haar door te zeggen dat het lachje alleen maar een reflex was doordat ze een windje had gelaten. Hij gaf haar het meisje terug en keek warm naar hen. Zij kon niet anders dan vriendelijk terugkijken. Wat wonderlijk dat de dokter met al zijn 'vrienden' zo blij leek met zijn zogenaamde kleinkind. Een kind met een halfjoodse vader...

Carl-Axel liep rond en keek minzaam, bijna blij, naar hoe de dokter en zijn vrouw de kleine bewonderden. Het leek vrede te zijn en hij deed enorm zijn best om zich als huisvader en haar echtgenoot te gedragen.

Iris zorgde voor het eten, ze deed de was en de kinderopvang, Betty geneerde zich gewoon. Ze deed niets anders dan haar dochter aan de borst houden en zelfs dat deed ze niet vierentwintig uur per dag. De dokter en Carl-Axel hadden ervoor gezorgd dat er moedermelk werd geregeld voor de nachtvoedingen, dus sliep ze elke nacht ongestoord door. Daardoor had ze overdag tijd om te piekeren en na te denken. Hoe kon ze Martin in vredesnaam vinden? Ze had al drie brieven geschreven: naar de flat, naar mevrouw Persson en naar de universiteit. Ze had ook al een aantal keren gebeld. Nergens had ze succes gehad. Sinds december had niemand meer iets van hem gehoord.

En Carl-Axel beweerde gedecideerd dat ze het mis had. 'Je hebt Fischer niet gezien, lieverd. Dan zou iemand anders hem ook herkend hebben.' Geduldig herhaalde hij de woorden steeds maar weer en hij legde zijn hand geruststellend op de hare. Maar ze trok haar hand weg en wendde zich af. Ze wist dat ze het niet verkeerd had gezien. Ze had Martin van de Stadsbibliotheek naar de Sveavägen zien lopen.

Maar ze kon hem niet vinden.

Tante Helmi gaf haar een prachtig gehaakte jurk en was zo opgewonden over het donkere uiterlijk van de kleine dat ze de zelfgebakken koekjes helemaal vergat op te eten.

'Ze is beeldschoon, de kleine. Ze wordt een Shirley Temple, let op mijn woorden! En jij bent opgeklommen in de wereld en hebt het ongelooflijk goed gedaan. Je hebt warempel je eigen kindermeisje! Heb je ook een hulp in de huishouding?' Betty moest het verlegen toegeven en mompelde dat Carl-Axel dat nodig vond. Tante Helmi knikte, kietelde de kleine onder haar kinnetje en mompelde dat sommige mensen het beter hadden dan ze wisten en verdienden.

Betty werd rood en wist niet wat ze moest zeggen, maar diep vanbinnen was ze het ermee eens.

Daarna kwam Viola op bezoek en ook zij prees het baby'tje en Betty's grote geluk. Toen Betty haar wilde vertellen wat ze bij de centaur had gezien, wees ze dit resoluut van de hand. 'Weet je, Betty, ik kan er niet meer tegen. Je zit in zo'n mooie flat, alles is goed geregeld en bovendien heb je het schattigste kind dat je je kunt voorstellen. Je hebt toch niets te klagen? Kun je hem niet gewoon vergeten?'

Viola rekte zich uit in het bruine mantelpak dat ze zelf had genaaid en hield haar hand zo dat haar verlovingsring schitterde terwijl ze de flat rondkeek. Ze had net verteld dat Stig en zij op 17 december gingen trouwen.

'Maar Viola, begrijp je niet dat ik rouw, dat ik hem moet vinden... de vader van mijn dochter?'

Viola schudde kwaad haar hoofd en keek veelbetekenend naar Iris, die in de keuken aan het afwassen was. Toen zei ze zacht en indringend: 'Als ik jou was, Betty Molander, zou ik mijn mond daarover houden, zodat er niet over geroddeld gaat worden in de stad. Hou je mond en zet door, zeg ik. Liefde is niet het belangrijkste. Het belangrijkste is dat je een dak boven je hoofd hebt en een draaglijk leven. En jij hebt een meer dan draaglijk leven.' Dat laatste fluisterde ze boos, zodat Iris het niet zou horen.

Betty slikte haar tranen weg en wendde haar blik af tot ze weer kon lachen.

Zowel Ester Thulin als Anna schreven hetzelfde, zij het op een iets andere manier.

Dat ze Betty feliciteerden met het kleine welgevormde meisje, dat veel mensen jaloers op haar waren en dat ze niet moest klagen, maar dankbaar moest zijn voor hoe goed ze het had.

Dus slikte ze, ze leerde te glimlachen, haar verdriet te verbergen en te stralen zodra ze kon en er iemand in de buurt was.

Pas als ze alleen was met haar kind liet ze de tranen stromen. Als ze in Tina's donkerblauwe ogen keek, omlijst door haar donkere, dikke wimpers, zag ze Martin. Zijn smalle neus – zo anders dan haar eigen stompe neus – zijn tengere lichaam en het dikke, donkere haar. Alles was van hem. Dan drukte ze snikkend haar baby tegen haar borst en huilde. En dan keek het meisje ernstig naar haar moeder en zwaaide met haar stevige handjes. En dan moest Betty nog meer huilen. Wat voor moeder huilde zodra ze haar kind in haar armen hield?

Oom Mauritz kwam toen Carl-Axel aan het werk was. Eerst deed hij alsof hij de kleine niet zag die in Betty's armen lag te slapen, maar vermaakte hij Betty met verhalen over zijn werk.

Carl-Axel stond nu op proef aan het hoofd van het grootste deel van de drukkerij. Alleen het drukken van de boekjes voor de studiekringen bleef onder de hoede van oom Mauritz.

'Ik waardeer je gedachten en meningen zeer, lieve Betty. Helaas stel ik ze meer op prijs dan die van je man.'

Betty keek glimlachend op en vroeg zich af wat hij met dat laatste bedoelde. Was hij niet ingenomen met Carl-Axel?

'Calle is een zwakke schakel, zwakker dan ik eerst dacht. Gelukkig heb ik jou, lieverd.'

Op dat moment werd Tina met een vreemd kreetje wakker, het klonk alsof ze het beslist met oom Mauritz eens was. Hij barstte in lachen uit en boog zich voorover om naar de kleine te kijken, en het meisje slaagde erin op het juiste moment weer te glimlachen en enthousiast met haar handjes te zwaaien. Betty zag hoe de oude man helemaal smolt door de baby, en hij begon net als al Tina's andere bewonderaars tegen haar te brabbelen. 'Wat ben je een prachtig kind. Je lijkt op je moeder, zie ik. Lijk je ook op je vader?'

Betty keek plotseling naar hem op en bloosde hevig. Wist hij het nou? Wat moest ze zeggen?

'Ik weet het niet. Misschien?' Ze slikte angstig en keek schuw naar oom Mauritz die lachte, opstond, de kleine in zijn armen nam en haar wiegde.

'Nee, ze lijkt op zichzelf, en net zoals haar moeder op heel charmante wijze is ze prima in staat de aandacht van mensen te trekken.'

Betty glimlachte dankbaar en nam het meisje aan toen hij haar teruggaf.

'Wat vind je ervan, Betty, zal ik je wat korte manuscripten sturen?

Lukt het je om ze te lezen? Ik heb er een paar waar ik graag je mening over wil horen.'

Betty keek hem stralend aan. 'Ja! Ik wil dolgraag weer manuscripten hebben.'

Hij lachte, kuste haar op de wang en wuifde haar weg toen ze probeerde op te staan. 'Blijf maar lekker zitten, schoonheid. Ik laat mezelf wel uit.'

Betty glimlachte naar hem en streelde met haar middelvinger de wang van haar dochter.

55

Iris stond met haar mantel aan en haar baret en tas in de hand vragend naar haar te kijken. 'Kan ik nu echt naar huis, naar Norrtälje? Tot zondag?'

Betty zag nu pas hoeveel te klein Iris' mantel in deze paar maanden was geworden. Ze zou ervoor zorgen dat Iris zo snel mogelijk een nieuwe kreeg. Iris was groot en lang voor haar leeftijd en had hetzelfde forse, vriendelijke gezicht als Viola, maar in tegenstelling tot haar zus had ze een rustige, zwijgzame manier van doen. Haar ongerustheid om Betty en het kindje, die nu voor het eerst alleen zouden zijn, was oprecht en veroorzaakte een bezorgde frons op haar voorhoofd.

'Lieve Iris, de kleine en ik redden ons prima. Je hoeft alleen maar de hartelijke groeten thuis te doen en je moeder te feliciteren met haar verjaardag. Heb je het geld voor het kaartje en de bloemen? Ik had het op je ladekast gelegd.'

Iris zag er opgelucht uit en knikte glimlachend. Haar moeder vierde een kroonjaar en Iris moest het weekend thuis zijn.

Eerlijk gezegd keek Betty uit naar een paar dagen alleen met haar dochter. Carl-Axel was op reis naar Skåne en werd pas volgende week thuis verwacht. Komend weekend zouden zij en Carl-Axel gaan dineren bij de dokter en zijn vrouw en de week daarop zouden haar moeder en broertjes op bezoek komen.

Ze had eigenlijk geen zin om te luieren, hoe vreemd dat ook mocht klinken. En omdat ze zich sterker en gezonder voelde dan de afgelopen tijd gaf nietsdoen haar een ongemakkelijk gevoel.

De deur ging dicht achter Iris en Betty draaide zich met een kritische blik om naar de flat. Was het niet tijd voor een grote schoonmaak? En om een taart te bakken? Nou, eerst moest ze de vaat naar het aanrecht brengen en dan een soep voorbereiden, en er lagen vast nog etenswaren in de kast die bereid moesten worden.

Toen klonk er een boze kreet uit de kinderkamer en ze glimlachte. Tina zou de volledige aandacht van haar moeder opeisen. Ze pakte de kleine op om haar naar de badkamer te brengen toen ze schrok van iemand die hard aanbelde.

Wie was het? Was Iris iets vergeten?

Met het meisje op haar arm opende ze de naar buiten slaande deur en duwde daardoor bijna de boodschappenjongen van de winkel op de hoek omver, die er blijkbaar vlak achter stond.

'O jee, je liet me schrikken, Korte. Wat doe je hier? Ik heb toch niets besteld?'

De jongen had zijn pet afgezet en boog nu netjes. 'Goedendag, mevrouw. Nee, ik hoef vandaag niet in de kruidenierswinkel te zwoegen, maar een man in een kantoor aan de Dalagatan vroeg of ik snel met wat papieren naar mevrouw kon gaan. Toen hij drie kronen neertelde voor de moeite, zei ik daar geen nee tegen.' Hij glimlachte met zijn brede, besproete gezicht en gaf Betty een dikke envelop met haar naam erop. Ze herkende onmiddellijk het handschrift van oom Mauritz en begreep dat het een nieuwe stapel manuscripten was om te lezen.

'Ach, wat een lief kleintje.' Hij stak een magere wijsvinger tegen Tina's buikje en zij beloonde hem door enthousiast met haar armen te zwaaien.

Betty en de jongen moesten lachen.

‘Heel erg bedankt, Korte. Als je een keer samen met De Lange komt, krijgen jullie zelfgebakken koekjes.’

De jongen glimlachte verrukt en boog opnieuw, waardoor zijn pony heen en weer bungelde. ‘Dat klinkt mieters. Ik zeg geen nee tegen wat lekkers.’

Ze glimlachte naar hem en besefte dat hij aan dezelfde chronische honger leed als haar broertjes. Hij kreeg een papieren zak met een boterham en een vanillekrakeling en nog een kroon, en hij boog opnieuw, waarna hij zich stralend van vreugde omdraaide.

Maar ineens bleef hij staan alsof hem iets belangrijks te binnen was geschoten. ‘Heeft hij u intussen gevonden? Die chique heer met de snor?’

Betty, die al bezig was de manuscripten uit de envelop te halen, keek naar hem op. ‘De heer met de snor? Welke heer? Over wie heb je het, Korte?’

De jongen keek beschaamd en wriemelde een beetje, alsof hij zich een tikje schaamde. ‘Nou, het was een heer die er een beetje buitenlands uitzag. Die was een maand of zo geleden hier en hij vroeg naar mevrouw… Nou, het was waarschijnlijk al in september. Hij vroeg naar een jonge vrouw, Betty, die misschien in de buurt woonde. De Lange zei dat de enige jonge Betty die we kenden de mooie blondine was aan de Västmannagatan. Maar dom genoeg konden we niet op uw achternaam komen.’ Hij keek schuldbewust naar de vloer alsof het hem speet dat hij überhaupt iets had gezegd.

Betty’s hart begon te bonken. Hard, heel hard, met slagen die ze tot in haar keel voelde. Ze pakte de jongen bij de schouder en hij keek nu nog angstiger en mompelde: ‘Het spijt me als we dat niet hadden moeten zeggen. Maar hij leek niet op een slechterik of zo… en hij is nooit achter het adres gekomen.’

Betty schudde haar hoofd en trok de jongen over de drempel. ‘Blijf hier. Ik wil je iets laten zien.’ Ze haastte zich naar de slaapkamer, legde Tina en de manuscripten op het bed en haalde de hoedendoos met de brieven en de foto tevoorschijn.

Hij stond er nog, beschaamd en met zijn tas in de hand, en ze begreep dat ze hem angst had aangejaagd met haar uitbarsting. Dus haalde ze diep adem en glimlachte zo vriendelijk mogelijk naar hem terwijl ze hem de foto gaf.

Hij nam hem aan en keek er lang naar voordat hij knikte en hem met een verlegen glimlachje teruggaf. 'Ja, zo zag hij eruit. Het was dus inderdaad geen slechterik?'

Betty nam de foto aan, haalde diep adem en glimlachte naar de jongen. Toen boog ze zich voorover en gaf hem een klapzoen op zijn wang. Zijn gezicht werd knalrood en hij veegde de plek af waar de kus was beland.

Betty glimlachte nog breder en zei: 'Nee, dat was zeker geen slechterik, Korte. Het was een goede vriend. Je hebt het helemaal goed gedaan.' Hij knikte vol overtuiging en wilde weglopen, maar ze bleef hem bij zijn schouder vasthouden. 'Maar de volgende keer dat jullie hem zien, moeten jullie hem mijn adres en achternaam geven, en hem het liefst hierheen brengen. Ik beloof jullie ieder tien kronen als jullie hem voor mij vinden.'

De Korte sperde zijn ogen open, alsof hij zijn oren niet kon geloven. 'Een tientje? Voor een of andere kerel? Weet u het zeker?' Ze knikte en hij schudde zijn hoofd alsof hij dacht dat ze gek geworden was, waarna hij met zijn tas in de hand de trap af liep.

Betty sloot de deur, leunde ertegenaan en haalde diep adem. Ze had het goed gezien! Hij was hier in Stockholm geweest om haar te zoeken. Hij leefde nog en ze had zich niet vergist.

Het besef vervulde haar met een vreemd gevoel van vreugde en rust en ze keek naar Martins foto. In haar achterhoofd maalden natuurlijk de gedachten waarom hij haar niet had gevonden. Waarom hij haar niet meer leek te zoeken. Maar die wuifde ze weg met duizend verklaringen en ze glimlachte zachtjes in zichzelf. Ze zou hem vinden. Natuurlijk zou ze hem vinden.

Glimlachend keerde ze terug naar de slaapkamer, waar Tina nu boos om haar moeder riep. Betty legde haar aan de borst en terwijl de kleine at, trok ze vol verwachting de stapel korte manuscripten uit de envelop en bladerde er snel doorheen. De met een krachtig handschrift neergepende zinnen van oom Mauritz op het kaartje, waarin hij haar in het bijzonder verzocht de onderste manuscripten van de stapel te bekijken, maakten haar blij. Dacht Betty dat ze deze zouden durven publiceren, ook al waren ze wat langer dan de andere? Misschien kon Betty met haar slimme hoofd andere toepassingen voor de langere bedenken? Ze glimlachte en neuriede in zichzelf terwijl ze de bladzijden omsloeg.

Toen Tina verzadigd was, maakte ze koekjesdeeg en legde haar vuile kleren in de week. Dit weekend zou ze eenvoudige maaltijden bereiden. Ze zou aardappelen koken en alleen zult eten, naast de soep. Pap en boterhammen. En ze zouden in het Vasapark gaan wandelen.

Het meisje jengelde opnieuw en werd verschoond. Ze keek haar moeder met grote ogen aan en er verscheen een glimlach op haar gezicht. Betty lachte en kuste haar handjes terwijl ze haar kruippakje weer aantrok en haar in de ogen keek. 'Martina Louise Elisabeth, op een goede dag zullen we je vader vinden, dat beloof ik je. Tot die tijd zul je het moeten doen met je moeder, die van je zal houden en je zo goed mogelijk zal opvoeden.' Martina glimlachte weer en Betty drukte haar dicht tegen zich aan en gaf haar nog een kus op haar zachte donkere haar. Toen gingen ze naar de keuken, waar Betty de kleine op een deken op de klepbank legde, waarna ze het deeg ging kneden en het uitrolde voor zandkoekjes.

De zon scheen zowaar door het raam en op de radio klonk grammofoonmuziek. Ze hief glimlachend haar hoofd op, maakte danspasjes naar het aanrecht terwijl ze naar haar dochter zwaaide en meeneuriede met Zarah Leander:

... uit de hemel viel het
en ik behield het
mijn fortuinlijke gouden geluksflorijn...

Betty spoelde haar handen af, keek tevreden rond in haar eigen keuken en begon de koekjes uit te steken.